世阿弥の中世

世阿弥の中世

大谷節子

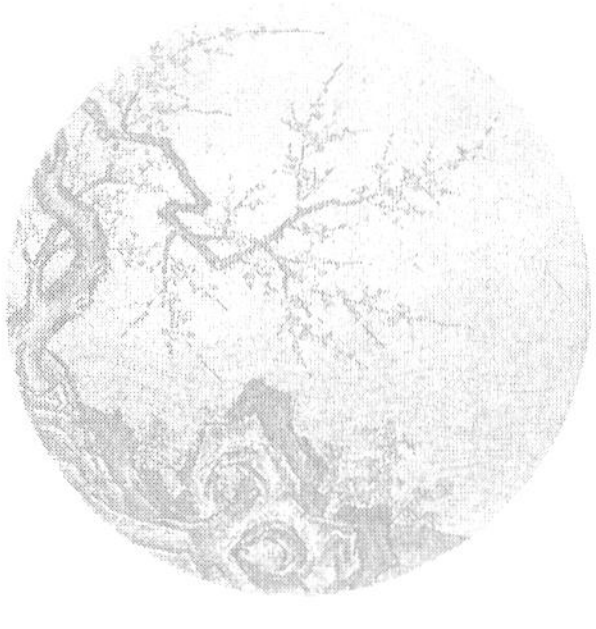

岩波書店

目次

序章　世阿弥の中世

能が持つ圧倒的な力は、その抽象性にある。そこにはあらゆるものが、全てのものが、混然とではなく、といって整然とでもなく、高密度でありながら、悠然と、互いに緊密に調和して存在している。音楽もそうである。所作もそうである。しかし、何より、そこに配置された「ことば」には、万葉集・古今集以来の歌の言の葉が、日本書紀以来の神代の物語が、伊勢物語・源氏物語以来の恋の物語が、そして、遠く西域から伝えられた仏典に由来する、罪と懺《さん》悔《げ》の物語が凝縮している。音楽と所作を伴う芸能でもある能を、文学に一元化して語ることには制約もあるだろう。しかし、祝禱性や唱導性をその始源から受け継ぎつつ、和歌、連歌、早歌《そうが》、漢詩という、調《しら》べを持つ言葉の水脈を合流させて物語を語る、能という形式の文学を読み解くことができなければ、能はいつまでも何となくわかったようで本当は何もわからない存在でしかない。

本書は、能の「代名詞」でもある世阿弥が、能という形式の文学をいかに確立したかを解くことをめざしている。夜空を彩る星の瞬きの幾分かは、遥か昔に消滅した星の残光であり、美しい図形に配置される星の群れは、実は数百光年隔たった互いに無縁の星である。つまり、眼前の美しさは、生命の余光が現在という一点に集まり、新たに結ばれた像ということになる。同様に、中世に能という像が結ばれる背後には、西方から日本へと伝わってきた、あるいは、古代から中世へと伝えられてきた文学の膨大な集積があった。経文《きょうもん》・神話・物語・説話・軍記・縁起・注釈など、さまざまな名で呼ばれるこれらの文学の所産は、能という仕組みに集められることによって、中世に鮮明な像を結んだといえる。そして、ここに集められた光は乱反射して、近世、近代の彼方へと飛び散っていった。
能という形式の文学は、解読を必要とする。敢えて言えば、読み解かれることを前提に構想されている。所作(舞)によって補われる部分を除いてもなお、制約の中で圧縮された言葉を解《ほど》かなければ、物語は姿を現してこない。物語の輪郭を彫り出してもなお、核心はすぐには見えてこない。言葉が幾重にも重なっているように、物語もまた時に重層的である。何よりも、現在に至るまで生き続け、変容を続ける作品を世阿弥の時代に戻す作業を経なければ、世阿弥の所為《しょい》を知ることは叶わない。しかし、「世阿弥が出た時代の劇の心に即し」た「特殊な読み方」(岡見正雄「心敬覚書」『室町文学の世界——面白の花の都や』岩波書店、一九九六年)を会得するのは容易ではない。中世に集積された文学と学問の回路を辿り、その時々に持てる、僅かな知識と方法で、巌の奥に在る玉を取り出そうと努め、切り出した片々を寄せ集めたのがこの本である。

第一章「逆転の構図——「心」と「理り」」では、世阿弥の能に顕著に見られる「心」と「理り」をめぐる問答を取り上げ、「貴」と「賤」、「都」と「鄙《ひな》」といった逆転の視座による、本説《ほんぜつ》の解き明かしの構造を例示した。世阿弥を生んだ中世の時代精神は、逆転の視座を好んだ。「熊野《ゆや》」の一節に、都大路を行き交う人々を「老若男女《らうにやくなんによ》貴賤《きせん》都《と》鄙《ひ》」と描写するが、このような対立概念の並列・羅列ではなく、矛盾するものに対極の真理が内在するという視点である。

中世という時代は、順に逆を見、逆に順を見、是に非を、非に是を、善に悪を、悪に善を看破し、主に従、従に主、貴に賤、賤には貴が存することを見抜いていた。世阿弥は、「物狂《ものぐるい》」という人体《じんたい》の能を、「この道(能)に第一の面白づくの芸能」と位置付け、物狂能という形式を作り上げていくが、その中で、「正」「聖」「静」の対極にある「物狂」

という存在に、「正」「聖」「静」を宿らせ、理りを語らせる。「恩愛《おんない》」を悟りへの妨げと見なす仏道にとって、「親に別れ、子を尋ね、夫に捨てられ、妻に後《おく》るゝ、かやうの思ひに狂乱する」「思ひ故の物狂」(『風姿花伝』第二物学《ものまね》条々・物狂)は、未悟の権化に等しい。しかし、この最も「俗」な存在に、世阿弥は俗ならぬものを見出し、「心」を知ることの者たちに「理り」を語らせている。「狂」の概念を聖人に最も近いものと説く陽明学左派の浸透以前に、「心の如く振舞う」(『聖財集《しょうざいしゅう》』)ことを属性とする物狂を、「俗ニ背ケバ狂人ノ如シ」(『行基菩薩遺誡《ぎょうきぼさつゆいかい》』)という論理に照らして反俗の骨頂と造型する素地が中世にはあった。「風狂《かざきやう》じたる物狂」(『高野《こうや》物狂《ものぐるい》』)と訓じて説かれる物狂は、脱俗、反俗の精神「風狂」を胚胎する、まさしく能のために造型された人体である。

第二章「本説と方法」は、世阿弥が能を書くにあたって、「よき能と申すは、本説《ほんぜつ》正しく、めづらしき風体《ふうてい》にて、詰め所ありて、かかり幽玄ならんを第一とすべし」(『花伝』第六花修云)と説いた、「本説」と作品についての考察である。

中世は本説を求める時代であった。本説とは出所、出典、拠り所である。何故ことさらに本説を必要としたのであろうか。本説を求める行為は、古典に範を求めようとする行為である。classic(古典)という言葉は、国家存亡の危機を導き救った艦隊を指すラテン語classisに由来し、そこから規範に値する最上のもの、教典、教材を指すようになるが、中世は、拠り所としての「古典」を希求した時代であった。何より世阿弥自身が本説、つまりは「古典」を必要としていた。世阿弥は、能楽論というそれまで誰も書いたことのない書物を書き著さなければならなかった。歌論や連歌論をいくらなぞっても、能の全き姿を語る言葉を見つけることはできなかった。世阿弥はその空白を埋める言葉の源泉を禅に見出したのである。

中世はまた、秘説、秘伝の時代であった。伝えなければならない事柄をより正確に、確実に伝えるための方策が、秘することであった。逆説的なこの方法によって、日本書紀、古今和歌集、伊勢物語といった古代の古典に、新たな命が吹き込まれていく。世阿弥が「中楽の本木《もとき》」(作品を構成する芯となる素材)としたのは、こうして再生した古典であった。

「秘すれば花なり。秘せずは花なるべからず」(『花伝』第七別紙口伝)——秘伝の世界は、現実を超える方便でもある。極めて当座性の高い、演劇という生命体を、世阿弥は花に譬え、風に譬えた。最高の賞賛辞「面白」の正体は、今まで見たことのないもの、見えていなかったもの、出会ったことのないものとの出会いである。出会うために、それは秘される。

秘説がその効力を最も発揮するのは、実体を持たない観念の伝授においてである。第二章第七節「長柄の橋の在処」では、古今集仮名序の一節「長柄の橋」をめぐる秘伝の中で、既に消滅して実体を失った長柄の橋が共同体の永遠性の象徴として肥大化していく様相を辿っていく。秘伝という観念世界の中で、長柄の橋は、全長三里に及ぶ巨大な橋へと変貌していく一方、陰惨な人柱伝説を纏《まと》っていく。世阿弥の作能法をまねびつつ世阿弥の晩年には作られていた能「長柄の橋」には、この光と影とが奇妙な共存をみせている。前場で治国の永遠性の象徴として語られる長柄の橋は、後場では、人柱に立たされて死んだ男を、死後なお橋柱の盤石で押し潰し続ける三途《さんず》の橋へと姿を変える。男が衆合《しゆごう》地獄の苦しみを受けているのは、橋造営にあたって、「人柱を立てればよい」という、殺生を誘発する一言を発してしまったがためである。その一言はこの男自身への刃《やいば》となり、男は皮肉にも人柱に立てられてしまう。犠牲者でありながら、死後も地獄の責めを受けなければならない男の苦しみを、中世という時代に戻って理解するためには、古今集の注釈が伝える長柄の人柱譚の淵源に、舌禍の因果を説く無言太子《むごんたいし》の前世譚があり、能「長柄の橋」の核心には、これが本説としてあることに辿り着かなければならない。

ところで、祝言と地獄の責め苦という二つの背反する要素が共存する「長柄の橋」は作者不明の作品であり、世阿弥の本説処理とは様相を異にしている。例えば、世阿弥作の能「采女《うねめ》」は、同じく古今序注が記す二人の異なる采女の話――帝の心変わりを恨んで猿沢の池に身を投げた采女の話と、接待の不備に対する帝の怒りを詠歌によって鎮めた采女の話――を本説としながら、全体が祝言として構想されている。帝の心変わりを恨んでの采女の入水譚《じゆすいたん》は、祝言に抵触する要素を多分に孕んでいる。しかし、古今集仮名序を祝言と把握する序注の読みに則して、この話は、「我妹子《わぎもこ》が」の歌を詠んで采女の死を「悲しき」と悼んだ、帝の叡慮の表れとして読み替えられている。これを受けて後場は、帝の詠歌によって変成男子《へんじようなんし》し南方無垢世界に回生した采女の報謝、言祝ぎの場面として機能する。今一つの、「安積山《あさかやま》」の歌を詠んで帝の怒りを鎮めた采女の話も、和歌によって帝の「心の花」が開かれてこの世に「安全《あんせん》」がもたらされた歌徳として祝言化され、さらに、この「安積山」の采女の詠歌を指す古今集仮名序の一節「采女の戯れ」は、方便としての狂言綺語《きぎよ》と定義される。こうして、能「采女」は、帝を恨んで入水した女性が帝の詠歌を機縁として成仏した、めでたき物語として、完結している。本説を能という仕組みに如何に取り込み、如何なる物語として構想するか、その手法は作者によって異なっており、作者の手腕は本説の重層的構造を解いて初めて明らかとなる。

世阿弥の作品の求心性の強さは、この構想力に拠るところが大きい。「井筒」は、伊勢物語二十三段を業平と紀有常の息女の恋の物語として読む古注理解に基づきつつ、古今集以来の恋の歌の本意である「待つ恋」を体現化して、シテを「人待つ女」として形象化する。そして、シテの懐旧、懺悔物語の形を取りながら、井筒という形象に多重の意味を込め、井戸の底を見るシテの姿に業平の面影を重ね、王朝の昔を今に重ねて、全体を幽玄体の女体能として構成している(第二章第三節)。「恋重荷《こいのおもに》」は、古今集誹諧歌を本木として、恋を重荷と呼ぶ譬喩表現を舞台上に具現化し、術婆伽《じゆつばか》説話を淵源とする柏木の物語を透かし重ねて、「及ばぬ恋」の物語を砕動風の鬼能として仕立てている(第二章

第四節、第六節)。このように重層的な構造をもった能という表現形式が確立されるまでには、自筆本「雲林院《うんりんいん》」のテ
キストから窺われるように(第二章第二節)、夢想、予告と出物の出現、秘説伝授のような単純な形式の借用と打破が
繰り返されたものと思われる。世阿弥が古作の改作を自らの作と言い放つ時、そこには、能という新しい表現形式を
創造確立していった使命感と自負心が込められている。
第三章は、物狂能についての考察である。第一節「別離と再会――物狂能の変遷」では、別離と再会という定型の構想を持つ物狂能が、譚としての一貫性を切り捨てつつ、歌舞性の高い作品へと変質していく過程を明らかにし、これに世阿弥が大きく関与したことを述べる。第二節「ひたぶる心と反俗――物狂能の意味」は、物狂という造型された人体に託された役割――心のままに振舞い、理りを述べる、脱俗性、反俗性を考察したものである。別離、喪失を契機とする「思ひ故の物狂」という世阿弥の言葉は、狂気の心因性を明示したものであり、物狂に関するこうした視点は、それ以前の文献に表れる理解に比して格段に深く、覚醒しており、世阿弥の物狂像は以後の文学に強い影響を与えていく。第三節「孝養と恩愛――物狂能溯源」は、説経、法話の種本であった説草、あるいはそれを収録した説話集などの唱導資料に見られる出家因縁譚――出家や身売りをめぐる、孝養《きょうよう》と恩愛《おんない》の葛藤と大団円の結末をもつ因縁譚が物狂能の源流であることを跡付けたものである。第四節「向去と却来――禅竹作「敷地物狂」考」は、世阿弥以後の物狂能「敷地物狂《しきじ》」を取り上げ、世阿弥の物狂能をいかに摂取し、新しい趣向を加えていったかを検証することで、世阿弥の所為とその影響を考えたものである。この作品においては、別離と再会という従来の物狂能の枠組みに、新たに「向去《こうきょ》」と「却来《きゃらい》」という意味が付されており、物狂能という仕組みは、より高い次元の理念を表す機構として解釈されるに至っている。

第四章は、「脇の能」をめぐる考察である。「脇の能」とは、祝言の能である。中世は、祝言の時代でもあった。祝言とは、幸福を招来する言の葉。闇の中ほど、光を求めるように、人々は不穏な世の中で祝言を必要とした。この世の悲惨さが底無しであることを知る人々は、寿福の言の葉の呪力を頼み、陽光のようにこれを身に浴びて、福を呼び込もうとしたのである。こうした、目に見えぬものを信じようとする行為を知の闇と呼ぶのであれば、近代がそう難じたように、中世は闇の中にある。しかし、自らを頼む他に手立てがないことを知る人々も、いや、そうした人々こそが、神仏の加護を願い、心に神仏を宿し続けた。疑うことが近代知であるとするならば、信じることがこの時代の知のかたちであった。

狂言「昆布売《こぶうり》」では、上洛の途上、ある田舎大名と行き合わせた若狭の昆布売りが、太刀持ちをする羽目となり、昆布売りは仕返しに、大名に昆布売りの真似をさせた挙句に、次のような提案をする。

それがしの身の上を、めでたふ祝ふたらば、太刀を返さう。（天理本『狂言六義《りくぎ》』）

昆布売りを言祝ぐ祝言の要求に、大名は、「慶ぶ」と「昆布」を掛けて、

やらやら、数知らずの君が御代のよろこぶや。（同書）

と、昆布を祝言にとりなし、無数の慶事（数知らずのよろこび）の訪れを言祝ぐ。現世を「君が御代」と呼ぶのは当時の通念であるが、これが昆布売りの「身の上」を言祝いだものであることを思い出すならば、この祝言は、昆布売りを「一人」います「君」ではなく、「数知らず」いる「君」と、可笑しく取りなして、これを言祝いだものと読むことができる。寿福延年、寿命長遠、天下泰平を願い、言葉の力を頼んで「数知らず」の人々が口々に唱えたものが、すなわち、祝言であった。

祝言の能である世阿弥の「脇の能」の本説の多くは、中世に再生した古今和歌集仮名序であり、楽書である。

歌を詠み管弦をもてあそぶは治まれる世のしるし也。(能「浜土産《はまみやげ》」)

このように、和歌と楽が絶え間なく存続し繁栄することが、治世の、つまりは平穏な世の象徴であった。翁が担ってきた、寿福延年、天下泰平への祈禱、祈願の主意を引き継ぎ、歌道と政道を一体のものと見なす和歌観、政道観、礼《れい》楽《がく》思想に基づいて、世阿弥の「脇の能」は書かれている。そのために、世阿弥の「脇の能」は極めて理念的であり、その読解は、詞章に込められた記号の解読を特に必要とする。例えば、禅竹の孫、禅鳳《ぜんぽう》作の脇の能「東方朔《とうぼうさく》」は、奇瑞の桃実を帝に捧げて繁栄を祝賀するという、大風流の基本的な形式に則って作られており、世阿弥の脇の能に比して、多分に祝祭的である。祈禱の儀式「翁《おきな》」の祝禱性は、本説正しき「直《すぐ》なる」能を模範とする「脇の能」を経た後、祝祭へと彩られていったということができるが、これは脇の能の歴史において、古今仮名序注を本木とした世阿弥の「脇の能」が、実は異色な存在であったことを物語ってもいる。物狂能に同じく、世阿弥の「脇の能」もまた、すでにあった形式に世阿弥が意識的に新たな意味を付し、彫琢を加えて定型を完成させた、極めて理念性の高い作品群なのである。

世阿弥の能は、演じるために書かれている。しかし、世阿弥の能はまた、読まれるために書かれている。世阿弥の能を、そこに込められた記号を解き、世阿弥の時代に戻して読む。この作業を経て始めて私たちは、作品に宿る中世の時代精神、世阿弥の意志を感得することができるのである。

第一章　逆転の構図――「心」と「理り」

一

〽阿古屋《あこや》の松と申さんは、よも僻事《ひがごと》は候はじ、勝《まさ》るをも諂《へつら》はざれ、劣るをも、卑しむなとの本文《ほんもん》、[1]上《かみ》にこそ知ろしめさるべきに、下人《しもびと》なればとて、さのみな腐《くた》し給ひそ。

右は、観世文庫に所蔵される、世阿弥自筆応永三十四年十一月日奥書「アコヤノ松之能」の一節である。「貴」と「賤」、「都」と「鄙」。そのいずれにおいても優位を誇る公家の藤原実方《ふじわらのさねかた》(ワキ)が、陸奥《むつ》の樵人《きこり》(シテ)に「心の奥」を教えられる。世阿弥の作品の中でしばしば実現される、逆説、逆転の構図を示す文言である。

陸奥の国に下った実方が、通りかかった樵人の翁に阿古屋の松の在所を尋ねる。阿古屋の松など知らぬと答えた翁に、実方は高圧的な物腰で

〽汝は卑しき者なれば、歌道を知らで、この国に無しと申すか。

と、その無知を嘲り、「陸奥《みちのく》の阿古屋の松とこそ、古き歌にも見えたれ」と諭す。翁は、仰せの通りの「卑しき山賤《やまがつ》」だから「歌道の阿古屋の松」など知らないのだと、軽くいなして過ぎ去ろうとするが、再度の問いかけに、「昔は当国、当時(現在)は出羽の国に候ふ」と答える。おかしなことをいう老人だと実方一行《いっこう》が笑うと、この時、翁は憤然と

して、

〽身は心なき山賤の、老い僻《ひが》みたる翁さび、頭《かしら》は白く色は黒き山烏、人な笑はせ給ひそよ。

と実方を諫《いさ》め、昔は三十三に分れていた国々がそれぞれ二つに分かれ、六十六カ国となったために、歌枕「阿古屋の松」の在る所が今は出羽の国と呼ばれているのだと説く。冒頭の引用は、この〔問答〕に続く〔下歌《さげうた》〕である。

ところで、右、引用文中の「身は心なき山賤」という表現には、山賤という、「賤」にして「鄙」なる「心なき身」に宿る、「心」の存在が主張されている。この場合の「心」は、歌道を解し、風雅を愛する優しき心である。実方は、「賤」にして「鄙」なる「心なき身」である山賤の解き明かしによって、歌枕「阿古屋の松」の在所をめぐる「心の奥」を知るに至るのである。

〽げにや名にし負ふ、心の奥はありけりと、心の奥はありけりと、今こそ思ひ知られたれ、かほど卑しき翁さび、人な咎めそ、理りや、なほ物語り申せとよ。なほ物語り申せとよ。

ここに言う「心」とは、先の優しき心ではなく、「物事の意味、あるいは、わけ」(『日葡辞書』(2) Cocoro 項)である。「心の奥」は、深く秘された意味、真理となろう。

つまり、「賤」にして「鄙」なる山賤は、風流心のかけらも持ち合わせるはずのない身でありながら、「貴」なる「都」人である実方には思い及ばぬ「心」を知っていたのである。

「アコヤノ松之能」は、十五代観世大夫元章《もとあきら》の補訂による明和改正謡本(外組《そとぐみ》)を除くと他に伝本を見ず、上演記録も確認されていないが、『申楽談儀』には次のような世阿弥の発言が書き留められており、

西行・阿古屋の松、大かた似たる能也。後の世、かかる能書く者やあるまじきと覚へて、この二番は書き置く也。

その口吻から意志的な作品意図があったことが推し量られる、世阿弥の作である。陸奥へ下った実方が阿古屋の松の

在所を土地の古老に尋ね、出羽に存する由来を教えられる話は、『古事談』や『平家物語』『源平盛衰記』に見える。しかし、もちろん、右にみるような「心」をめぐる問答は、世阿弥の創意によるものである。

二

同じく世阿弥自筆本が残る「江口《えぐち》」。世阿弥の音曲伝書『五音《ごおん》』上に「江口遊女　亡父曲」とあることから、かつては〔クセ〕の作曲のみならず全体が観阿弥の関与作と考えられていたが、自筆本が伝える少なからぬ推敲の後からも、現在は世阿弥作が疑われることのない作品である(第二章第一節四参照)。この曲の前場は、『新古今和歌集』や『山家集』に見える、西行と遊女との贈答歌をめぐる問答によって構成される。

天王寺へ詣で侍りけるに、俄かに雨の降りければ、江口に宿を借りけるに、貸し侍らざりければ、詠み侍りける

世の中を厭ふまでこそかたからめ仮りの宿りを惜しむ君かな　　西行法師　(九七八)

世を厭ふ人とし聞けば仮の宿に心とむなと思ふばかりぞ　　遊女妙　(九七九)

右、『新古今和歌集』巻十・羈旅歌の詞書によれば、これは、天王寺詣での折に俄《にわ》か雨に降られて宿を乞うた西行と、拒んだ遊女との贈答歌である。西行の歌――現世を捨て執着を解き放つということまでをあなたのような遊女に望むのはとても無理でしょうが、出家の私にわずか一夜の宿を貸すことすら惜しむとは、やはり仏縁にほど遠い人ですね――は、もちろん擬似恋愛の形式を踏まえた、戯れの応酬であることが前提ではあるものの、宿泊を拒否する遊女の狭量さを呆れ諭したものであり、遊女を見下した僧の、教化《きょうけ》がましい視線が感じられる一首である。

「江口」のワキである諸国一見の僧は、西行に同じく江口の里を通りかかり、この西行の詠歌を口ずさみ、西行に心を寄せて、歌に詠まれた宿の主の心無さを同じく難じる。

ワキ〽げにや西行法師一夜《ひとよ》の宿を借りけるに、主の心なかりければ、世の中を厭《いと》ふまでこそ難《かた》からめ、仮の宿りを惜しむ君かなと詠じけんも、この人の宿りなりけり。

そこに、江口の遊女の幽霊(シテ)が里女の姿で現れて、ワキ僧の言葉を聞き咎める。

シテ〽草の蔭野の露の世を、厭ふまでこそ難からめ、仮の宿りを惜しむとの、その言の葉も恥づかしければ、さのみは惜しみ参らせざりし、その理りをも申さんために、これまで現れ出でたるなり。

ワキ〽心得ず、仮の宿りを惜しむ君かなと、西行法師の詠みける跡を、ただなにとなく弔ふところに、さのみは惜しまざりにしと、理り給ふ御身はさて、いかなる人にてましますぞ。

シテは、江口の遊女を「心なし」と難じたワキ僧に対して、遊女が詠んだ返歌の「理り」を説くために姿を現したのである。その「理り」とは、次の問答と

シテ〽心留むなと捨て人を、諫《いさ》め申すは女の宿りに、泊め参らせぬも理りならずや。

ワキ〽げに理りなり西行も、仮の宿りを捨て人といひ、

シテ〽こなたも名に負ふ色好みの、家にはさしも埋れ木の、人知れぬことのみ多き宿に、

ワキ〽心留むなと詠じ給ふは、

シテ〽捨て人を思ふ心なるを、

ワキ〽ただ惜しむとの、

シテ〽言の葉は、

これに続く〔上歌《あげうた》〕

〽惜しむこそ、惜しまぬ仮の宿なるを、惜しまぬ仮の宿なるを、などや惜しむと夕波の、返らぬいにしへは今とても、捨て人の世語りに、心なとどめ給ひそ。

で語られる、遊女の返歌の主意である。すなわち、西行が「仮の宿を惜しむ」行為であるとして批難した遊女の宿泊拒否は、「仮の宿」に過ぎない現世において一夜の宿りに執着する西行をこそ諫めたものであるという、返歌の真意、道理である。世捨て人と自称しながら、なおも現世に執着する西行の方こそが未悟であり、一方、西行によって「仮の宿りを惜しむ君かな」と難じられた遊女は、現世が「仮の宿り」であることを知っているからこそ、西行との一夜を受け入れなかったのだと弁護し、西行と遊女の立場を見事に逆転させる。

このように、「江口」の前シテは、歌の「心」を理解せず、江口の遊女を「心なし」と非難したワキ僧に、返歌の「理り」、すなわち歌の道理、真意を解き明かし、「賤」なる遊女に存する「心」の存在を主張する。この「賤」なる遊女と、「聖」なる僧の逆転の構図は、後場において、僧の目の前で江口の遊女が普賢菩薩へと顕現し、極楽浄土へ向かうことと呼応しているのである。

「理り」はこの作品においても、「心なき」「賤」なる存在であるはずの遊女によって、「聖」なる僧へと教え示されている。

三

冒頭に掲げた、「勝るをも諂はざれ、劣るをも卑しむなとの本文」は、「阿古屋松《あこやのまつ》」のほか、やはり世阿弥作の「敦《あつ》盛《もり》」と、同じく世阿弥作の可能性が高い「志賀」に使われており、世阿弥が好んで用いた「本文」であった。

「敦盛」では、須磨一ノ谷に草刈りの姿で現れた敦盛の幽霊(シテ)が吹く笛を、

　その身にも応ぜぬ業《わざ》、返す返すも優しうこそ候へ。

と驚く蓮生《れんしょう》法師(ワキ)に対して、草刈りは、かの本文を引き、

　その身にも応ぜぬ業と承れども、それ勝るをも羨《うらや》まざれ、劣るをも卑《いや》しむなとこそ見えて候へ。

と聞き咎《とが》める。そして、樵歌牧笛の声は「歌人の詠」にも詠まれるではないかと反駁し、蓮生は、「げにげに、これは理りなり」(3)と、得心する。ここでも、草刈りが笛を吹くことは「身にも応ぜぬ業」なのではなく、「身の業の好ける心」によるものであるという「理り」が、「賤」にして「鄙」である草刈りによって、僧へと説き示されている。

ところで、「敦盛」前場において、敦盛の霊が草刈りの姿で蓮生の前に現れて笛の音の主であることを告げるについては、さまざまの「心」が存している。

まず、平家の公達敦盛は、名管「小枝」(4)を所持する笛の名手であった。敦盛はこの一ノ谷の地で熊谷次郎直実《なおざね》に討たれた最期の時にも笛を懐中しており、直実は敦盛の形見である「笛と首とを手に」「発心」し、蓮生法師となったのであった。前シテの草刈りがいう「樵歌牧笛の声」とは、『和漢朗詠集』山家所収の紀斉名《きのただな》の詩

　山路日落満耳者　樵歌牧笛之声　澗戸鳥帰遮眼者　竹煙松霧之色

の第二句に依拠し、「牧笛」とは「馬牛飼童ノ吹笛」(『和漢朗詠集和談鈔』(5))のことであるが、馬牛を飼う童が飼葉を刈るところから、「牧笛」は次のように「草刈り笛」と読み替えられる。

　牧笛トイハ、クサカリノ笛也。(『和漢朗詠集永済《えいさい》注』)

　牧笛ハ、草刈ノ笛也。牧ハ、マキナレドモ、今ハ草刈笛ト可心得也。(広島大学本『和漢朗詠集仮名注』)

牧ニ馬カウ童部ハ、ヲカシゲナル笛ヲ吹也。此ヲ、草刈リ笛ト云也。（国会図書館本『和漢朗詠集注』）

敦盛の霊が笛を吹く草刈りの姿で現れる「心」の一つには、このように、「草刈り笛」を介して想起される、笛の名手敦盛像がある。

また、草刈りは、

この岡に草刈る童《わらは》然《しか》な刈りそねありつつも君が来まさむみ馬草《まくさ》にせむ

（『万葉集』巻七・一二九一・柿本朝臣人麻呂歌集）[6]

童《わらは》ども草はな刈りそ八穂蓼《やほたで》を穂積《ほづみ》の朝臣《あそ》が腋草《わきくさ》を刈れ　平群朝臣《へぐりのあそみ》（『万葉集』巻十六・三八四二）

右、『万葉集』以来、童の仕事として認識されており、従って、「草刈り笛」を吹くのも童の業であった。[7]

御牧野の草刈り笛の童声あなかまとのみよそへてぞ聞く（『新撰六帖題和歌』一八〇九）

日暮れぬと山路を急ぐうなゐ子が草刈り笛の声ぞさびしき（『夫木《ふぼく》和歌抄《かしよう》』一六七四五）

一ノ谷の戦いにおいて、「古兵《ふるつはもの》」である直実は、「幼弱」「幼齢の人」と形容される「生年十六」の敦盛に、自らの嫡男である小次郎を重ね見た。敵の大将とはいえ、嫡男と生年を同じくする敦盛は、直実にとって我が子に等しい、いたいけな存在であった。直実は、自らが敦盛の孝養を行うことを誓った上で、やむなくその首を掻き落とす。「敦盛」前場において、敦盛の霊が童の仕事である草刈りの姿で登場する「心」には、このように直実に討たれた敦盛が「幼齢の人」であったことも込められているのだと思われる。

能「敦盛」において、敦盛の霊は、蓮生法師となった直実が「毎日毎夜」「明け暮れに」敦盛の菩提を弔っているのを知っている。知った上で、「現《うつつ》の因果を晴らすために」、蓮生の前に現れる。討ち討たれ、弔い弔われる二者の抜き差しならぬ宿運、悪縁に対峙するためである。敦盛の霊は、朝夕の蓮生の弔いを受けながらも、未だ、直実との因果に迷い、宿敵直実の弔いによって果して本当に成仏ができるのか、迷いの罪に苦しんでいたのである。

『平家物語』延慶本《えんぎょう》によれば、直実は、敦盛の首と敦盛が所持していた篳篥《ひちりき》(銘 月影)を屋島にいる敦盛の両親に送る。この時に添えた書状を次に引用するが、

此君ノ与二直実一、結ビ二奉ツル悪縁一事、歎哉、悲哉、宿運深厚クシテ、為ス二怨敵之害ヲ一。雖モレ然リト翻シテ非二此逆縁ノ一者ニ、争デカ互ニ切リテ二生死之木綱ヲ一、成ラムト二一ツノ蓮実一。

直実は、敦盛との宿運、悪縁を逆縁として二者の生死の絆を断ち切り、自らと敦盛とが共に成仏することを希求して、出家の道を選択した。能「敦盛」において、前述のように未だ迷いの中にあった敦盛の霊は、かつての宿敵である直実と再び対峙する。そして、敦盛の霊は、他ならぬ直実の弔いによってこそ悟りへと導かれるのだという因果を受け入れ、直実を「敵《かたき》にてはなかりけり」「まことに法《のり》の友なりけり」と得心するに至るのである。

能「敦盛」において、一介の坂東武者に過ぎぬ直実の刀によって無念にも命を落とした平家の公達敦盛は、死後、「鄙」にして「賤」なる草刈りの姿で、出家して蓮生と名を変え都から下ってきた直実の前に現れる。僧となった蓮生が、草刈りが吹く笛を「身にも応ぜぬ業」と訝しむのに端を発し、敦盛の霊は、「賤」なる草刈りが吹く笛の「理り」を解き明かし、次第に草刈りの姿で現れた自らの「心」を説いていく。「理り」を知ることが「心」あることであり、「心」を知ることが「理り」である。

さらに、シテの姿、ことばに込められた「心」は、時に、「本説」と言い換えることが可能である。同じく、「勝るをも諂《へつら》はざれ、劣るをも卑しむなとの本文」を引用する「志賀」では、薪に花を折り添えて花の下で休息する山賤(シテ)に、当今に仕える臣下(ワキ)が

へ心ありて休むか、ただ薪の重さに休み候ふか。

と問う。古今集仮名序の大伴黒主《おおとものくろぬし》評「その様、いやし。言はば、薪負へる山人の花の陰に休めるがごとし」を装ってみせた山賤の「心」を解しない臣下の愚問に対して、山賤は「仰せは面目無きよなう」と諌め、「理り」を説く。

〽こはいかに勝るをも羨まざれ、劣るをも賤しむなとの、古人の掟は誠なりけり優しくも、古歌の喩への心を以て、今の返答申したり。

ここにいう「古歌の喩えの心」とは、「本説」に他ならない。『五音』所収の「六代ノ歌《うたひ》」に、次のような注記があるように、

是ハアル御方様ヨリ本ゼツアルコトヲ序破急ニ書テ進上セヨトノ御意ヲモテシルシタル歌ナリ。

本説の重視は世阿弥の内的必然性に因るばかりではないが、如上のような「心」の解き明かしが世阿弥の作品に多く見られることは、本説を重視する世阿弥の姿勢と深く関わっている。そして、本説の開陳によって劇を展開させる手法は、世阿弥の影響を強く受けた息男の元雅《もとまさ》や娘婿である禅竹の作品にも引き継がれている。

元雅作「弱法師《よろぼし》」においても、難波の寺に咲く梅の「心」を知るのは、天王寺の僧ではなく、盲目の乞丐人《こつがいにん》である弱法師であり、日想観を拝む貴賤群集の中で、極楽の東門が我が方へ開かれているのを観相して、入り日を心眼に収め得たのは、やはり誰よりも深く心の闇を見つめ続けている弱法師であった。

禅竹作「龍田」では、龍田川を渡ろうとする廻国聖《かいこくひじり》(ワキ)を、龍田明神の巫女《かんなぎ》と名乗る女性(シテ)が止める。不審に思ったワキが理由を問うと、シテは「心もなくてこの川を渡り給はば、神と人との中や絶えなん。よくよく案じて渡り給へ」と諭す。ワキは、「げに、今思ひ出したり。(中略)古歌の心を思へとや」と返答し、古歌「龍田川紅葉乱れて流るめり渡らば錦中や絶えなん」の「心」(意味)に思いをめぐらす。シテは重ねて、「それにつき、なほなほ深き心あり」と語り、この古歌が「深き心」(深秘)を持つ秘歌であることを示す。こうして、「心」の解き明かしによって、

紅葉が龍田社の御神木であるという秘説が説き顕されていくのであり、これは、後場で神体を顕した龍田明神が、矛の刃先と紅葉が同じく八葉であることを以て、天の逆矛の守護神である滝祭の神と龍田明神とを同一体と説く伏線となっている。

元雅と禅竹は、世阿弥の本説重視を最もよく理解し、これを継承した能作者でもあった。

四

逆説・逆転の構図によって「理り」が語られる典型的な例には、「卒都婆小町《そとばこまち》」の卒都婆問答が挙げられよう。倒れた卒塔婆に腰を掛けた「賤しき埋れ木」である「心なき身」の「乞丐人」が、これを教化しようとした僧に逆に「理り」を説いて論駁し、ついには「まことに悟れる非人」と賛嘆せしめ、僧が頭を地に付けて老女に礼をなす構図は、痛快なまでの逆転劇である。

〔問答〕ワキ〽いかにこれなる乞丐人、おことの腰掛けたるは、忝《かたじけ》なくも仏体色相《ぶつたいしきしやう》の卒都婆にてはなきか、そこ立ちのきて余《よ》の所に休み候へ。シテ〽仏体色相の忝なきとは宣《のたま》へども、これほどに文字も見えず、刻める形もなしただ朽木《くちき》とこそ見えたれ。

〔掛ケ合〕ワキ〽たとひ深山《みやま》の朽木なりとも、花咲きし木は隠れなし、いはんや仏体に刻める木、などかしるしのなかるべき。シテ〽われも卑しき埋《うも》れ木なれども、心の花のまだあれば、手向けになどかならざらん、さて仏体たるべき謂《い》はれはいかに。ワキ連〽それ卒都婆は金剛薩埵《こんがうさつた》、仮に出化《しゆつけ》して三摩耶形《さまやぎやう》を行ひ給ふ。シテ〽行ひなせる形はいかに。ワキ〽地水火風空《ちすゐくわふうくう》。シテ〽五大五輪《ごたいごりん》は人の体《たい》、なにしに隔てあるべきぞ。ワキ連〽形はそれに違はずとも、心功徳《くどく》は変はるべし。　シテ〽さて卒都婆の功徳はいかに。　ワキ連〽一見卒都婆永離三悪道《いつけんそとばやうりさんあくどう》。　シテ〽一念発起菩提心《いちねんほつきぼだいしん》、それもいかでか劣るべき。　ワキ連〽菩提心《ぼだいしん》あらばなど憂世をば厭《いと》はぬぞ。　シテ〽姿が世をも厭はばこそ、心こそ厭へ。　ワキ〽心なき身なればこそ、仏体《ぶつたい》をば知らざるらめ。　シテ〽仏体と知ればこそ卒都婆には近づきたれ。　ワキ連〽さらばなど礼《らい》をばなさで敷きたるぞ。　シテ〽とても臥《ふ》したるこの卒都婆、われも休むは苦しいか。　ワキ〽それは順縁《じゆんえん》にはづれたり。　シテ〽逆縁《ぎやくえん》なりと浮かむべし。　ワキ連〽提婆《だいば》が悪も、シテ〽観音《くわんのん》の慈悲。　ワキ〽槃特《はんどく》が愚痴《ぐち》も、シテ〽文殊の知恵。　ワキ〽悪といふも、シテ〽善なり。　ワキ〽煩悩といふも、シテ〽菩提《ぼだい》なり。　ワキ連〽菩提もと、シテ〽植ゑ樹にあらず。　ワキ〽明鏡《みやうきやう》また、シテ〽台《うてな》になし。

〔歌〕地〽げに本来一物《いちもつ》なき時は、仏も衆生も隔てなし。

〔上歌〕地〽もとより愚痴の凡夫を、救はんための方便の、深き誓ひの願なれば、逆縁なりと浮かむべしと、ねんごろに申せば、まことに悟れる非人なりとて、僧は頭《かうべ》を地に付けて、三度礼《らい》し給へば、シテ〽われはこの時力を得、なほ戯れの歌を詠む。

〔下ノ詠〕シテ〽極楽の、内ならばこそ悪しからめ、外はなにかは、苦しかるべき。

〔歌〕地〽むつかしの僧の教化《けうけ》や、むつかしの僧の教化や。

この構図は、世阿弥作の物狂能にも看取される。

ワキ〽あら面白や、心もなき人と思ひて候へば、近頃面白き人にて候よ。

シテ〽盲目なる者の癖とて耳が早く候ぞ。ただ今仰せ有りつる御ことばに、心なきと仰せ候ひつるな。この逢坂にて盲目なる者の藁屋作りて住むを、心なき者かとの御事は愚かにこそ候へ。

ワキ〽さて〳〵盲目なる人の藁屋作りて逢坂に住むが、心あるとのその謂れは候ふ。

右「逢坂《おうさか》物狂」において、逢坂の関の藁屋住まいの「盲人」を見下して「心もなき人」と呼ぶワキに対して、シテは自らの「心ある」行為の理りを説いていく。

あるいは、「花筐《はながたみ》」において、持参していた花筐を官吏によって荒々しく打ち落とされた狂女は、官吏に対して「打ち落とし給ふ人々こそ、我よりもなほ物狂よ」と反論し、その「理り」を説く。

このように、物狂能の中で、「心の如く振舞う」(8)物狂は「理り」を述べる。物狂もまた、逆転の構図の下に、「理り」を知る「心ある」存在に他ならない。「心」と「理り」をめぐる問答は、世阿弥の中で常に繰り返される命題であったのである。

(1) 日本古典文学大系『謡曲集』所収「阿古屋松」の頭注は、『揚子方言』修身「上交不レ諂、下交不レ驕、則可二以有一レ為矣」から出た諺かとする。『論語』学而篇に「貧而無諂、富而無驕」と見え、『三国伝記』四―二三「原憲与二子貢一対面ノ事」には、「有《レドモ》二貧而不レ諂《ルハ》、無《シ》二富而不レ驕」と『論語』学而篇を変形した引用が見える。なお、能「阿古屋松」「敦盛」「志賀」では、「驕る」が「卑しむ」と変わり、優劣が生む差別意識をより諫める表現となっている。

(2) 『邦訳日葡辞書』岩波書店、一九八〇年に拠る。

(3) 「理りなり」を、京都大学蔵江戸初期節付十三冊本等下掛りは「面白きこたへかな」とする。

(4) 『源平盛衰記』巻三十八他。笛の名は平家諸本によって異なる。以下、括弧で括った引用は、『源平盛衰記』に拠る。「蝉折」「仇をば恩」という語句の一致から、「敦盛」は『源平盛衰記』との関係が注目されている（島津忠夫「三道にいはゆる平家の物語」『平家物語試論』汲古書院、一九九七年。岡田三津子「1400年前後――応永・永享期の軍記物語」『国文学　解釈と教材の研究』二〇〇〇年六月）。

(5) 引用は『和漢朗詠集古注釈集成』大学堂書店。以下、朗詠注の引用は同書に拠る。

(6) 『拾遺和歌集』巻九・五六七では、第二句を「草刈る男」、第三句を「しかな刈りそ」とする。

(7)　引用は新編国歌大観に拠る。『新撰六帖題和歌』一八〇九歌は「笛」題であり、『夫木和歌抄』にも収録される。『夫木和歌抄』一六七四五歌は、六帖題御歌「うなゐ子」題。

(8)　「如レ心振舞又狂人ナルベシ」『聖財集』。第三章第二節「ひたぶる心と反俗」参照。

第二章　本説と方法

第一節　求道と芸能――世阿弥と禅

一

世阿弥の能楽論が、二条良基《にじょうよしもと》のものを始めとする連歌論をなぞるようにして書き進めながら、ある時期より禅の強い影響を受けていくことは周知の事柄であるが、これには世阿弥の内的必然があったと思われる。能は、演技・音曲の宿命ではあるものの、その全てが「かたち」をとった直後に消え去るものであり、和歌や連歌のように「かたち」を残すということがない。勿論、和歌や連歌も詠じられるものではあるが、ことに世阿弥が上演時の感動、評判を論じようとする場合、能本は能を写し取った影に過ぎない。音楽にとっての楽譜のように、この影を通して再生も可能であるが、全き像はそれが現れた瞬間には消え去っている。かたちを留めることができないにも拘わらず、しかし、明らかにそこに存在する美、感動に対して語ることばを連歌論は持っていなかった。禅は、この空白を埋めることばの源泉として、世阿弥の目に映ったのではないだろうか。

世阿弥が佐渡から禅竹に宛てた書状に見える「ふかん寺」を奈良県磯城《しき》郡田原本《たわらもと》町味間《あじま》にある補巌寺《ふがんじ》に比定された香西精氏の一連の論(1)を機縁として、昭和三十四年、表章氏によって、世阿弥とその妻の法名(至翁《しおう》・寿椿《じゅちん》)を記す土地台帳兼年貢収入控帳が発見された。この補巌寺納帳発見の意義は大きく、世阿弥の菩提寺が曹洞宗寺院補巌寺であることが、世阿弥の忌日(八月八日)と共に明らかになる。(2)禅語が頻用される『拾玉得花』が金春家蔵書より出現し公刊された、(3)わずか三年後のことである。以後、世阿弥の「禅的教養」は主に曹洞禅との関係において語られるところとなり、(4)香西精氏は世阿弥の「芸論に内在する曹洞色」を拾われて、世阿弥の禅の知識が臨済禅ではなく曹洞禅によることを積極的に主張された。

しかし、森末義彰氏によって、桃源瑞仙《とうげんずいせん》『史記抄』巻六・滑稽列伝・第六十六の「優孟者」に付された注に、一禅僧の懐古談として世阿弥の消息が書き留められていることが報告され、世阿弥と不二和尚岐陽方秀《きようほうしゆう》(八十世東福寺住持)との間に親密な交流があったことが知られるようになる。(5)その後、落合博志氏は、米原正義氏稿「細川満元《ほそかわみつもと》と北山文化」(『国学院雑誌』一九八九年十一月)が指摘する満元と岐陽方秀との結びつきに着目し、『史記抄』が伝える二者の交流は、横越元久《よこおもとひさ》ら被官人を含む細川家、ことに世阿弥の後援者的存在であった細川満元を媒介にしたものであろうことを、綿密な考証を基に推測されている。(6)そもそも、こと宏智《わんし》派に限らず、南北朝から室町初期にかけての臨済禅と曹洞禅は、室町中期以降の状況とは異なり、その区別は曖昧であり、補巌寺が属する永平下の曹洞宗であっても、臨済とは互いに流動的な要素を多分に有していたとされている。(7)世阿弥の時代においては、禅との関わりを曹洞禅に限定するのは穏当な判断ではないだろう。世阿弥に強い影響を与えた二条良基も、義満を通じて義堂周信《ぎどうしゅうしん》と交わり、しばしば和漢聯句を嗜んでいたが、(8)自身は曹洞宗宏智派の別源円旨《べつげんえんし》に帰依し、道号を大衍と称し、別源の弟子である玉岡《ぎょくこう》如金《じょきん》の塔頭《たっちゅう》、建仁寺新豊庵の檀那を務めていた。(9)また、岐陽方秀が著した『碧巌録《へきがんろく》』の注『碧巌録不二鈔《ふにしょう》』にも、

「洞宗に云」という形での聖典の引用を容易に拾うことができるのであり、世阿弥の「曹洞色」は将軍周辺の臨済禅の摂取の過程でも取り得るものであった。つまり、世阿弥が影響を受けた禅を曹洞禅に限定することが有効でないと同時に、叢林ではなく林下の禅と限定すること(10)もまた、首肯し難いのである。世阿弥の禅的環境は、先ずは世阿弥の庇護者であった将軍義満、義持をめぐる禅的環境の再検討から始められるべきであろう。

二

義満・義持周辺の禅僧といえば、遣明使に遣す国書の執筆を一任され(『吉田家日次記《よしだけひなみき》』)、清原良賢《きよはらよしかた》・東坊城秀長《ひがしぼうじょうひでなが》らに代わって義満の宗学の師をも務めた(『空華日用工夫略集《くうげにちようくふうりゃくしゅう》』)義堂周信、相国寺建立を推進し五山を統率していた春屋《しゅんおく》妙葩《みょうは》、金剛経・十牛図等の講義を行っていた絶海中津《ぜっかいちゅうしん》等が挙げられるが、彼らは皆、夢窓疎石の法嗣であった。夢窓は足利尊氏・直義《ただよし》兄弟が帰依した禅僧であり、尊氏は、子孫及び一族家人等が末代まで夢窓を開山とする天龍寺に帰依し、外護《げご》を疎かにせぬよう申し置いた(11)。夢窓の法嗣は一万余人に上るという(12)が、彼らの間で語られた夢窓像は、「一世定光、古仏再来」(義堂『広智国師語録《こうちこくしごろく》』)、「観音の再来」(『蔭涼軒日録《いんりょうけんにちろく》』延徳三年四月十七日条)というものであった(13)。夢窓の没年は観応二年(一三五一)。没後十二、三年を経て生を受けた世阿弥(貞治二年もしくは三年生誕)は、夢窓の弟子たちを通じて夢窓と接していたということになる。

世阿弥と夢窓との関わりに初めて注目されたのは、安良岡康作氏「夢窓と世阿弥」(『国文学　解釈と鑑賞』一九四九年四月)であった。氏は、『夢中問答集』の最後の問答

問　如何是和尚真実ニ人ニ示ス法門。

答　新羅夜半ニ日頭明ナリ。（国立国会図書館蔵康永元年竺仙跋、同三年竺仙再跋五山版、勉誠社、古典資料類従5）

が『九位《くい》』に引用されていることを初めとして、『花鏡《かきょう》』奥段、「初心不レ可レ忘」の一句をめぐる一節に引用される「前々の非を知るを後々の是とすと云へり」が『夢中問答集』第二十五問

問　外道二乗等ハ、其智正路ニアラザレバ、道ノ障トナルベシ。三賢十聖ノ智恵ヲモ、障トキラフベシヤ。

答　教ノ中ニ、智還テ惑トナルトイヘル文アリ。譬ヘバ病ノ苦痛ヲナヲス時ハ、灸治大切ナレドモ、病苦ナヲリテ後、身ヲナヤマスモノハ、灸治ナルガゴトシ。又云、前々ノ非ヲ知ヲ、後々ノ位トスト云々、（後略）

の中にも引用されること、『遊楽習道風見《ゆうがくしゅどうふうけん》』第二条に引用される「法を得る事は易く、法を守る事は難し」の句が、やはり『夢中問答集』第三十五問に「古人云」として引用されること等を指摘されて、世阿弥の能楽論との類似性を説かれた。

しかし、『夢中問答集』末尾の「新羅夜半ニ日頭明ナリ」は、『伝灯録』十二魯祖教章に

問、如何是高峯孤宿底人。師曰、半夜日頭明、日午打三更。

最高位の境地を示す譬喩として使われているのを始めとして、無刊記本『句双紙《くぞうし》』[14]にも見える語である。また、「半夜」が「夜半」になった形についても、蘭渓道隆《らんけいどうりゅう》の『注心経』に既にあることが指摘されている。[15]安良岡氏が指摘された他の引用箇所についても、『夢中問答集』以外の禅書にも見出せる慣用句であるため、以後、夢窓『夢中問答集』が世阿弥との関係において特に注目されることはなかった。

しかし、世阿弥が実際にどれほど多くの禅籍を手にすることができたかは、甚だ疑問である。その中にあって、足利直義の問に夢窓疎石が答える和文の問答形式で書かれた『夢中問答集』は、康永元年（一三四二）に五山版として刊行されており、手にすることの可能な禅の入門書であった。[16]そして、この書が世阿弥に与えた影響は、以下述べるよ

うな能の作品にも指摘することができるのである。
世阿弥の能楽論における禅の影響について、小稿では、世阿弥関係の曲に見られる『夢中問答集』の影響について考えてみたい。

三

『夢中問答集』第七問

問　仏力法力、タヤスク定業ヲ転ズルコトアタハズハ、何ヲカ仏法ノ利益ト申スベキヤ。

に発する問答の中で、夢窓は、伊勢外宮《げくう》と内宮《ないくう》を参詣した折のことを回想して「神ハ皆仏菩薩ノ垂迹ナリ」と述べ、続いて次のような八幡縁起を説いている。

八幡大菩薩、昔豊前国宇佐宮ニ、神トアラハレサセ給テ後、一百十年アリテ、山城国男山ニ、ウツラセ給シ時、行教和尚ノ三衣ノタモトニ三尊ノ霊像ヲ現ジ給キ。今男山ノ御殿ニ、オサメ奉ル、シルシノ箱ト申スハ是ナリ。弘法大師御対面ノ時ハ僧形ヲ現ジ給キ。大師其御影ヲウツシ給フ。大菩薩マタ自、大師ノ御影ヲウツサセ給キ。其両御影ハ、高雄ノ神護寺ニオサメ奉レリ。是則衆生ヲ誘引シテ、仏法ニ帰依シ、生死ヲ出離セシメムタメノ瑞相ナリ。男山ニ放生会トテ、毎年八月一日ヨリ、十五日ニ至マデ、所々ニ人ヲツカハシテ、百万喉ノ魚ヲ買テ、山下ノ小河ニ放テ、其善根ノ供養ノタメニ、十五日ノ早朝ニ御輿山下ヘクダラセ給フ。其時祠官法会ヲ行ヒ、伶人妓楽ヲ奏ス。神輿山上ヨリヲリサセ給フ時ハ、社司祠官等各衣服ヲカザリテ供奉ス。其ヨソオヒマコトニ厳重ナリ。法会終テ、還御ナラセ給フ時ハ、サキノ儀式ニハヒキカヘテ、祠官等ノ供奉人、皆美服ヲヌギテ浄衣ヲ着シ、白杖ヲツキワラウヅヲハキテ、送リ奉ル。ヒトヘニ葬礼ノ儀式ナリ。是則、朝ニ紅顔アリテ、世路ニホコレドモ、暮ニハ白骨トナリテ郊原ニクチヌト、イヘル理ヲシメシ給ヘリト、申伝タリ。大菩薩ハ正直ノ首ニヤドリ玉ハムトイフ、御誓アリ。正直ト申ニ、浅深アリ。虚妄ノ見ヲハナレテ、真正ノ道ヲサトレルハ、真実正直ノ人ナリ。ソレマデハナケレドモ、無常ノ理ヲシリテ、名ヲモトメズ、利ヲムサボラズ。仁義ノ道ヲマナビテ、物ヲコロサズ、理ヲマゲズハ、是又正直ノ人ナリ。放生会ノ儀式ハ、シカシナガラ、衆生ヲ誘引シテ、カヤウノ正直ノ道ニ入シメムトノ方便ナリ。貴賤道俗大菩薩ヲ、仰奉ザル人ハナシ。然ドモ、若此正直ノ道ニ入給ハズハ、タトヒ貴人高僧ノ御首ナリトモ、大菩薩ノヤドラセ給コトアルベカラズ。イハムヤ余人ヲヤ。伊勢八幡ノ御事ノミ、カヽルニハアラズ。其余ノ諸神、逆順ノ方便、コトナリトイヘドモ、哀憐ノ旨趣ハ同カルベシ。朝夕ノフルマヒハ、ミナ神慮ニソムキナガラ、我イノル事ノカナハヌト、恨奉ルコトハ、ヒガメルニアラズヤ。

一方、八幡宮縁起を基に作られた世阿弥関係の能に「弓八幡《ゆみやわた》」と「放生川《ほうじようがわ》」がある。「弓八幡」は、「八幡」の名で『三道《さんどう》』に、「弓八幡」の名で『申楽談儀』に見え、『申楽談儀』ではこれを世子《ぜし》作とする。「放生川」は「八幡放生会の能」「放生会の能」の名で『申楽談儀』に見えている。この内、「弓八幡」の方は、如月初卯の神事の日に石清水に参詣した勅使の前に翁が現れ、錦の袋に包んだ桑弓を、八幡神の託宣によって君(後宇多院)に捧げ、後半、高良神《こうら》が出現し、治世安泰を祝福するという内容で、八幡宮縁起については、神功皇后の出兵を端緒に、「弓箭を以て世を治めし始め」の物語として簡略に語られているのみである。それに比して、八幡宮縁起を主軸として作られているのは、今一つの「放生川」の方である。この曲の梗概を次に記しておく。

鹿島の神職である筑波某が上洛し、寺社を巡ったのち、八月十五日に石清水八幡に参詣する。その日の神事のために社僧は皆、浄衣を纏っており、境内は厳かな空気が漂っている。暫く歩いていると、筑波某は生きた魚を持ち歩く異形《いぎよう》の翁に出会う。不審に思い尋ねてみると、翁は、今日の放生会の神事とは、生けるを放つ祭だと答え、手に持っていた生きた魚を放生川に放した。翁は続いて放生会の由来を語り、筑波某に乞われるままに石清水八幡の草創縁起を説き始める。そのただならぬ風情を感じた筑波某の前に、翁は自ら武内の神であることを名乗って男山山上へ消えていく。後半は武内の神が神の姿を現し、行教《ぎようきよう》和尚が八幡を宇佐から石清水へ遷座した折に夢想の告げによってつくったという謂われのある喜春楽の舞楽等を舞い、和歌の道を言祝ぐ。

この「放生川」は、承和縁起と称される『宇佐八幡宮弥勒寺建立縁起』(17)、貞観五年(八六三)行教作の奥書を有する『石清水八幡宮護国寺略記』、長徳元年(九九五)権寺主法師平寿《へいじゆ》作の奥書をもつ『石清水遷座略縁起』、応和二年(九六二)奥書の『大安寺八幡大菩薩御鎮座記并塔中院建立次第』などの古縁起(18)に拠って作られたのではなく、『八幡愚童訓《はちまんぐどうくん》』(19)『八幡宮巡拝記』(20)や『八幡宇佐宮御託宣集』(21)、絵巻『八幡宮縁起』(22)諸本等、鎌倉期以降新たに編纂された中世の八幡宮縁起の理解の上に成立している。他の世阿弥作の能同様、これらの八幡縁起の一本をそのまま流用した作り方にはなっていないが、概ねその理解に則って作能されている。「放生川」は、石清水八幡宮最大の神事である放生会を中心に八幡縁起を語る能であるが、古縁起においては放生会についてのまとまった記述はない。前シテの翁が魚を放つ放生川は曲名ともなる語(23)であるが、勿論古縁起には見られない。鎌倉期書写幸清《こうせい》撰『諸縁起』(『石清水八幡宮叢書』二)所収の「放生会事」も、その由来を他書に同じく最勝王経とし、経文の一節「有長者救池魚」を引用する。同書所収の「放生会縁起」にも、「水仁放也」と記すに過ぎない。『八幡愚童訓』乙「遷坐事」に至って、「麓には河水澄々として、三五月の光をうかべて放生を修する所あり」とあり、これに放生川の名が付されている。この他、紙幅の関係で一々の対照を省略するが、行教への託宣、石清水への遷座、「人の国より我が国、他の人よりも我が人」「正直の頭《かうべ》に宿る」「利益諸衆生《りやくしよしゆじやう》」等の託宣、御前の鳩、八幡神と八正道との関連付け等、「放生川」は、中世の八幡縁起に忠実に依拠して作能されているのである。

ところが、前シテの翁が八幡縁起を語り始める〔クリ〕の部分

〽そも〳〵当社と申は、きんめい天皇のむかしより、一百よ歳の代々をへて、この山にうつりおはします。

（上掛り松井文庫蔵妙庵玄又《みょうあんげんゆう》手沢五番綴本「はうしやう川」。諸本間に大異無し）

に言う「一百余歳」については、草創に関わる大事な事柄であるにも拘わらず、中世の主だった八幡宮縁起には見えない記述である。勿論、八幡大菩薩が欽明天皇の代に宇佐へ影向《ようごう》したことは、次に引用する『八幡愚童訓』乙他、諸書に見える。(24)

右大菩薩は、日本国人王第十六代の応神天皇の霊跡也。（中略）蓮台寺の山の麓、菱潟の池の辺に鍛冶する翁にておわしけり。件の在所を御庵と名付て今にあり。其相貌はなはだ異形なるによて、大神の比義、五穀をたち三年の間給仕して、第卅代欽明天皇十二年正月に御幣をたて、祈請して申さく、「年来籠居て仕奉事は、其形唯人にあらざるによて也。もし神ならば吾前にあらはれ給ふべし」とて、懇念をいたす時、翁忽に失て、三歳計《ばかり》の小児と成て、竹の葉の上に立給ての給く、「吾は日本の人王十六代の誉田の天皇也。護国霊験威力神通大自在菩薩」と告給て、御すがたかくれて、後、百王鎮護第二の宗廟といはれ給ふ者也。

（『八幡愚童訓』乙・垂迹事、日本思想大系『寺社縁起』所収）

また、宇佐に詣でた行教和尚の三衣の袂に、御影が映り、和尚上洛の折に八幡大菩薩が石清水に遷座したことも、諸書に見えている。

清和天皇御宇貞観十八年七月十五日夜半に、ひそかに行教にしめし給、我汝にともなひて、王城近く遷座して、国王を守護し奉るべしとの給ければ、和尚いづれの所にかましますべきやと申、王城の南男山をさして御在所と

すべき旨を教給、すなはち行教の三衣に、弥陀三尊にてあらはれ給。

（『八幡宮縁起』、古典文庫『中世神仏説話』所収）

しかし、欽明天皇の十二年（『巡拝記』は十六年）は五五一年、一方、行教に示現があったのは貞観十八年（八七六）（『八幡愚童訓』では貞観元年）であり、二つの事柄の間には三百年余りの隔たりがある。しかし、「本説」を大切に説いた世阿弥が、縁起の説き起こしにあたる重要な部分を安易に創作したとは考え難いのである。

もっとも、「一百余歳」という時間の概念を中世八幡縁起の別の箇所に見出すことはできる。

又和気の清丸につげ示し給しは、「汝男山に神宮寺を建立すべし。我百十年を過して彼所に移給べし。清丸が命それまで有べからざれども、兼て造おくべし」と仰ありしかば、一伽藍を造営して、足立寺と名付たり。されば遷坐あるべき神方はるかに其期あり、人望時をあひ得たり。（『八幡愚童訓』乙・遷坐事）

道鏡即位事件の折のこの託宣は、八世紀中葉の出来事であり、これより貞観の遷座までを百十年とするのは正しい。しかし、これは欽明天皇の時ではない。この記述を持つものは『八幡愚童訓』乙の他には見当たらないが、[25]同書においても、他の中世縁起同様、欽明天皇の代に八幡大菩薩が姿を現したことが明確に示されていることは、先に見た通りである。

では、世阿弥は、八幡大菩薩垂迹から石清水遷座までの時間と、和気清丸への託宣から石清水遷座までの百十年とを混同して、あるいは創作して「放生川」の縁起を記したのであろうか。このように能「放生川」が諸縁起類との齟齬を見せる中で、『夢中問答集』所引八幡縁起には「一百十年アリテ」と見えるのが注目される。欽明天皇の代の八幡大菩薩示現から行教の時代の石清水遷座までの時間は、一百余歳ではあり得ないが、確かにこの二つの事象の時間的隔たりを「一百余歳」と把握した理解が当時存在していたことが知られる（『神道雑々集』や『神代巻取意文』所引の八幡宮縁起も『夢中問答集』にほぼ同文である。落合博志氏御示教）。
加えて、『夢中問答集』七の八幡縁起と「放生川」との関連はこれに留まらない。前場のワキとシテとの〔問答〕、生きた魚を持つ翁に鹿島の神職筑波某が放生会の由来を尋ねる場面を次に引用する。

ワキへげに有りがたき御ことかな、さて〳〵いけるをはなすなる、其御いはれは何事ぞ。
ツレへいこくたいぢの御時に、おほくのてきをほろぼし給ひし、きしやうのぜごんの其ために、放生の御願をおこし給ふ。

放生会の由来は中世八幡縁起においては次のように語られている。

吾比隼人多殺津留報仁。毎年放生会奉仕留培志。（『八幡宇佐宮御託宣集』五）

養老四年九月御託宣ニ、「合戦乃間多殺生於致須。宜久放生於修志弖彼乃罪業於可レ謝」ト在リショリ、網ニ懸ル魚ヲ放チ、逕《ワナ》ニ入ル獣ヲ赦テ、最勝王経ヲ講読シテ、放生会ト名付ラル。「是則有二慚愧一者無レ有レ罪、無二慚愧一者非レ無レ罪、我心自空罪福無主也」ト告示給ヘリ。神慮ヲ不二忘給一、異賊ト云ヒ官軍ト云ヒ、命ヲ失フ者其数多キ事、責メ一人ニ帰スレバ、已罪慚愧神恩報謝ノ御為也。殊更今度ハ叡慮深ク思円上人ヲ憑《たのみ》思食テ、如レ此成テ二仏事ヲ一神道ヲ餝給シカバ、厳重ノ施二霊徳ヲ一給キ。（『八幡愚童訓』甲）

右大会《だいゑ》（放生会）のおこり、御託宣に、養老四九月、「合戦の間多く殺生をいたす。よろしく放生を修すべし」とありしによりて、国々所々に、網にかゝりわなに取るゝ生類をゆるし、最勝王経を講説して神事を取行也。其故は、大隅・日向両国の乱逆に神軍を率《そつ》して打平《うちたひらげ》給て、彼亡率《ばうそつ》を助、罪障懺悔《サンゲ》の御為也。天平宝字五年八月十五日、宇佐宮には始行し、貞観五年八月十五日、当宮には始行す。（中略）最勝王経、流水長者、十千魚をいけて現生に十千の珠を得、来世の福因をうへし様に、末代造悪の我等に放生の福業を畜へさせんと思食《おぼしめす》御方便より出たり。凡此会は生住異滅の相を顕し、有為無常の理を示して、朝には文官武官冠冕《ベン》をたゞしくし、楽人・舞人、妙曲をきわめて栄花に誇《ホコル》儀式也。夕には盛者必衰のいはれ、会者定離《ゑしやぢやうり》の習を告て、社僧各々、錦綺《キンキ》の袈裟を改て麁《ソ》布の浄衣にやつれて、藁履《ワラグツ》をはき白木の杖をつき、葬礼をまなびて、還城楽を奏して仮の宮を出給ふ。

（『八幡愚童訓』乙・放生会事）

仍皇后本意ノ如ク夷敵ノ軍兵ヲ打滅シ給テ、彼国ヲシタガヘテ被レ仰ケルハ、我他国ニシテ既ニ幾計《ソコバク》人ヲ殺ツ。定テ殺生ノ名ヲアゲム事ヨシナシト思食テ御嘆有シカバ、二ノ龍王海中ヨリ出現シテ件死人ヲ一人モ不レ残食失キ。仍殺生ヲ嘆思食ケルガ故ニ、放生会ヲ行ヒ給キ。而ニ今ノ放生会ト申ハ、異国ノ死人ノ為二孝養ノ一也。

（サンフランシスコ・アジア美術館蔵康応元年奥書『八幡大菩薩御縁起』、『日本絵巻物全集』別巻二所収）

これら「報謝」「罪障懺悔」「孝養」という表現と比較してみると、能「放生川」にいう「帰性《きしやう》のぜんごん」は『夢中問答集』の中で語られる八幡縁起の表現

男山ニ放生会トテ、毎年八月一日ヨリ、十五日ニ至マデ、所々ニ人ヲツカハシテ、百万喉ノ魚ヲ買テ、山下ノ小河ニ放テ、其善根ノ供養ノタメニ、十五日ノ早朝ニ御輿山下ヘクダラセ給フ。

に共通する。また、〔サシ〕に「諸仏出世の本来空《くう》」「真性不生《しんしやうふしやう》の道を示し」「人仏不二《にんぶつふに》の御心にて正直の頭《かうべ》に宿り給ふ」とあるのも、世阿弥が夢窓の解釈の施された『夢中問答集』の八幡縁起を媒介にして作能していることを窺わせる箇所として挙げられようか。

ところで、『夢中問答集』が記す八幡縁起の放生会に関する記述は、『八幡愚童訓』乙「放生会事」が記す「凡此会は生住異滅の相を顕し、有為無常の理を示」という解釈に基づいていると思われる。十四世紀初頭に成立した『八幡愚童訓』は、南北朝以後の伝本では無本覚心の八幡託宣の記述が増補されるなど、禅宗との関係が強調される傾向が指摘されているが、(26)夢窓はこの書を基に正直の浅深を問題にし、放生会の儀式を衆生を誘引して正直の道へ導く「方便」として意味付けている。

後場、放生会における舞楽と和歌の繁栄を讃えることで、「放生川」は世阿弥の「脇の能」として、祝言の定型表現に沿った作りになっているが、前場における八幡神の神徳賛嘆の要は草創縁起と共に放生会の功徳の開陳である。そして、その作品世界の背景には元寇による神徳発揚を機に記された中世八幡縁起世界があり、多くの八幡縁起絵巻が義教によって寄進されているように、世阿弥にとってそれは身近な「種《しゅ》」であった。『夢中問答集』に取り込まれた八幡縁起と能「放生川」の近さは、世阿弥をめぐる環境に照らせば、当然の結論といえる。

四

『夢中問答集』第六問

問。仏菩薩ハ皆一切衆生ノ願ヲ満玉ハムトイフ誓アリ。タトヒ衆生ノ方ヨリ、祈求メズトモ、苦ミアル者ヲバ、コレヲヌキテ、楽ヲアタヘ玉フベシ。シカルニ、末代ノヤウヲミレバ、心ヲツクシテ祈レドモ、カナフコトノ、マレナルコトハ何ゾヤ。

に発する問答の中で、西行と江口の宿の主との贈答歌が引用されている箇所がある。

昔西行、江口トイフ宿ニテ、ヤドヲカリケルニ、アルジノ君ユルサズ。西行一首ノ謌ヲスサメリ。〳〵世ノ中ヲイトフマデコソカタカラメ、カリノヤドリヲオシム君カナ。家主コレヲ聞テ、〳〵世ヲイトフ人トシキケバカリノヤドニ、心トムナト思バカリゾト詠ジケリ。ツネザマニ、ナサケトイヘルコトハ、皆妄執ヲトヾムル因縁ナリ。サレバ、人ノナサケモナク、世ノ意ニカナハヌコトハ、出離生死ノタスケトナルベシ。

この贈答歌と、性空《しょうくう》が遊女に化した普賢菩薩を感得する、いわゆる遊女普賢説話の二重の本説をもって作られた能に「江口」がある。「江口」は、『五音』上に「江口遊女　亡父曲」とあるために従来は観阿弥作とされていたが、表章氏「世阿弥作能考」補説（『能楽史新考（一）』わんや書店、一九七九年）以降は、観阿弥作曲の曲舞を基に作った世阿弥晩年の作と考えられている。「江口」の二つの本説を併記したものはなく（『撰集抄《せんじゅうしょう》』はそれぞれ別の章の話として見える）、また、宝山寺所蔵の自筆本には切り継ぎの形跡が窺われることから、その形成には改変の過程が幾通りか想定されている。遊女普賢説話に基づいた原「江口」に、西行と遊女の贈答歌が付加され、世阿弥によって全面的に改変されたとする伊藤正義氏の説(27)がある一方、終曲部における遊女普賢説話を後補とみる田口和夫氏、落合博志氏の説(28)がある。但し落合氏は、西行の贈答歌と「遊女普賢説話の趣向だけを換骨奪胎式に応用した」初案を想定され、終曲部の改訂に伴って「平面的な芸能羅列の傾向もあった遊舞能的印象の作品から明確な基調・主題を持った作品へ」と変化したという推定を試みられている。自筆本末尾の切り継ぎ箇所に、「観音」もしくは「歌舞の菩薩」を「普賢菩薩」とする訂正箇所があることは、一見、初案の「江口」が遊女普賢説話を伴っていなかった可能性を推測させるものではあるが、落合氏が述べられるように、他の訂正が間狂言の「普賢菩薩」に関わる箇所に限られる点からも、遊女普賢説話の関与は原「江口」以来のものと思われる。

ところで、本項冒頭に引用したように、『夢中問答集』第六の問は、仏菩薩は一切衆生に与楽抜苦の誓がありながら、末代の衆生が苦しんでいるのは何故か、というものである。この問いに対して夢窓は、自らも三十年前にこの疑問と対決した事を告白し、先の西行の贈答歌を示す。そして、人の情けとは則ち妄執の因縁に他ならないことを説くのである。続いて、厳しい父の誡を恨み継母の情を喜んでいた童が、長じて父の恩を知る話を語り、

仏菩薩ノ誓願、サマ〲ナリトイヘドモ、其本意ヲタヅヌレバ、タヾ無始輪廻ノ迷衢ヲ出テ、本有清浄ノ覚岸ニ、至ラシメムタメナリ。シカルニ、凡夫ノネガフコトハ、皆是輪廻ノ基ナリ。カヤウノ願ヲミツルヲ、聖賢ノ慈悲トイハムヤ。

仏菩薩の誓願の深淵なるを示し、次のように説く。

末代ノ凡夫ノ祈ルコトノシルシナキコソ、シルシナリケレ。

そして、現世における福寿も悪報も仏菩薩の力では転じ難く、今生の善行によって善果を得ることを勧め、「情の執着」を戒める。

つまり、執着を戒める例話として、西行と江口の宿の主との贈答歌は引用されているのである。執着の戒め、これは現「江口」の主題に他ならない[29]。そもそも江口の遊女が詠んだ西行への返歌がそれを象徴していることは言うまでもないが、ワキとシテとの問答に続く〔上歌《あげうた》〕、

〽惜しむこそ、惜しまぬ仮の宿なるを、惜しまぬ仮の宿なるを、などや惜しむと夕波の、返らぬいにしへは今とても、捨て人の世語りに、心なとどめ給ひそ。

さらに〔クリ〕・〔サシ〕・〔クセ〕で語られるのも、「愛執の心いと深」く、「六塵の境に迷ひ六根の罪を作る」「迷ふ心」にある遊女の嘆きである。後半の遊女普賢説話も、同じく江口（諸書によって「神崎《かんざき》」「室《むろ》」とも）の遊女が登場するというだけで結びついたのではなく、性空上人が一切の執着を脱した六根清浄を得た僧であるためである。「江口」の主

題は、全曲を通じて遊女の返歌「仮の宿りに心留むな」に集約される執着の戒めにあるといってよいだろう。『夢中問答集』がこの贈答歌に続いて、執着を切り捨てることこそ出離生死《しゆつりしようじ》の助けであると述べ、有漏《うろ》の禅定によりて果報を得ても終には悪趣に輪廻することを嘆じ、前世の業因による業報を転じることの不可能なるを説くのは、「江口」における遊女の嘆きにも対応する。勿論、『夢中問答集』に遊女普賢菩薩説話が併記されているわけではなく、「江口」の構想には『古事談』『撰集抄』[30]等のそれが参看されていることには違いないが、その場合、『夢中問答集』が、

薬師如来ハ衆生ノ病ヲ、除滅セムト誓ヒ玉ヘドモ、世間ヲミルニ、病者ナラヌ人ハスクナシ。普賢菩薩ハ、一切衆生ニ随順シテ、給使セムト誓玉ヘドモ、世間ヲミレバ、従者一人モナクシテイヤシキ人モ多シ。

と、普賢菩薩の誓に疑問を投げかけた上で、西行贈答歌を示しているのも注目されよう。

「江口」は「本説の二重性」を孕みながらも、一つの結晶体となり得ている。二つの説話を把握統合し、明確な主題の下に作品を成立させた契機に、この『夢中問答集』が関与していた可能性を考えてよいのではないだろうか。

五

夢窓の家集に『夢《む》窓国師《そうこくし》御詠《ぎよえい》』(夢窓国師詠草、正覚《しようがく》国師道歌集等とも称す。以下『御詠』)があり、さらに後代に編纂された『夢窓国師百首』がある。世阿弥と夢窓詠歌については、「葛城《かづらき》」の〔上歌〕後半「笠も薪も埋もれて、雪こそ下れ谷の道を、辿り〳〵帰り来て、柴の庵に着きにけり」が、『御詠』の

きる笠もおへるたきゝも埋もれて雪こそくたれ谷のほそ道　（群書類従本）

に拠るとの指摘（新潮日本古典集成『謡曲集』上「葛城」頭注）を知るのみである。但し、前述の如く、夢窓は早くから伝説的な人物として語られ、天神歌や西行歌に同じく仮託歌が多い。事実この歌も、底本を寛文四年版本とする群書類従本にはあるものの、異系統である元禄十二年版本には見えない。この系統の一本である岡山大学池田家文庫本は、耕雲明魏《こううんめいぎ》（花山院長親《かさんのいんながちか》。正長二年没）自筆本の写しである旨の天文二十年の奥書を有し（現存本はその転写本。なお、版本序には耕雲編と有）、本文は古く溯り得る伝本であるが、やはり当該歌を欠いている。さらに、『謡曲拾葉抄』が指摘する如く、『菅家御集《かんけぎよしゆう》』の中にも、

山人の袖も薪もうづもれて雪こそくだれ谷のほそみち　（大阪府立中之島図書館蔵『菅家和歌集』）

と、小異があるものの同歌を見出せることを考え合わせると、この例を以て世阿弥と夢窓の歌とを直ちに関連付けることには慎重でなければならない。

しかし、夢窓詠歌の影響は「西行桜」にも見ることができる。「西行桜」は、『申楽談儀』に「西行の能」「西行」とあり、『五音』下「西行歌」の〔指声《さしこえ》〕が「西行桜」の〔サシ〕に同文であることから、世阿弥作とされる。『御詠』には、西行の「花見むと群れつゝ人の来るのみぞあたら桜のとがには有りける」を本歌取りした

征夷大将軍尊氏、西芳寺《さいほうじ》の花さかりにおはして、法談之後歌よみける次《ついで》に

心ある人のとひくるけふのみぞあたらさくらの科《とが》をわするゝ　（九）

を始めとして、桜を詠んだ歌数首を収める。

鎌倉亜相并武衛直義朝臣、臨川寺の前にて会のありけるに、来臨、法談の後、嵐山の花を見て当座の人々、
歌よみける次《ついで》に

たれもみな春はむれつゝあそべどもこゝろの花を見る人ぞなき　（三）

又、華をみ給ひて

見るほどは世のうきこともわすられてかくれがとなる山ざくらかな　㈣

さくと見るまよひよりこそちる花を風のとがとぞおもひなれぬる　㈦

又、庭の花を見給て

おなじくは風にしられぬよしもがなわが友となるかくれ家の花　㈡九

一方、以下「西行桜」の梗概を示す。ワキの西行が西山庵室の花の下で飛花落葉を観相するところに、下京の者が賑々しく花見に訪れ閉口していると、白髪の翁が現れる。「心の花」を残す「夢中の翁」と名乗るこの老人は、西行の「花見むと」の「歌の心」を尋ねに来たと言う。「貴賤群集の厭はしき心」を詠じたのだと答える西行に、老人は「憂世と見るも山と見るも、ただその人の心にあり」「花に憂世のとがはあらじ」と諭す。この理りに自らの未悟を悟った西行が老人の正体を問うと、老人は花の精だと答え、桜の美を讃えて消える。

「心の花」等の語句の一致が見られるほか、花の精が示した理りは、『御詠』の

総州の退耕庵に棲たまひける時、ある人来て、このすまひのめづらしさに、心のとまるよしを歌によみたりし返しに

めづらしくすみなす山のいほりにもこゝろとむればうき世とぞなる　㈦一

題知らず

世にすむとおもふこゝろをすてぬれば山ならねども身はかくれけり　㈦三

身をかくす庵をよそにたづねつるこゝろのおくに山はありけり　㈡二

などに示される禅的な境地を詠む歌意に通底しよう。勿論、こうした発想は夢窓の和歌に限るものではないであろう

が、シテの老人が自らを「夢中の翁」と名乗るのには、夢窓の寓意があるとは考えられないだろうか。「夢中の翁とは夢に来れる人なるべし」という殊更なるワキの言は、その韜晦《とうかい》とさえ思えるのである。

夢窓は桜を好んだ。西芳寺に桜を植えたことは妙葩の『年譜』に見えるが、[31]天龍寺も然り。その他、夢窓の遺跡には必ずといってよいほどしだれ桜が植えられているという。[32]「西行桜」の作者は、桜に禅の心を詠んだ夢窓を花の精として、西行歌「花見むと」をめぐる新たな和歌説話を創造したのではないだろうか。それは、夢窓の桜を詠んだ歌の趣意を以て、西行歌が示す未悟を論駁し、「非情無心の草木」(掛ヶ合)の境地の高邁を説くものであった。

以上、『夢中問答集』や夢窓詠歌を例に、世阿弥関係の能における禅の具体的な影響について述べてきたが、これは単なる語句の一致が問題なのではない。それは、ことに作品の主題の形成に深く関わるという点において、少なからぬ意味を持ち得るであろう。

(1) 香西精「ふかん寺二代——竹窓智巌のこと」(『観世』一九五八年一月)他。『世阿弥新考』(わんや書店、一九六二年)参照。但し、禅竹宛書状にいう「補巌寺二代」について、香西氏は竹窓智巌を比定するが、大友泰司氏に、梵清本『正法眼蔵』(応永二十六年写)の編者である太容梵清を宛てる論考がある(「拾玉得花——足踏の一響にも序破急あり」『国文学 解釈と教材の研究』一九八〇年一月)。

(2) 表章「『補巌寺納帳』追考」『観世』一九六二年十月(『能楽史新考(一)』わんや書店、一九七九年再収)。

(3) 野間光辰「世阿弥の『拾玉得花』について」『京都大学文学部五十周年記念論集』一九五六年十一月。

(4) 香西精「世阿弥の禅的教養——特にその用語を中心として」『文学』一九五八年十二月(『世阿弥新考』再収)。「禅と世阿弥」『現代謡曲全集』二十七、筑摩書房、一九六三年(『能謡新考』檜書店、一九七二年再収)。大友泰司「『風姿花伝』における「位」について」駒沢大学国文学会『論輯』一号、一九七三年。「新風と父・観阿弥」『論輯』三号、一九七五年他。
(5) 森末義彰「桃源瑞仙の『史記抄』にみる世阿弥」『観世』一九七〇年二月(『中世芸能史論考』東京堂、一九七一年再収)。
(6) 落合博志「禅的環境──東福寺その他」『国文学 解釈と教材の研究』一九九〇年三月。
(7) 玉村竹二「日本中世禅林に於ける臨済・曹洞両宗の異同──「林下」の問題について」『史学雑誌』一九五〇年(『日本禅宗史論集 下』思文閣出版再収)。
(8) 『空華日用工夫略集』他。
(9) 玉村竹二『五山禅僧伝記集成』講談社、玉岡如金の項、一九八三年。
(10) 安良岡康作「世阿弥能芸論における体系性──禅竹との比較を含めて」『国語と国文学』一九六二年四月(『中世的文学の探究』有精堂、一九七〇年再収)。
(11) 臼井信義『足利義満』吉川弘文館、一九六〇年。玉村竹二『夢窓国師』平楽寺書店、一九五八年。
(12) 『天龍雑志』、『大日本史料』第六編之十五所収。
(13) 天龍寺蔵『夢窓国師俗譜』(元禄四年相国寺光源院主妙恕作。東大史料編纂所蔵の大正年間転写本に拠る)など、後世の夢窓像は俗甥でもある春屋妙葩の『天龍開山夢窓正覚心宗普済国師年譜』(続群書類従九所収)に負うところが多く、ここで既に夢窓は観音の申し子として描かれている。なお、琴堂文庫蔵『抜粋』は仏書から偈や短文を集めた江戸期の写本であるが、夢窓作として「十長の歌」他の和歌や「過去帳縁起并叙」を載せる。和歌は『夢窓国師御詠』等には見えない恐らく後人の詠歌であり、「過去帳縁起并叙」も夢窓に仮託した後世の偽書の疑いが強い。こうした仮託書の存在は増幅して伝えられた夢窓像を物語っている。
(14) 『句双紙』諸本については柳田征司「『句双紙抄』の諸本とその言語」(『国語国文』一九七五年十月)に詳しい。
(15) 西尾実校注、日本古典文学大系『歌論集 能楽論集』補注一。
(16) 注6落合氏前掲稿は、永享九年(一四三七)十月に後花園天皇が義教の御所に行幸した折の室礼記録『室町殿行幸御餝記』に、御書院の小棚に夢中集(夢中問答)と月庵法語が置かれていることに触れ、これらの書が将軍家公認の修養書として遇されていたことを指摘する。

(17)『大日本古文書』石清水文書二所収。承和十一年(八四四)豊前国司録上とするが、寛弘六年(一〇〇九)前後の成立とされる(平野博之「承和十一年の宇佐八幡宮弥勒寺建立縁起について」)。

(18)以上は『大日本古文書』石清水文書、『石清水八幡宮史料叢書』他所収。なお、行教と平寿撰の奥書については存疑とされる(西田長男「石清水八幡宮の剏立」『神道史研究』三十巻二号、一九五七年)。

(19)正安・嘉元年間頃成立。諸本については新城敏夫「中世八幡信仰の一考察——『八幡愚童訓』の成立と性格」『日本歴史』三二一号、一九七五年参照。日本思想大系『寺社縁起』岩波書店、一九七五年所収。

(20)弘長・文永年間頃成立。諸本については新間水緒「八幡宮巡拝記について——京大本の性格と成立」『国語国文』一九八〇年十一月参照。石清水八幡宮旧蔵本(焼失)は古典文庫『中世神仏説話』に、京都大学蔵本は京都大学国語国文学資料叢書二十三に翻刻がある。

(21)正和二年(一三一三)成立。宇佐宮の神宮寺である弥勒寺の社僧神吽の編。『宇佐託宣集』臨川書店、一九六六年。『八幡宇佐宮御託宣集』重松明久校注・訓読、現代思潮社。新間水緒「八幡宇佐宮御託宣集について——原託宣集と現託宣集」『文藝論叢』三三号、一九八九年参照。

(22)現存本では康応元年(一三八九)の年記をもつサンフランシスコ・アジア美術館本(『日本絵巻物全集 別巻二』角川書店所収)が最も古い。石清水八幡宮旧蔵『八幡宮縁起』一冊(昭和二十二年焼失。江戸中期の写本である大念仏寺本が古典文庫『中世神仏説話』に翻刻)、誉田八幡宮蔵『神宮皇后縁起』二巻、誉田八幡宮蔵『誉田宗廟縁起図』三巻はいずれも永享五年(一四三三)に足利義教が寄進した旨の奥書を持つ。

(23)先述のように、『申楽談儀』では「(八幡)放生会の能」と呼ばれている。『三十五番目録』には「ハウシャウ川」と見える。

(24)『八幡宮巡拝記』、『神道集』宇佐八幡宮事、康応元年奥書『八幡大菩薩御縁起』絵巻、永享五年奥書石清水八幡宮旧蔵『八幡宮縁起』他。

(25)和気清丸への託宣については『八幡宇佐宮御託宣集』八にも見えるが、貞観の遷座までを百十年とする記述はない。

(26)萩原龍夫「神祇思想の展開と神社縁起」日本思想大系『寺社縁起』。原田正俊「中世社会における禅宗と神祇——紀伊

半島・臨済宗法燈派を中心に」『紀伊半島の文化史的研究』関西大学出版部、一九八八年（『日本中世の禅宗と社会』吉川弘文館、一九九八年再収）。

(27)　新潮日本古典集成『謡曲集』上「江口」解題。

(28)　田口和夫「世阿弥自筆能本〈江口〉から――『古事談』系説話との出会い」『能楽タイムズ』一九八四年十二月。落合博志「〈江口〉の構想と成立――形成の問題を中心に」『能　研究と評論』十五号、一九八七年。

(29)　堀口康生「「江口」の構造」『女子大文学』三八号、一九八七年（『猿楽能の研究』三弥井書店、一九八八年再収）。

(30)　注27伊藤氏前掲解題はワカの比較から『撰集抄』とは別系統の説話によるとし、注28落合氏前掲稿は、『撰集抄』の江口遊女説話での遊女が述懐する文章とサシ後半との類似から、『撰集抄』の該説話に基づく現在能形式の古曲の存在を推測する。

(31)　師欣然曰。吾素慕亮座主之風。而今得西山居焉。不亦善乎。輒改西方旧名為西芳。精舎掲額蓋取祖師西来五葉連芳之義也。仏殿本安無量寿仏像、今以西来堂扁焉。堂前旧有大桜花樹。春時花敷稠密殊妙、為洛陽奇観也。

(32)　柳田聖山『日本の禅語録　夢窓』講談社、一九七七年。

第二節　又寝の夢と秘説伝授——古注釈と能1

一

「雲林院《うんりんいん》」は、世阿弥の自筆本が残っている能本九曲の内の一つである。九曲とは、観世家に伝えられ、現在は財団法人観世文庫の所蔵となっている「難波梅《なにわのうめ》」「松浦《まつら》」「阿古屋松《あこやのまつ》」「布留《ふる》」の四曲と、金春家に伝来し、現在生駒宝山寺《いこまほうざんじ》に所蔵される「盛久《もりひさ》」「タダツノサヱモン」「江口」「柏崎」と「雲林院」の五曲である。この他、宝山寺には、金春大夫家に伝えられていた世阿弥自筆本が分家の八左衛門家、竹田権兵衛家を経て、正徳元年(一七一一)十一月二十二日に権兵衛家三代目の広貞《ひろさだ》によって臨模された「弱法師《よろぼし》」の写本も伝えられており、この臨模本を含めると、十曲について世阿弥自筆本の形が現存していることになる。この内、「松浦」「阿古屋松」「布留」「タダツノサヱモン」の四曲は早くに廃曲となっており、現在も演じられている曲であっても現行形態とは著しく異なる古形態を伝えているものもある。「弱法師」では、天王寺で行われる彼岸の大施行の施主として父高安通俊《たかやすみちとし》が登場し、俊徳丸は妻と共に施行を受ける。また、「江口」は、紙の切り継ぎと訂正補筆から、世阿弥による訂正以前の原形態では、後シテが普賢菩薩ではなく歌舞の菩薩(観音)と呼ばれていたことが知られている。自らの目指す能を模索して加筆、訂正を繰り返していた世阿弥の作業現場を生々しく伝えているのが、自筆本の揺れる本文なのである。

応永三十三年(一四二六)十一月の奥付を有する自筆本「雲林院」(原表記は「ウンリンイン」)もまた、現行形態も含め、現存する他の全ての古写本とは大きく異なる本文を持っている。室町後期以降の本が後シテとして業平を登場させ、優美な序の舞を見せ場とするのに対して、自筆本「雲林院」の後場には業平は登場せず、基経が鬼の姿で現れる。しかし、この「雲林院」は、さらに世阿弥以前の存在が確認される。世阿弥晩年の芸談を息男元能《もとよし》が筆録した『申楽談儀』第二十一条

金剛は、何をもせし者也。尉のかゝり也。論義そゞろと謡ひし所也。雲林院の能に、「基経の、常無き姿に業平の」とて、松明《たいまつ》振り上げ、きといなりし様、南大門にもうてざりし也。

は、父観阿弥と同時代に活躍した金剛権守《ごんのかみ》が既に「雲林院の能」を演じていたことを伝えており、同書の別の箇所には、やはり観阿弥と同時代の田楽新座の役者である喜阿弥《きあみ》が同曲の一部と見られる謡を謡った折り、道阿《どうあ》がその訛った発音を批判したことが書き留められている。

「公光ト申者也」、喜阿訛ラカスヲ、道阿ハ嫌ト申ケル也。

つまり、摂津猿楽榎並《えなみ》座の左衛門五郎による原作「柏崎」を改作して、

鵜飼・柏崎などは、榎並の左衛門五郎作也。さりながら、いづれも、悪き所をば除き、よきことを入れられければ、皆世子の作なるべし。（『申楽談儀』）

右のように、自ら「世子（世阿弥）の作」と宣言したのと同様の改作過程が、「雲林院」の場合にも先ずは想定されるのである。ことに中入前の詞章と後場との不整合が早くから指摘され、中入前の詞章については、現行形態の方が世阿弥自筆本以前の形態に近いのではないかと推測する見解も出されている（日本古典文学大系『謡曲集』上、補注八二）。

これに対して、自筆本「雲林院」の形は中世の伊勢物語注の理解に拠った二条后《にじょうのきさき》物語としての一貫した構想に基づくものであり、主題の一貫性から、構成的矛盾は認め難いと主張したのが、伊藤正義氏「謡曲「雲林院」考――改

作をめぐる詞章の変遷と主題の転化」(『文林』一号、一九六六年)であった。しかし、氏も、「筋立ての一貫性ゆえに、大幅に変わる原型の存在は想定し難い」としながらも、表氏と同様、中入前の詞章と後場との不整合には改作の疑いを残され、原形態の後場は基経、二条后、業平の三人が登場するというもので、自筆本の形態はこれを整理して業平を除いたものではないか、との推測を試みる。その後、竹本幹夫氏は、自筆本「雲林院」全六紙の内、第三紙までの前場と第四紙以降の後場の部分では墨色が相違することを指摘した上で、「本来は一場物で鬼がかりではなく尉をシテとする能であったのを、世阿弥が砕動がかりの鬼能に改作したのが「自筆本」」(「世阿弥自筆本〈雲林院〉以前」『銕仙』三四四号、一九八六年)とする新見を提示し、三宅晶子氏は「確証がなく、想像の域を出ない」と断りつつ、井阿弥《せいあみ》作として伝えられる「守屋」を例証として、「雲林院を舞台に、『伊勢物語』の愛好者公光《きんみつ》の目前に住吉明神が表れ、明神の力によって、二条后をめぐる業平と基経の物語を展開して、『伊勢物語』秘伝の世界を再現してみせる」形を想定した。氏は、自筆本前場の花争いの問答は世阿弥の付加であり、世阿弥改作以前はワキの〔名ノリ〕の内容が実際に舞台で行われていたと推定する(『歌舞能の確立と展開』第二章「夢幻能以前」ぺりかん社、二〇〇一年)。

世阿弥自筆本「雲林院」。それは、華麗な「雲林院」改作史におけるいつの時点の断面を伝えているのだろうか。

二

従来問題になっている自筆本「雲林院」の中入前の詞章を次に掲げる。

〔問答〕ゼウ∧さては志を感じ、二条后のこの花の下《もと》にあらはれ、伊勢物語をなほなほおことに授けんとの御事《おんこと》にてぞ候ふらん。花の下臥《したぶし》して夢を待ちて御覧候へ。キン∧さらば今夜は木陰に臥し、別れし夢をまた返さん。

ゼウ〽その花衣《はなごろも》を返して着、又寝《またね》の夢を待ち給へ。キン〽かやうに詳しく語り給ふ、おん身はいかなる人やらん。ゼウ〽その様、年の古びやう、昔男《むかしをとこ》など知らぬ。キン〽さては業平にてましますか。ゼウ〽いや、〔上歌〕ゼウ〽わが名を今は明石潟、同〽わが名を今は明石潟、花をし思ふ心ゆゑ、木隠れの花に現はるる、まことに昔を恋ひ衣、ひと枝の花の陰に寝て、我が有様を見給はば、その時不審を開かんと、夕べの空のひと霞、思ほえずこそなりにけれ、〳〵。（自筆本の表記は片仮名を主体とするが、適宜、漢字平仮名を宛て掲出した）

引用した〔問答〕の最後に見える「昔男」の語は、中世における伊勢物語の理解に照らせば「業平」を指す。このことから、従来は、前シテの尉は業平であることを前提として読まれており、業平であることを表明しながらも後場に登場しない点が不整合だと考えられてきた。この部分が業平の名明かしであるならば、後半に業平が登場しないのは確かに不整合という他ない。

しかし、自筆本「雲林院」のこの部分は、自らを「昔男」と韜晦しながらも、「業平」その人か、との問いへの返答は、あくまで留保されているのであり、業平であることを明言しているとも判じ難い文章である。自筆本自体に整合性を見出すとすれば、この前シテの尉は、一体誰なのであろうか。それを考える鍵は、冒頭のキンミツ（公光）の〔名ノリ〕[1]にあるように思う。

ヲトコ〽これは津の国芦屋の里に公光と申す者也。われ若年のいにしへ、さる御方より伊勢物語を相伝し明け暮れ玩び候。ある夜の夢に、とある花の下に、束帯給へる男、紅の袴召されたる女性、かの伊勢物語の草子を御覧じて、木陰に立ち給ふを、あたりにありし翁に問へば、これこそ伊勢物語の根本在中将業平、女性は二条后、所は都紫野の雲の林と語ると思ひて夢覚めぬ、あまりにあらたなりつる夢なれば、急ぎ都に上りかの所を訪ねばやと思ひつつ。

先に引用したように、中入前の前シテは芦屋の公光なる人物に、「花の下臥」をして再び夢を見ることを勧める。この夢は、公光にとって「別れし夢」を返す「又寝の夢」であった。「又寝」とは一度目覚めて再び眠ることを意味する歌語である。公光が最初に見た夢の内容を示すのが、右に引用した公光の〔名ノリ〕である。その夢は、実に不思議な夢であった。満開の桜の下に、束帯を着した男性と緋袴の女性が一対で並び立ち、手にした伊勢物語を眺めている。公光が近くにいた翁に、あれは誰だと問うと、翁は、あの二人こそが伊勢物語の根本、業平と二条后であり、この場所は都、紫野《むらさきの》の雲の林だと答えた。公光は、この美しい艶《あで》やかな夢に導かれて、京の都の雲林院を訪ねたのであった。この霊夢の中で、公光に伊勢物語を手にした男女が業平と二条后であることを教えた「あたりにありし翁」、この翁こそが、中入前の〔問答〕において、公光の霊夢の夢解きをし、再びこの桜の下で見る夢に二条后が現れて公光に伊勢物語を伝授するであろうと告げた、前シテの尉その人ではないだろうか。

では、「別れし夢」の夢解きをし、二条の后による伊勢物語伝授を予告する、この翁は、一体だれなのであろうか。伊勢物語秘説を導く翁の役は、住吉明神をおいて他にはないであろう。「すみのゑの明神」とも呼ばれる由来に、

住吉大明神は天忍穂身《あまつをしほみ》の尊《みこと》の御子なり。安閑天皇の御宇、摂津国住吉津守の浦に御影向ありし時、天智天皇の住吉に行幸ありて、ねがはくは御正体《しやうだい》を見たてまつらんと御祈念ありしに、夜の間《ま》に神殿の扉に老翁のかたちを墨絵に書きて御歌をよみたまへり。かるがゆへにすみのゑの大明神とも申なり。（神宮文庫蔵『玉伝深秘巻《ぎよくでんじんぴかん》』）

「老翁のかたち」と記されるように、住吉明神は老翁の姿で化現する神であり、

源大納言経信卿、住吉へ参籠有テ大明神ニ和歌ノ不審ヲ祈請ス。三七日満ズル夜、住ノ江ノ月隈ナカリケル夜、老翁出現シテ経信ニ向テ、「何事ヲ祈請シ給フゾ」ト問玉。（中略）翁聞テ「安キ理ノ事也。明神ノ御託宣ヲ待ニ不レ及」トテ、七夜ガホドニ不審ヲ開キ聞カス。（中略）今、此翁ハ明神ノ化現也。

（中世古今集注釈書解題二『古今和歌集序聞書（三流抄）』）

老翁の姿を借りて、伊勢物語の秘伝、和歌の秘伝を伝授する神であった。そして、この神は、「住吉の明神、はじめは人丸に化して、のちには業平と化す」「業平、住吉の化現」「明神と業平一躰不二」（神宮文庫蔵『玉伝深秘巻』）と語られる、業平に化身する神でもあった。

「昔男」と仄めかしながら、「業平」その人であることを朧化する自筆本中入前の詞章は、前シテの翁を、業平と一体である住吉明神のことばとして読むならば、従来指摘されている矛盾の一角は氷解する。自筆本「雲林院」の前シテは、住吉明神と見るべきではないだろうか。

三

住吉明神をシテとして伊勢物語の秘伝を語る能には先例があった。観阿弥作曲の謡「葛《くず》の袴《はかま》」と、次の『申楽談儀』の記事によって、

住吉の遷宮の能などに、悪尉に立烏帽子着、鹿杖《かせづえ》にすがり、幕打上げ出でて、橋がかりにて物言はれし勢ひより、論義言ひかけ、又、「紀の有常が女とあらはすは尉がひがごと」など、締めつ含めつせられし、更に及がたし。

観阿弥が演じた古曲であることが伝えられる「住吉遷宮の能」である。この作品は現存していないが、(2) 上記『申楽談儀』の「紀の有常」云々の詞章は「葛の袴」と一致しており、後シテは悪尉姿の住吉明神と推測されている。(3)「葛の袴」のシテが住吉明神なのであるから、そう考えて間違いあるまい。

世阿弥の音曲伝書『五音』下に見える「葛の袴」の前半部分を引用する。

葛ノ袴　亡父曲　作書但眼

〔指声〕神勅ニシタガイテ知顕集ヲ開ケバ、ナニ〳〵カノ内大臣経信ノ卿、過ニシ九月十三日ニ、住吉ニ詣デ候。伊勢物語ノ不審ヲ教エテ賜ベト志タマイシニ、今日ハ名ニヲウ秋ノ二夜ナレバ、海ノ面《おも》漫々ト明ラカニシテ、松ノ風磯辺ノ波ヲ語ラウナレバ、心空《そら》ニアコガレテ。

〔下歌〕四所明神ヲ巡礼シ、釣殿ニ出テ、月ヲ眺ムル所ニ、コヽニ怪シカル老翁、忽然ト出キタリ。ソノ姿ヲ見ルニ、霜雪カシラニ重ナテ、鬢髪ニ黒キ筋ナシ、波浪額ニタヽンデ、面貌シキリニ皺メリ、高眶《クワウキヤウ》トマカブラ高ニ、醜陋《シュル》ニシテミニクヽ、白キ水干ノ古ク赤ミ果テタルニ、葛ノ袴ノコヽカシコ破レ損ジタリケルニ、銹《サビ》色ノ立烏帽子ヲ耳ノ際ニ引キ入、ウソブキ月ニ向カエバ、セイシツノユウ〳〵タルヲアケテハ、キチベウニハレ、テウキノカン〳〵タルヲクダキテ、ウンテンハンニヲサマル。尉ニ是ヲ怪シメテ、コノ物語ノ不審ヲ、少々尋ヌレバ、此翁歯モナキ口ヲ広ラカニ打チ笑ミテ。

〔上〕イサトヨ対面ノハジメニ、イセモノガタリノ不審ヲ、クレ〳〵ト語ランハ、カツウハソラ恐ロシヤ、カツウハ道ノ聊爾ナリトテ、左右ナク言ハザリケリトヤ。イザヤ伊勢ノ神垣、越エケン跡ヲ尋ネン。

そして、この「葛の袴」は冒頭にその名が記される通り、次の『和歌知顕集《わかちけんしゅう》』の抜粋ともいうべき内容であることが知られている。

抑、過ぎにし長月の十日あまりのほどかとよ、心ざす事ありて、住吉に詣でてこもり侍しほどに、十一日の月波路はるかに澄みわたりて、いとふべき山の端もなければ、心そらになりて、夜更け、人しづまりてのち、こゝかしこあくがれありきつゝ、住の江の釣殿のかたざまにさすらひありきてみれば、かの釣殿に、あやしき翁一人ゐたり。心ある里人の、月を眺むるなめりと思ひて、かたはらにさしよりて見れば、いまは百歳にも満ちぬらむかとおぼゆるが、髭・髪白みわたりたるが、白き水干の古びて赤みはてたるに、葛の袴のここかしこ破れかゝりたるに、たち烏帽子、耳ぎはに引き入れてうそぶきゐたれば、月をも愛でじこれぞこの、とあらまされて、ながめゐたれば、この翁、なを〳〵ゐむきて、いづくより参り給つる人ぞ、なに事のこゝろざしぞ、などいひて、そぞろきかゝりたれば、とかく返事しゐたるほどに、この翁、古き世の物語くもりなく語りゐたれば、清き鏡に向かひたる心ちして言ふかひなき事ども問ひ聞き侍つゝ、いまは、やまとうたのひとふし深き事にとりかゝれば、いよ〳〵心あるさまに聞くほどに、この翁のいはく、さてもこの世の中の人のもてあそび侍る伊勢物語と申す物は、いかばかりか学し給ひたりし。ゆゝしく心深く書きたるものにこそあめれといへば、いさとよ、竹馬にぶちうちしころ、ふる人あひて、二三度うけ給はりたりしかども、ふる人、ほどなく身まかりにしかば、その後はいぶかしき事あれど、くもりある鏡に向かへるやうに、さりとものの頼みばかりにて、むなしく過ぎ侍り。ゆゝしくおぼつかなきものにこそおぼえ侍れ。かくとし古び給へる人こそ、さやうの事は知り給はめ。さまあらば、月の夜の思ひいでに、語り給ひなんや、と聞こゆれば、この翁、歯もなき口をひろらかにうち笑みかゝりて言ふめるは、いさとよ、さばかりの哥物語の奥儀といふなるものを、対面のはじめに書き尽くさむ事も、かつは道をあざけるに似たりといへば、あなゆゆし、この人は、げに奥深くたづね入りたる人にや、年ごろ心ざし深く思ゐたりし事なれば、神の心もゆるぎて、宮のうちより現形し給へるにや（中略）はやくわれにその事を語り給へといふに、この翁のいはく、（中略）今、宿縁げに深し。尋ね謂はれあり。いでさらば、穴掘らずとも、もの言ひて、胸のひま、少しまうけてん。定かに問ひ給へ（中略）と言ふめれば、うれしさのあまりに、いまだ翁の舌も引き入れぬほどに、伊勢物語のおこりし根源より、くだりに問ひかかり侍りぬ。

（宮内庁書陵部本『和歌知顕集』巻第一・伊勢物語大事、片桐洋一『伊勢物語の研究〔資料篇〕』明治書院所収）

幼少の頃に受けた初学の段階にある「われ」へ住吉明神が翁の姿を仮りて出現し、直々に伊勢物語の秘説を伝授するのが『和歌知顕集』の形式であり、この形式をそのままなぞったものが「葛の袴」の謡であった。そして、自筆本「雲林院」における公光の〔名ノリ〕と前シテとの〔問答〕もまた、『和歌知顕集』の「われ」と翁のやりとりとに対応している。

住吉明神の化身である翁から伊勢物語の習熟度を問われて、「われ」と公光はこう答える。幼少の頃に（「竹馬に鞭うちしころ」『知顕集』、「若年のいにしへ」「雲林院」）、初歩的な伝授を受けているが（「ふる人あひて、二三度うけ給はりたりしかども」『知顕集』、「さる御方より伊勢物語を相伝し明け暮れ玩び候」「雲林院」）、その後、究める機会のないままうち過ぎた、と。そして、翁からさらに深い伝授を受けることとなる。このように、前シテを住吉明神とする自筆本「雲林院」の設定は、『和歌知顕集』以来の秘説伝授の形式を摂取したものである。

四

自筆本「雲林院」は、こうして古注の形式を取り込みながらも、「葛の袴」に比して格段に重層的な構成を成している。夢と現実がメビウスの輪のように捻れたこの時空間設定を、どのように把握すればよいのだろうか。

もう一度、中入前の詞章を検討してみよう。自筆本の前シテの翁は、自らの「本体」の出現を予告する次のことばを残して、夕暮の霞に紛れて姿を消す。

〽ひと枝の花の陰に寝て、我が有様を見給はば、その時不審を開かんと、夕べの空のひと霞、思ほえずこそなりにけれ、〳〵。

ところが、この詞章の直前の〔問答〕では、前シテの翁は公光に次のように語って、花の下臥しを促している。

〽さては志を感じ、二条后のこの花の下にあらはれ、伊勢物語をなほなほおことに授けんとの御事にてぞ候ふらん。花の下臥して夢を待ちて御覧候へ。

翁は、確かにこの部分では、公光の又寝の夢の中で二条后による伊勢物語伝授が引き続き行われるであろうことを予見しているのである。後場のシテを業平とした現行「雲林院」では、「さては御身の心を感じつつ、伊勢物語を授けんとなり」と、直接に二条后の出現を予告することばを消す処理が施されている。自筆本において後場の予告が二重に行われるのは、自筆本以前の形が改作後の詞章の中に残存した結果生じたものであり、いわば、自筆本に見られる綻《ほころ》びと見てよいであろう。後場を予告する部分の重複が改作の累積の断面であれば、自筆本の後場には二条后が基経と共に現れるのであるから、翁「本体」の出現ではなく二条后による伊勢物語伝授を予告する〔問答〕こそが自筆本の表層と見なし得る。

そして、先に自筆本における前シテの翁を住吉明神と見たが、この翁を、ワキの話を聞いて前シテの正体を予想し、後シテの出現を予告する、複式夢幻能における間狂言役の如き存在として見るならば、自筆本の縺《もつ》れた時間軸は少し解《ほど》けてくるように思われる。つまり、雲林院を訪ねた公光に翁が夢占をして二条后の出現を予告する自筆本の前場を「繫ぎ」として見直してみると、伊勢物語を手にした業平、二条后の二人の姿が回想される公光の夢の場面は、俄かに「前場」として浮上してくる。そして、仮に「前場」と見なした「別れし夢」を翁が夢解きした通り、後場である「又寝の夢」には再び二条后が現れて「伊勢物語の品々」を語り始めるという、新たな二場構造が姿を現してくる。後場で語られる伊勢物語の品々には、中世の伊勢物語秘伝において「二条后の物語」(4)として理解されていた諸段が選ばれているのであるから、先に引用した、二条后による伊勢物語伝授を予告する翁の〔問答〕を媒介に、「前」後は呼応する。

このように「別れし夢」を前場と把握した場合、前場が「現実」の場面として描かれる多くの「複式夢幻能」とは異なり、「前」後は共に夢中の出来事となる。「前」後が夢であることは、公光の回想と、現実の雲林院を舞台とした翁との〔問答〕によって説明されているのであり、先に「繫ぎ」として見た自筆本前場の部分を、改作時における挿入であると仮定した場合、「繫ぎ」をはずせば、「前」後は共に、公光に伊勢物語秘伝が授けられる捻れのない時間軸で結ばれる。自筆本後場の冒頭で、紫の薄衣に紅の袴を着した二条后の姿を見た公光のことば

さてはうつつに聞き及べる二条の后にてましますかや。しからば夢中に伊勢物語のその品々を見せ給へ。

には、前場が現《うつ》つの世界、後場は夢の内であることを強調する意図すら看取されよう。現実の雲林院を舞台とする「繫ぎ」の挿入は、現つの時間を差し挟むことによって前後を夢中の出来事とするための処置ではなかったろうか。

ところで、自筆本中入直前に行われる翁本体の出現予告は、後場に何らかの形で翁を登場させる意図があった段階の断層が露呈しているのであろうが、現存する自筆本「雲林院」の後場には、業平はもちろん住吉明神も登場することはない。「葛の袴」や「住吉遷宮の能」で住吉明神が語った伊勢物語秘伝を、自筆本では住吉明神ではなく二条后と基経が体現する。そして、二人は「物語の品々」を顕し「業平の昔を」今に再現するために公光の夢に現れるのであるが、ここで二条后が語り始める伊勢物語秘伝は、基経の登場によって秘伝書にはない新たな視点を提示している。二条后を責める「あさましや世の聞こえ、あら見苦しの后の宮や」「君が来ざらんと、慕ひ給ひしもあさましや」ということばに顕著に表れているように、自筆本では二条后の物語が罪の物語として描かれているのである。前掲竹本幹夫氏「世阿弥自筆本〈雲林院〉以前」は、後場の〔サシ〕の「鬼ひと口の姿を見せんと、形は悪鬼身は基経が」が世阿弥の砕動風の標語「形鬼心人」と通底する表現であることを指摘し、この部分が『申楽談儀』に記される金剛権守所

演の時代にはなく、本来尉をシテとする能であったものを世阿弥が鬼がかりの能に改作した際に付加した可能性に言及する。既に『申楽談儀』が記録する金剛権守所演のテキストで、金剛権守は「松明《たいまつ》振り上げ、きといな」る所作をした。伊勢物語六段「鬼はや一口に食ひてけり」をめぐる秘伝を尉のかかりの住吉明神が仕方話のように演技していたのだとしたら、それは、世阿弥にとって俗なる風体であったに違いない。あるいは、伊勢の伝授を授ける住吉明神に加えて、自筆本同様に二条后と基経も登場し、秘伝の場面を再現していたのであろうか。自筆本後場には住吉明神は登場せず、女が鬼に食われる芥川の段を二条后に心を寄せる兄の基経が業平の手から二条后を奪い返したことの寓意と読む伊勢物語秘伝を、二条后と基経が体現し、基経は「通小町《かよいこまち》」や「綾鼓《あやのつづみ》」「恋重荷《こいのおもに》」のシテのように砕動風悪鬼の風体で女性の邪淫戒破戒を責め咎める。

　自筆本「雲林院」以前。それは現存しない。しかし、自筆本「雲林院」が露呈する、中入前の詞章と後場との不整合は、自筆本が既に改作の所産であることを物語っている。加えて、自筆本が世阿弥の模索の一過程を刻む草稿本であり、必ずしも世阿弥にとっての完成形態を伝えるものではないことも想定の内に入れなければならないであろう。自筆本「雲林院」とは、住吉明神による秘説伝授の形式を能へ取り込み、消化する模索の過程が看取できるテキストであるが、さらにいえば、自筆本とは、秘伝の形式から住吉明神の存在を消し、業平をシテとする能へ整える過程で残された過渡的テキストと位置付けることができる。前場に老体の住吉明神を登場させ、雲林院の満開の花の下での公光との花争いの風流問答を挿入した世阿弥の方向性が、後場の二条后を責める砕動風鬼能の趣向を駆逐していくことは必定であった。自ら本体の出現を仄めかす詞章を残した世阿弥には、例えば「高砂《たかさご》」のように、前場のシテを住吉明神としたままで後場に住吉明神による公光への伊勢物語伝授と神遊を構想した段階があるいはあったのかもしれない。自筆本の表層下には、こうした模索が幾層か隠れていることであろう。しかし、自筆本と業平の優美な歌舞能として整形された自筆本以後のテキストの間で、その全ては封印されている。そして、自筆本で住吉明神として造型されていた前シテは、自筆本以後のテキストにおいては、後場のシテ業平に対応する化身として整えられたのである。

（1）自筆本は「サシ事」の指定。なお、ワキのキンミツは院政期の勅撰歌人藤原公光（一一三〇—一一七八）か。雲林院での伊勢物語秘伝の時間軸の指標として選ばれたものか。

（2）近年出現した『歌舞髄脳記』禅竹草稿本に「住吉せん宮」の名が見えており、この能は禅竹時代にも残っていた。草稿本成立は精撰本奥書の康正二年正月以前。

（3）竹本幹夫「観阿弥時代の能」『観阿弥・世阿弥時代の能楽』明治書院、一九九九年。

（4）伊藤正義「謡曲「雲林院」考——改作をめぐる詞章の変遷と主題の転化」『文林』一号、一九六六年。伊藤氏は、伊勢物語十二段、武蔵野の野焼きについては、広島大学国語国文学研究室蔵『定家流千金莫伝』、『伊勢物語塗籠抄』『毘沙門堂本古今集注』、六十五段の「海人の刈る」の歌については『毘沙門堂本古今集注』、百二十三段の深草の女については『書陵部本伊勢物語抄』『神宮文庫本註本』に二条后の物語としての理解が見られることを指摘し、これらの記述を備えた「もっと末流俗流の書」の存在を直接の典拠として予想されたが、冷泉家流古注、鉄心斎文庫蔵『十巻本伊勢物語註』は上記を満たす。また、山本登朗氏『伊勢物語論——文体・主題・享受』（笠間書院、二〇〇一年）が指摘するように、伊勢物語の注釈世界をも取り込んだ古今注の中には『毘沙門堂本古今集注』や宮内庁書陵部蔵鷹司本『古今集抄』のように、基経が妹である二条后を恋い慕う関係であったことを前提とした和歌解釈が見られる。

第三節　幽玄の形象——古注釈と能２

一

諸国行脚の僧の名乗り。南都を巡り初瀬に向かうのだという、纔《わず》かに二行ほどの簡単な名乗り。それ以上に語るべき我名を持たぬこの僧が、ふと気が向いたのか在原寺《ありわらでら》に足を踏み入れ、一人の優美な女性《にょしょう》に出会う。夜明け待つ間の月の下、薄《すすき》の生えた古塚に向かって一念に回向するゆかしい姿に、僧は名乗りを乞う。女性はすぐには答えない。この寺の本願は在原業平、古塚はその亡き跡であると語るが、自らについてはただ、弔いをするこの辺りの者だと口少なである。しかし、重なる僧の問いかけに導かれるように、女性は遥かに遠く隔たった昔を語り始め、終には自らの名を「紀有常《きのありつね》の女《むすめ》」「井筒の女」だと明かして消える。前場の全ては、長い年月の沈黙を漸くにして払い、物語った、シテ紀有常の息女の霊による長い長い名乗りと見ることができる。後場は僧の夢の中。夢の中で、僧は実体を持たぬ意識だけの存在となり、ここで改めて有常の息女は、自らを「人待つ女」と名乗る。シテは自らを名乗り、語るために僧の前に姿を現したのである。何のためであろうか。

〔次第〕以下、〔サシ〕〔下歌《さげうた》〕〔上歌《あげうた》〕と、僧と出会う前のシテの独白は、自らの「迷ひ」を自覚し、未悟の心を「澄ま」し「照らす」「月」を求め、「仏」の「導き」を願い、「頼む」ものである。シテの「夢心」とは、未悟の心。シテは、行脚の僧がこの古寺を訪れ、行方定めぬこの夢を覚ましてくれることを待ち続けていたのだ。

紀有常が女《むすめ》とも、または井筒の女とも、はづかしながらわれなりと。シテは我名を語ることを恥じ、躊躇する。我身を語ることは、罪を語ることであり、それはすなわち、懺悔《さんげ》にほかならないからである。

懺悔とは、懺《は》ぢ悔やむこと。告白すること。(『日葡辞書』)

二

「井筒」は、これまでどのように読まれてきたのか。迂遠《うえん》な作業となるが、以下、問題のありかを探るために研究史を繙《ひもと》くことを許されたい。

現在「井筒」は、中世における『伊勢物語』享受史との関わりにおいて論ずるのが定石である。「井筒」が『伊勢物語』を「脚色」したものであること、何らかの典拠を持つであろう事は、すでに『謡曲大観』以来の認識であったが、(1)観阿弥得意の古曲「葛《くず》の袴《はかま》」に『知顕集《ちけんしゅう》』を引用して「アダナリト、名ニコソ立テレサクラ花、トシニマレナル人モ待チケリ。此歌ノ主ヲバ、人待ツ女ト書キタリシヲ、紀ノアリツネガムスメト、アラハスハ尉ガヒガゴト」と見えることから、紀有常の息女を「人待つ女」と呼称する古注がかつて存在していたことが想定された(日本古典文学大系『謡曲集』上、補注一五〇)。その後、香西精氏(2)によって、『伊勢源氏十二番女合《おんなあわせ》』と冷泉家流古注の中に二十三段を業平と有常の息女との物語とするものがあることが指摘され、「井筒」は、『伊勢物語』そのものではなく、中世特有の『伊勢物語』理解に依拠した作品であることが確認されたのである。

これを受けて伊藤正義氏(3)、堀口康生氏(4)は、「伊勢物語古註考」を始めとする片桐洋一氏の伊勢物語古注釈研究の成果[5]を踏まえ、『和歌知顕集』とは別系統である冷泉家秘伝を標榜する古注においては、「井筒」が引用する二十三段、十七段、二十四段の女主人公に紀有常の息女を宛てる点に注目し、各段を繋いだ「筒井筒の昔より業平との結婚を待ち、結婚後は高安の女へ通う夫のわが許《もと》へ帰るのを待ち、三年間の空白を桜とともに待ち、三年目の夜、業平を追って、追い続けて息絶える」という「紀有常の娘の物語」を「世阿弥による構想[6]」と把握した。古注の理解を通して「井筒」を解釈する伊藤・堀口両氏によって、二十四段の女主人公のひたぶるさ、悲恋の末の死がシテの造形要素として加えられ、従来の「和やかな恋物語[7]」、「つつましい恋の物語[8]」、「幼な恋と純愛[9]」、「業平へのひたむきの純真な愛情[10]」といった純愛物語としての読みが、「女の情念の美的結晶」(堀口前掲稿)と読み換えられることになる。

　但し、各段の引用から「井筒」の構想を捉える見解に対しては、十七段と二十四段の引用が和歌の一部に過ぎないこと等を含め、西村聡氏、八嶌正治氏、竹本幹夫氏、飯塚恵理人氏、後藤和也氏等から反論[11]が出されているが、この点については後に改めて問題とする。また、直接の典拠について伊藤氏は、引用される和歌、有常の息女をめぐる呼称と古注とを比較した結果、「古註や知顕集そのものではない、しかしそれらをともに摂り入れたもっと末流の伝書」の関与を想定したが、これに対しては、笹辺幸村氏[12]が真名本伊勢物語との近似性を強調し、渡辺泰弘氏[13]は真名本を含む数種の伊勢物語伝本の関与を主張する。その後、片桐洋一氏は天理図書館蔵『伊勢物語難儀抄』の解題[14]において、冷泉家流古注の流れを汲みながらも『和歌知顕集』の影響も窺われる『伊勢物語難儀抄』(以下『伊勢物語難義注』)が二十三段に関して非定家本系を寄せ集めた本文を有しており、これが「井筒」と一致することを指摘し、木戸久二子氏[15]が同様の例として神宮文庫蔵『伊勢物語注本』をこれに加えている。

　一方、演出資料の吟味から従来の「井筒」解釈に一石を投じたのは、中村格氏の「室町末期の女能――『井筒』の場合[16]」である。氏は、現行では本三番目物の代表として演じられる「井筒」の室町末期における演出資料に、「舞」

ではなく「働キ」や「カケリ」の指定や、憑依を表現する「十寸髪《ますかみ》」を着用面とする記述があることを指摘した上で、「室町末期の井筒」が演出する「人間の情念」「罪業の深さ」を、「詞章内容それ自身の語るところ」とした。中村氏が指摘した事柄は、竹本氏の言うように、「〈井筒〉本来の作品性に直結する個別的問題ではなく、純粋に演出史的次元の問題として把握されるべき現象(17)」であったが、以後、室町末期の演出を世阿弥自身の意図と捉える論考が数多く生み出されることとなる。中村稿以来の憑依説(18)を受け、西村聡氏は序の舞を次のように読み、

業平の「形見の直衣」に身を包み、「昔男」に一体化する心のときめき。「恥づかしや」の吐息とともに、陶酔に身をまかせ序ノ舞を舞うシテの女の意識に、しだいに業平の意識が浸透する。「昔男に」乗り「移り」たい女の願望に引き寄せられるかのように、業平の霊が女の霊に乗り移るのである。(19)

「井筒」を「老女物に極めて近接した世界」「人間の業を描き出した」作品と把握する。原田香織氏「昔男に移り舞――『井筒』の作品世界(20)」に至っては、移り舞を「狂乱に近似した官能的な演出」「憑物の妄執物と類似した趣向」と捉え、「井筒」のシテを「女の内奥に滾《たぎ》る「執念」の人体」、「老女の面影」が「重層的イメージとして付与」された存在と規定するが、「井筒」の移り舞を業平の憑依とする解釈に対しては、竹本氏、山中玲子氏、後藤氏等に憑依ではなく、形見を着用して業平をまねた恋慕の舞とする反論(21)がある。

『中楽談儀』において「祝言の外には、井筒・通盛など、直成能也《すぐなる》」「井筒、上果也」と世阿弥が自讃し、誰もがその真作を疑わないにも拘わらず、「井筒」の作品理解は、今なお流動的である。世阿弥作、上果「井筒」の真意は何処にあるのだろうか。

三

冒頭に記したように、始め「この辺りに住む者」(22)と名乗る「井筒」のシテは、その後、「紀有常の女《むすめ》」「井筒の女」「人待つ女」と、我身が背負う名を明かすことによって自らを語り紡いでいく。「昔、男ありけり」で始まる無名の男女の物語を、「昔男」業平と複数の名のある女性との物語として読む伊勢物語古注の方法は、「井筒」のシテの名乗り(小段名としての〔名ノリ〕ではない)の在りようを規定しているといえる。と同時に、伊勢物語古注と密接な関係を持つ古今集注釈書が、単に登場人物に実名を宛てるだけではなく、「ひとつの歌の注記を他の歌の注記と関連、連動させることによって歌集全体の背後にひとつの仮構世界を作り上げ」(23)ているように、『伊勢物語』においては各々完結した物語であった二十三段、十七段、二十四段が、先の名乗りに呼応して引用されていく。これらの引用の背後に、業平と紀有常の息女の物語としての連関性を読むことは、「井筒」を生み出した中世伊勢物語古注の基本的な態度に照らして、ごく自然なことであろう。

問題は、引用が支える構想の把握にある。飯塚氏は、『和歌知顕集』においては二十四段の結末が伊藤氏前掲稿・堀口氏前掲稿のいう「息絶える」ではなく、業平が女に復縁を求めたと記述する点などを掲げ、「井筒」の「待つ女」という語は、業平を「待ち続けた女」の謂ではなく、『和歌知顕集』や『冷泉家流伊勢物語抄』にいう「さくらに人待ちえたる女」「待ちつけたる女」の謂とし、「最も幸福な女性として理解されていた」紀有常娘像をシテに投影させる。(24)また、「待ち得た女の感情」と「待ちわびて思いが届かず無念の死を遂げた二十四段の悲劇の女の感情」とは一曲に両立し難いとして、二十四段の関与を否定する西村聡氏は、「人待つ女」の「世阿弥なり」の定義を、「待ち得た思い出に執着し」「思い出しては、男の形見を身にまとい、水鏡して陶酔する」(25)姿とする。

しかし、たとえ「葛の袴」所引『知顕集』のいう「人待つ女」が、十七段を評した古注の「待ちつけたる女」から転化した語であったにせよ、もはや、「井筒」が描く「人待つ女」は、飯塚氏が主張する「待ち得たる女」「待ちつけたる女」からは離脱している。

では、「井筒」の「人待つ女」とは、如何なる存在なのであろうか。それは、前シテ登場の段の〔サシ〕に端的に示されている。

〽忘れて過ぎし古へを、忍ぶ顔にていつまでか、待つことなくてながらへん、げになにごとも思ひ出の、人には残る世の中かな。

従来この部分は、「人目を忍びつつ、いつまで待つ甲斐もないままに生き永らえようとするのか」と読まれているが、[26]待つことなしに永らえられようか。とても永らえられない——、と解釈されるべきである。[27]シテは待つことで自らの命を支え、存在しているのであり、ここは「人待つ女」たる所以の表現である。「人待つ女」の語は、「葛の袴」所引の『知顕集』にのみ見え、現存する『和歌知顕集』にも他の伊勢物語古注にも見えぬ語であるが、この「人待つ女」という統合概念なしに「井筒」は成立しない。「井筒」は、各々を有常の息女の物語とする古注釈の理解を媒介として、各段のイメージを重層化させ、「人待つ女」の呼び名を以てこれを統合し、形象化しているのである。

そして、このように「井筒」において形象化された「人待つ女」とは、歌題「待つ恋」を体現化した存在と考えてよいのではないだろうか。「待つ」とは恋の歌の本意である。恋の歌は、「待つ」身の辛さ・哀しさを詠むものであり、愛の歓喜、充足感を恋の歌に詠んだ例は近世以前にはまずないであろう。「人待つ女」を「待ち得た思い出に執着し、陶酔すること」と解釈することは、「待つ恋」が詠まれてきた伝統に照らしても認め難い。西村氏のいう「愛の復活」の物語、飯塚氏のいう「待ち得たる女の幸福」は、たとえ伊勢物語の描く世界や、伊勢物語古注の理解であれ、能

「井筒」の描く世界ではない。

従来、その影響の有無につき見解が分かれている二十四段についても、「待つ恋」の辛さ、苦しさ、残酷さを悲痛なまでに昇華して表現したこの段は、世阿弥によって「人待つ女」を描くために必要な段として、意識的に選び採られていると思われるが、冷泉家流古注の解釈に従ってこの段を業平の求婚の物語に読み替え、「幸福な」有常の息女像をシテに投影させる必要は認められない。と同時に、この段の結末に従って、三年待ちわびた末に清水の傍らで息絶える有常の息女の一生を「井筒」の背後に読み、シテの「過去」として読み込む必然性もまた、ない。「井筒」は、『伊勢物語』から離れていると同時に、既に古注からも歩み始めているのである。

「井筒」に引用された二十三段の「井筒の女」と、十七段の「年頃訪れざりける人」を待ち続けた女と、二十四段の「年のみとせを恋ひわび」た女は、いずれも「待つ恋」を重層的に表現するために引用され、古注釈の理解を媒介として「有常のむすめ」に統合され、「人待つ女」として形象化されているのであり、「井筒」のシテ「人待つ女」とは、「待つ恋」を体現化した存在に他ならない。

四

叙上の結論は、「井筒」が『伊勢物語』とその古注理解を本説としていることを否定するものではない。こと表現の問題に即しても、「井筒」と伊勢物語古注との緊密性は動かし難い。『伊勢物語』本文にはなく、「葛の袴」所引の『知顕集』にのみ見える「人待つ女」の語が、「井筒」を支える重要な語であることは既に述べた如くである。また、引用された和歌の本文異同の検討から、「井筒」は、「つつゐづのゐづつにかけしまろがたけ過ぎにけらしな」「よはにや君がひとりこゆらむ」という定家本系の『伊勢物語』本文とは異なる本文を持っており、この一部は冷泉家流古注の表記とも一致することが知られている。そして、非定家本系には各々単独で見られる「つつゐづつ」「おひにけらしな」「ひとりゆくらむ」という本文を併せ持ち、「井筒」との一致を認めることのできる『伊勢物語難義注』の存在は、「井筒」における和歌の引用が複数の『伊勢物語』諸本を参照したのでもなければ、世阿弥の錯誤や改作でもないことを示している。

この『伊勢物語難義注』は、夙《つと》に今西祐一郎氏によって御伽草子への影響が指摘されており(28)、その広範な享受の様相は幸若《こうわか》舞曲や仮名草子などにも認められている(29)。今西氏が「狭義の『伊勢物語』秘伝書の域を離れ、どちらかといえば啓蒙書としてある程度流布したもの」と推測された『伊勢物語難義注』に、『和歌知顕集』系と冷泉家流古注の両系の影響が見られることは、こうした混態形こそが当時の一般的な古注理解の様相であったことを示してもいよう。『伊勢物語難義注』にも「人待つ女」という呼称は見出せず、全ての要素を一書に兼ね備えた古注は知られていないが、「井筒」が古注によって示される理解に基づいて作られていることは疑いない。

むしろ、以下述べるように、古注の影響はこれまでに指摘されている以上のものを認めることができ、古注理解を援用しなければ、曲名でもある井筒に込められた意味を解き明かすことはできないであろう。

冷泉家流古注では、築地を並べて住んでいた業平と有常の息女が、井筒の許で丈を比べて、井筒より背丈が高くなったら夫婦になろうと約束をする年齢を五歳とする。

歌ニツツイヅツトハ共ニ五歳也。ツツトハ調ノ義也。（中略）サレバツツ五トハ、共ニ五ト云義也。（中略）業平五歳ヨリ以来、彼女ニトツギタリト云事不見。何ゾ妹ト云哉。若五歳ニテ嫁ト云ハ其義ニ不可然。陰陽記ニ云、小男小女必七歳ニシテ始《ムト》二嫁《まぐはひ》ノ道《ヲ》一云リ。サレバ五歳ニシテ嫁ト云ン事、不審也。答云、長能ガ記ニ、業平得好色哉、五歳ニシテ始テ知《ヌ》二男女ノ嫁《ヲ》一。以之 表《アラハシ》二五行之陰陽一、凡人ニ非ザル事ヲ知ル。サレバ業平ノ五歳ノ嫁ハ実也。（『十巻本伊勢物語註』、鉄心斎文庫伊勢物語古注釈叢刊）

定家本系の『伊勢物語』本文では和歌の初句が「つつゐづの」とあるところを、「つつゐづつ」とし、これに「共に五つ」という裏の意味を与えるのである。そして、『長能記』なる書を引用しながら、通常男女の道は七歳を嚆矢とするが、業平は五歳にして男女交わり「五行の陰陽」を表し、「凡人」ならざることを示したのだと説いている。宮内庁書陵部蔵『冷泉家流伊勢物語抄』では、これを「家の口伝」として説いている。『伊勢物語』の「伊勢」の二文字に女と男を宛て、伊勢物語を「艶粉好色道」（宮内庁書陵部蔵『冷泉家流伊勢物語抄』）を示す物語とする記述は、古注に広く見受けられるものであるが、冷泉家流古注では次のように、「小男小女の嫁《まぐはひ》」を伊弉諾《いざなぎ》・伊弉冉《いざなみ》二神の嫁《まぐわい》（男女の交わり）の始めのこととした上で、業平の嫁《まぐわい》はこれを顕現したものと説いている。

今爰に男女物語と云は、必男女の嫁の事をのみ明すにあらず。陰陽天地として神たち出来り、日本国の風として大和ことばのおこれる不思議を言はん為也。伊とは伊弉冉尊、勢とは伊弉諾尊也。此二神、陰陽の神として嫁を始めて好色の道と成事を言はんが為の物語也。天神は勢、地神は伊也。此事は委は古今の神代のごとし。又二字の深義・内道論に云がごとし。又或云、滋春少将が事を長能記云、在少将父公の遺筆に加一丁幼案《ヨウアンヲ》顕《アラワス》、小男小女の嫁、と言へり。小男小女と云は、二神開発《カウハツ》の時を言ふと見へたり。されば、業平嫁をむねとして、いざなぎ・いざなみの始を顕と云也。（宮内庁書陵部蔵『冷泉家流伊勢物語抄』）

諸書に見られるように、そもそも昔男業平の「昔」は、伊弉諾・伊弉冉二神の嫁《まぐわい》の隠喩として説かれるのであり、家隆云、いざなぎ・いざなみの尊、嫁して一女三男を産む事、廿一日の間也。さればゐんやうの起なる故に、業

平好色の事を書きて、昔といふ。昔とは廿一日の間と書けるが故にいふ也。（同書）

伊弉冉に擬せられるのは、初段の垣間見の注によっても、

かいまみてけりとは、是に二の義有。一には、かきまよりのぞき見るをいふ。二には嫁の義也。業平、有常が娘を嫁たりけるをいふ。古撰云、天命尊石命尊志天大和嶋開真見初天契初天気云々。此は、いざなぎ・いざなみの二神、嫁して日本国を作りし事也。此意は、かいまみとは、嫁の義也。（同書）

有常の息女に他ならない。事実、紀有常の息女は、鎌倉末期には、次のように、

勧西ノ檀那ノ尼アリケルガ、今即アコトハ生尽アヘリ。此尼勧西ヲ知思議トシテ速疾ニ往生ヲトゲ（中略）今生ニモ紀ノ有常ノ女メト生レテ、業平ニ縁ヲ結ビ、未来永々ノ男女ヲ伊勢の二門ヘススメ入テ、強心ヲ転ジテ和歌ノミチニヨテヤハラゲ、漸ヤク菩提ノ正路ヲタヅヌルマデトノ計事也。サレバ、心アル類ヒ、和歌ノミチニ入ズト云事ナシ。（金沢文庫蔵『阿子 本地 秘中深秘』元徳三年奥書）

業平と同様「未来永々ノ男女ヲ伊勢の二門へススメ入」れるために生を受けた存在として説かれてもいた。

つまり、能「井筒」後場においても繰り返される「つつゐづつ」の語は、中心的な素材となった二十三段の場面を表し、幼い二人の記憶の原点を示す、能「井筒」にとって最も重要な語であるが、これには業平の好色の道の始まりの意味が込められ、業平の嫁《まぐわい》を二神の嫁《まぐわい》の顕現とする伊勢物語の根本へと繋がっていく口伝が秘められているのである。従来、「井筒」中入前の〔ロンギ〕傍線部「つつゐづつ」の語は、

シテ〽紀の有常がむすめとも　地〽または井筒の女とも　シテ〽恥づかしながらわれなりと　地〽いふや注連縄の長き世を、契りし年はつつゐづつ、井筒の蔭に隠れけり、井筒の蔭に隠れけり。

十九歳[30]とする解釈と、また『冷泉家流伊勢物語抄』のこの部分を引用して五歳[31]とする二様の解釈がなされている。こ

こに冷泉家流古注が語の解として示す「共に五歳」という年齢に込められた意味を読み落とすべきではないであろう。(32)

もちろん、「井筒」の場合、禅竹作「杜若《かきつばた》」に見られるような秘伝開陳の方法とは異なり、このような「つつゐづつ」に秘められた「家の口伝」が「井筒」の展開に介入していくことはない。しかし、シテの物語は自らの回想であると共に、業平をめぐる物語でもある。舞台正面に据えられた井筒の作り物は、伊勢物語の根本へと通じる回路の入口でもあるのではないだろうか。『伊勢物語』二十三段の和歌の引用が定家本系の「つつゐづの」ではなく、「つつゐづつ」であるのは、五歳の時の井の周りでの「かたらひ」に秘められた、「つつゐづつ」をめぐる「家の口伝」の存在と無縁ではないはずである。

また、「井筒」後半のクライマックスは、業平の形見を身につけた有常の息女がこの井筒を覗き、自らの姿を水面に映し、業平の面影を懐かしむ場面である。『伊勢物語』本文には「田舎わたらひしける人の子ども、井のもとに出でてあそびける」とあるのみで、これを〔クセ〕の中で次のように

むかしこの国に、住む人のありけるが、宿を並べて門の前、井筒によりてうなゐ子の、友だちかたらひて、互ひに影を水鏡、面を並べ袖を掛け、心の水もそこひなく、うつる月日も重なりて。

幼い男女が互いの姿を井戸の水面に映して遊んだとするのは、世阿弥の創作と考えられている。(33)

ところが、『和歌知顕集』は、二十三段を注して次のように記しており、

おさなき時、ゐのもとにいでてあそぶには、井のそこを、おとなしき人のみるを、うらやみてみんとすれど、たけがすこしもおよばねば、せんかたなくて、かの井のつゝにたちそひて、わがたけはまさりたり、我たけはひきしなどいふ事あり。おさなかりける時、井のもとにいでゝあそぶとて、かくしてける事をわすれずして、哥によ

みてやりたるなり。　（宮内庁書陵部本に拠る。島原松平文庫本も小異）

ここには、成人した男女が井戸の底を覗くのを羨ましく眺め、大人になる時を恋い焦がれて待つ幼い二人の日々が語られている。「井筒」における水鏡の設定――幼き頃の水鏡の記憶を伏線として、後半に井戸を覗く設定は、『和歌知顕集』のこの記述がモチーフとして使われているのであろう。幼き日に井の底を覗くことに焦がれた話は、『十巻本伊勢物語註』を含む冷泉家流古注や『伊勢物語難義注』にはなく、『和歌知顕集』にのみ見える記述である。当の『和歌知顕集』はこの二十三段の話を業平と有常の息女との物語として読まないが、そもそも「人待つ女」の呼称を提示しているのは、「葛の袴」所引の『知顕集』なのであり、前述のように、両者を対立的に捉えることは無益であろう。

大人になって井戸の底を覗きたいという、幼な子のたわいない願望は、「井筒」の中で仮想現実と化し、幼い日々の遊びの記憶として語られている。井筒は、幼い日々の懐かしい思い出の場所であると同時に、子供と大人の時間を繋ぐ回路ともなり、業平の形見を纏った有常の息女は井の底を覗く。

シテ〽見れば懐かしや、　地〽われながら懐かしや。

懐かしいのは、水に映る業平の幻影であると共に、井戸を覗くという動作が想起させる、業平と過ごした幼き日々からの時間であり、さらに言えば、後述するように在原寺が記憶に刻んでいる、業平に象徴される雅びな王朝世界の匂いである。

ところで、前シテである有常の息女(の霊)は、「暁ごと」に「閼伽《あか》の水」を汲み、「庭の板井を掬《むす》び上げ花水《はなみづ》とし」、業平の「塚」に「手向け」、「回向」している。〔次第〕の「暁ごとの閼伽の水、暁ごとの閼伽の水、月も心や澄ますらん」とは、板で周りを囲った井戸から汲んで供える、閼伽の水に映る月を詠んだものである。同じく、後場の〔序ノ舞〕に続く〔ワカ〕の詞章「ここにきて、昔ぞ返す在原の、寺井に澄める、月ぞさやけき」もまた、空に在る月ではなく、水に映った月の、澄み切って冴えた光をシテが見つめている光景である。そして、この在原寺の井戸は、幼き日に「心の水もそこひなく」二人が影を映して友だち語らいをした井戸に重なっている。「心の水」は、清濁・浅深のある衆生の心を表す仏教語「心水」を和らげた歌語であるが、以下の例に見られるように、

即身成仏の心を　　教長
照る月の心の水にすみぬればやがてこの身に光をぞ射す（『千載和歌集』一二二八）

範光
おのづから心の水のすむばかり我をも照らせ秋の夜の月（『正治初度百首《しょうじしょど》』一五四五）

水想観
くもりなき御法の月をやどしてぞ心の水もすみまさりける（『実材母集《さねきのははしゅう》』八四二）

柔和質直者則皆見我身の心を　　前大僧正良信
濁りなき心の水に影とめて再び宿れ山の端の月（『新拾遺集』一四六三）

水中月
すましおく心の水をひとつにてあか井をひろみ結ぶ月影（『草根集《そうこんしゅう》』四二二四）

ツヽ井水ノ底ニ沈ト見シ月ハ雲井ヲテラス光リナリケリ（内閣文庫蔵『金玉要集《きんぎょくようしゅう》』第二・六度集経事）

「心の水」を澄まし月影を宿すことは、法の光明を受けることを意味している。有常の息女は、業平と契ることによって「闇にたどらずまことの道に縁を結」(34)(神宮文庫蔵『伊勢物語髄脳』)んだ三千七百三十三人の衆生の一人でもある。「迷ひ」の中にあるシテが井の底の月影を覗くことは、自らの「心の水」を見つめ、救いを求める行為でもあった。

今一つ、井筒の記号性について付言する。「井筒」の〔クセ〕において、二十三段の舞台となる井戸の場所は「宿を並べて門《かど》の前」と語られている。幼い二人の家が隣同士であったことは、『伊勢物語』二十三段に

女は、この男をと思ひつつ、親のあはすれども聞かでなむありける。さてこの隣の男のもとよりかくなむ。

とあるのに拠っている。なお、古注の中でも宮内庁書陵部本『冷泉家流伊勢物語抄』には「ついぢをなして」とあるが、冷泉家流古注の中でも世阿弥自筆本「ウンリンイン」とも影響関係が深い『十巻本伊勢物語註』は「筑地ヲナラベテ住給ケル」、『伊勢物語難義注』にも「軒をならべて住ける也」となっており、『伊勢物語』本文や、書陵部本『冷泉家流伊勢物語抄』に比して、より「井筒」に近い表現を見ることができる。しかし、井戸の場所を二人の家の門前とする記述は、二十三段の『伊勢物語』本文にも、これに付された古注の中にもない。

ところが、『十巻本伊勢物語註』を含め冷泉家流古注は、三年の間夫を待ちわびた二十四段の女が息絶えた場所である「清水のあるところ」を、「有常ガ家ノ前ニ清水アル所」と限定する。そして、宮内庁書陵部本『冷泉家流伊勢物語抄』においては、ここに「つついづつの場所也」という注記[35]が見られるのである。つまり、『伊勢物語』二十四段で女主人公が息絶える「清水のあるところ」を、二十三段において幼なき二人の語らいの場所であった井筒とする解釈が確かに冷泉家流古注に存在していたことが確認されるのであり、井戸の場所を「宿を並べて門の前」とする〔クセ〕の記述は、こうした冷泉家流古注の解釈を経て為されたものということができる。

在原寺は、

元慶四年五月廿八日、年五十六にして薨《こうじをはんぬ》畢。墓所は大和国在原寺也。布留郡の中也。（『古今和歌集灌頂口伝《かんちようくでん》』）

中世の和歌秘説の世界では、業平の墓所であった。その在原寺に在る井筒は、業平と有常の息女の物語を何より深く

語り得る形象として、世阿弥によって意識的に選ばれているのである。

「井筒」において、業平と有常の息女の物語の記憶を刻む在原寺の井筒は、「共に五歳」の口伝から伊勢物語の根本へと通じる回路であり、幼き日の願望と過ぎ去った過去への懐旧の念が交差する場所であり、救いと悟りを求める有常の息女の心を映す水鏡でもあった。世阿弥は伊勢物語古注を叙上のように消化し、井筒という形象に様々な意味を込めたのである。舞台正面に据えられる井筒の作り物はその表徴であり、井筒の内なる水面に自らの姿を映す場面は、これらの趣向が一点に集約される頂点でもある。

五

〔序ノ舞〕の後、井の底に業平の面影を見たシテは、前述のように「懐かしや」と懐旧の思いを嘆じ、夜明けの鐘に僧の夢が破れると共に姿を消す。

〔ワカ〕シテ〽ここにきて、昔ぞ返す在原の、地〽寺井に澄める、月ぞさやけき。

〔ワカ受ケ〕シテ〽月やあらぬ、春や昔と詠《なが》めしも、いつの頃ぞや。

〔ノリ地〕シテ〽つつゐづつ、地〽つつゐづつ、井筒にかけし、シテ〽まろが丈《たけ》、地〽生ひにけらしな、シテ〽おひにけるぞや、地〽さながら見みえし、昔男の、冠直衣《かむりなほし》は、女とも見えず、男なりけり、業平の面影。

〔歌〕シテ〽見れば懐かしや、地〽われながら懐かしや、亡夫魄霊の姿は、萎める花の、色無うて匂ひ、残りて在原の、寺の鐘もほのぼのと、明くれば古寺の、松風や芭蕉葉の、夢も破れて覚めにけり、夢は破れ明けにけり。

右、終曲部〔歌〕には「心余りて詞足らず、萎める花の色無うて匂ひ残れるが如し」という古今集仮名序における業平の歌の評が引用されており、ここは、業平の歌についての評をシテの姿の形容として借用したと解釈されるのが常である。シテに業平が憑依していると解釈する場合も、シテが業平の形見を纏って、その姿を真似ているのだと解釈する場合も、「萎める花の色無うて匂ひ残れるが如し」はシテの形容として逐語的に解釈され、井戸の底を覗いた後に色褪せた風情で佇むシテの姿と把握されている。

このように業平と一体になった亡き女の幽霊の姿は、しぼんでいる花が色あせても匂いだけは、残っている様子でその場にいた。（新編日本古典文学全集『謡曲集』）

亡き夫の姿をした亡霊の姿は、あたかも萎んで行く花が、色はあせても匂いは、まだ残っているような風情である。（『対訳でたのしむ　井筒』）

室町末期以降に書写された謡本の内、少なからぬ謡本が「おひにけるぞや」に「老」の字を宛て、現在もこの表記を踏襲した解釈が広く行われ、「井筒」に「老いの感慨」[36]や「老い滅びてもなお残る情念」[37]を読む解釈が生じるのも、「萎める花」を老いの姿として、この部分を逐語的に解釈することと関わっている。

しかし、そもそも「亡夫魄霊の姿」とは、直前の、シテが水面を覗き込む一曲のクライマックスにおける詞章「業平の面影」を受けていると思われ、すれば「亡夫魄霊の姿」とはシテそのものではなく、シテが井戸の中に見た業平の面影を指すと考えるべきではないだろうか。であるならば、「亡夫魄霊の姿」を形容する「萎める花の、色無うて匂ひ残り」とは、第一義的には井の底に映る業平の面影の形容となる。

ここで注目されるのは、この「心余りて詞足らず、萎める花の色無うて匂ひ残れるが如し」と評される業平の「月やあらぬ」の歌が、俊成以来、幽玄の体を表す歌として用いられている点である。古今集仮名序における業平の歌の評は、三十一文字に心が言い尽くせておらず、歌の真意が測り難いという意味であったが、それは俊成によって余情《よせい》、幽玄を表す詞として再評価されることとなる。そして、その幽玄論は定家、あるいは長明、さらに正徹《しょうてつ》、心敬《しんけい》へと継承されていく。(38)

猶歌の道かやうにしりがほに申侍事返々すかたはらいたく侍れど、かつは神鑑をおそるるによりて所存かさねて申しのぶべく侍也。おほかたは、歌はかならずしもおかしきふしをいひ事の理をいひきらんとせざれども、本自詠歌といひてたゞよみあげたるにもうちながめたるにもなにとなくえんにも幽玄にもきこゆる事有なるべし。よき歌になりぬればそのこと葉姿のほかに景気のそひたるやうなる詞の有にや。（中略）つねに申やうには侍れど、かの月やあらぬ春やむかしのといひむすぶてのしづくににごるなどいへる也。なにとなくめでたくきこゆる也。かやうなる姿詞によみにせんとおもへるうたはちかき世には有がたき事なるを、

（永青文庫本『慈《じ》鎮《ちん》和尚《おしょう》自《じ》歌合《かあわせ》』十禅師跋）

「月やあらぬ」の歌が引用される〔ワカ受ケ〕の部分は、従来、業平の詠歌であるために業平自身の懐古(39)とも、冷泉家流古注における業平と二条后の物語としての解釈を反映させて、「人待つ女」の苦悩のにじむ回想(40)とも読まれてきた。しかし、「井筒」における移り舞は既に憑依という形式からは自由になっており、シテに業平の意識を投影させる必要も、二条后の物語までをも透かし読む必然性もない。「心余りて詞足らず」の歌「月やあらぬ」は、次のような理解の下に、

こと葉一句を残す哥あり。業平の、

月やあらぬ春やむかしの春ならぬ我身ひとつはもとの身にして

の哥は、心得ねば面白くもなき歌也。（中略）されば業平の哥は、其心あまりて、詞たらず、しぼめる花の色な

ふして、句のこれるがごとしといふ本にも、此哥を出したるは、この心なり。「こよひ逢ひたる人こそなけれ」と云ふ一句を残して詠みたる也。扨こそ面白くも侍れ。（『正徹物語』、日本古典文学大系『歌論集 能楽論集』所収）

「こよひ逢ひたる人こそなけれ」という詠み残された一句を表すためにここに引用され、続く業平の面影との逢瀬を導く伏線となっているのではないだろうか。

「井筒」の「待つ女」は、一曲の頂点において井の底を覗き、「業平の面影」を見る。体言止めで地謡の詞が終わるこの瞬間、シテは動きを止め、舞台からは一切の音が消え、舞台上の時間は停止する。ここに「面影」の語が使われているのは、俊成が使い始めた歌論用語としての「面影」と無縁ではないだろう。「面影」とは、田中裕氏「俊成歌論研究」（『中世文学論研究』一九六九年）の言を借りれば「具象的な映像を伴ふやうな情調表現の一手法」であり、「目に見える映像ではあるけれども、輪郭や細部が線条的に明瞭に限定されない漠とした形、乃至は同様の意味において理会される彩色の効果として表象されるところに特色がある」。

先に、「亡夫魄霊の姿」は第一義的にシテが井の底に見た「業平の面影」であるとしたが、観客には、その面影を見ることはできない。もとよりシテが井の中に見た「業平の面影」とは、業平の形見を纏った自らの姿の投影に他ならず、従って、二義的な意味において、観客はシテの有常の息女に井の中の業平の面影を重ね見ることとなる。シテが井の中に見た「業平の面影」とシテの姿とは、本来別のものであり、同一のものではない。しかし、あたかも和歌における本歌取りのように、両者は重ね見られるように仕組まれている。

そもそも、「井筒」においては、その直前の移り舞という形式自体にも、今に王朝の昔を重ねる本歌取りの形式の応用を見ることができるのではないだろうか。本歌との二重性から生み出される深遠さ、情緒性が本歌取りの効果であるように、「井筒」の移り舞においては、今のシテの姿に昔男業平の面影が重ねられ、今と昔、有常の息女自身と息女の心の中の業平とが渾然一体となった奥深い情趣を生んでいる。さらに、業平に対する有常の息女の恋慕の情は、伊勢物語という王朝の雅の結晶への追慕と重ねられ、その心象が懐旧の表現となっているのである。

さらに言えば、こうした「井筒」の方法は、田中裕氏によって「寂寥、孤独、懐旧、恋慕といった諸感情や情調に関わる」ものであり、「映像が重層し、情調の倍加されてゆく効果」によって生まれる「甚深微妙なもの(41)」とされ、さらに久保田淳氏によって「失われた対象への詠嘆、憧憬」「王朝文学的な艶美な世界への親近性」「もはや失われてしまった、従って現在においては見られない幻影としての風景へ向かう心が詠嘆的な措辞によって表現されていること(42)」と説明される、幽玄の体の和歌の詠み様に他ならないのである(43)。

幽玄体を行雲《こううん》体、廻雪体の二体に分けるのは、定家仮託書の『三五記《さんごき》』『愚秘抄《ぐひしょう》』であるが、〔序ノ舞〕直前の〔一セイ〕「はづかしや（下掛り系は「なつかしや」）昔男に移り舞、雪を廻らす花の袖」が、この廻雪体を解いて詠み込んでいるのも、舞直前の定型句として以上の意味合いを読むべきであろう。このようにしてシテの恋慕の舞も幽玄なる体を表現する一要素として位置づけられている。

俊成が「心余りて詞足らず、萎める花の色無うて匂ひ残れるが如し」に込めた余情幽玄が、心敬に至って「しな・ゆう・たけ・やせ・さむく・らうらうしく、いはぬ心の匂ひある」（『ささめごと』）と深化していく中にあって、『風姿花伝』第三問答条々に「花のしほれたらむこそ面白けれ」と表現される美意識が認められるのは、「井筒」にとっても重要な意味を持つ(44)。「井筒」は、この幽玄の系譜の中に位置付けて然るべき作品であった。終曲部〔歌〕の「萎める花の、色無うて匂ひ残り」は、業平の面影であると共に、僧の夢が覚めた後の「いはぬ心の匂ひある」有様でもある。世阿弥が「井筒」を「上果」として最高位に置き自讃する所以は、「井筒」が幽玄の境に入り得た能としての確信に裏付けられたものではなかったろうか。

昔、歌仙に、ある人の、この道をばいかやうに修行し侍るべきぞと尋ね侍れば、「枯野の薄あり明の月」と、答へ侍りしとなり。これはいはぬ所に心をかけ、ひえ、さびたる方を悟り知れとなり。境に入り果てたる好士の風雅は、この俤《おもかげ》のみなるべし。（心敬『ささめごと』、日本古典文学全集『連歌論集・能楽論集・俳論集』所収）

右は歌のあるべき境地を「枯野の薄、有明の月」に象徴させているものであるが、『梵灯庵主返答書《ぼんとうあんしゅへんとうしょ》』や『兼載雑談《けんざいぞうたん》』にも類話があり、『兼載雑談』では俊成が基俊に尋ねた話となっている。

「井筒」の舞台正面中央には、薄が立てられた井筒の作り物が置かれ、前述のように、この井の底には空の皎々たる月が宿っている。薄は、在原寺が人音稀な古寺であること、そして秋の寂寥を表すことは諸注の示す通りであるが、この作り物の「言はぬ所」「ひえ、さびたる方」こそが、世阿弥が上果「井筒」で到達した境地ということになろうか。

（1）「謡曲製作以前から、この物語を業平と紀有常の女との事として伝へて居り、謡曲作者はその伝説に従つて脚色したものであらう」。

（2）「作者と本説 井筒」『観世』一九六三年九月（『能謡新考――世阿弥に照らす』一九七二年、檜書店再収）。

（3）「謡曲と伊勢物語の秘伝――「井筒」の場合を中心として」『金剛』一九六五年六月。

（4）「待つ女――「井筒」の手法」『図説日本の古典5 竹取物語・伊勢物語』一九七八年、集英社（『猿楽能の研究』桜楓社、一九八八年再収）。

（5）『国語国文』一九六四年四月。氏の一連の研究は、『伊勢物語の研究〔研究篇〕』（明治書院、一九六八年）、『伊勢物語の新研究』（明治書院、一九八七年）参照。

(6) 新潮日本古典集成『謡曲集』解題。
(7) 佐成謙太郎校注『謡曲大観』一九三一年。
(8) 横道萬里雄・表章校注、日本古典文学大系『謡曲集 上』「井筒」一九六〇年。
(9) 八嶌正治「井筒の構造」『能楽評論』十七号、一九七六年(『世阿弥の能と芸論』三弥井書店、一九八五年再収)。
(10) 新編日本古典文学全集『謡曲集』「井筒」一九九七年。
(11) 西村聡「「人待つ女」の「今」と「昔」――能『井筒』論」『皇學館大學紀要』十八輯、一九八〇年。注9八嶌正治前掲書。竹本幹夫「在原業平 愛の追憶――「井筒」「杜若」など」『国文学』一九八三年七月。飯塚恵理人「能『井筒』と中世伊勢物語古注釈――「待つ女」等の解釈を通して」『椙山女学園大学研究論集』二七号、一九九六年。後藤和也「能〈井筒〉試論――「読み」の可能性をめぐって」『楽劇学』四号、一九九七年。
(12) 「謡曲「井筒」典拠本考――伊勢物語諸本との関係」『文芸論叢』八号、一九七七年。
(13) 「世阿弥の謡曲における伊勢物語」『武蔵大学人文学会雑誌』十九巻一号、一九八七年。
(14) 天理図書館善本叢書『和歌物語古註續集』八木書店、一九八二年。『伊勢物語難儀抄』は宮内庁書陵部本が『伊勢物語の研究〔資料篇〕』に翻刻され、他に桃園文庫本、鉄心斎文庫本、糸井通浩氏蔵本が知られる。
(15) 「謡曲「井筒」引用の『伊勢物語』本文を持つ古注釈――『伊勢物語注本』と『伊勢物語難義註』」『源氏物語と平安文学』三号、一九九三年。
(16) 『東京学芸大学紀要・第二部門・人文科学篇』二十五集、一九七四年(『室町能楽論考』わんや書店、一九九四年再収)。
(17) 注11竹本前掲稿。
(18) 注10『謡曲集』は「業平の形見を身につけている女には、業平が乗り移っている。両者は一体となって、女でもあり男でもある、異様な状態である」、高橋康也氏「井筒幻想――または思い出としての劇」(『文学』一九八三年七月)は「色情的錯乱かとも見紛う井筒の女の、凄まじいエロティシズム」を看取する。憑依説は他に、飯塚恵理人氏「伊勢物語古注釈と『井筒』――有常娘像の変貌」(『椙山女学園大学研究論集』二三号、一九九二年)、注11飯塚氏前掲稿、金忠永氏「謡曲『井筒』――本説を手がかりとしたシテ像の考察」(『文学研究論集』十号、一九九三年)他。

(19) 注11西村前掲稿。
(20) 『日本文芸論叢』五号、一九八六年。
(21) 注11竹本前掲稿。注11後藤前掲稿。山中玲子「女体能における「世阿弥風」の確立――〈松風〉の果たした役割」『能 研究と評論』十五号、一九八六年(『能の演出 その形成と変容』若草書房、一九九八年再収)。
(22) 下掛り系諸本にはこの一句を欠くものがある。
(23) 山本登朗「注釈としての説話――伊勢物語・古今集古注の人物世界」『説話論集 第三集』清文堂出版、一九九三年(『伊勢物語論 文体・主題・享受』笠間書院、二〇〇一年再収)。
(24) 注11飯塚前掲稿。
(25) 「物語話型〝三年〟と〈井筒〉」『鋏仙』四五六号、一九九七年。
(26) 新潮日本古典集成『謡曲集』、日本古典文学全集『謡曲集』、『対訳でたのしむ 井筒』檜書店、注11西村前掲稿他。
(27) 反語として解釈される上掛り諸本に対して、下掛り謡本の中には、般若窟文庫蔵巻子本や法政大学能楽研究所蔵岩本秀清節付本、毛利家旧蔵伝信尹筆謡本、田中允氏蔵鳥飼道晰筆本のように「待つことありてながらへん」とするものがある(岩本本は「ありて」を見せ消ちして「なくて」と訂正)。本稿の解釈によれば、この場合は反語ではなく「いつまで待つことによって永らえることになるのだろうか。」となる。上掛りの形の方がより強い表現となるが、下掛りの形でも意味が反転することはない。上田哲之氏「「井筒」にみるいにしへの構造」(『季刊 日本思想史』二四号、一九八四年)も同様の解釈を提示する。
(28) 「『月林草』覚書」『国語国文』一九八一年七月。
(29) 石川透「室町時代物語における『伊勢物語』享受」『室町文学纂集』第一輯、三弥井書店、一九八七年。
(30) 日本古典文学大系『謡曲集 上』。新日本古典文学大系『謡曲百番』。
(31) 注4堀口前掲稿。新潮日本古典文学集成『謡曲集』。注26前掲『対訳でたのしむ 井筒』口語訳。
(32) 金忠永氏「謡曲『井筒』の本説考」(『文学研究論集』九号、一九九二年)は、冷泉家流古注に見られるこの説について、注の内部においても矛盾する異説であることを理由に「井筒」との関連を否定するが、矛盾を胚胎した重層的な解釈こそ古注の本領であり、否定の根拠にはなり得ない。
(33) 注11西村前掲稿。松岡心平「水鏡――紀貫之と世阿弥」『国語通信』三一四号、一九九〇年。
(34) 宮内庁書陵部蔵『和歌知顕集』は「得脱の縁」。
(35) 注記の存在については注18飯塚氏前掲稿、金氏前掲稿にも指摘がある。
(36) 「かつての業平の歌の「生ひにけらしな」は、皮肉な語呂合せによって自分の映像の「老い」を思い知らせずにはおかない」(注18高橋前掲稿)。
(37) 河村晴久「〈井筒〉の舞台」『対訳でたのしむ 井筒』檜書店。
(38) 長明仮託とされる『螢玉集』では、十体の一「幽玄を姿とする歌」二首の内の一首に「月やあらぬ」の歌を掲げ、「心詞たしかならず。たとへばみどりの空に遊糸をのぞむが如し。あるにもあらず、なきにもあらず、幽かにして、境に入らざらん人の得がたきなるべし」と述べる。幽玄の語義が時代により変化し、俊成、俊恵、正徹、心敬各々にも幽玄観の違いが見られることについては谷山茂氏『幽玄論』、田中裕氏『中世文学論研究』、藤平春男氏『新古今歌風の形成』(『藤平春男著作集』第一巻)、久保田淳氏『中世和歌史の研究』等に詳細な研究の蓄積があり、本稿はこれらに多くを負っている。
(39) 八嶌正治氏「「井筒」と「野宮」の後場構造」『梅若』一九六七年(『世阿弥の能と芸論』再収)。なお、注18金氏前掲稿はこの部分に「憑き物による物狂いの妄執物的な要素」を見た上で、「業平の霊による言葉」とする。
(40) 注11西村前掲稿。
(41) 注38田中前掲稿。
(42) 「幽玄とその周辺」『講座 日本の思想』5 美、東京大学出版会、一九八四年(『中世和歌史の研究』明治書院、一九九三年再収)。
(43) 先に述べた歌論用語としての面影についても、流布本『近代秀歌』の俊頼歌評に「これは幽玄に、面影かすかにさびしきさまなり」とあるように、「面影」は「幽玄」の体を相補的に説明する語として用いられている。なお、定家自筆本はこの歌評を欠くが、注38谷山氏前掲書は「面影かすかに」「さびしき」が定家の歌合判詞中の幽玄の諸例から帰納される幽玄観に一致するため、自筆本が後に例歌を差し替えたものかとする。

(44)『花鏡』「幽玄之入堺事」に「ただ美しく柔和なる体、幽玄の本体なり」「見る姿の数々、聞く姿の数々の、おしなめて美しからんを以て、幽玄と知るべし」等とあるところから、世阿弥における幽玄を「気品の高い優美、優麗典雅な美」(『能勢朝次著作集』第二巻、幽玄論)とのみ捉える理解は、再考の余地があろう。

第四節　中楽の本木——和歌と能

一

能「恋重荷《こいのおもに》」。菊を寵愛する白河院の庭で、菊を育て、下葉を取ることをよすぎとしてきた老人が、女御の姿を一目見てより静心なき恋に落ちる。日々の勤めも疎かになるほど色に出る有様に、過酷な厳命が下される。

〽恋は上下を分かぬならひ、かなはぬ故に恋といへり。かやうの者の持つ荷の候ふをかの者に持たせよと仰せられ候。これは重き巌にて候ふを綾羅錦紗をもつて包み、恋の重荷と名付けて候。この荷を持ちおん庭を千たび百たび行き帰るならば、女御のおん姿をいま一度拝まれ給はんとのことにて候ふ。（元頼本「恋重荷」）

「恋の重荷」と名付けられた、軽げで目に彩な絹で包まれた巌は、かなわぬ恋をする者が担うべき荷であった。女御に逢えるのならば、「恋の持ち夫《ぶ》」になることも厭うものではないと、老人はこの荷を担ごうとするが、その重さに喘ぎ、恨みを残して命を落とす。

〽よしや恋ひ死なん、報はばそれぞ人心、乱れ恋になして、思ひ知らせ申さん。

「恋の重荷」を持たせた理由を「恋の心を留めんとの御方便」と明記する、妙庵本から現行観世流に至る本文ならずとも、老人の死は、勿論、周囲の予想するところではなかった。驚愕と狼狽。沈欝な空気が支配する中で、さらに恐るべきことが起きる。女御の身体が、さながら磐石で押さえつけられたかのように動かぬのだ。他でもない。死霊となった老人が、我身に担わされた恋の荷の重さを女御に思い知らせているのだった。
結末は、急転直下「葉守《はもり》の神」となって女御を千代に守ることを約束するものの、全編、恋の苦しみを描くことに終始するこの作品には、前身がある。

> 凡、近代作書する所の数々も、古風体を少うつしとりたる新風也。昔の嵯峨物狂の狂女、今の百万、是也。静、本風有。丹後物狂、昔、笛物狂也。松風村雨、昔、汐汲也。恋の重荷、昔、綾の大鼓也。自然居士、古今有。佐野の船橋、古風有。如レ此、いづれも〳〵、本風を以て再反《さいへん》の作風也。（『三道』）

右の記事は、古作「綾の大鼓」を世阿弥が改作して「恋重荷」が生まれたことを伝えている。「綾の大鼓」は現存しないが、類似の名を持つことから同一視されている作品に「綾鼓《あやのつづみ》」がある。「綾鼓」は、老人に恋をあきらめさせる道具が、綾羅錦紗で包んだ巌ではなく、綾で張った鼓である点、老人の職業が菊の世話ではなく庭掃きである点、非業の死が入水自殺である点、終始恨みを述べて守護神にはならない点などが異なるが、仕組まれた業に粛々《しゅくしゅく》と向かう老人が、次の瞬間には悲嘆と絶望に落ちて非業の死を遂げる点、空しくなった老人の姿を目にした女御に異変が起きる点など、大枠は「恋重荷」に合致する。現存の「綾鼓」もまた、「綾の大鼓」からの改作である可能性、つまり、「綾鼓」と「恋重荷」が兄弟関係である可能性も想定されねばならないが、「恋重荷」の前身である「綾の大鼓」の段階で、「綾鼓」と同じく綾で張った鳴らぬ鼓を打たせる趣向を既に持っていたことは、その作品名に拠っても推測されてよいであろう。

「綾の大鼓」と「恋重荷」。賤の老人の女御へのかなわぬ恋を描いた二作品であるが、世阿弥の改作の意図はどこにあったのだろうか。「綾の大鼓」は、老人の死霊に憑かれた女御が鳴らぬ鼓を「鼓は鳴らでかなしやかなしや」と打ち続ける姿をまねぶ、〈憑き物故の物狂能〉であった可能性もある。世阿弥がその改作に関与していると考えられる近江能「葵上」も、憑かれた葵上の苦悩ではなく、生霊となり葵上に憑く六条御息所の苦悩の姿、邪鬼の形それ自体が描かれている。世阿弥の改作の主眼が、「女に鬼が憑く」趣向を嫌った点にあったとすれば、世阿弥改作以前の「葵上」を〈憑き物故の物狂能〉と想定することは、あながち突飛なことではない。葵上の存在を舞台上に置かれた出し小袖一枚に封じ込め、六条御息所の苦悩の姿を前面に出した現行の形は、世阿弥の意図に沿った名演出というべきである。「綾の大鼓」から「恋重荷」への改作にこれを当て嵌めて考えてみると、自らの恨みを怨霊が表現する「恋重荷」の原曲「綾の大鼓」として、死霊に憑かれた女御が狂乱の体で鼓を打つ〈憑き物故の物狂能〉を想定することが可能である。右は、推測の域を出るものではないが、「綾の大鼓」から「恋重荷」への改作が、「鳴らぬ鼓」から「恋する者の持つ荷」への改作であったことは確実である。そして、その改作の主眼は、恋の苦しみを詠む和歌表現の具現化を狙った点にあった。

二

「恋重荷」は、表章氏「〈恋重荷〉の歴史的研究(1)」が詳述するように、長らく中断していたために謡本も比較的少なく、『謡抄《うたいしょう》』や『謡曲拾葉抄』、『謡言粗志《ようげんそし》』などの注釈書にも収載されていない。出典については、近代以降の注釈も未詳とし、僅かに『宝物集《ほうぶつしゅう》』に見える老僧の破戒譚や『俊頼髄脳《としよりずいのう》』以下の歌学書に見える芹摘み説話が類話として指摘され、「多分に伝承的な作品(2)」と理解されてきた。

その構想の説話的背景は本章第六節「恋の奴の系譜」に述べるが、かなわぬ恋を老人に思い知らせる「恋の重荷」と名付けられた巌は、どこから発想されたものであろうか。『和歌初学抄』(日本歌学大系二所収)は、「喩来物」の「重きことには」の項目に「チビキノイシ」を掲げ、次の万葉歌を引いている。

我が恋は千引きの石を七ばかり首に掛けむも神のまにまに　（七四三）

この歌は、『俊頼髄脳』が次のように記すように、

千引の石と云ふは、千人して引きはたらかす石を云ふなり。ななばかりといへるは、そのひとつを千人して引きはたらかす、ななつばかりといへる也。首にかけては、神もえ起きあがり給はじと思ふ、石にもまさりたる恋の重さなり。（国立国会図書館蔵『俊頼髄脳』）

恋の重さを、神さえ首にかけて起き上がることができぬ程の、千人力の石の重さに比して詠んだ歌であり、恋の重さを磐石に寄せて詠んだ先蹤と言えようが、以後の和歌史において、巌の重さを恋歌に詠む例は稀である。例えば、『二《に》八明題《はちめいだい》和歌集』などの類題集においても、「寄石恋」題の掲出歌は恋の重さを詠むものではない。

あふことを問石神のつれなさに我心のみうごきぬるかな　前斎院六条　（『金葉和歌集』五〇八）

我袖はしほひに見えぬおきの石の人こそしらねかはく間ぞなき　二条院讃岐　（『千載和歌集』七六〇）

「恋重荷」は、さらにこの巌を重荷として即物的に担わせるわけであるが、この趣向は、次の古今集誹諧歌から着想されたものと考えられる。(3)

人恋ふる事を重荷と担ひもて逢《あ》ふ期《ご》なきこそわびしかりけれ　読人不知　（『古今和歌集』巻十九・雑体・一〇五八）

そもそも、「恋の重荷」という成句は、能「恋重荷」以前の用例を未だ見出すことができない。「弓矢」と「八幡」との掛詞によって作られた世阿弥作「弓八幡」（第四章第四節参照）同様、作品名そのものを「規模のことば」（次節参照）とする、作者の造語ではないかと思われる。

能「恋重荷」では、この「恋の重荷」が視覚と聴覚に訴える重さは、〔ロンギ〕の最後、老人の嘆息に極まる。

〽げには命ぞただ頼め、しめじが腹立ちや、由なき恋を菅筵《すがむしろ》、伏して見れども居られればこそ、苦しやひとり寝の、
わが手枕の肩替へて、持てども持たれぬ、そも恋はなにの重きぞ。

女御への逢ふ期を願って担った綾の荷が、かなわぬ恋の苦しみの重さを思い知らせる瞬間である。「乱暴な文飾」（日本古典文学大系頭注）と酷評される「しめじが腹立ちや」は、確かに歌語の伝統的な結び付き、なだらかな調《しら》べを無視した接合であるが、古今歌「ただ頼めしめじが原のさしも草さしもしらじな燃ゆる思ひを」の下句「さしもしらじな燃ゆる思ひ」を包含して、直接「腹立ちや」とつなげた処理は、重荷に堪えかねた老人の忿怒が一気に噴出する瞬間の表現として有効である。同様に、「恋の重荷」の語を響かせた「そも恋はなにの重きぞ」も、恋を直截に「重い」と結んだ圧縮表現であり、感情の激しさを体感的に表すに効果的である。圧縮された部分をほどけば、先の古今歌のように「人恋ふる思ひ」の重さであり、

見かはしながらうらめしかりける人によみかけける
かくばかり恋の病ひは重けれどめにかけさげてあはぬ君かな　内大臣家小大進　（『金葉和歌集』恋・五一三）

右のように、「恋の病ひ」の重さとなる。そして、老人の肩に重くのしかかるのは、叶わぬ恋を背負う思いの重さであり、病の重さであると同時に、わきまえぬ恋の罪に科せられた呵責の重さでもある。皮肉にもいかにも軽げに綾羅錦紗で美しく包まれた「恋の重荷」は、これらを包含した老人の恋の苦渋の具象なのである。

〽あら恨めしや、葛の葉の玉襷《たまだすき》、畝傍の山の山守りも、さのみ重荷は持たねばこそ、重荷といふも思ひなり、浅間の煙あさましの身や、衆合地獄の重き苦しみ、さて懲り給へや懲り給へ。

右、「恋重荷」の後半、死後に一念無量の鬼となった老人が女御の「仕打ち」に恨みを述べる〔立廻リ〕前後の詞章は、「恋の重荷」という記号に込められた意味を解《ほど》いてみせる。すなわち、「重荷といふも思ひなり」と、「重荷」の

語に潜む「思ひ」を抽出し、さらに「思ひ」の中に燻る「火」から立つ「浅間の煙」に老人の忿怒憤懣を込めて浅ましい我身を観相させ、衆合地獄の苦しみを語って、邪淫戒を犯した罪の重さを体現する。老人は、こうした恋の重さに耐えかねて恋死にするのである。「重荷といふも思ひなり」が、作品の眼目となる「規模のことば」であること、いうまでもない。

このように、「恋重荷」は逢えぬ恋の苦しみを「重荷」に喩え、逢う術《すべ》の無さ(逢ふ期無き)を、重荷を担う朸《おうご》の無さに潜めた古今集の誹諧歌「人恋ふる」を発想の起点として、恋を重荷に譬える和歌表現を実際の舞台上に具現化した作品であり、この点が「鳴らぬ鼓」を使った「綾の大鼓」からの改作の契機であったものと思われる。「恋の重荷」の着想は、自然後半の改作にも及び、老人の死は恋の深き思ひの淵への入水ではなく、重荷に耐えかねての恋死になり、報復は磐石の重荷を女御に担わせる趣向を生む。作品は「恋の重荷」によって首尾一貫されたのである。

なお、「重荷」は、山人や旅人、市人、老人が担う荷として詠まれるが、恋の歌に詠み込まれた例は稀であり、管見では古今集誹諧歌「人恋ふる」の歌以後、能以前に「重荷」が恋に詠まれた例は次の一首である。

遂夜増恋

日をへつつそふるつらさをおもににてもだえはつべき心ちこそすれ　(『頼政集』五六八)

「恋の重荷」の語は、『毛吹草《けふきぐさ》』において「連歌恋之詞」ではなく、「誹諧恋之詞」の項に登録される。発想の起点こそ古今歌にあるが、恋の苦しみの隠喩としての重荷を即物的に具象化した能の表現法は、以後、謡曲語「恋の重荷」が歌語として摂取される場合には、多分に誹諧的な表現として受け取られたものであろう。能の詞章から生まれた歌語「恋の重荷」の用例を見出すのは、近世に下る。

商人に寄する恋といふ事を

吾がつめる恋の重荷を市中のあきじこる人に行きてうらばや　（『楫取魚《かとりな》彦家集《ひこかしゆう》』一〇八）

空蝉

やり水のほまれの門をひき入るる車は恋の重荷なりけり　（上田秋成『藤簍冊子《つづらぶみ》』六一〇）

三

「恋重荷」において、「恋する者のもつ荷」を背負うことを認めた老人は、こう呟く。

〽重荷なりとも逢ふまでの、〳〵、恋の持ち夫にならうよ。（〈次第〉）

「恋の持ち夫」は、日本古典文学大系頭注が既に指摘するように『狭衣物語』の語である。興味深いのは、先の古今集誹諧歌「人恋ふる」の古注には、この語への連想を指摘するものがあることである。

人こふる事ををもにと荷なひもてあふごなきこそ佗しかりけれ

相期に朸をそへたり。さごろもの詞にも、こひのもちぶと侍り。（宮内庁書陵部蔵鷹司本『古今集抄』）

物語の該当部分は、源氏宮に秘めた恋心を抱く狭衣中将が、内裏よりの帰路、五月四日のこととて菖蒲を売り歩く賤の男たちを目にする場面である。泥に汚れて菖蒲の束を担うその姿は「いかに苦しかるらん」と思いはかられ、狭衣は、

浮き沈みねのみ流るるあやめ草かかるこひぢと人も知らぬに

と心やるが、随身《ずいじん》どもは容赦なく彼の者たちを怒鳴りつけ、追い立てた。

(賤男の)身のならんやうも知らずかがまり居たるを、(狭衣は)見給ひて、「さばかり苦しげなるを、かくな言ひそ」とのたまへば、(随身は)「慣ひにて候へば、さばかりの者は何か苦しう候はん」と申す。「心憂くも言ふものかな」と、聞き給ふ。恋のもちぶは、我御身にて習ひ給へばなるべし。

(内閣文庫蔵『狭衣物語』巻一、日本古典文学大系[4])

賤の男が荷を負うことは身の慣らいであって苦しい筈もない、という随身の冷淡な放言に、狭衣は深く心を痛める。「こひぢ」に「泥」と「恋路」を掛けた狭衣の和歌は、恋に泣く我身に賤の男の姿を重ね合わせた詠であり、叶わぬ恋の苦しみを背負う狭衣は「恋のもち夫」と表現されている。

鷹司本『古今集抄』の記述は、「恋の持ち夫」が狭衣の詞として認識されていたことを示しているが、「恋の持ち夫」も能以前に歌語として用いられた例は稀で、管見では次の一首しか見出せない。

堀河院御時中宮の御方にて殿上の人人歌つかまつりけるに恋の心をよめる

夜とともにくるしと物を思ふかなこひのもちぶとなれる身なれば　(『散木奇歌集』一〇五一)

しかし、「恋の持ち夫」ほど「恋重荷」の老人にふさわしい語はない。「恋重荷」の老人は、『狭衣』の一場面を背景としてもつ、比喩表現としての「恋の持ち夫」を体現した存在でもある。

同じく「恋重荷」の老人を表現する語に、〔ロンギ〕中の「恋の奴」がある。

持つや荷先の運ぶなる、心ぞ君が為を知る、重くとも心添へて、持てや持てや下人《しもびと》、よしとても、よしとても、
この身は軽ろし徒らに、恋の奴になり果てて、亡き世なりと憂からじ。

「恋の奴」は、

家にありし櫃に鏁《かぎ》さしをさめてし恋の奴のつかみかかりて　(『万葉集』三八一六)

したひくる恋の奴のたびにても身のくせなれやゆふとどろきは　（『千載和歌集』誹諧歌・たびの恋・源俊頼・一一九二）

右、万葉集以来、恋を擬人化し、半ば親しげに、半ば冗談半分に、ままならず持て余す対象として客観視した詞である。(5)こうした和歌における用例と異なり、「恋重荷」では「恋の奴」が、老人の卑賤さと恋に身を破滅させる愚劣さとを、直截的に表す語として用いられている。

四

「恋重荷」は、本章第六節「恋の奴の系譜」で詳述するように、仏典に淵源を持つ説話的背景を持った作品であるが、原曲「綾の大鼓」から「恋重荷」への改作は、古今集誹諧歌「人恋ふる」を発想の起点とする。ここでは、古今集の一首の歌から、叶わぬ恋の苦渋の、比喩ではなく具象として、綾羅錦紗で包まれた「恋の重荷」が着想され、シテは、「恋の持ち夫」「恋の奴」などの恋の苦しみを詠む和歌表現を具現化した存在として造型されているという側面を考察した。表現のレヴェルを超えた和歌と能の関わりは、歌学書や注釈書の中で形成された秘説を舞台化した例や、「杜若」のように注釈書の理解を理念的に再構成する禅竹の手法などがあるが、「恋重荷」は、比喩表現を舞台上に具現化するという、今一つの和歌と能との関わり方を提示している。

（1）『能楽史新考(二)』わんや書店、一九八六年。
（2）研究資料日本古典文学第十巻『劇文学』明治書院、一九八三年。

（3）「恋重荷」と当該歌との関連を問題にするものに、小田幸子氏「砕動風鬼の能 ―― 三道の例曲を中心に」（『能 研究と評論』六号、一九七六年）、竹本幹夫氏「〝作り能〟の初期形態」（『銕仙』三四〇号、一九八六年）がある。小田氏稿は、当該歌の視覚化、舞台化を一言するが、作品全体としては和歌及び和歌を背景にした詞章は少なく、詩的な味わいが乏しい作品と結論する。一方、竹本氏稿は、曲中に当該歌が引用されていないことを理由に、「世阿弥はこの歌を〈恋重荷〉の直接の典拠とは考えていなかったか、初めから知らなかったかのどちらかなのではなかろうか」として、その関連を否定する。

（4）この部分は諸本で異同があり、流布本系統の本文には「恋のもち夫」の語はない。

（5）本章第六節「恋の奴の系譜」注8参照。

第五節　規模のことば——連歌と能

一

世阿弥の初期の能楽論が二条良基の連歌論の深い影響下に作られたことは、よく知られている。(1) その密着度は、連歌論を借用して、と言い換えた方が適切なほどである。当初、全面的に寄りかかっていた連歌論を、世阿弥が如何に消化、脱却して能楽論を形成していったかは改めて考察される必要があろうが、一方、世阿弥の能の詞章にも連歌が関与したことが十分予測される。最初に連歌との関係を具体的に指摘されたのは島津忠夫氏の「世阿弥能作の方法」(『国語国文』一九五九年十一月)であったが、以後この方面の研究はほとんど進められていないのが現状である。

氏は、能に引用されるいくつかの和歌が『和歌集心躰抄《しんたいしょう》抽肝要《ちゅうかんよう》』『藻《も》塩草《しおぐさ》』にも見えることや、「ひなの都路」「月のむら戸」「かげろふの石」などの万葉語が『詞林采葉抄』『石山月見記《いしやまつきみのき》』『匠材集《しょうざいしゅう》』などの連歌師周辺の書に見えることを挙げられ、世阿弥の和歌に対する知識が地下《じげ》の連歌師たちのそれと共通していたことを指摘された。島津氏が例に挙げられた、「古くから連歌師の間で用いられてきた」枕詞「かげろふの」が世阿弥作「弓八幡《ゆみやわた》」に使われていることなどは、能の詞の志向性を考える上で重要な指針となるであろう。

このように、能と連歌との関わりを考える際には、常に並行して和歌の存在を視野に入れなければならない。そして、後に連歌論と能楽論が相互に交流していくように、また『雲玉和歌抄《うんぎょくわかしょう》』がその注釈部分において少なからず謡の知識を踏まえているように、能の詞章や能楽論もまた、連歌師のみならず歌人の保有する知識になっていく情況も生まれていく。能の詞章と、和歌や連歌との影響関係は、時代や作者によって様相を異にするであろう。その取り掛かりとして、ここでは、世阿弥の作品を中心に、連歌との関わりを考えてみたいと思う。

作詞に関する世阿弥自身の言及を拾ってみると、

能の本を書く事、この道の命なり。極めたる才学の力なけれども、たゞ、工みによりて、よき能にはなるもの也。（中略）仮令、名所・旧跡の題目ならば、その所によりたらんずる詩歌の言葉の耳近からんを、能の詰め所に寄すべし。（中略）たゞ、優しくて、理《ことわり》のすなはちに聞ゆるやうならんずる詩歌の言葉を取るべし。優しき言葉を振りに合わすれば、ふしぎに、をのづから、人体も幽玄の風情になる物也。硬《こは》りたる言葉は、振りに応ぜず。しかあれども、硬《こは》き言葉の耳遠きが、又よき所もあるべし。それは、本木《もとき》の人体によりて似合うべし。漢家《かんか》・本朝の来歴に従つて心得分《わ》くべし。たゞ、卑しく俗なる言葉、風体悪き能になる物也。（『花伝』第六花修云）

書とは、其能の開口により、出物《でもの》の品々によりて、「此人体にては、いかやうなる言葉を書きてよかるべし」と案得すべし。祝言・幽玄・恋・述懐・ぼうをく、色々の縁によるべき詩歌の言葉を、能の風体《ふうてい》によりて、取り宛てがひて書くべし。能には、本説の在所あるべし。名所・旧跡の曲所ならば、其所の名歌・名句の言葉を取る事、能の破三段の内の、詰めと覚しからん在所に書くべし。是、能の堪用《かんよう》の曲所なるべし。其外、よき言葉、名句などをば、為手《して》の云事に書くべし。（『三道』）

秘云。たゞ、音曲の至道には、和歌の言葉を取り合はせて書付すべき也。そのゆへは、先《まづ》、五七五の句体の本体なり。又、詞《ことば》の吟を本風にして詠み続くる詠音なれば、五音にも通じ文声《もんじやう》にも正しき道なる程に、歌詠吟、音曲に合はずと云事なし。しかれば、和歌を謡ひ連ねて見るに、音風のかゝりに違ふ事あるべからず。音曲は文字の正路《しやうろ》を以て曲道のかゝりとなす事、是にて知るべき也。（『曲付次第《ふしづけしだい》』）

「優しき言葉を振りに合わすれば、ふしぎに、をのづから、人体も幽玄の風情になる物也」故に、「詩歌の言葉を取るべし」ということが基本理念として掲げられる。そして、この詩歌とは何よりもまず和歌を指していることが、右『曲付次第』からも、また次の『風姿花伝』序文からも知ることができよう。

まづこの道に至らんと思はん者は、非道を行《ぎやう》ずべからず。ただし歌道は風月延年のかざりなれば、尤《もつとも》これを用ふべし。（『風姿花伝』序）

幽玄を指向し「卑しく俗なる言葉」を退けようとする世阿弥にとっての規範は和歌であって、伝書中、作書に関して連歌の記述を見出すことはできない（唯一連歌に触れているのは、『五音曲条々』に哀傷の部のないことの例として掲げた箇所のみ）。しかし、それは、能楽論を記すにあたり二条良基の連歌論に習った世阿弥が、良基の連歌が和歌を規範にしたことをもまた踏襲したためと思われる。『風姿花伝』『三道』の記述は、次のような良基の主張を継承したものとみてよいであろう。

殊に当世の連歌は本歌を賞する故に、古歌を能々覚悟すべし。（『僻連抄《へきれんしよう》』、古典文庫『良基連歌論集』所収）

所詮当時新式上手の風体といふは、先詞幽玄にして心深く物浅きやうにするを詮とすべし。
（『連理秘抄』、古典文庫『良基連歌論集』所収）

幽玄の景物を荒蕪の詞にてそゝがす事尤いたましき事なり。（『連理秘抄』）

そして、世阿弥は次のようにも言う。

書きて行くに、言葉に花を咲かせんと思ふ心に繫縛《けばく》せられて、句長《くなが》に成也。さやうの心を思ひ切りて書くべし。
(『申楽談儀』)

たゞ、言葉の匂ひを知るべし。文章の法は、言葉をつゞめて理のあらはるゝを本とす。(『申楽談儀』)

右は、直接連歌を指しての発言ではないが、次に引用する『耕雲口伝《こううんくでん》』に見るように、

今様の連歌を歌になしたらば、さらに六義のすがたに叶ふべからず。歌の詞を歌に詠み、連歌の詞を連歌にせば、歌にも達る人といふべきにや。(日本歌学大系五)

当時既に和歌と連歌の表現の違いが自覚されていたとすれば、(2)世阿弥の志向する表現、則ち、「句長」にならず、「言葉をつゞめ」(3)た言い回しは、和歌のそれであるよりも、島津氏が連歌の特徴として掲げる縮約的表現に通じるものと言えよう。

例えば、連歌の縮約的表現の一つに挙げられる「の」の多用は、能にとっても常套の用法である。

〽過ぎ来し世々は白雪の|、積もり積もりて老いの|鶴の|、寝ぐらに残る有明の|、春の|霜夜の|起き居にも、松風をのみ聞き慣れて、心を友と菅筵の|、思ひを述ぶるばかりなり。(法政大学能楽研究所蔵伝信光《のぶみつ》自筆本「高砂」サシ)

〽保元の|春の|花、寿永の|秋の|紅葉とて、散りぢりになり浮かむ、一葉の|舟なれや、柳が浦の|秋風の|、追ひ手顔なる後の|波、白鷺の|群れ居る松見れば、源氏の|旗を靡かす、多勢かと肝を消す。
(東京大学史料編纂所蔵天文二十三年元頼識語本「清経」クセ)

〽篠原の、池のほとりの法《のり》の水、池のほとりの法の水、深くぞ頼む称名の、声澄み渡る弔ひの、初夜より後夜《ごや》に至るまで、心も西へ行く月の、光とともに曇りなき、鉦をならして夜もすがら。

（法政大学鴻山文庫蔵元盛《もともり》識語本「実盛」待謡）

地〽こなたにも、忘れ形見の言の葉を、いはでの森の下つつじ、色に出でずはそれぞとも、見てこそ知らめこの扇、シテ〽見てはさて、なにのためぞと夕暮れの、月を出だせる扇の絵の、かくばかり問ひ給ふは、何のおためなるらん、地〽何ともよしや白露の、草の野上の旅寝せし、契りの秋はいかならん。

（天理図書館蔵天文十二年写本「班女《はんじよ》」ロンギ）

〽稲荷の山の薄紅葉の、あをかりしはの秋、又花の春は清水の、たゞたのめたのもしき、春もちゞの花ざかり、〽山の名の、音は嵐の花の雪、深き情を人や知る。（法政大学鴻山文庫蔵金春禅鳳《こんぱるぜんぽう》筆「遊屋《ゆや》」クセ〜一セイ）

また、能の詞章は「綴れ錦」と形容される[4]。この「綴れ錦」が連歌の寄合《よりあい》語によって織られていることが、近年、伊藤正義氏校注新潮日本古典集成『謡曲集』によって明らかにされている。

〽遠干潟、千里はさながら雪を敷いて、浜の真砂は平々《へいへい》たり。（光悦本「鵜羽《うのは》」）

〽夢に寝て、現れ出づる旅衣、現れ出づる旅衣、夜の関戸のあけ暮れに、みやこの空の月影を、さこそと思ひやるかたも、雲居は後に隔たり、暮れわたる空に聞ゆるは、里近げなる鐘の声、〱。（同「蟻通《ありどおし》」）

右の例では、それぞれ傍線部が寄合語の関係にある。「部分的には独立しながら、連関的に移りゆく文学であることの類似(5)」性をもつこと以上に、能と連歌は、より具体的に結び付いているのである。

二

世阿弥は幼少の頃から連歌にも「堪能」であった。彰考館蔵『山のかすみ』に合写されていた良基から東大寺尊勝院経弁《きょうべん》に宛てた書状「自二条殿被遣尊勝院御消息詞(6)」の記事

わが芸能は中〳〵申におよばず、鞠連哥などさえ堪能には、たゞ物にあらず候。なによりも又、かほだちふり風情ほけ〳〵として、しかもけなわげに候。かかる名童候べしとも覚えず候。

や、東山御文庫蔵『崇光院上皇御記《すこういんじょうこうぎょき》』永和四年四月二十五日条に記された、良基と十六歳の世阿弥との初顔合せの記事(7)、

於レ寺昨日崇格物語、先日猿楽観世□□垂髪、於二准后一連歌当座構二美句一事、経有申出之処、此句たゞ非二殊勝分一、真実法文心□□神妙之由、長老褒美以外也。

いさをすつるはすてぬのちの世　准后
罪をしる人はむくひのよもあらじ　児

前句も当座感甚、付句又准后以外称美讃。此前句も連歌には新しく聞えたり。歌には同類多歟。すつる人をば捨ぬとはいへるも同心歟。

きく人ぞ心空なるほととぎす

しげる若葉はたゞ松の色　　垂髪

によって、良基との交流と世阿弥の連歌の「堪能」ぶりが知られている。世阿弥が何らかの形で良基の指南を受けていたことは想像に難くないが、とすれば、世阿弥が能の本を書く際、良基の選んだ連歌集である『菟玖波集《つくばしゅう》』が最良の手本となったはずである。

これまで謡曲の典拠として『菟玖波集』(8)所収の連歌が指摘されているのは、『謡曲拾葉抄』が既に引用する次の二例である。

草の名も所によりてかはるなり
難波のあしはい勢の浜荻　救済《きゅうぜい》（巻十四・雑三・一三三三）

ワキ〽さては物の名も所によりて変はるよのう、シテ〽なかなかのこと、この芦を伊勢人は浜荻といひ、ワキ〽難波人は、シテ〽芦といふ。（「芦刈《あしかり》」）

八月十五夜に
たぐひなき名をもち月の今夜かな　関白前左大臣（巻二十・発句・二二〇八）

〽さなきだに、秋待ちかねて類ひなき、名を望月の見しだにも、覚えぬほどに隈《くま》もなき、姨捨山の秋の月。（「姨捨《おばすて》」）

〽類ひなき、名を望月の今宵とて、名を望月の今宵とて、夕べを急ぐ人心。（「三井寺《みいでら》」）

しかし、部分的に『菟玖波集』の表現をとったと思われるものは、この他にも指摘できる。以下、しばらくその例を拾う。

〽鶯の花踏み散らす細脛《ほそはぎ》を、大薙刀《おほなぎなた》もあらばこそ、花月が身に敵《かたき》のなければ、太刀《たち》刀《かたな》は持たず、弓は的射んがため、またかかる落花狼藉の小鳥をも、射て落とさんがためぞかし。

右、能「花月《かげつ》」中の弓に戯れる部分の詞章は、

散花をおかけてゆくは嵐かな

大なぎなたにぐるうぐひす　よみ人しらず（巻十九・雑体・一九七四）

右の読人知らずの句が下敷になっているものと思われる。「花月」の「大薙刀もあらばこそ」は、大薙刀が引き出される脈絡が不明であったが、『菟玖波集』のこの句を踏まえたと考えるならば、散る花からの連想で説明が付く。

また、「采女」の〔ワカ〕

〽月に鳴け、同じ雲井の郭公《ほととぎす》、天《あま》つ空音《そらね》の万夜《よろづよ》までに。

は、従来、典拠未詳の和歌とされてきた。(9) そもそも、「月に鳴け」という命令形は、飛鳥井《あすかい》雅経《まさつね》の家集『明日香井集《あすかいしゆう》』に用例を見出せるものの、

月前虫

つきになけすぎゆく秋のきりぎりすなかばもいまは有あけのそら（建仁二年八月十五夜「影供《えいぐ》歌合《うたあわせ》」一〇九四）

以下の引用から窺えるように、和歌ではあまり好まれない、言い詰めた表現である。

住よしといふ名にめでよかへる雁　宗養

実澄御なをし、

住吉の名にやはめでぬかへる雁

哥には、如レ此よろし。連哥にはしらず。いふ名にめでよ、詞きつくいひつめたる様也。（『二根集《にこんしゅう》 上』古典文庫）

一方、連歌では、実作においても命令形を使った表現の多いことが指摘されている。

　人の心や神にひくらむ
猶いのれ契の末をみしめ縄　二品法親王（『菟玖波集』巻十一・恋・九五三）

　夏　蔵春閣、藤ノ比
花に鳴け藤咲く松ぞほととぎす（『九州問答』、古典文庫『良基連歌論集二』所収）

先の「采女」の〔ワカ〕は、典拠不明の三十一字であるが、次の『菟玖波集』の詑阿《たくあ》上人の発句を借りて、世阿弥が創作した可能性もあるだろう。

　遊行の時、兵庫の嶋につきたりけるに、浄阿上人待むかひける夜の連哥に
月になけめぐりあふ夜の郭公　詑阿上人（巻二十・発句・二〇八七）

また、「井筒」の〔上歌《あげうた》〕

〽名ばかりは、在原寺の跡古りて、在原寺の跡古りて、松も生ひたる塚の草。

は、「名は有り」と「在原寺」を読み掛けており、この掛詞は、新潮日本古典集成『謡曲集』頭注が指摘する「かたばかりその名残りとて在原の昔の跡を見るもなつかし」（『玉葉集』雑五・二六〇六・為子《ためこ》）のように、和歌にも用例は見出せるが、「井筒」のこの部分については、より直接的には、

　名は有原の跡ふりにけり
雨露にしぼめる花の色みえて　藤原重宣（巻十二・雑一・一〇七二）

右の前句を援用したものではないだろうか。そして、古今集仮名序の業平評を使った付句は、「井筒」終曲部の〔歌〕

シテ〽見ればなつかしや、　地〽われながらなつかしや、ぼうふう魄霊の姿は、しぼめる花の、色無うて匂ひ、残りてありはらの、寺の鐘もほのぼのと、明くれば古寺の、松風や芭蕉葉の、夢も破れて覚めにけり、夢は破れ明けにけり。

とも響き合う。

また、「志賀」の〔問答〕

ワキ〽不思議やなこれなる山賤《やまがつ》を見れば、重かるべき薪になほ花の枝を折り添へ、休む所も花の蔭なり。これは心ありて休むか、また薪の重さに休み候ふか。シテ〽仰せ畏つて承り候ひぬ。まづ薪に花を折ることは、道の辺のたよりの桜折り添へて薪や重き春の山人と、歌人もご不審ありし上、いまさら何と答へ申さん。

は、古今集仮名序の黒主評「その様いやし。言はば、薪負へる山人の花の蔭に休めるがごとし」をもとにしているが、「薪に花を折り添へる」ことは仮名序にはない。「道の辺の」の和歌も出典未詳である。『雲玉和歌抄《うんぎょくわかしょう》』には黒主の歌として収載されているが、これは能「志賀」からの引用と考えた方がよいと思われる。桜の枝を折ってかざすことは和歌でよく詠まれる題材であるが、「薪に花を折り添へる」という取り合わせが詠まれた例を知らない。これも、次の円嘉《えんか》法師の句の趣向を取り入れた可能性を指摘しておきたい。

　けぶりとならむことぞかなしき

山人の薪にまじる花の枝　（巻十二・雑一・一〇四八）

また、「桜川」〔クセ〕の

〽思ひわたりし桜川の、波かけてひたち帯の、かごとばかりに散る花を、あだになさじと水を堰《せ》き、雪を湛《たた》へてうき波の、花の柵《しがらみ》かけまくも、かたじけなしやこれとても、木華開耶姫《このはなさくやひめ》の、御神木《ごしんぼく》の花なれば。

右の引用の傍線部は、次の発句の「月」を「雪」に換えての利用ではないだろうか。

家の泉にてこれかれ百韻連歌侍しに

水をせき月をたゝへて夏もなし　　関白前左大臣　（巻二十・発句・二〇〇）

更に、「砧」の〔次第〕

〽衣に落つる松の声、衣に落つる松の声、夜寒を風や知らすらん。

は名文として名高いが、次の前句との類似性が注目されよう。

文和四年五月家の千句連歌に

夜さむは風のきたるなりけり

つゆぬらす夢のまくらに人を見て　　関白前左大臣　（巻十・恋・八七八）

ここに掲げた作品は全て世阿弥の関与曲であるが、『菟玖波集』の参照が世阿弥に限られるものではあるまい。しかし、元雅や禅竹、禅鳳の作品により直接的な影響は見出せない。

専順のれん哥の事、一句出候へ共、やがてわつとは不レ申。後に、いきをつめ候て、かんにたへ候やうに。能もかやうにありたき物にて候。（『禅鳳雑談《ぜんぽうぞうたん》』）

右、禅鳳が専順《せんじゅん》の連歌を引合いに出しているところをみると、作詞においては、時代によってあるいは作者によって、影響を受けた連歌の対象が変化したことも予測されよう。世阿弥作品における『菟玖波集』の影響は、特に注目に値する事象と言ってよいのではないだろうか。

三

> 松が崎の能に、「松が咲きけり」と云言葉、此松が崎の能に規模《きぼ》なれば、人の耳によく入れんために、「そもや常磐の花ぞとは」など、先《まづ》論義に匂ひをあらせて、よき言葉を書けばよき也。匂ひもなくて、事のつゐでに其能の規模の言葉をちやと書けば、人も聞きとがめず、悪き也。八島《やしま》の能にも、「よし常の憂世の」といふ言葉は、規模なれば、「其名を語給へや、わが名を何」と先《まづ》聞せて、扨《さて》「よし常の」と書けば、誰が耳にも入て、当座面白也。（『申楽談儀』）

「松が崎の能」（散逸曲）ならば「松が咲き」、「八島」（屋島）の能ならば「義経」といった、作品名、あるいは主要な登場人物の名など作品名に準ずる重要なことばを用いた掛詞の修辞を、世阿弥は「規模《きぼ》」[10]のことばと呼んでいる。こういった「規模のことば」は、能の中に数多く見出すことができる。

〽をりから景色も、〽面白や、〽初深雪、降る（布留）の高橋見渡せば、〳〵、誓ひかけてや神の名の、旧《ふ》る（布留）野に立てる三輪の神杉と、詠みしもその験《しるし》見えておもしろや。（「布留」）

〽この国も、伏見里の名も、伏し見（伏見）る夢とも現《うつつ》とも、分かぬ光の中よりも、金の札をおつ取つて。

（「伏見」）

〽四海波静かにて、国も治まる時つ風、枝を鳴らさぬ御代なれや、逢ひに相老《あいおい》(相生)の、松こそめでたかりけれ。（「相生(高砂)」）

〽桑の弓、取るや蓬《よもぎ》の矢幡(八幡)山。（「弓八幡《ゆみやわた》」）

〽ふりさげし、鉾《ほこ》の滴《しただ》り露こりて、一島となりしを、あは地(淡路)よと、見つけしここぞ、浮橋のもとならん。（「淡路」）

〽この神はわきて世の、月常住の地をしめ、王城を守る神徳の、久しき国に跡垂れて、慈尊三会《じそんさんゑ》の暁を、待つのを(松尾)の神とは我が事なり。（「松尾」）

〽そもこの山の神ぞとは、不思議やさては大伴の、それは黒主が家の名の、大伴か、われはただ、薪負ふ友(大伴)もなくて、ひとり山路の花の蔭に、長休みしつる恥づかしや。（「志賀」）

〽よし名を問はずと神までぞ、ただ頼めとよ頼めとよ玉姫(豊玉姫)は我なりと、海上に立つて失せにけり。（「鵜羽《うのは》」）

〽宿は今宵の主の人、名もただ法《のり》(忠度)の声聞きて、花の台《うてな》に座し給へ。（「忠度」）

〽げにも心は清《きよ》つね(清経)が、仏果を得しこそ、ありがたけれ。（「清経」）

〽仏の説きし法の場《には》、仏の説きし法の場、ここぞ平等大恵《だいゑ》の、功力に寄りまさ(頼政)が、仏果を得んぞ有難き。（「頼政」）

〽これこそ誠の法の友よ、これぞ誠の友章《ともあきら》(知章)が、後の世を照らしてたばせおはしませ、〱。（「知章」）

〽涙と共ゑ(巴)はただ一人、落ち行きし後ろめたさの、執心を弔《と》ひて賜《た》び給へ、執心を弔ひて賜び給へ。（「巴」）

〽いふや注連縄《しめなは》の長き世を、契りし年はつつ五つ（井筒）。（「井筒」）

〽名残り惜しほ（小塩）の山深み、〳〵。（「小塩《おしお》」）

〽散ればぞ波も咲くら川（桜川）、〳〵、流るる花を掬《すく》はん。（「桜川」）

〽祓をもせず輪をも越えず、越ゆればやがて輪廻を免る、すはや五障の雲霧、今皆尽き（水無月）ぬ。（「水無月祓《みなづきばらえ》」）

〽法の称名妙音の、心耳《しんに》に残り満ち満ちて、唱へ行ふ聞法の、声は高の（高野）にて、静かなる霊地なるべし。（「高野物狂《こうやものぐるい》」）

〽極楽の、内ならばこそ悪しからめ、外は（卒都婆）何かは、苦しかるべき。（「卒都婆小町」）

〽報ひの来ぬた（砧）、恨めしかりける。（「砧」）

〽たとひ暫しは別るるとも、待たば来むとの言の葉を、こなたは忘れず待つ風（松風）の、立ち帰り来む御音信《おんおとづれ》。（「松風」）

〽所は都紫野の、雲林院の花のもとに、雲林院の、花のもとつね（基経）や后と見えしも、夢とこそなりにけれ、皆夢とこそなりにけれ。（世阿弥自筆本「雲林院」）

これらは、作品の規模に直結するが故に、一曲の眼目に深く関わっている。最初の例に掲げた能「布留」の初同《しょどう》「初御雪降る（布留）の高橋」（〈上歌〉）の修辞に関連して、『申楽談儀』に次のような記述が見える。

布留の能に、僧・女、布を洗ふ問答より、順路ならば、布留の剣の謂れを謡ふべきを、「初深雪、布留の高橋」と謡ふこと、遠見を本にするゆへ也。本木に名所のほしきは、かやうの遠見の便りのため也。又、そのまゝ謂れより謡ふ共風情に成べき本木ならば、謂れをも謡ひ出すべし。曲舞の序に、「そもそも布留とは」と云、御剣など謂れを謡へば、強き也。「初御雪」と謡ひぬれば、やがて布留が出で来て、能に成也。（『申楽談儀』）

「布留」は、観世文庫に応永三十五年の奥書を持つ世阿弥自筆本が現存する作品であり、全体は世阿弥の作と思しい。前場では、先ず布留社の御手洗川で布を洗いながら神前に渇仰する女性の姿が描かれる。続いて、この女性によって、布留社の名の謂れと、御神体である神剣の縁起が語られる。後場では、彦山の行人が社頭で行った七日の参籠の霊夢に、絹布を付した神剣を持った女神が出現し、その恩徳を現して御殿の奥に消える。『申楽談儀』が伝える「布留」の「遠見を本にする」仕立てとは、直截に「そもそも布留は」と説き始めるのではなく、山には薄雪がかかる初冬の早朝の河辺の景色を先ずは存分に描いた後に、作品の核心である布留社の縁起へと繋げる手法をいう。核心へと導く要の場所に「規模のことば」を配置することで、能が成立していることを語るものである。

先に引用した『申楽談儀』「規模のことば」の直前には、

又、同じことを書くべからず。「年をふる野の」と書きて、「雨のふるの」など書くべからず。業平の能に、「昔に業平の」など書きて、「なにゝ業平の」など、同じかるべし。其能の肝要の開聞《かいもん》の所に一つ書くべし。「甲斐も波間」、「其心更に夏川」、「助くる人も波の底」、三所まで同じ言葉有。せめて「甲斐も亡き身の鵜舟《うぶね》漕ぐ」など云べし。

とある。開聞の所とは、次の『三道』にいうところに従えば、

爰《ここ》に又、開聞・開眼とて、能一番の内、破・急の間に是あり。開聞者、二聞一感《にもんいっかん》をなす際《きは》也。其能一番の本説の理《ことわり》を書きあらはして、数人《しゆにん》の心耳《しんに》を開く一聞《いちもん》に、又其《その》理をあらはす文言、曲声にかなひて、理・曲一音の聞感をなして、即座に一同の褒美を得る感所《かんしよ》也。理・曲二聞を、一音の感にあらはす境《さかひ》を、開聞と名付。（中略）仍、開聞は筆者の作、開眼は為手の態《わざ》なるべし。

その能一番の本説の理りを書き表して、その文言が曲声とうまく調和して、観客の「心の耳」を開かせる箇所である。その開聞の所に、「規模のことば」を一つ、唐突にではなくうまく伏線を準備して入れると、「誰が耳にも入て当座面白也」という。

さらに、『申楽談儀』は続けてこう記している。

たゞ、能には、耳近成《なる》古文・古歌・和歌言葉もよき也。あまり深きは、当座には聞こえず。草子にては面白し。

ここには、能の詞章が草子とは異なるという認識が示されている。それは、換言すれば、その場で聞いて、即座に「心耳」を開かせ、一同の褒美を得なければならないという意味においての当座性の認識である。能が草子と異なる——さらに言えば違わなければならない点は、音として聞こえてくることばの面白さに、一人ではなく、聞いている一同が感を催す場面が必要なことである。もとよりこのような当座性は連歌において要求されるものである。

所詮、連歌ハ先当時ノ興ヲ催スガセンニテ侍ベキ也。(『九州問答』)

連歌ノ詞ハイカ様ナルヲ能ト申候ベキヤ。答云、先ウキ〳〵トヤサシキ詞ヲカロ〴〵トスベシ。(中略)所詮連歌ノカヽリト云ハ詞也。当座ニシミ〴〵ト面白ク聞ユルモ只詞也。(『九州問答』)

連歌ノ意地ハ何ト用心仕候ベキヤラン。答云、先連歌ハ第一心也。真実時ノ風景ヲモ昼夜工夫シテ、ゲニモト感ヲウカブ様ニアルベキナリ。詞ヲ聞取タル計ニテ意地ガ次ニナル程ニ、当座ノ感ガナキ也。(『九州問答』)

抑、当座ノ聞庭（ママ）ト点トハ、ハタトカハリ侍也。ヤサシクホソキ連歌ハ当座ハ面白テ点ガマレナル也。チト無骨ナル様ナル連歌ハ当座ハワロクテ、寄合ナドタシカナレバ、点ノアル事モアリ。努々点ニ目ヲカクベカラズ。只姿カヽリヲ先トセラルベシ。サモアラバ次第ニ点モアルベキ也。（『九州問答』）

諸人おもしろからねばいかなる正道も曲なし。たとへば田楽猿楽のごとし。連歌も一座の興たるあひだ、只当座の面白きを上手とは申すべし。いかに秘事がましく申す共、当座きゝわろからむはいたづら事なり。

（『十問最秘抄《じゆうもんさいひしよう》』、古典文庫『良基連歌論集二』所収）

当座性を重視する点で、能の詞章と連歌は多分に共通点を持ち、その最も効果的な能の修辞が「規模のことば」なのである。

そして、「規模のことば」自体、きわめて連歌的な修辞と言えるのではないだろうか。

北野社にて

下もみぢちりにまじはる宮ゐかな　救済　（『梵灯庵主返答書《ぼんとうあんしゆへんとうしよ》』、『連歌貴重文献集成二』所収）

貞和四年家の山水に蔵春閣といふ所にて花の比連歌し侍しに

花にけふ風はのきばの梢かな　関白前左大臣　（『菟玖波集』巻二十・発句・二〇四八）

草もゝえ木のめはる雨けふぞふる　京月法師　（『菟玖波集』巻二十・発句・二〇三七）

八月十五夜に

たぐひなき名をもち月の今夜かな　関白前左大臣　(『菟玖波集』巻二十・発句・二〇八)

救済北野社千句連歌に

木のもとにかさなる霜のふりはかな　素阿法師　(『菟玖波集』巻二十・発句・二二三)

勿論、救済の句を秀句の例として掲げる『ささめごと』がいうように、「凡そ秀句なくては、歌・連歌、作り難」く、「秀句の名歌、その数を知らず」、秀句は連歌に限った技法ではない。しかし、和歌ではその殊更な使用は戒められる傾向にあった。

大方哥にうけられぬ物は秀句にて候。秀句も自然に何となく詠み出せるはさてもありぬべし。いかゞせんと兎角嗜み詠める秀句が、極《きはめ》て見苦敷《しく》、見醒めのする事にて侍るべし。(『毎月抄《まいげつしょう》』、中世の文学『歌論集一』所収)

一方、一句がより短い連歌においては、

一、今時の連歌は上の五文字もて下まであひしらふ様にする也。さなければ上下はなればなれになる也。たとへば梓弓引とつゞけても、又とまり所の五文字にてちと弓の合しらい可レ有。又下の句は珍敷風情あるべからず。一かど有やう幽玄なるべし。(『知連抄《ちれんしょう》』、古典文庫『良基連歌論集二』所収)

右が示すように、枕詞という本来単に装飾的、形式的で「無意味」なものにも、あしらいが要求され、その結果として枕詞までも自ずから「無意味」では在り難く、句の表面に表れ出ようとする傾向を持つであろう。ましてや秀句はより効率的技法である。秀句は、和歌においてよりも連歌において、より特徴的表現と言ってよい。

なお、「規模のことば」に限らず、秀句が能の詞章にきわめて効果的に用いられている例を見ておく。

〽そもそもこの石和《いさわ》川と申すは、上下《かみしも》三里が間は堅く殺生禁断の所なり。今仰せ候ふ岩落辺に鵜使ひは多し。夜な夜なこの所に忍び上つて鵜を使ふ。憎き者の為業《しわざ》かな。彼を見顕はさんと企みしに、それをば夢にも知らずして、またある夜忍び上つて鵜を使ふ。狙ふ人々ばつと寄り、一殺多生の理《り》に任せ、彼を殺せと言ひ合へり。〽その時左右《さう》の手を合はせ、かかる殺生禁断の所とも知らず候。向後《きやうこう》のことをこそ心得候ふべけれとて、手を合はせ嘆き悲しめども、助くる人もなみの底に、ふしづけにし給へば、叫べど声の出でばこそ。〽その鵜使ひの亡者にて候。（「鵜飼」）

鄙の住まひにあきの暮れ。（「砧」）

「鵜飼」の引用は、シテの〔語リ〕から〔下歌《さげうた》〕〔問答〕に及ぶ部分である。石和川の殺生禁断の場所で鵜を使った鵜飼を人々が波の底に罧《ふしづけ》にしたことを客観的に語っているうちに、助けてくれる人も無く、伏し沈められ喘ぐ鵜飼の側からの描写に転換し、実は自分が罧にされた鵜飼であることを告げるに至る。この人称転換の基点の役割を〈波・無み〉〈罧・伏し付け〉の二つの掛詞が果している。掛詞の後の人々の動作には敬語が使われていることからも、ここで人称転換が完了したことが知られる。そして、その後の「叫べど声の出でばこそ」は、完全に伏し沈められた鵜飼のことばであり、ついに自らが鵜使いの亡者であることを名乗るに至る。「砧」の場合には、鄙の暮秋を情景描写しながら、鄙の暮しだけでなく、夫の帰国を待つことにもはや堪え難く、暮果てる秋の行く末を予感するシテの心情が重ねられている。

音曲を伴って聞く場合、このような掛詞の効果は一層強まるものである。なかでも、一曲の眼目となることばを掛詞に潜ませて「開聞の所」に置く「規模のことば」は、連歌との関わりの面においても、また、能の本質的性格を考える上でも重要な視点であろうと思われる。

四

『風姿花伝』奥義云に、

されば、和州の風体、物まね・儀理を本《ほん》として、あるひは長《たけ》のあるよそほひ、あるひは怒《いか》れる振舞、かくのごとくの物数を、得たる所と人も心得、たしなみも是専《もつぱら》なれども、亡父の名を得し盛り、静《しづか》が舞の能、嵯峨の大念仏の女物狂の物まね、殊々《ことにことに》得たりし風体なれば、天下の褒美・名望を得し事、世以て隠れなし。是、幽玄無上の風体なり。

というように、「儀理を本とする」能は、「物まねを本とする」能とともに、大和申楽の基本的な特徴であった。「儀理を本とする」能とは、「(義理能ナンドノ)問答・言葉詰メニテ事ヲナス能」(『花習内抜書《かしゆううちぬきがき》』)であり、日本思想大系『世阿弥 禅竹』の補注が考証するように、義理(儀理)は、「曲全体の筋などではなく、部分的な言葉・問答」を指すと考えてよいであろう。これらは世阿弥が「幽玄無上の風体」と考えていたものとは異なっていた。

心より出来る能とは、無上の上手の申楽に、物数の後、二曲も物まねも義理もさしてなき能の、さび〳〵としたる中に、なにとやらん感心のある所あり。是を、冷たる曲とも申也。此位、よきほどの目利も見知らぬなり。まして、ゐ中《なか》目利などは、思ひも寄るまじきなり。是はたゞ、無上の上手の得たる瑞風かと覚えたり。これを、心より出来る能とも云、無心の能とも、又は無《む》文《もん》の能とも申也。(『花鏡《かきよう》』比判之事)

このように、二曲(舞歌)や物まね、義理の面白さによるのではない興趣を覚える能を「心より出来る能」「無心の能」

「無文の能」とよび、「能の出で来る当座」の最上位に置いている。例えば、『申楽談儀』に次のように記す「砧」が「心より出来る能」であろうか。

静《しづか》成し夜、砧の能の節を聞しに、かやうの能の味はひは、末の世に知人有まじければ、書き置くも物くさき由、物語せられし也。しかれば、無上無味のみなる所は、味はふべきにことならず。又、書き載せんとすれ共、更に其言葉なし。位上《のぼ》らば、自然に悟るべき事とうけ給はれば、聞書にも及ばず。

しかし、その「砧」も、先に掲げたように、「誰が耳にも入て、当座面白」きを狙って、「開聞の言葉」を入れている。つまり、「幽玄無上の風体」を標榜し、「かやうの能の味はひは、末の世に知人有まじ」と些か独善的に嗟嘆した「砧」においてさえ、一方で大和申楽の物まね的要素を色濃く残していると同時に、義理の要素も失ってはいないのである。

古作に多いとされる物尽くしも、

〽浦風も松風も、〱、日方《ひかた》や疾風波颪《はやちなみおろし》、音を添へ声を立て、扃《とぼそ》も軒も鵜の羽風、ふけやふけや疾《と》くふけ、吹くや心にかかるは、花のあたりの山颪、ふくる間を惜しむや、稀に逢ふ夜なるらん、この稀に逢ふ夜なるらん。

（「鵜羽」上歌）

右、世阿弥作「鵜羽」の例で言えば、羽風を接点に「風や吹け」が、「鵜の羽葺け」に転化され、更に、ふくことに心を砕くものは「咲く花に吹きつける山颪」と展開し、逢瀬の更くる間を惜しむ気持ちを付けたものであり、単なる物の列挙ではない。大和申楽の義理能的要素は、連歌的表現方法によって継承されていったと捉えることもできよう。

（1）　小西甚一『能楽論研究』塙書房、一九五九年。

（2）島津忠夫『連歌史の研究』第十章「宗祇連歌の表現」角川書店、一九六九年。

（3）後代のものになるが、細川幽斎は「連歌めく」表現を指し、詰まった表現であると述べている。

問、「ツレナキヲ」ナド、五文字ニヲキテ、ツレナキ人ヲト云コヽロニ用ユルヤウナルハ、連哥メキテアシカルベキヤ。此類如何。

答、哥ノツヾケヤウニヨルベシ。ツレナキ人ヲト云タルニハシカジ。少ツマリテキコユル也。（天理図書館蔵烏丸光祖筆本『耳底記』慶長四年二月二十五日条）

（4）藤岡作太郎『国文学史』、荒木良雄「謡曲の詞章」（『室町時代文学史 上』人文書院、一九四四年）他。古活字版『八帖花伝書』三巻の記述「惣別、謡ひやう、物にたとへば、糸の細きは上美しゝ。上美しければ染色もよし。いかに、紋を色々に好み候ても、下地悪しければ、染色美しからず候。されば、古人の書置かれ候書物に、「謡とは織物《はたもの》」と、御書き候も、かくのごとくの義なり」に拠ったものかと思われるが、「古人の書置かれ候書物」については未だ確かめ得ない。

（5）注4荒木前掲稿。

（6）福田秀一「世阿弥の幼少時代を示す良基の書状」『芸能史研究』十号、一九六五年（『中世和歌史の研究』角川書店、一九七二年再収）。

（7）伊地知鐵男「世阿弥と二条良基と猿楽」『観世』一九六七年十月。

（8）本稿における『菟玖波集』の引用は、『連歌貴重文献集成』別巻一所収の広島大学本に依り、広大本に脱する句については、金子金治郎氏『菟玖波集の研究』収載の翻刻の里村玄碩書写本による補訂に拠った。

（9）新潮日本古典集成『謡曲集 上』「采女」頭注、一九八三年。

（10）規模は眼目、肝心、要、中核、規矩、規範の意。「四人ニオホセテ古今集ヲエラバセタマフ。ソノナカニ貫之規模ノモノニテ、ミヅカラカナノ序ヲカキテ」「此ハ真言ノ規模タルコトヲ、スデニシロシメシテ、カク作ラセ給」（『和漢朗詠集永済注』）、「李善が注、規模たるべし。能々御覧ずべきなり」（『雲州往来』）。

第六節　恋の奴の系譜——説話と能1

一

菊作り汝は菊の奴《やつこ》哉

『蕪村自筆句帳』に収録される右、蕪村の句は、菊作りが土作り、根分け、肥料、摘芽、虫取り、日除け、雨覆いと、菊を美しく咲かせるそのために「菊の奴僕」となって世話に「一途に打ち込むさまを羨む」(新潮日本古典集成『与謝蕪村集』)句と読まれてきた。近年、藤田真一氏『蕪村 俳諧遊心』(若草書房、一九九九年)は、この句が安永三年九月六日付で蕪村が大魯《たいろ》に宛てた書翰に書き付けられていることを指摘され、菊作りに勤しむ大魯に向けて発せられた可能性を説かれている。すれば、風流事に夢中になり、心を奪われて病膏肓にいる大魯の有様を、「おまえさんは菊の主《あるじ》どころか、菊にこきつかわれる僕《しもべ》じゃないか」とからかう蕪村の視線が、より親しく感じられる句となるが、さらにこの句の裏には、白河院の庭の菊の下葉を取ることを職務とする、能「恋重荷《こいのおもに》」の老人の姿を透かし読むべきではないだろうか。ことに蕪村が「菊の奴」という語を選び取ったについて、「恋重荷」の中で老人が老残の恋に囚われた自分を自嘲して呼ぶ「恋の奴」ということばを共鳴させて読むならば、大魯へのからかいは、俄然、諧謔性を増す。大輪の菊が放つ高潔な美しさ、この犯し難い美しさに魅せられて虜となった菊作りを、蕪村は女御への恋に身を滅ぼした「恋重荷」の菊作りの老人になぞらえて、「菊の奴」と詠み込んだのではないだろうか。

二

「恋重荷」の老人は、「山科の荘司」(現行観世流の表記)と呼ばれている。現存最古の「恋重荷」のテキストである東京大学史料編纂所蔵天文二十四年八月二日観世小次郎元頼《もとより》識語本(以下、元頼本と略称)の表記は「せうし」。車屋本は「ぜうじ」「せうじ」両形、京都大学文学部蔵下掛り江戸初期写十三冊本は「承仕《せうし》」である。承仕は、車屋本の濁点表記のように「ジョウジ」(『易林本《えきりんぼん》節用集』)、あるいは「セウジ」(東洋文庫蔵古活字版『庭訓抄《ていきんしょう》』十月三日承仕付訓)と読まれ、直音化して「ゾウジ」、「ゾウシ」(内閣文庫本『庭訓往来《ていきんおうらい》』付訓)とも呼ばれた。元来、「カネツキ、キョメ」(前掲『庭訓抄』)など寺院の雑務を務める下級僧の謂であるが、後には仙洞や摂関家にも雑事をこなす役として置かれることがあり、『蹇驢嘶余《けんりょせいよ》』はその服装について「侍法師・御承仕は、平絹を青く染て差貫にする也」と記している。

『三道』に「恋の重荷、昔、綾の大鼓也」とあり、「恋の重荷」の原曲「綾の大鼓」とほぼ同形と見なされている類曲「綾鼓《あやのつづみ》」の「恋の老人」の職業は、「筑前の国きの丸のくわうきよ」の「御庭はき」(東京大学史料編纂所蔵天文二十四年七月二十日元頼識語本「綾鼓」)である。「綾鼓」と「恋重荷」の詞章を比較して、古曲「綾の大鼓」から「恋重荷」への改作を、老人の恋から「賤しい」という身分に焦点をあてて構成しなおした」ものとする見解がある(川崎綾子「「綾鼓」と「恋重荷」——年齢差から身分差へ」『金沢大学国語国文』十四号、一九八九年)。これは、「綾鼓」の詞章に「老人」や「老」の語が多く使われるのに対し、「恋重荷」では「老人」の語がワキの〔名ノリ〕に一カ所使われているのみであること、また、「恋重荷」に「身分を表す語が多出する」ことを以ての論であるが、「恋重荷」に「老人」の語が少ないのは、先述のように「山科の承仕」という名で呼ばれているためであり、恋の重荷に耐えかねて死ぬ「恋重荷」の構想にとって、山科の承仕が老人であることは不可欠の要素である。「菊の下葉を取る老人」「かの者」を「賤しき者」に改変して身分差を強調していく傾向を、妙庵本や現行観世流に認めることはできようが[1]、「綾鼓」の老人の生業が「御庭はき」という設定であることを見ても、既に「綾の大鼓」の段階で、卑賤の者の高貴な女御への恋という構想が中心にあったことは動かし難い。

三

現存する「綾鼓」から類推するに、綾で張った鳴らぬ鼓を使った「綾の大鼓」から「恋重荷」へ改作した際の趣向の眼目は、恋を重荷に譬える和歌表現を「恋の重荷」として舞台上に具現化した点にあり、本章第四節「申楽の本木」に記したように、着想の起点には古今集誹諧歌「人恋ふる事を重荷と担ひもて逢ふ期(朸)なきこそわびしかりけれ」があったと思われるが、「綾の大鼓」以来の構想の典拠としては、従来、『俊頼髄脳《としよりずいのう》』の左の説話が指摘されている。

芹《せり》摘みし昔の人も我ごとや心に物は叶《かな》はざりけん

これは、文書に献芹《けんきん》と申す本文なりとぞ。疑へどもおぼつかなし。ただ物語りに人の申すは、九重《ここのへ》の内に、朝ぎよめする者の、庭掃きたてる折に、にはかに風の御簾《みす》を吹き上げたりけるに、后の物召しけるに、芹とみゆる物を召しけるを見て、人知れずものおもひになりて、いかで今ひとたび、見奉らんと思ひけれど、すべきやうもなかりければ、召しし芹を思ひ出でて、芹を摘みて御簾の風に吹き上げられたりし御簾のあたりに置きけり。年を経れども、させるしるしもなかりければ、つゐに病ひになりて、失せなんとしける(以下略)。

(国立国会図書館蔵『俊頼髄脳』)

庭掃きの折に后を垣間見た「朝ぎよめする者」が、再度の機会を願って、后が口にしていた芹を摘んでは御簾の辺りに置き続けるが、その甲斐《かい》もなく病いを得て死んでしまう。後日、女官であった娘が父の恋の物語をすると、后は「あはれがらせ給ひて」、この女官を常に召して目にかけられた——。平安末以来、「被厭賤恋」(2)を喚起する歌語「芹摘み」をめぐって語られるこの芹摘み説話は、引用した『俊頼髄脳』のほか、『綺語抄《きごしょう》』『奥義抄』『玉伝深秘巻』等、諸書に見られる話である。

散逸物語の「あづま物語」や「みかきが原物語」も、芹摘み説話の影響下に成った「身より余れる人をほのかに見」(『風葉和歌集』巻十一・恋・七七九・あづまのもののふ歌詞書)た「賤《あや》しき」(同七七七)者の叶わぬ恋物語であったらしく、(3)こうした話は「あはれな恋物語の一典型」(4)であった。

また、行基伝《ぎょうきでん》でもある真福田丸《まふくたまる》説話の前半も、恋の対象が后ではなく長者の娘となっているが、同じく「卑賤の者」の叶わぬ恋を語るものである。

大和の国なりける長者などいひけるは、国の大領などやうのものにやありけん、その家のむすめのいみじくかしづきけるが、かたちなどいみじくをかしかりけるを、門もりするおみなのありけるが子に、まふくたといふ童《わらわ》ありけり。十七、八ばかりなりけるが、その家のむすめをほのかに見て、人知れず病ゐになりて死ぬべくなりにけるとき、母のおうなそのよしを問ひ聞きて、わが子生きて給ひてんやと、もらし言ひ入れたりければ、むすめ、おほかたはやすかるべきやうなる事なれど、むげにその童のさまにてはさすがなりぬべし。さるべからん寺に行き、法師になりて学問よくして、才《ざえ》ある僧になりて来たらん時、あはむと言はせたりければ、かくときゝて急ぎ

出でたちける。（俊成自筆本『古来風体抄《こらいふうていしょう》』、冷泉家時雨亭叢書第一巻）

真福田丸説話とは、右『古来風体抄』が記す形に拠って辿れば次のような話である。大和の国の長者の門守の子である真福田が、長者の娘をほのかに見てより病いに臥す。真福田の母が長者の娘に息子の命を助けてくれるよう懇願すると、娘は、法師になって学問を究めたならば会うと約束する。智者となった真福田を娘は約束通り迎えて一夜を過ごすが、その翌日、娘は急死してしまう。道心を深くした真福田は、修行の末に高僧(智光《ちこう》)となる。真福田を仏縁に導いた娘は、後の世に再び生を受けて行基となり、智光が参列する法会の場で事の次第を語って、その慢心を戒める。

この『古来風体抄』を基に変容を重ねたとされる『古本説話集《こほん》』下・六十では、真福田丸は、「家には山を築き、池を掘りて、いみじきことどもを尽く」した長者の住まいの池のほとりで芹を摘む間に長者の姫を見るという設定になっている。『玉伝深秘巻』は、芹摘み説話と真福田丸説話を並記する。

「芹つみし昔の人も」といふは、朝清めせし人、をりふし、后、芹を召しけるを、簾の隙より見奉りて恋の病ひとなりて、召しし物なれば、あまりのゆかりに芹を摘みてありくばかりにてぞありける。又、一説に云、大和国に名たけき者あり。宮殿・楼閣を作り、庭には山をつき池を掘りていみじかりけり。門守りの童、池のほとりに至りて芹を摘みける間、猛者の姫君出でて遊ばれけるを、この童、見、おほけなき心出でき、恋をす。病ひとなりてけり。

このように、『古来風体抄』にはなかった真福田丸説話に「芹摘み」の要素が入ってくる点について、山岡敬和氏[(5)]は、昔話の山田白滝譚の主人公の職業が「庭掃きや庭の草とりなど庭の掃除に携っていること」に注目し、「「芹摘み」という表現の導入を誘った根底に「庭の草取り」に近い表現が存在していたこと」を想定し、「本来真福田丸が庭を浄める者であった可能性」を説いている。

なお、『古来風体抄』が「門もりするおみなのありけるが子」とした真福田丸は、『今昔物語集』巻十一第二話「行基菩薩学仏法導人語」では、「其家ニ仕フ下童」「庭ノ糞令二取棄一ル者」となっており、森正人氏[6]は糞が草の転訛であり、「芹摘み」表現の痕跡である可能性を指摘する。

一方、『俊頼髄脳』の芹摘み説話が記す「朝ぎよめする者」という表現も、「あさましかりし山の男《をのこ》[7]の殿原の南面にて掃除などせし」(『綺語抄』)、「庭掃くもの」(『奥義抄』『和歌色葉《いろは》』『色葉《いろは》和難集《わなんしゅう》』)から、『袖中抄《しゅうちゅうしょう》』の「掃除唱事ハ無二憔説一歟」という疑義を経て、「庭の草をけづるもの」(『和歌童蒙抄《どうもうしょう》』)へと置換が可能であった。

このように、「綾鼓」における「御庭はき」の老人、「恋重荷」における「菊の下葉を取る老人」という設定は、芹摘み説話、真福田丸説話、昔話山田白滝譚など「卑賤の者」(十四世紀後半成立『太子伝聖誉抄《たいしでんせいよしょう》』所引真福田丸説話の表現)の身分違いの恋を語る話形の類型に拠っていることが確認される。

その中で、聖誉《せいよ》に同じく世阿弥と同時代の酉誉《ゆうよ》(一三六六—一四四〇)が、『当麻曼陀羅疏《たいままんだらしょ》』巻四に引用する真福田丸説話に、芹摘みを詠み込んだ次の和歌を書き留めているのが注目される。

芹摘《セリツミシ》人心《モ》使《ニツカハレテ》恋奴《ノヤツコト》身コソ成ケレ

此芹摘云歌義多集。其一義、昔、大和国富有者候。富栄人宝飽満、家造世間無レ比。後《ニハ》築《キ》レ山《ヲ》前《ニハ》掘《ル》レ池《ヲ》、尽《シ》二厳《キ》事共《ヲ》一候。家門守翁《ノ》子ナリケル童、云二麻福田丸一。(大日本仏教全書百十二巻)

「恋の奴」の語は、『万葉集』以来、意のままにならず持て余す恋そのものを擬人化した歌語として多く詠まれているが、能「恋重荷」以前に、恋の虜となった自らを「恋の奴」と表現した和歌の例は極めて珍しい[8]のである。

四

実は、原曲「綾の大鼓」以来の骨格である、賤者の身分違いの恋を主題とするもう一つの説話群が存在する。「恋重荷」の老人は、重き巌を綾羅錦紗で包んだ恋重荷を担って、庭を「千度百度《ちたびももたび》行きかへるならば」(引用は元頼本。以下同)、今一度女御の姿を拝ませようと告げられる。小町が深草の少将に課した百夜通いが想起されるが、この百夜通いの話は、読人知らずの古今集歌「暁のしぎのはねがき百はがき君が来ぬ夜は我ぞ数かく」(七六一)をめぐる解釈史の中で、「鴫《しぎ》の羽がき百羽がき」説に対立する「榻《しぢ》の端書き百夜書き」説の根拠として説かれるものである(『奥義抄』『和歌色葉』『毘沙門堂本古今集注』等)。ところが、古今集秘伝書の一つ『古今和歌集灌頂口伝《かんちょうくでん》』は、当該歌の上句に関連して、通常の「榻の端書き」の話とは異なる、術婆伽《じゅつばか》という魚売りの恋の物語を載せている。

> 一、暁《あかつき》のしぢの端書き百夜がきの哥事
>
> 伝云、兆段といふ文に、昔、天竺戒日大王の后は、五天竺第一の美人也。その国に術婆伽とて魚を売る者也。天竺の習にて、物売る時は、王宮をも嫌はず、女御・后のわたらせ給ふ所へもはゞからず行きて売る習なりければ、術婆伽魚を売るとて、戒日大王の后を見奉りて、恋の病ひと成りて命もあやうく見えしかば、この事、大王まで聞こしめされて、后を近付け、「情は人のためならず。なにか苦しき。一夜あひ給へ」と勧め給へば、かなふまじき由をの給へども、宣旨度々に及べば、力及ばずあひ給ふべきに定まりぬ。春喜楼殿といふ所まで大象の車の榻を置かれ、榻の上に錦のしとねを敷き、九枝のともし火をかゝげさせ、紫雲の几帳をかけて、術婆伽を召して、「汝、我に志深くは、この榻の上に百夜の殿居せよ。其中に一夜来てあはん」との給へば、術婆伽かぎりなく嬉しくて、榻の上に百夜まろ寝をしけるに、もし今夜もや后のましますべきかと心をつくし、毎夜いもねず明かし

明かしして、帰朝は殿居の数を書きつけて帰り帰りしけるほどに、すでに百夜を今一夜足らぬまで空しかりければ、術婆伽あぢきなく思ひて、百夜に満じける夜、日頃の疲れに寝入てけり。

天竺の魚売りの術婆伽は、戒日大王の后を一目見てより恋の病いに臥せる。このことを知った大王は、「情けは人のためならず」と后を諭し、一夜だけ逢う事を勧める。大王の命を受けた后は仕方なく、榻の上に百夜殿居することを条件に逢瀬を約束し、術婆伽は九十九夜まで一睡もせず春喜楼殿に通い続ける。そして百日目の夜、后は春喜楼殿へ行啓するが、あろうことか、この日に限って術婆伽は昏睡してしまい、ついに后の姿を見ることはなかった。翌朝、后が榻の端に書き残した文字によってその来訪を知った術婆伽は、

あまりに心憂くて、天に仰ぎ地に伏して泣き悲しみければ、胸より思ひの火の出て、その身を焼くのみならず、春喜殿よりはじめて、宣喜殿・陽明殿・小陽殿・後園殿等の一百三十六の台々をみなみな焼きけり。

胸より「思ひの火」を焦がし、自らを焼くのみならず、大王の百三十六の建物を焼き尽くした。

この話は、『大智度論《だいちどろん》』巻十四(『経律異相《きょうりついそう》』巻三十四にも同話)に見える捕魚師の述婆伽と王女拘牟頭《こうぼうとう》の話の翻案であることが指摘されている(9)が、原話は、王女が賤しき述婆伽と逢う約束をしてしまったことを憂慮した天神が、述婆伽を眠らせてしまい、思いを遂げられなかった述婆伽が「憂恨懊悩」し、身より発した「淫火」によって焼け死ぬというものである。「女人之心、不レ択二貴賤一、唯欲是従」ことの「証」として語られる話であるから、百夜通いの難題はもちろんなく、宮中を焼き尽くす話もない。原典同様に「女ハ貴賤ヲ嫌ワズ淫欲ナレバ是シタガウ」事の譬えとして同話を引く『宝物集《ほうぶつしゅう》』(身延文庫蔵享禄四年写本)では、王女が后に変わっている点が注目されるが、やはり難題を出すことなく、后は術婆迦に同情して逢うことを約束する。卑賤の者の垣間見、恋の病いに加えて、后による百夜通いの難題、術婆伽の復讐という要素を合わせ持つ『古今和歌集灌頂口伝』所引の術婆伽の話は、同じく卑賤の者の垣間見、

恋の病い、恋重荷を背負って庭を千度百度行き帰りせよとの難題、死霊の復讐という「恋重荷」の構想に極めて近付いた話型といえよう。

さらに興味深いことに、この術婆伽譚は内裏を焼いた後に術婆伽が守護神となる話へと展開している。

昔、中天竺《ニ》有レ賤《キ》。云《フ》二述馬迦《ト》一。即魚売也。彼其時行《レ》二王宮一、内裡《ヘ》参《リ》魚売《ル》。此時商人《ノ》奉レ見レ后《ヲ》、沈《ミ》レ恋《ニ》、命絶《ヲトス》。時《ニ》彼《ノ》母参二内裡《ヘ》一、魚《ヲ》奉レ后《ニ》及二度々一。彼《ノ》国《ノ》法《トシテ》、欲レ契レ人《ニ》先《ニ》見レ徳《ヲ》后《ニ》契也。此故《ニ》后怪《キ》給《ヒ》、彼《ノ》母《ニ》問二子細一給《フ》。母在《リノ》儘奉レ語。后《キ》仰《ケルハ》、糸安事也、車《ヲ》百夜可レ通《スト》宣《ケリ》。述馬迦聞二此由《ヲ》一、喜无レ限。然間夜通志深《シテ》百夜満《ル》時、后門《キニ》出《デ》給。雖レ然商人深沈《テ》レ眠《ニ》不レ知《ラ》二出御《ヲ》一。后御寤《ニ》目《ヲ》覚《シモ》給、不レ覚。然《レバ》彼験《ニ》翠《シ》十二一《ヲバ》彼《ノ》胸《ニ》置給《リ》。其《ノ》後《ニ》驚《テ》此《ノ》験《ヲ》奉レ見、余《ニ》沈レ恋《ニ》成レ燃《ト》焼時、彼《ノ》側《ニ》修《ル》二護摩《ヲ》一有二貴僧一。以《テ》二酒水《ヲ》一消レ之。此《ノ》恋《ノ》烟《モ》燃《エテ》上《リ》焼《ク》二内裡《ヲ》一。然《ル》処《ニ》述馬迦誓曰《テ》、我必成レ火燃苦患悲《キ》事无《シ》二喩《ン》方《ゾ》一。然《ル》間《ダ》止《メリ》二燃《ル》火《ヲ》一、誓《フ》レ成《ント》二火《ノ》守護神一。故《ニ》契事七月晦日《ノ》夜也。次日聴《テ》成《リ》レ火《ト》畢《ヌ》。雖レ然調二伏《セント》一切悪事《ノ》火《ヲ》一誓願《シ》給《リ》。

（東洋文庫蔵『庭訓之抄《ていきんのしょう》』）

右『庭訓之抄』は室町後期の写本であるが、関東における注釈活動との関連が指摘されている資料であり、術婆伽（述婆伽・述馬迦）が火の守護神となる話は、大永三年の奥書を持つ神宮文庫蔵『神道関白流雑部《しんとうかんぱくりゅうざつぶ》』にも見える。(10) 大智度論の術婆伽譚は、中世の日本において、后が百夜通いの難題を出す形、そして、術婆伽が火の守護神となる形へと変容していたのである。

卑賤の者が后を垣間見し、恋の病いとなり、后より難題を課され、思いが遂げられず禁中に禍いをなし、その後守護神となるという「恋重荷」の構想は、このように中世的変貌を遂げた『大智度論』術婆伽譚のそれと相似形を成している。

五

「恋重荷」の後シテが葉守の神になって后の守護神となる結末については、「樹木の神になって姫小松を永久に護らうとするなどは、作品を弱めた感がある」(丸岡明『能楽鑑賞事典』)、「不自然」(日本古典文学大系『謡曲集』「恋重荷」主題の項)と、芳しい評価を得ない一方で、様々な解釈が試みられている。「皇室尊崇の念が自然に溢れ出てゐる」(『謡曲大観』「恋重荷」概評)、「女御を恨み通すことは皇室に対する強い批判とも受け取られかねない。よって恨みを捨てる結末は必然のものであった」(一一四頁川崎前掲稿)、「屈折した愛の姿」「現世ではかなえられない老人の愛が成就」(辻宏一「「綾鼓」と「恋重荷」の素材と相違について」『日本歌謡研究』三十号、一九八九年)、「男の深い愛は相手のすべてを許すものだという見方」(『岩波講座 能・狂言』第三巻「中作能の作者と作品」)、「鬼となり、神となり、恨みに徹しない怨霊の迷いが、かえって重く、見る人の心に訴える。表面的な迫力の不足は、あえて巧まれた」(注1西村前掲稿)等々。

怨霊が守り神となる話型自体は、本地物には珍しくないが、(11)「綾鼓」や「恋重荷」は、妄執物でありながら、脇僧による回向や死霊による懺悔物語の形をとっていない点が特異である。僧による回向、成仏という形式に代わって、「葉守の神」への転身という結末が与えられているわけであるが、この「葉守の神」とは何を意味するものであろうか。

葉もりの神と云は、葉をまもる神なり。夏をつかさどる神也と云々。但し不レ用説なり。

(京都女子大学蔵『宗碩聞書《そうせききさがき》』)

葉守の神。松の葉をまぼる神。枝にましますと也。かしは木によめり。されどいづれの木にもすべし。

(『流木集《ながれぎしゆう》』)

このように樹木神として理解される葉守の神は、古く『大和物語』六十八段所収歌

　柏木に葉守の神のましけるを知らでぞ折したゝりなさるな

以来、「柏木」と強く結びついている。「柏木に」の歌は、『後撰和歌集』巻十六・一一八三（初句「楢の葉の」）の詞書によれば、枇杷《びわ》左大臣（藤原基経の子、仲平《なかひら》）が夫のいる藤原俊子の家の柏木の枝を手折ろうとして咎められた歌に対する返歌であり、この歌における「葉守の神」の「たたり」とは、俊子の夫である千兼の咎めを指している。『源氏物語』柏木の巻では、この歌を踏まえて、夫柏木を亡くした落葉宮《おちばのみや》に仄かな恋心を抱いてしまう夕霧と、落葉宮との贈答歌が詠まれており、

　ことならば馴らしの枝にならさなむ葉守の神のゆるしありきと　夕霧

　柏木に葉守の神はまさずとも人ならすべき宿の梢か　落葉宮

ここにいう「葉守の神」とは、落葉宮の亡夫柏木の霊魂である。そして、源俊頼が、

　あらしをや葉守の神もたゝるらん月に紅葉の手向しつれば　（『金葉和歌集』二度本・二二七）

と詠むように、『大和物語』六十八段所収歌「柏木に」以来、「葉守の神」は、「祟る」姿を顕わにする神でもあった。

　ところで、伊藤博氏前掲稿（注3）に、「柏木物語の一原核として芹摘み説話が存在した」という重要な指摘がある。氏は「はからざる御簾の乱れがもたらした貴女の垣間見、爾来恋の物思いに取り憑かれた男、ままならぬ情熱はついに男の肉体を蝕み死に至らしめる。臨終でその死因の一端を明かされる親しき者の存在――かく見ると柏木物語の展開は俊頼髄脳が伝える芹摘み説話と意外なほど符号している」と述べた上で、さらに『狭衣物語』へこの趣向が引き継がれていることを説いている。芹摘み説話の影響が『狭衣物語』に見られる一例に、賀茂斎院になった源氏宮と、出家した女二宮への断ち難い思いにうち沈む狭衣が一条宮で涼む場面があるが、

俄にかき曇りて村雨のおどろおどろしきに、柏木の木の下風涼しう吹き入りたれば、御簾少し上げて見出し給へるに、中に柏木はげにいたく漏り煩ふ。

柏木の葉守の神になどてわれ雨もらさじと誓はざりけむ　（『狭衣物語』巻三）

やはりここにも、「葉守の神」が詠み込まれている。

芹摘み説話を核に昇華された、「賤者」が身分違いの叶わぬ恋によって「恋死に」する柏木の物語、あるいは柏木その人を暗示することばとして、『狭衣物語』は「葉守の神」を詠み込んでいるのである。とするならば、「恋重荷」の「葉守の神」にも、柏木の物語が秘められていると考えるべきではないだろうか。叶わぬ恋の虜となり、破滅の末に「葉守の神」へと転生した賤者、山科の承仕の物語は、術婆伽譚に重ねて柏木の物語を下敷きに読むことによって、「恋の奴」の物語としての全貌を、重く、悲しく現してくる。

（1）西村聡「〈恋重荷〉新風論」『能の主題と役造型』三弥井書店、一九九九年。
（2）「被厭賤恋」は藤川百首題であるが、芹摘みと結び付いた例に、慈円『拾玉集』第三、百首句題恋十五首の内、三三五一番歌「せりつみしむかしの水に袖ぬれてかわくひまなき身をいかにせん」がある。
（3）伊藤博「芹摘み説話をめぐって――源氏物語との一接点」『国語と国文学』四七巻十二号、一九七〇年。
（4）日本古典全書『狭衣物語』「芹摘みし世の人」補注。
（5）山岡敬和「「真福田丸説話」の生成と伝播」『伝承文学研究』三一・三二号、一九八五・八六年。
（6）森正人「編纂・説話・表現――今昔物語集の言語行為序説」『説話文学研究』十九号、一九八四年。
（7）『袖中抄』所引の『綺語抄』は、「山のをのこ」を「しづのをのこ」とする。
（8）管見によれば、わずかに天台座主澄覚（一二一九―一二八九）の『澄覚法親王集』忍恋「人めもる心づかひに身をせめて恋の奴となれる苦しさ」(三〇六)を知るのみである。

(9)　島内景二「術婆伽説話にみる受容と創造」(『汲古』十一号、一九八七年)は、本来女性を厭うべきものとして語ることが主題であった『大智度論』の術婆伽説話の、中世的変容を概観し、『古今和歌集灌頂口伝』の形態を浄瑠璃十二段草子の「完全な翻案」以前の、「日本と天竺を混合した」「ぎこちない翻案」と述べる。

(10)　鈴木元「中世和歌の一環境」『和歌　解釈のパラダイム』笠間書院、一九九八年。同「和歌と連歌――火伏せの口伝をめぐって」『国文学　解釈と鑑賞』四五巻五号、二〇〇〇年。

(11)　友久武文「謡曲「恋重荷」の結末――その一解釈」『広島女子大国文』五号、一九八八年。

第七節　長柄の橋の在処——説話と能2

一

古今秘伝の世界においては、この長柄《ながら》の橋がどこにあるのか、どういう物語が語られていたのか、ということも含め、長柄の橋という存在自体が、バベルの塔のように、失われた世界を喚起させる共同幻想の役割を持っていた。スペイン、バルセロナに聳えるガウディの尖塔、サグラダ・ファミリア教会。設計者の死後、今なお作り続けられ、いつ完成するとも知れぬこの巨大な建造物は、ガウディの天才が生んだ特異な例ではない。中世ヨーロッパでは、教会という共同体のシンボリックな建造物が、修復も含め完成に向かって何百年かに亘って作り続けられることは必ずしも珍しいことではなかった。立案者、設計者だけではなく、作り続けられる景色と共に暮らし、建造物と同じ空気を吸い続ける人々も、建造物を媒介として、過去から未来へと連続する永久の時間を共有した。

長柄の橋とは、こうした共同幻想の産物に他ならない。『古今和歌集』の頃には既に朽ち、天暦年間に作られた屏風絵には、かそけき橋柱が描かれていた。中世を待つまでもなく、長柄の橋を見た人は、とうにいなかったのである。しかし、歌人の観念の世界には、長柄の橋は厳然として在り続けていた。だれも見た人はいないけれども、どこかで作り続けられている橋。その橋の存在を、時間の永遠性、共同体の永遠性の象徴として説くことが、古今の秘事の一つであった。

二

長柄の橋。弘仁三年(八一二)、摂津の国淀川支流の長柄川に架けられたこの橋は、百年を待つことなく朽ちていた。(1)『古今和歌集』には、読人知らずの歌

世の中にふりぬるものは津の国の長柄の橋と我となりけり　(巻十七・雑・八九〇)

が収められ、『新古今和歌集』は壬生忠岑《みぶのただみね》の詠として、

長柄の橋をよみ侍ける

年ふれば朽ちこそまされ橋柱むかしながらの名だに変らで　(巻十七・雑・一五九四)

の歌を載せる。貫之は『古今和歌集』仮名序で、今は無き姿を和歌が詠み留める歌材の例として、「富士の煙」と共に「長柄の橋」を掲げた。

今の世中、色に付き、人の心、花に成りにけるより、不実《あだ》なる歌、はかなき言《こと》のみ出来《いでく》れば、色好みの家に、埋もれ木の、人知れぬ事と成りて、実《まめ》なる所には、花薄《はなすすき》、穂に出すべき事にも有らず成りにたり。その初めを思へば、かゝるべくなむ有らぬ。古《いにしへ》の世々の帝、春の花の朝《あした》、秋の月の夜ごとに、侍《さぶら》ふ人々を召して、事に付けつゝ、歌を奉《たてまつ》らしめ給ふ。或は、花を添ふとて、便りなき所に惑ひ、或は、月を思ふとて、知るべなき闇に辿れる心々を見給ひて、賢《さか》し、愚かなりと、知ろし召しけむ。しかあるのみに非ず。(中略) 男山の昔を思ひ出でて、女郎花《をみなへし》の一時をくねるにも、歌を言ひてぞ慰めける。又、(中略) 今は、富士の山も煙たたずなり、長柄の橋もつくるなりと聞く人は、歌にのみぞ、心を慰めける。

「富士の煙」は恋の思い、「長柄の橋」は朽ち古びたものの「表象」(2)であり、「富士の山も煙たたずなり、長柄の橋もつくるなり」とは、こうした思いを託してきた物の喪失を指している。従って、右に引用した最後の一文は、

富士の煙が立たなくなり、長柄の橋は尽きてしまったと聞く今も、恋の思いを富士の煙に喩え、長い年月への感慨を長柄の橋に喩えて、歌が詠まれる。

と解釈される。(3)

『拾遺和歌集』には、次の藤原清正《きよただ》の和歌があり、

天暦御時、御屏風の絵に、長柄の橋柱のわづかに残れる形《かた》ありけるを

葦間《あしま》より見ゆる長柄の橋柱昔の跡のしるべなりけり　（巻八・雑・四六八）

その詞書から、村上朝（九四六―九六七）の内裏屏風絵には、橋柱が辛うじて残る長柄の橋の残骸が描かれていたことが知られている。古今和歌集仮名序の一文「今は、富士の山も煙たたずなり、長柄の橋もつくるなりと聞く人は、歌にのみぞ、心を慰めける」の影響によって、歌人たちは長柄の橋の朽ち果てた姿に心を寄せ、歌にこれを詠んだのである。

仮名序が書かれておよそ三百年後の、『明月記』元久元年（一二〇四）七月十六日の条には、次のような記事があり、

各応レ召参入、置レ歌了。依レ仰講師如レ例、ながらの橋々柱所朽残云々木被レ作二文台一是院ノ御物也。今日始被出和歌所、一座講了退レ外。（冷泉家時雨亭叢書『明月記』一）

『古今著聞集』巻五「清輔所伝の人丸影の事」には、俊恵《しゅんえ》より伝わった長柄の橋の橋柱で作った文台を後鳥羽院が院の御会で使ったことが記されている。(4)そして、新古今歌人たちも、

津の国の長柄の橋のかたもなし名はとどまりて聞えわたれど　西行　（『西行家集《さいぎょうかしゅう》』四六九）

朽ちにける長柄の橋をきてみれば葦の枯葉に秋風ぞ吹く　後徳大寺左大臣（『新古今和歌集』雑・一五九六）

さもあらばあれ名のみ長柄の橋柱朽ちずは今の人もしのばじ　定家（『建保内裏《けんぽうだいり》名所百首《めいしよひやくしゆ》』一〇八三）

その多くは、既に朽ち果てて名前だけが残る長柄の橋を詠んでいる。右の定家の歌は、順徳院『建保内裏名所百首』の「長柄橋」題で詠まれた十二首の一首であるが、定家を含む十人の歌は、朽ちて尽き果てた長柄の橋を詠んだものである。

ところが、『建保内裏名所百首』の「長柄橋」題で詠んだ残りの二人、家隆《いえたか》と康光《やすみつ》は、次のように

君が代に今もつくらば津の国の長柄の橋や千度わたらん　家隆

呉竹のみよはかぎらず春の日の長柄の橋はつくりかふとも　康光

「つくる」に「造る」を宛てて、長柄の橋を詠み込んでいる。先に、仮名序の一文を「今は、富士の山も煙立たずなり、長柄の橋も尽るなり」と読み、現実にはもはや存在しないが歌の世界では「富士の煙」や「朽ち古びた長柄の橋」が詠み継がれることを述べたものとする解釈を示した。しかし、長柄に「永ら」を掛ける、今一つの「長柄の橋」の「本意」に沿って、院政期には、「つくる」に「造る」を宛てて長柄の橋を祝言に詠む歌が生まれていたのである。

新古今の時代に編纂された『宇治拾遺物語』と『古本説話集』(5)には、隆源《りゆうげん》阿闍梨が永縁《ようえん》僧正所持の「長柄の橋の切れ」を譲ってほしいと所望したが、永縁は「かばかりの希有のものはいかでか」（『宇治拾遺物語』）と断わり、隆源が落胆した説話が収められている。永縁が持っていた「長柄の橋の切れ」は、神祇伯康資《やすすけ》の母が

朽ちにける長柄の橋の橋柱のりのためにも渡しつるかな

の和歌を添え、紫の薄様に包んで法事の布施として永縁に渡したものであった。二つの説話集は、この話を「すきずきしく、あはれなる事どもなり」と結び、二人の僧の歌道精進の姿に深い共感を示している。

また、藤原清輔《きよすけ》の『袋草紙』「雑談」には、数寄者の節信《としのぶ》が能因《のういん》のもとを訪れ、これを喜んだ能因が錦の小袋に秘蔵する長柄の橋の鉋屑《かんなくず》を見せたところ、節信は乾涸《ひか》らびた井手の蛙を懐中より取り出してみせたという逸話が書き付けられている。

> 加久夜長帯刀節信は数寄者也。始て逢能因。相互有感緒。能因云、今日見参ノ引出物ニ可見物侍トテ自懐中錦小袋を取出す。其中鉋屑一筋有。示云、是吾重宝也。長柄橋造之時鉋屑也と云々。于時節信喜悦甚して亦自懐中紙ニ裹物ヲ取出て開之。見るにかれたる蛙也。是井堤の蛙に侍と云々。共感歎して各懐之退散云々。今世人可称嗚呼歟。（『袋草紙』日本歌学大系二）

清輔も、この話を「今の世の人、嗚呼と称すべきか」と括り、常軌を逸した数寄話に理想の歌人の姿を説いている。

これらはいずれも、歌道への人並み外れた数寄の有り様を伝える説話として有名であるが、この二つの話には、興味深い違いがある。『宇治拾遺物語』と『古本説話集』において、紫の薄様に包まれて、さながら名物切のごとくに数寄者たちの垂涎の的となっているのは、康資の母が詠んだ和歌によっても明らかなように、朽ちた長柄の橋の橋柱の端切れであった。一方、『袋草紙』において、能因が引き出物に代えて披見を許したのは、長柄の橋造営の鉋屑である。[6] つまり、右の二つの説話は、古今集仮名序の一文をめぐる「尽る」長柄の橋と、「造る」長柄の橋の解釈を、それぞれ反映しているのである。

三

古今集仮名序の「富士の山も煙たたずなり、長柄の橋もつくるなり」に、「不断・不立」「造る・尽る」いずれの字を宛てるべきかは、定家・為家《ためいえ》・為氏《ためうじ》の後、二条流と他流(京極・冷泉)の対立の恰好の論点となる。その発端は、正応五年(一二九二)に冷泉為相《ためすけ》が仮名序の「富士の山も煙たたずなり」を引用して詠んだ三島社奉納歌「時知らぬ富士の煙もはるる夜の月のためにやたたずなるらむ」とされる。(7) 以後、為世《ためよ》と為相、為兼《ためかね》が各々「不断」「不立」を説いて反目対立していくことは、『延慶両卿訴陳状《えんぎょうりょうきょうそちんじょう》』『六巻抄《ろっかんしょう》』『古今抄延五記《えんごき》』他に記され、和歌史上、あまりに有名な事柄である。

二条為世とその弟(定尹法印《じょういん》)の講説をまとめた行乗《ぎょうじょう》の『六巻抄』を次に引用する。

或義ニハ、思ノタエヌ事ヲバ富士ノ煙ニタトヘ、身ノフリヌル事ヲバ長柄ノ橋ニタグヘキツルニ、煙モタヽズ、橋モツクリツレバ、ソノタグヒモナケレドモ、富士ノ煙ハタエズ、長柄ノ橋ハフリヌトヨミ置タル歌ヲ見テ、煙ヲモ橋ヲモ猶身ノタグヒニ思テ心ヲナグサムト云義アレドモ、当流ノ庭訓不レ然也。煙ノ不レ断《タヽズ》ナリト云也。不レ立ト云タルハ、打キヽタルハ心ハヨケレドモ、当流ハ不レ断ノ義也。此、不レ立不レ断ノ義ニ以前ニ有二沙汰一。戸部為世卿、下向関東之時、相州伝授古今之時、不レ断ノヨシヲ授之処ニ、為相卿・為兼卿等、不レ立ノヨシヲ授申之云々。為一流、今不レ断ノ由ヲ被授如何。依之、重々出支証ト云々。(中世古今集注釈書解題三『六巻抄』)

同じく二条為世の講説をまとめたとされる、次の浄弁《じょうべん》注も、

仰云、このふじの煙の不レ立不レ断の事、当家の庶子等猶以しらず。仍、先年鎌倉下向之時、為兼・為相等同心して、不レ立のよし申。(中略)当家不レ断と云義は、ふかき義をこそしらねども、いかなる物も両家の義かはりた

るよしをばいふぞかし。然者、たとひ半をぬすめりと思とも、などかやうには可レ詠。短才も愚昧もあらはれたるかな。一義にふじのけぶりたゝざるにはあらず、物をかくならひ、与奪の二の義在之。あたへて云時、ふじの煙はたえずたてども、若たゝぬことあらむにも、歌にたつとよみならひぬれば、たつといふ事わざ世にのこりて、歌に心をなぐさむべしとかける也、と云一義のあるぞかし。それをだにもしらずして、ひたすらに他家の義に同じて、不レ立とよめる事、不レ可レ説のことゞも也。此義などは庶子などにも読聴する事はなきをしらざりける。尤不便の事也。（宮内庁書陵部蔵『古今倭歌集』、深津睦夫編『浄弁注 内閣文庫本古今和歌集注』笠間書院所収）

嫡家二条家の家説「不断」を正説とし、為相・為兼が「不立」説を唱えるのは、「秘事」の伝授が許されない庶子が他家の説に同調した不憫なこととして、これを批判している。

為世真筆本の写しと伝える『明疑抄《めいぎしょう》』（康正元年 東常縁《とうのつねより》奥書）に拠れば、二条流が「不断」を説く根拠は、次のように、

富士ノ山も煙たゝズト云ハ、祝言ニ云ヒナセル也。煙不絶ト云也。不立ニハアラズ。

（京都大学附属図書館蔵『明疑抄』）

「たたず」に「断たず」を宛て、絶えぬことを以て祝言にとりなす点にあった。これに対して冷泉流は、歌に「実」を求め、「不立」を唱えた。

当家に不レ立と云事は、さきにいふがごとく、歌は実を以てさきとすべきものなれば、当時たゝざるうへは、たゝざるにまかせて不レ立と云也。そのうへ、光孝、宇多の比は、彼山のけぶりたゝざりしかば、貫之が心にも、不レ立とかく也。彼心にまかせて不レ立と云也。さればこそ、かみにいひつることばをてんじて、いまはふじのけぶりもたゝずながらのはしもつくるときく人は、歌に昔よみをきたるを見てなぐさみけると云り。不レ立にてこそ、その心もうつくしくたりて見え侍れ。されば、当流には立ずとならふ也。

（京都大学文学部蔵伝為相注『古今和歌集』。以下、『伝為相注』）

一方、「長柄の橋もつくるなり」をめぐる争点は、実は「富士の煙」ほど明解ではない。先に引用した『六巻抄』は、「造る」を他家の説として非難しているが、自説について詳しく述べるところはない。同じく二条流の『頓阿序《とんあじょ》注《ちゅう》』でも、

なにはなるながらの橋もつくる也今は我身をなにゝたとへん
此橋は、なにはに近からねども、同国なればかく云へり。定家卿は、はしもつくる也。つきたる事によみ給ふ。家隆はつくる也。つくりたる事によみ給ふ。歌によりてその心かはるなり。
よの中にふり行くものは津の国のながらの橋と我となりけり　（中世古今集注釈書解題二『古今和歌集頓阿序注』）

定家が「尽る」長柄の橋を詠み、家隆が「造る」長柄の橋を詠んだことを述べるに留まり、家説をいずれとも断定してはいないのである。順徳院『建保内裏名所百首』で定家が朽ち果てて「尽る」長柄の橋を詠み、家隆が「造る」長柄の橋を詠んでいることは、先に述べた通りである。

もっとも、正平年間（一三四六―七〇）成立の北畠親房《きたばたけちかふさ》注には次のように、

今の宗匠の家に、富士の煙に付て、不レ立不レ断の二義をたてゝ、不レ断の説を用也。（中略）又或説には、富士の山の煙の其比たへにけると。ながらの橋の朽はてたるをも其比つくりけると。かやうに世中うつり行事を見聞ても、歌にて心をなぐさむると云々。此義はさは〳〵と聞ゆるやうなれども、ながらのはしつくりたる事無と云々。
（続群書類従『親房卿古今集序註』）

宗匠家（二条家）の「不断」「尽る」に対立する「或説」として、「不立」「造る」説が示されており、この頃の二条家が「尽る」説を唱えていたことは確かである。

ところが、親房注の影響も受けている了誉《りようよ》序注は[8]、二条流に拠りながらも、二条家の家説「尽る」に異を唱えている。

タ、ズトハ、不絶ナリ。或ハ又、タヘタリト云訓ヲ以テ、思《ハ》レ之、タヘズナリト書ケルヲ、写シ誤テ、タヘヲタ、ズト書ケル歟。サレハタヘズトモ読ムベシト云々（中略）旧記云、自二天平比《ノ》一至《マデ》二延喜年中《ノ》初《ニ》一富士煙有《リキ》二絶事一当帝《ノ》御治世亦有二立《ツ》事一故《ニ》云二今富士山《ハ》煙《ノモ》不《トハ》レ絶也。（中略）ナガラノハシモツクルナリト云事（中略）抑此歌ニ付テ、定家家隆ノ相論、事ノ外ニ雲泥セリ。定ガタニ云、ツクルトハ尽ノ字也。（中略）家ガタニ云、ツクルトハ造ノ字也。（中略）今私云、何レモ証歌分明ナル上ハ、勝劣アルベカラザル歟。然ルニ、上ノ富士ノ煙モタ、ズナリニ付テ、不レ立不レ絶ノ諍ヒアリシカドモ、タヘヌケブリト云フ証歌アル故、不レ立ニハアラズ。不レ絶ノ義也ト治定シキ。此ナガラノハシモ、ツクルナリニハ共ニ証拠アル故ニ、何レモ治定シ難キ事ナリ。但シ不レ立ト橋尽ト、意同シ。共ニ絶テ久シキ意ナレバ也。（中略）不レ絶ト橋造ト、意同シ。謂ク共ニ中絶シタレドモ、今ニ煙タエズ、橋モ造ルト聞人ハ、歌ニゾ心ヲ慰メケルト云云。今ノ句ノツクルハ、尽造共ニ違ハヌ様ナレドモ、上ノ句ノタ、ヌヲ不レ絶ト治定シヌル時、造ノ義親キ歟。（中略）今ハフジノケブリモ。不レ絶也。ナガラノハシモ造ル也トキク人ハ、歌ノミゾ心ヲ慰メケルト書キ下ダセル意ソラニ聞コヘ、絶タル風ヲツギ、スタレタル世ヲ興スト云意也。尤モ造ルト云義勝ラル歟。（中略）予、若クシテ、一ヒ行タリ。本ヲ習フト云ヘドモ、是ニ於テハ、ヲソラクハ定家卿ノ御義、不審云云。（了誉『古今序注』応永十三年奥書）[9]

了誉は、長柄の橋については定家方の説「尽る」、家隆方の説「造る」いずれにも証歌があり、決め難いとした上で、富士の煙についての二条流の「不絶」（「絶へず」とも読むとする）説に符合する長柄の橋の解釈は、「尽る」ではなく「造る」であると説いている。『明疑抄』が二条流の「不断」説の根拠を祝言的解釈に求めたように、了誉は「今は、富士の山も煙たたずなり、長柄の橋もつくるなりと聞く人は、歌にのみぞ、心を慰めける」の一文に、「絶タル風ヲツギ、スタレタル世ヲ興スト云意也」と、祝言の深意を読み取ろうとするのである。

同じ頃、冷泉流の今川了俊《いまがわりょうしゅん》は、「二条家・冷泉家の古今の説相違の条々」として、

一　富士の山の煙の不立《家説》・不絶事

一　ながらの橋の作《家説》・尽の事　（東山御文庫本『了俊歌学書』、未刊国文資料『今川了俊歌学書と研究』所収）

右の二項目を筆頭に掲げており、この書が書かれた応永十七年当時、冷泉家の側には、二条家は「尽る」、冷泉家は「造る」という対立の構図が認識されていたことは確かである。冷泉流末流の書とされる『伝為相注』も、

ながらのはしも、他家には尽と云り。（中略）当流には、ながらのはしも作也とならふ也。

当流（冷泉流）の説を「造る」、他流を「尽る」と峻別している。

了誉は、このように二条・冷泉の対立の象徴でもあった「不絶・尽る」「不立・作る」の組み合わせに異を唱え、若年より学んできた家説を修正し、対立する流儀の説と組み替え、和歌の繁栄、興隆を表意するものとして、「不絶・造る」説を主張したのである。

実は、流儀の枠を超えて了誉が唱えた、この「不絶・造る」の組み合わせは、既に『古今和歌集序聞書』（以下、『三流抄』と略称）が示していたものと同じい。

長良ノ橋モツクル也トハ、今ノ延喜ノ帝ノ御位ノ初ナレバ、代々久シク御座サムタメニ、長ラト云、長良ノ橋モ造也ト云。コレ定家説。家隆ノ云ク、長良ノ橋モ尽ル也ト云。是ハ君ガ代久シキ間、長ラト云、長良ノ橋モツキヌルト云。難云、今延喜ハ位ノ後九年也。未ダ初ナルヲ御代尽ヌト云ン事イマ〳〵シ。サレバ此義不レ可レ然。

（中世古今集注釈書解題二『古今和歌集序聞書』）

『三流抄』も、「富士の煙」において二条流が「不断」の論拠とした「祝言ニ云ヒナセル」(『明疑抄』)解釈を、「長柄の橋」にも施す。そして、二条流の「尽る」説を「御代尽ヌト云ン事イマ〳〵シ」と、不吉として退け、治世の永遠性への寿ぎの深意を込めた「造る」を、定家説(自説)として主張するのである。晩年の義満に続き義持の歌道指南役であった耕雲《こううん》(花山院長親《かさんのいんながちか》)の『耕雲聞書』(応永十八年)は、序の部分に『三流抄』の影響が強いと言われているが、やはり「不断」「造る」説を二条流正説として説いている。

ふじのけぶりもたえず、是は絶えたる義にあらず、不断之義也。其故はかの煙一条院御代までたちけり。其後も時々たちけり。仍延喜御時は又さかりにたちけり。されば不断のこゝろ也。(中略)ながらの橋もつくるなり、つくるとは造の字也。此両義、定家流の義なり。家隆はふじの煙もたえてたゝず、ながらの橋もつきぬると云。為相卿、又家隆が義に付てよめる哥、

時しらぬふじの煙も秋の夜の月のためにやたゝず成覧

愚案、序の趣には、ふじの煙も断ず、長柄の橋も造なをして共にむかしをわすれねば哥をよみて此心をのぶるなり。家隆并為相卿が心、たとへばけぶりもたゝず、橋も懸てなければ、末世のあぢきなきことをも哥を読てなぐさむ也。序文前後の詞には後の義叶たるやうなれども、正説不レ用レ之。

(古今集古注釈書集成『耕雲聞書』笠間書院)

同じく『三流抄』の影響が指摘されている(『解題二』)お茶の水図書館蔵古今和歌集歌注も、『三流抄』や了誉注同様に、「不絶・造る」説を自流の義として説いている。

当流の義、たゝずとは不断の義なり。つくるとは造の義なり。

なお、長享三年三月から四月にかけて行われた飛鳥井《あすかい》栄雅《えいが》講釈の聞書として知られる広島大学蔵伝冷泉為和《ためかず》筆『古

今聞書』（『蓮心院殿《れんしんいんでん》説古今集註』の一伝本）の書き入れは、冷泉家流の立場からのものであることが指摘されているが、(10)この書の中で、「造る」を唱える飛鳥井説に対して、次のような書き入れが見られるように、

冷泉家ニハ作義ニ用侍ルヲ、二条家ニハ尽義ニ用侍リ。然ニ、近年ハ二条家ニモ作ニ用ナヲシ侍。

この頃には二条家も冷泉家に同じく「造る」説を唱えるようになっていたものと思われる。宗祇《そうぎ》も、「富士の煙」の不立・不絶については依然として家説の違いを強調するものの、

抑、不ㇾ立・不ㇾ絶両説、二条家、冷泉家格別なり。冷泉には不ㇾ立の義を用。煙のたゝざればおもひをなぐさめがたき心也。橋を作る事は、両家おなじ儀なり。不ㇾ立、不ㇾ断につきて口伝ありと云々。

（『古今和歌集両度聞書《りょうどききがき》』版本）

このように、「長柄の橋」については、両家同じ義として「造る」説を説き、以後、宗祇の説を肖柏《しょうはく》が受けた『古聞《こぶん》』、宗碩《そうせき》の『十口抄《じっこうしょう》』などに「造る」説が継承されていく。尭恵《ぎょうえ》流も「富士の煙」は「絶えず」と読んで、宗祇同様に「冷泉家ニハ不ㇾ立ナリ。当家ニハ不ㇾ断也。」(11)と家説の対立を強調するが、「長柄の橋」については、「造る」説を虚説としながらも「自他流共ニ造ナリ」と、冷泉説を家説に取り込んでいる。

他説を取り込み、自説に祝言的解釈を施してこれを補強する現象は、鎌倉末期から室町期にかけて冷泉家説に親近していた六条家末流で形成されたとされる（『解題五』）『三條抄《さんじょうしょう》』にも見受けられるものである。

富士ノ煙モタヽズト云ニ二義アリ。一ニ不ㇾ断ノ義、二ニハ不ㇾ立ノ義。（中略）主上々皇ノ御前ニテハ不ㇾ断ト申ベキニヤ。伝授相承ノ人ニハ不ㇾ立ト申ベキナリ。（中略）昔、平城天皇七十ノ御年、世ノ中ニフリヌル物ハ津ノ国ノナガラノ橋ト我身ナリケリトアソバサリケルガ、其後カノ橋ヲ作ケレバ、伊勢、ツノ国ノ長柄ノ橋モ作ナリ今ハ我身ヲナニヽタトヘム、カク長柄ノ橋モ作ナリ。今ハ歌道ノミゾカギリナク久シク栄ベキトナリ。

（宮内庁書陵部本『古今和歌集三條抄』。引用は徳江元正編『古今和歌集三條抄』三弥井書店）

『三條抄』は、伝授相承すべき説として冷泉流本来の「不立」説を示しながらも、二条流が提唱している「祝言に言ひなせる」（『明疑抄』）「不断」説を、天皇上皇向けの説として取り込んでいる。「長柄の橋」をめぐる冷泉流の説「造る」に「今ハ歌道ノミゾカギリナク久シク栄ベキトナリ」と祝言的解釈を施し、これに沿って「富士の煙」の解釈に自説とは異なる二条家の説を取り込んでいるのである。

このように祝言的解釈を施す姿勢が顕著に見られる注として、応永二十五年の書写奥書を持つ京都府立総合資料館蔵『古今和歌集聞書』(12)が知られている。

中納言家ニハ、ふじのけぶりもたゝずなりとは、いまはかゝる賢王聖王ノ御代ニなりぬれば、人のおもひなげきもなしといふなるべし。ながらのはしもつくるなりとは、すたれたる道をおこし給事、昔ノ聖代□時にあつるといふ心也。歌ニのみぞ心をなぐさめけるとは、賢王の御代ニあひたてまつりてすたれたりし歌の道、昔ニたちかへりてさかへ行をよろこぶこゝろ也。教長卿注曰、世中ノ昔ニかはる事をたとへ云也。ふじの山は煙のたえぬ所をけぶりはじめてたえなんとせんは、よのよくかは覧ずるなり。ながらのはしはふりてひさしくすてたるをあたらしくつくらむやうのこゝろなり。

ここでの中納言(定家)家説は、冷泉の家説「不立」「造る」と同じである。聖代に寄せて和歌の道の繁栄を寿ぐ心を深意とする「造る」の解釈を核として、冷泉家がかつて「実」を根拠として説いた富士の煙をめぐる「不立」説には、新たに、「賢王聖王ノ御代ニなりぬれば、人のおもひなげきもなし」と祝言に取りなした解釈が施されている。かの一文は「富士の山も煙立たず也、長柄の橋も造る也」と冷泉流に読まれながらも、三流抄や了誉序注と同じく、やはり当代と和歌の繁栄を寿ぐ祝言の表現として説かれているのである。後に、一条兼良《いちじょうかねら》が『古今集童蒙抄《どうもうしょう》』で示したよ

うに、

たゝずなりの詞につきて、不レ立・不レ断の二の心あり。二条家為世卿の流には、不レ断の義を執す。（中略）又、不レ立の義は京極家為兼卿・冷泉家為相卿は此義をとる。たとへば、ふじの煙は、人のおもひよりもえはじめたる物なれば、煙のたゝぬといふは、うれへをやむる祝の事にかなへり。ながらの橋はふりたる物なれば、つくるなりといへば、たえたる道をおこさるゝことぶきとなれり。両説ともすてがたしといへども、不レ立の心は猶すぐれたるに似たり。ただし、又、人の所レ好にしたがふべし。（群書類従『古今集童蒙抄』）

「不立」「造る」を唱える冷泉流もまた、「うれへをやむる祝の事にかなへり」「たえたる道をおこさるゝことぶきとなれり」という祝言的解釈を自説に施して、二条家に対抗していたものと思われる。

　このように、二条、冷泉いずれもが祝言的解釈を施すようになると、『毘沙門堂本古今集注』が記すように、流儀の差異は紛れてしまう。

富士ノ煙モタヽズト云者、不レ断ノ義也。又ハ不レ立ノ義也。実ニハ不レ断ノ義也。ナガラノ橋モツクルト云者、一義ニハ我君ノ久クオハスベキタメシニ長柄橋モ造ト云也。又ハアマリニヒサシクテ長柄橋モ尽ト云也。私云、富士煙事、不レ立不レ断ハ家々ノ相伝也。彼最（是の誤りか）人ニヨルベシ。実ニハ不レ断ノ義也トイフ事、不レ可レ然者也。

（片桐洋一『毘沙門堂本古今集注』八木書店）

「造る」と宛てるにせよ、「尽る」と宛てるにせよ、「長柄の橋もつくる」の一句は、当代と和歌の繁栄と永遠性を寿ぐ祝言の表現となっていたのである。

四

洛北曼殊院に、「尊圓哥書《そんえんかしょ》」として伝えられた古今和歌集序注が蔵される(13)（以下、尊円序注）。尊円は百二十一代天台座主となった大乗院宮尊円親王（正平十一年没）。尊円流の筆になる大和綴濃茶表紙のこの本の裏表紙には、金箔金泥で遠景の山と近景の橋が高雅に描かれ、この近景の橋の上には木槌と手斧が置かれている。徳田和夫氏は、『看聞御記《かんもんぎょき》』応永二十三年三月七日条に見える風流の懸物の記事

> 次風流之懸物、自二南面門一昇入広廂置入。（中略）次富士山。大伏籠ヲ紙ニテ張。山ヲ色トリテ、麓ニ小松ヲ栽、山ノ頂ニ綿ヲムシリテ、懸如雪、富士ノ中ニ種々菓子積置。次橋。高欄アリ。橋ノ下ニ水ヲ絵ニ画。此下ニ捶二置之。橋ノ上ニ釿鋸置之。各以木作之。此心古今序富士山モ煙タタズナリ。長柄ノ橋モ作ナリ云々。以上三位所進也。（続群書類従）

で、雪で頂を覆った富士山と「釿鋸」の置かれた橋の心を後崇光院貞成《さだふさ》親王が「富士山モ煙タタズナリ。長柄ノ橋モ作ナリ」と解いたに同じく、木槌と手斧が「長柄の橋も造る」意の象徴であることを指摘している(14)。

ところで、『看聞御記』で綾小路前宰相が進じた、頂きに白い綿の雪を被せた富士山の風流は、富士の煙の「不立」の様《さま》を表す作り物と見ることができよう。つまり、この時の山と橋の作り物は、当時の冷泉流が主張する「不立」「造る」説を表したものであったと思われる。

では、尊円序注裏表紙に描かれる橋はどうであろう。この橋の上に書き込まれた木槌と手斧が、この橋が他ならぬ長柄の橋であり、仮名序の一文は「長柄の橋も造る」と読むべきことを示していることは疑いない。しかし、遠景の山の連なりを富士と断じることは難しい。前章で辿ったように、冷泉家の側は「不立・造る」を主張しているが、二条家では「富士の煙」が「不断」であることは揺るがぬものの、「長柄の橋」については必ずしも「尽る」を主張し

ていたわけではない。もとより尊円は二条為定《ためさだ》や為遠《ためとお》との関係も知られており、(15)「造る」意を込めた長柄の橋だけで、特定の家の説の提示と見ることは適当ではない。

尊円序注は抄本であり、長柄の橋に関する記述を欠いているが、佐伯真一氏によって尊円序注の完本として紹介された八戸市立図書館蔵『古今和歌集見聞《けんもん》』(16)(以下『見聞』)は、「長柄の橋」に関して、次のように記している。

今ハ不尽ノ煙モ不レ立名唐ノ橋モツクルト云事

(A) 是ニ付テ、定家ト家隆ト異義アリ。定家ハ、煙タヽズトハ不ルレ立《タヽ》義ト云、家隆ハ不レ絶ノ義ト云。(中略) 亦、ナガラノ橋モツクル也ト云ハ、定家ハ尽《ツクル》ノ字ト了簡ス。家隆ハ造《ツクル》ノ字ト了見ス。定家ノ家隆ヲ難ジテ曰、「富士ノ煙モタヽズ、ナガラノ橋モ尽タレバ社《こそ》、今ハ哥ニノミゾ心ハ慰ミケルト云テ社面白ケレ。富士ノケムリモタヘヌ事ゾ、名唐《ナガラ》ノ橋モ造也ト云テハ、哥ニノミゾ心ハ慰ケルト云筆ニハ違ハ」ト難ズル也。「ナガラノ橋モ朽ハテヽ、何《イツ》作リカフベシトモ不レ見或ル間、今ハ余恋ヲバ何ニカ譬ント云タル詞ゾ」ト云。「去間、今ハ哥ニ耳《のみ》ゾ心ハ慰」ト云。今ノ義ニハ、造ノ字ニ了見スル時、此筆ニハアフゾト云。何ト云ニ、彼ノ橋ヲバ造ルニ、ナド我恋ハアラタマラヌゾト云事ニ社アレト了簡スル也。(中略)

(B) 亦、ナガラノ橋ヲ懸カネタリシニ、或女、子ヲ負テ通リシガ、是ヲ見テ、「加様ニハシゾツヽミノタマラヌニハ人柱ヲ立レバタマル物ヲ」ト云。「去ラバ彼女ヲ立ヨ」トテ、柱ニ立ケリ。子ヲバ取テ捨テヌ。此子、他ノヒロヒテ育ケリ。美女ナリ。生長シテ夫シテアレドモ、物ヲバ不レ言。サテ夫ニサラレテ、此ナガラノ橋通リケルトテ、

物イヘバナガラ(ノ)橋ノハシ柱イワデ思ノ云ニ勝レル

トヨミタリケレバ、其ヨリ具シテ帰、年来ニナリニケルトカヤ。道理社。予母ハ言《モノイフ》ニ依テ人柱トナリタリシ間、

言《モノ云》事ヲヨシナシト思ヘリ。

(C) 亦、或ハ、ナガラ橋成就セザルニ依テ、或人云、「ツギ袴著タルヲノコヲ沈メニカケレバ成就ス」ト云。依テ是ヲ尋ヌ。折節、ツギ袴著タル者ノ女《ムスメ》ガ云ヤウハ、「我父コソキタレ」ト云ケレバ、是ヲトラヘ、則シズメケリ。彼女長《ヒト、》ナリ夫ヲマウケテ終ニ不レ語故ニ女ヲ去ントテ、道ノヤウヂンニ弓矢ヲ帯テ送ル所ニ、キヂノ鳥鳴テ立ヲ見テ射殺シケリ。其時此哥ヲヨミタリケレバ、男ソレヨリ連イザナヒ帰リケリ。

　物イワジ父ハナガラノ橋柱ナカズハ雉モイラレザリケリ

ツギ袴キザル因縁是ヨリゾ起リタリ。

(D) 地躰、ナガラノ橋ト云ハ名橋也。凡テ橋ノ在所年久クニナリテ、何地ニアナルトモシラズ。スイゼイ天皇ノ御宇ニ夢想ノ告アリテ、何国ニ有ト知食《シロシメシ》ケントイヘリ。サレドモ今ハ年久在所ヲ不レ知。但平城ノ時、王子御目クラキ病ヲ付玉ヘリ。唐土ヨリ医師ノ渡ケルニ、此御病ヲ尋アリケルニ、医師ノ云、「此御病ハ、名唐ノ橋ノ桁ヲ刪テ煎テ御目ヲ洗ヒマシマサバ、其験可レ有二御座一」ト云リ。依テ、津ノ国ヨリナガラノ橋柱ヲ求玉フニ、是也トテ、人々多ク御門ニ奉ル。然リト云ヘドモ、御目ハ不レ癒。或時、御夢ニ年タケタル翁告テ云、ナガラノ橋ハ何国ニアリト教マイラセタリケレバ。大ニ驚テ彼橋柱ヲ刪テ王子ノ御目ヲ洗ヒ玉フニ、忽ニ御目明ナリ。

(E) 亦、自レ是シテナガラノ橋ハ何クニアリトイヘドモ、慥ニ人不レ知。其後、能因法師ナガラノ橋ノヨクシリタリト云ケレバ、人々此事ヲ尋ケレバ、錦ノ袋ヨリ朽タル橋柱ノカケヲ取出テ、「是ヨリ外ハ我ハ不レ知」ト答テ不レ明ト云ヲ、最後ノ時、女子ニナガラノ橋ノ在所ヲツタヘテ死スト云ヘリ。是ハ古今一ノ大事也。経信ノ俊頼ニ云レケルハ、「ナガラノ橋ノ事、タヤスク人ニ不レ可レ語。ソノハシコソソヨト云ナラバ、昔ヨリヒトシラヌハシヲ、汝ハ誰ニ遭テ習タルゾト云ハンニ、口ナクシ沈ヌベシ。家ノ住《(ママ)》ニカヽレタリ。ヨク〳〵可レ秘」ト云云。

尊円序注は、家隆に肯定的な注釈書であり[17]、片桐洋一氏が古今集注釈書の一般的傾向として説かれる「自派に対立する派をすべて家隆の流れなりと極めつける傾向」「家隆説はいずれも定家説を是認されるための引き立て役」という在り方とは甚だしく異なることが指摘されているが[18]、この書において定家説として示される「不立・尽る」と、家隆説として示される「不絶・造る」の組み合わせは、二条流「不絶・尽る」、冷泉流「不立・造る」の組み合わせとは異なっている。つまり、『見聞』がいう家隆説は、すなわち、祝言を本として『三流抄』や『耕雲聞書』、『了誉序注』が説く「富士の煙は絶えず(断たず)なり。長柄の橋も造るなり」という解釈に一致するのである。

同じく家隆流とされている『古今和歌集秘注序』[19]にいう「家の義」も、

けぶりたえすと云事、俊成卿云、けぶり不レ立と云義也と云々。是は平城天皇の御宇に、此山のけぶり十余年たえたりけるを、貫之かけると云り。家の義には、不レ断と云事也と云々。是は其後、亦立ちければ、けぶりたえずと云事也。不レ立、不レ断、両義有と可レ知。（中略）ながらの橋もつくると云事、定家の義には、ながらの橋も尽る也と云り。家之義にはつくると云事、作と云事也と云り。是も尽、作の両義なり。

(東大寺図書館蔵『古今和歌集秘注序』)

やはり「不絶・造る」であり、木槌と手斧によって「造る」を明示する尊円序注裏表紙は、こうした家隆流の説に沿って描かれているものと思われる[20]。

ところで、「長柄の橋もつくるなり」を「尽る」ではなく、敢えて「造る」と読むのであれば、当然その所在が問題となってくる。尽き果てることなく、造られる橋、かの長柄の橋は、一体どこにあるのか。前掲『見聞』は、「不絶・造る」を述べた(A)後、「造る」長柄の橋からの連想で橋造営にまつわる人柱説話を記し(B・C)、眼病を患った皇子開眼の話を付記している(D)。――平城天皇の皇子が眼病を病む。唐の医師が長柄の橋の橋桁を削って煎じた汁で目を洗えば験があると上奏したために、多くの者が長柄の橋柱を求めて帝に献上したが、どれ一つとして効き目がない。ところが、ある日、帝の夢に年長けた翁が現れ、長柄の橋の在所を伝える。その橋柱を削って煎じて処方すると、皇子はたちまち平癒した。——このように長柄の橋が皇子の難病を平癒させた霊薬の在所として語られるについては、「富士の煙」に関わって『毘沙門堂本古今集注』や了誉の古今注などが記す、かぐや姫説話の不死の薬との対応が見られるが、長柄の橋の場合は、その所在そのものが秘すべきものとなる。

『古今和歌集灌頂口伝』「七箇の大事」の一つ「長柄の橋」の大事も、その在所に関するものであり、

　　第七に長柄の橋も造ると云事

　彼橋の在所何くにあるぞと云に、都て知たる者なし。摂津国長柄の里にけしからぬ打物立て川に渡したれば、洪水に押落したると云。其外難ㇾ在二余所一。津の国の長柄の歌に読定たれば、外に有べからず。されば能因入道住吉に籠りて此橋の在所を祈り申て知ると云々。

　口伝に曰、今の八幡の前に渡たる大渡りの里にある橋なり。其故、津の国長柄の里にいかにも人柱を立て渡しけれども不ㇾ叶ければ、神に祈り申せば、大渡りにわたせと御託宣有しに依て洪水にも不ㇾ流也。是則神明の威力に依て如ㇾ此有難と云々。　（宮内庁書陵部蔵伏見宮本『古今和歌集灌頂口伝』）

誰もその所在を知らない長柄の橋の在処《ありか》を能因に夢想で告げたのは、歌神、住吉明神であった。

長柄の橋がどこに在るのか、住吉明神からその場所を告げられた能因は、臨終に及んでこれを息女に伝え、この世を去る。この長柄の橋の在処を、『見聞』は「古今一ノ大事」とするが、この「長柄の大事」は、後に古今伝授の一つとなっていく。

　　長柄橋事　序ニ大事也

長柄の橋の事、昔の橋を渡しかねたりけるに、綏靖天皇御宇に翁来つて、橋守の神をいはひ今少下に可レ渡と云間、彼御時、橋守の明神を祝、難無の（ママ）被レ渡たり。今の河後の明神是なり。即、わたなべの橋詰に少きほこらは彼神也。平城天皇の御子盲目たり。さるに、伊勢より、長良の橋を削り洗ひたまはゞ即癒給べきとぞ奏す。然間、尋有けり。百官臣下たち、件の橋を尋けれども治定をしらず。されば、ながらの橋とてまいらせけれども、御子の御目しるしなし。御門嘆思し召けるに、ねぶりの内に老翁来て申けるは、御尋有ながらの橋は人、有所をしらず。河後の橋、則ながらの橋なりと申と思し召て驚給。やがて、彼橋の木を取よせて、彼御子の御目平癒しけりと云々。河後の橋とは、今の渡部の橋也。日本第一の大橋也。経信の卿は最期の時、俊頼に河後の橋を教て、穴賢、人に語るべからず。たれに習たるとゝふ時、口なくしてやまんことも無益なり。

（国立歴史民俗博物館蔵高松宮本『切紙集《きりがみしゅう》』）

こうして、富士が日本第一の山であるのと相似形をなして、長柄の橋は「日本第一の橋」として説かれ、その在処は経信《つねのぶ》から俊頼へと伝えられる。『伝為相注』は言う。

長柄橋と云事は、摂津国の川尻と云所より四十四里六町一里のぼりて、渡辺の湊より吹田の竹山まで、昔は海の入てありければ、三里に橋をかけたりけると云々。

全長三里の巨大な橋。これが中世古今集注釈書が思い描いた長柄の橋の姿であった。

為顕《ためあき》流の『古今和歌集灌頂』は、孝徳天皇の時に天女が二度長柄の橋に出現した話を記し、古今集仮名序に「富士」と「長柄」が引き合わせられる理由を、天女の出現という共通点を以て説明している。

一、富士煙ト長良ノ橋トヲ被ニ引合一事如何

是、カクヤ姫天女トナリテ飛失シ時、此姫ノ形見ニ置シ鏡ヲ、御門ノ御胸ニヲカレケルニ、烟トモエ上テ消ザリ

ケルヲ、富士山ニ送ラレケリ。サテ、彼煙ノ上ニ此カクヤ姫常ニ現ジテ見ヘケリト申伝タリ。此帝ハ欽明天王ノ御時也。又云、孝徳天皇、長柄ノ橋ニ夜ル〳〵天女天降給ケリ。是ヲ御門聞召テ、夜ニ忍テ彼川ノ辺ヘ臨幸アリ。或夜、月深ル程ニ、一人ノ天女来テ、御門ニ合タテマツリ、又御志切ナリ、必今一度、彼橋ヘマヒリ合ベキ由、契テ侍リケリ。サレ共、一夜ニテ、又モ不レ来。仍御歎無レ限。又、程経テ月ノ夜ニ至リ、「我天女也。古ハ駿川国アサマノ郡ヨリ出現シ侍リ。今ハ又君ニ契有ニ、仍此橋ヘ来レリ。雖レ然前世ノ契薄ケレバ、生ヲカヘズシテ難逢シ」トテ失侍リ。是両度不思議也。然者、同天女出現シケル所ナル故ニ、長柄ト富士ト引合テ云ケリ。

（大東急記念文庫本『古今和歌集灌頂』(21)）

ここでは、「不死の山」と呼ばれた天女の天下る蓬莱の山、富士山と並んで、長柄の橋もまた天女の天下る霊地として語られている。このようにして、富士(不死)の山と長柄(永ら)の橋は対概念となって、和歌と共同体の永遠性を象徴する機能が付与されていく。「長柄の橋」は、決して「尽る」ことなく、「造」り続けられなければならなかったのである。

曼殊院本尊円序注の裏表紙に描かれた長柄の橋。その橋の両端は金泥の雲で覆われており、周囲の景色も全く描かれていない。「造る」長柄の橋を描いたこの絵は、その橋が此岸も彼岸も見えぬほど遠く天空に弧を描く、「日本第一の大橋」であることを物語っている。「長柄の橋」は、特定の家の説を超えて、当代と和歌の繁栄と永遠性への寿ぎを表す記号《コード》となっていたのである。

五

能「長柄の橋」(22)。津の国、天王寺辺りに辿り着いた旅僧の前に、過去久遠より未来永劫、連綿として長柄の橋を作り続ける老人と娘の姿が立ち現れるところから、この能は始まる。

〔次第〕シテ〽名にはふりぬる津の国の、名にはふりぬる津の国の、長柄の橋を作らん。

〔サシ〕シテ〽それ神代の昔より、今人倫に至るまで　シテ・ツレ〽君臣二つの道を守り、国富み民も豊かなる、始めはいつぞ久堅の、あまの浮橋作りをく、その神徳の故ぞかし、我らがための、たくみ哉。

〔下歌〕シテ・ツレ〽いざいざ橋を作らん、いざいざ橋を作らん。（観世文庫蔵「長柄橋」に適宜漢字を宛てた）

老人は、長柄の橋が「渡辺の楼の岸より吹田川の西の詰めまで三里に及」ぶ巨大な橋であったこと、古今和歌集仮名序にいう「長柄の橋もつくるなり」とは、この橋が決して尽きることなく、こうして今も作り続けられていることを示すのだと説く。

〔問答〕ワキ〽実々《げにげに》歌人の詞にも、富士の烟もたゝずなり、長柄の橋もつくると聞は、皆昔にはかはりぬる、世のならひこそ悲しけれ。　ツレ〽なふ其たとへならば旅人よ、橋の名残はよもつきじ。　シテ〽富士の煙もたゝずとは、絶ずといへる詞なり。長柄の橋も尽るにはなし、作るなりとぞいふべき也。　ツレ〽まづ目の前にもかたのごとく、作れる橋を御覧じながら、つくると仰ある旅人の　シテ〽其御心は貫之が　ツレ〽詞にはなを　シテ〽及びなき。

〔上歌〕同〽富士の煙もたえずなり、長柄の橋も作る也、めでたや千世かけて、ながらの橋を作らん、実や心なき、身にも哀は知れけり、鳴の羽ねがき数々の、其名にしおふ歌の道、それ共かけてつくる也、〳〵。

「富士の煙もたゝずとは、絶ずといへる詞なり。長柄の橋も尽るにはなし、作るなりとぞいふべき也」という右のシテの詞こそ、二条・冷泉の「不断・尽る」「不立・造る」ではなく、まさしくこれまで述べてきた「不断・造る」という組み合わせの説である。老人はこの後、古今集仮名序の一節を語る内、自らをかの長柄の橋の人柱となった男であることを明かし、自らと娘の救済を訴えて姿を消す。後場は、読経をする旅僧の前に、大石を背負った男が娘に手を引かれて現れ、口の禍いがもとで人柱に立てられた無惨な最期を懺悔物語し、再び橋柱の陰に消えていく。

「長柄の橋」は、享徳元年(一四五二)二月十二日春日薪社頭能(『春日拝殿方諸日記《かすがはいでんかたしょにっき》』)と、寛正六年(一四六五)九月二十五日興福寺一乗院(『蔭涼軒日録』)での、いずれも金剛大夫による上演が二回確認されるのみであり、近年の復曲上演[23]までの数百年間、上演が全く途絶え、謡本も江戸中期以降のものしか現存していない作品である。しかし、『康富記《やすとみき》』嘉吉三年(一四四三)の条には、「男を人柱に立て」た能についての記述があり、世阿弥の最晩年には確かに成立していたことが確認されている。作者を特定できる外部資料はないが、禅竹『歌舞髄脳記』草稿本にも「長柄の橋」の名で見え、狂言「蛸」には本曲のキリの詞章の影響が指摘されることなどから、室町期には少なからぬ上演回数を重ねていたものと推測される。

「長柄の橋」の先行研究に、堀口康生氏「ものいへば長柄の橋の橋柱――人柱伝説と謡曲「長柄」の間」(『芸能史研究』三二号、一九七一年。『猿楽能の研究』桜楓社、一九八八年再収)がある。氏は、前場と後場がいずれも中世の古今集仮名序注の記述に依拠していることを指摘され、「古今序注の長柄の橋」を本説として和歌説話を「まことに忠実に芸能の世界に現出せしめたもの」として、この作品を位置付けられた。氏が本説として示された宮内庁書陵部本『古今集注』(伝為相注)の所説「不立・造る」は、能「長柄の橋」前場の問答におけるシテの主張「不断(不絶)・造る」とは齟齬があり、この書を本説として掲げることは必ずしも適当ではない。しかし、古今注に人柱説話が存するという氏の指摘によって、この作品の祝言的内容を持つ前場から陰惨な長柄の人柱説話の後場への展開が決して「唐突」なものではなく、一貫性をもったものであることが示された。氏の論考以後に紹介された古今注をも含め、長柄の橋に関する諸説の流れを前項まで辿ってきたが、古今注とこれに付随する人柱説話と、能「長柄の橋」との関係を、以下、改めて考え直してみたいと思う。

作品の冒頭で前シテの老人と娘が、天の浮橋以来の連綿たる行為として長柄の橋を造営している。舞台にはこの二人の他に何一つ添えられるものはないが、この二人の姿そのものが、仮名序を「富士の山も煙断たずなり、長柄の橋も造るなり」と読む解釈を表している。二人は、富士の煙は「立たず」ではなく「断たず」であって「絶えず」であり、長柄の橋は「尽る」ことなく「造る」なのだと説くことによって、「造る」長柄の橋を、歌道と治世の繁栄と永続性への寿ぎの象徴として、舞台上にその幻影を浮かび上がらせていく。そして、二人は〔サシ〕で、伊弉諾・伊弉冉尊の天の浮橋造営の神徳を、「君臣二つの道を守り国富み民豊かなる」ことをもたらした始源として語るが、ここに伊弉諾・伊弉冉尊のことが記されるのは、単なる「橋」のレトリックではない。

恵心《えしん》流の流れを汲む鎌倉末期の学僧円頓房尊海《えんとんぼうそんかい》（一三三二年没）撰述の『即位法門事《そくいほうもんのこと》』(24)に、次のような記事がある。

抑、天照大神此法門ハヲ山王ヨリ有ト御相伝、云ルハ有古今学匠、古今ニ日本紀ヲ引寄テ沙汰ル之時、富士ナガラノ大事ト云ヒ蔵ノ習事ヲ伝ルニ見タリト中間、天台ノ学生トシテハ幸ニ山王ヲ諸神ノ根本ト承ル事コソ目出シト相存シテ如レ此注レ之。師仰ハ不レ然、只伊勢天照大神ヲ最初ト云義ニ相伝スル也。（叡山文庫真如蔵『即位法門事』応永二十二年写）

「此法門」とは、イザナギ・イザナミからソサノヲノ御尊《みこと》に譲られた「治国利民の法」、すなわち即位法門である。伊弉諾・伊弉冉尊が生んだ「三男一女」(25)の内、嫡男の素戔烏尊《そさのおのみこと》は自らは炎魔王となって日本国を嫡子ヲヲタタラノ宮（山王）に譲る。二男天照大神は甥のヲヲタタラノ宮が成長するまでの間、日本国を領地するために、ヲヲタタラノ宮からこの「治国利民の法」を譲り受ける。右は、この日本における即位法門相伝の始まりをめぐって、尊海とその師心賀《しんが》の所説が述べられている箇所であるが、天照大神が山王から法門を相伝されたという所説の根拠の一つに、古今の学匠が日本書紀を引用して沙汰した「富士長柄ノ大事ト云秘蔵ノ習事」なるものが挙げられている。現存する古今注の、富士や長柄の秘説の中に、天照大神が山王より法門を相伝されたという記述を持つものは管見に入っていないが、この記述に拠れば、「富士長柄ノ大事ト云秘蔵ノ習事」には、「即位法門」「治国利民の法」を理論的に支えるに有用な内容が含まれていたらしい。尊海が記す「富士長柄ノ大事ト云秘蔵ノ習事」の具体的内容については不明であり、学匠が古今集に日本書紀を沙汰して云々の話自体が尊海の作り話であることも充分考えられるが、その場合も、尊海は「治国利民の法」すなわち「即位法門」の理論的根拠となる権威を、「富士長柄ノ大事」と称する秘蔵の習事に求めていたという事実に変わりはない。

誰もその所在を知らないが、今も、どこかで作り続けられている橋。その橋の存在を、時間の永遠性、共同体の永遠性の象徴として説くことが、古今秘伝の一つであったが、秘説の中で天空に架かる「日本第一の大橋」であった長柄の橋は、天の浮橋造営以来の「治国利民の法」を支える象徴ともなっていたのである。

「長柄の橋」の前シテは、長柄の橋を造りながら、「君臣二つの道を守り国富み民豊かなる」ことをもたらした始源として伊弉諾・伊弉冉尊の天の浮橋造営を語るが、「君臣二つの道を守り国富み民豊かなる」とは、換言すれば「治国利民」に他ならない。尊海が聞き知った(あるいは、古今仮名序をめぐる秘説の権威を借りて題号を拵えた)「富士長柄ノ大事ト云秘蔵ノ習事」が「治国利民の法」「即位法門」の理論的支柱として機能していたことを考え合わせるならば、伊弉諾・伊弉冉尊の天の浮橋造営の神徳を、「君臣二つの道を守り国富み民豊かなる」ことをもたらした始源として語り、長柄の橋を造り続ける能「長柄の橋」の前シテ・前ツレの姿はすなわち、「治国利民の法」の連続性、永続性の形象と言い換えることもできよう。

このように、能「長柄の橋」の前場において、共同体の長久性、永遠性の象徴として語られた巨大な長柄の橋の幻影は、中入前にシテが明かす長柄の人柱の話を起点として、その光の対極にある陰惨な世界に架かる橋へと変貌していく。橋を造り続けていた前シテは、実は長柄の橋造営で人柱に立たされた男であり、死後は衆合地獄に堕ちたことが明かされるのである。後場において男は、「業因」の大盤石を背に負った姿で現れ、「魂は水中に、妄鬼となつて、長柄の橋の、柱にすがりのぼつて、欄干をふみなら」(後場〔中ノリ地〕)す。後場に描かれる長柄の橋と、橋柱に蠢く妄鬼には、例えば「観心十界図」に描かれるような、罪人をその大盤石の下敷とする三途の川の橋のイメージ(26)が重ねられているのであろう。

一、三途河ニハ三ノ橋アリ。上ニハ金ノ橋。此ハ仏菩薩尊人渡リ給フ。二番ニハ銀ノ橋。此ハ功徳善根ノ人ノ渡也。三番ニハ川ノ末ニ鉄ノ橋。此ハ罪深キ人渡。橋ノ下ニハ大蛇等多ク集リテ、罪人ノ落バクラハント大口ヲアケニラミ見ル也。此川ノ岸ニ毘藍樹ト云木アリ。此木ノ下ニ藍波毘藍波ト云二人ノ鬼アリ。又ハ婆鬼陀鬼トモ号ス。三途河ノ嫗ト云此也。(神道大系、真言神道下『雑々聞書』永享五年高野山三昧院宥済)

長柄の人柱説話の諸相については前掲堀口氏論文に詳しいが、その後、紹介された『見聞』を加え、改めて古今注が引く長柄の人柱説話を整理すると、人柱説話を載せる『伝為相注』と『見聞』は、いずれも長柄の橋をめぐって「造る」説を唱えており、古今注の人柱説話は、「造る」長柄の橋からの連関によって記されたものと思われる(27)。そして、『伝為相注』『見聞』はいずれも二種の人柱説話を記しているが、この二つはそれぞれ、

物いへば長柄の橋の橋柱言はで思ふぞ《の》言ふに勝れる

物いへば《いはじ》長柄の《父は長柄の》橋の橋柱鳴かずは雉の《も》射られましやは《ざりけり》

の歌の歌徳説話の形をとっている(右注記は『見聞』の形)。

第一の話(本節四に掲出した『見聞』ではB)において人柱に立てられるのは、『伝為相注』『見聞』共に、幼い女子を負って造営中の長柄の橋を通りかかった女であり、女は人柱を立てればよいと発言したために、自らが捕らえられ人柱に立てられてしまう。目の前で母を失った娘は、「すべて物も言はざりける」ありさまであったため、娘を誘った男が仕方なく送り返そうとすると、娘は初めて口を開いて「物いへば」の歌を詠み復縁した。

第二の話(本節四に掲出した『見聞』ではC)は、和歌の違いによって知られるように、一声鳴いた雉が夫の射た矢によって命を失う場面が新たに入っており、これが、「すべて物も言はざりける」娘が「物いへば」の歌を詠み復縁するきっかけとなっている。『伝為相注』では、娘の発声を喜んだ男がこれに答えて詠んだ歌

　きかましやいもが三年のことのはを野辺のきぎすを射ざらましかば

も添えられ、贈答の形が整っている。

第一話の歌の下句「言はで思ふぞ言ふに勝れる」は、『大和物語』百五十二段が平城天皇の詠として伝えるものである。狩を好んだ平城天皇は、陸奥国磐手《いはて》の郡から届いた鷹をこよなく大事に思い、磐手と名付けて、鷹の飼育に心得のある大納言にこれを預けたところ、こともあろうに大納言は磐手を逃がしてしまう。大納言は苦慮の末、この由を帝に告げるが、帝は黙したまま全く口を開かない。沈黙に堪えかねた大納言が訳を尋ねると、帝は重い口を開いてこう答えた。「いはで(言はで・磐手)思ふぞいふにまされる」。

『大和物語』はこれに続けて次のように記しており、

　これをなむ、世の中の人、もとをばとかくつけける。もとはかくのみなむありける。

たとえば、古今和歌六帖第五の歌「心には下行く水のわきかへり言はで思ふぞ言ふにまされる」(二六四八)のように、この十四文字に、前句付のようにしてさまざまな歌が作られていたのであれば、古今注が記す人柱説話の第一話の歌

「物いへば長柄の橋の橋柱言はで思ふぞ言ふに勝れる」も、その一例となる。

第二話のみにある雉の話は、『春秋左氏伝《しゅんじゅうさしでん》』巻二十六・昭公二十八年の賈氏の話が取り込まれたものであることは、笠亭仙果《りゅうていせんか》『雅俗随筆』「長柄橋人柱の異同」以来の指摘がある。

　昔、賈大夫悪。娶レ妻而美。三年不言不笑。御以如レ皐。射レ雉獲レ之。其妻始笑而言。賈大夫曰、才之不レ可二以已一。我不レ能レ射、汝遂不レ言不レ笑夫。（新釈漢文大系『春秋左氏伝』）

三年間、一言も口を開かず、一度も笑うことの無かったつれない妻が、夫が雉を射たことによって笑みをもらし、夫婦の仲立ちとなるこの話は、『唐物語《からものがたり》』では、次のように和らげられていることが知られているが、

　むかし賈氏といふ人、たぐひなくかたちわろくてかほうつくしきめをなんもちたりける。この女かばかりみにくき人ともしらずあひそめにければ、くやしき事とりかへすばかりにおぼえけれど、いふかひなくてあかしくらすに、よきことあしきことすべて物いはずえもわらはで、よのつねはむすぼゝれてのみすぐしけるを、おとこたぐひなくうしとおもひてこの女に物いはせうちゑませばやとしけれども、いかにもかひなくてみとせにもなりにけるに、はる野べにいでゝもろともにあそび侍けり。きゞすといふとりのさはのほとりにたちゐはべりけるを、この夫ゆみやをとりて名をえたりければ、このきゞすをたち所にいころしてけり。これをみるにとしごろのにくさもわすれてほめうちゑみてたり《（マヽ）》ければ、夫うれしさたぐひなくおぼえて

　　きかましやいもがみとせのことの葉を野ざはのきゞすえざらましかば

　これをきくにこそよろづのことよくしまほしけれ。（尊経閣文庫本『唐物語』第三話、古典文庫）

ここで注目されるのは、「類ひなくかたち悪」き賈氏が得意の矢を射ることによって「うつくしき」妻の心を開いた喜びの歌「きかましや」が、『伝為相注』の第二話にのみ見える夫の返歌と同じ和歌である点である。雉の話が、本

来、この「きかましや」の歌と共に『唐物語』から『為相注』に取り込まれたのであれば、第二話の娘の歌は、この「きかましや」の歌に整合させて、第一話の歌の下句「言はで思ふぞ言ふに勝れる」から「鳴かずは雉も射られましやは」に変えられた過程が想定可能であろう。

ところで、同じく長柄の人柱説話で、娘の後日談を持たないにも拘わらず、雉が射殺される話が別の場面で使われているものがある。

摂州長柄《ノ》橋《ヲ》懸《ラレシニ》、人柱被《タリシカバ》レ立、其河《ノ》橋姫《メト》成《レリ》、依レ之《ニ》河《ニテ》死《ル》人《ハ》、皆橋姫《ノ》眷属《トハル》成也。其《ノ》故《ハ》橋《ヲ》懸《ル》事度重《リケレドモ》事行《ガザリケレバ》、人柱《ヲ》立《ベキヲ》由内談有《ケル》折節、浅黄《ノ》袴《ノ》膝《ノ》切《レタルヲ》、白サイテ以縫《テ》付《タルヲ》着《タル》男一人出来《レリ》、其《ノ》妻《ハ》二三計《リナル》少《ナキ》者《ヲ》負《ケリ》、斯《ル》処《ニ》雉《ノ》鳴《ケルヲ》、人々聞《ツ》、差繞(射《テ》取《ヌ》)、此男亦材木《ノ》上《ニヤスミタリケルヲ》息、此橋《ノ》人柱、浅黄《ノ》袴《ノ》膝《ノ》切《レタルヲ》、白衣端《キ(サイテ)ニテ》縫付《タルヲ》、人柱《ニ》立程《ナラバ》、相違無《キ》事行《ベシ》、徒口《ヲ》立《ケル》程《ニ》、橋《ノ》奉行聞レ之、佐汝《テヨリ》外《ニ》別《ノ》人有《ベカラズ》、則取縛《リテ》、橋柱《ニ》被《ケリ》レ立、其《ノ》妻女夫《ノ》別悲《ヲテ》、一首《ノ》歌《ヲ》読《ツ、》、硯紙《ヲ》乞《テ》書《キ》、橋柱《ニ》結《ユイ》二付《ツケ》歌《ヲ》一、泣泣少者《キモノヲバ》負、身《ナガラ》河《ヲ》沈《ヘミケル》、其歌云、

物ユへバ父ハナガラ[28]ノ橋柱ナカズハキジモトラレザラマシ

読《タリケリ》、此女《ハ》則此橋《ノ》々姫成《トケリ》、人々哀《ミテ》、橋爪社《ニ》立《ヲ》、橋姫《ノ》明神祝《トゾヒケル》也。(貴重古典籍叢刊『赤木文庫本 神道集《しんとうしゅう》』橋姫明神事)

右、『神道集』の人柱説話において、人柱に立てられるのは袴の膝に継ぎを当てた男であり[29]、これは『見聞』が記す第二話(C)と同じ形である。なお、『伝為相注』は『見聞』第二話の前半部を省略している。後日談の娘の歌の上句「物いへば長柄の橋の橋柱」が第一話と同じ形で、『見聞』のように「物いはじ父は長柄の橋柱」の形にはなっていないことから、前半が第一話と同じであるための省略とも考えられるが、片桐氏によって『伝為相注』の著しい影響が指摘されている東山御文庫本『古今集注』は、上句が「物いへば父は長柄の橋柱」と男が人柱に立てられることを前提とした歌を載せており、いずれとも判断し難い。

男(父)が人柱に立つ『神道集』は、『見聞』と共に、後述する能「長柄の橋」に先行する貴重な事例であるが、『神道集』には既存の説話になお手が加わった形跡が認められる。『神道集』において、男は、先ず雉(東洋文庫本では鶏)が鳴いて射殺されるのを見る。さらに東洋文庫本では、男は「不便ナリ自ガ鳴声無バ不ジ取」と呟き、わざわざ「我身ニ不思議ノ事ノ有ルヲ不リ知ケリ」とも付言する。これは、男が後に自らも「徒口」によって人柱に立てられることとなる伏線として機能するものであり、『神道集』では、後に橋姫明神となる母は娘を背負ったまま河に身を沈めるのであって、当然、娘の後日談はない。雉が一声鳴いて射殺されたことが契機となって娘が復縁する話が『春秋左氏伝』に溯ることを合わせ考えれば、娘の後日談がないにも拘わらず、雉の話が姿を変えて別の場面に使われている『神道集』の形は、本来、娘の後日談を伴った人柱説話からの転用と判断されるのである。

つまり、古今注における長柄の人柱説話は、まず、女(母)を人柱に立てられてより声を失った娘が一首の歌を契機に夫と復縁する第一話の形が作られる。その後、『春秋左氏伝』賈氏譚を淵源とする、雉を射ることによって口をきかぬ妻を笑ませた男の話が加わって、娘の発話のきっかけを雉の一声とする第二話の形が作られたものと推測されるが、その際、第一話と第二話で娘の歌に異同が生じたのは、賈氏の話に『唐物語』が添えた夫の歌との贈答の体裁を整えるための処置と思われる。そして、人柱に立てられた人物を男(父)とする形が作られるが、さらにこれが橋姫明神の本地譚の枠組みに嵌められる際に、不要な娘の後日談は切り取られる。切り取られた娘の後日談にあった、一声鳴いて射殺された雉の話は、「徒口」を立てた男が人柱に立てられる伏線として残存したと考えるのである。

なお、『見聞』の第二話(C)と『神道集』は、先に述べたように、人柱に立てられるのが男という点で共通するが、人柱に立てられるまでの経緯が異なっている。『神道集』では、浅黄色の袴に白布で膝継ぎをした男が、自ら、浅黄袴の膝が切れ、白衣の端を縫付た者を人柱に立てれば相違なく成就すると「徒口」を立てて、これを聞いた橋奉行によって男は捕らえられ人柱となる。『見聞』は、「或人」の「ツギ袴著タルヲノコヲ沈メニカケレバ成就ス」という提案によって、該当者が捜索されるが、男の娘が「我父コソキタレ」と密告して、男が人柱に立てられる。長柄の人柱説話は、第一話(B)においても、「人柱を立てればよい」という発言をした者に、その矛先が向けられるという、いささか「不可解」な骨格を持っているのであるが、『見聞』の形が、自ら禍いを招く発言をする「不可解さ」を解消するための改変であるならば、『見聞』は『神道集』より手が加わった形となる。さらに、これが御伽草子『長柄の草子』になると、占いによって「袴に白きまち」の入った者を人柱に立てることとなり、ある女房は夫にわざと「袴に白きまち」の入った袴を穿かせて密告し、賞金を手にするが、夫の執心で橋が落ちることを懸念して夫婦共に人柱に立たされる。『長柄の草子』の合理的な展開の中で、夫は完全な被害者、犠牲者として描かれている。

　これに対して、能「長柄の橋」のシテの男は、衆合地獄に堕ちている。長柄の橋を建立するために人柱の犠牲となった男が、なぜ、死後も業苦を受けているのであろうか。『神道集』にいう「徒口」は、能「長柄の橋」の中で「よしなき舌の囀り」、「咎の門」たる「口」と「禍のもと」たる「舌」の罪(クセ)、「かりそめ」の「口ずさみ」(後場掛ケ合)と説明されるが、そもそも、この男が犯した「徒口」の罪とは何であろうか。

　ここで想起されるのが、この世に生を受けて十三年の間、無言を通し、口をきかないために生き埋めにされようとする寸前に初めて声を発して善王となった波羅奈国太子慕魄、いわゆる無言太子の話である。無言行の来由とされるこの無言太子の前世譚(30)を、『河海抄《かかいしょう》』所引の『見妙楽尺《けんみょうらくしゃく》』で示す。

　或経ニ、飢たる烏、蛤をくはへて食とせんとするに、不破童子是をみていはく、「石におとしかけて破べし」と云々。烏、をしへのまゝにして食とす。太子、其罪によりて堕悪道、のちに王子と生る。無言太子是なり。生て十三年まで物をいはず。仍、土にうづまむとするに、太子のいはく、「言当レ罪、不レ言当レ咎云々」。太子者、今、

釈迦如来也。見妙楽尺　（『河海抄』巻十五・夕霧）

飢えた烏が蛤の貝を割れずに啣《くわ》えたままでいるのを見た不破童子は、石の上に落として貝を破ればよいと助言する。烏は童子の言葉のままに蛤を石の上に落とし、蛤は烏に食べられてしまう。そして、童子は殺生を引導する発言をした罪によって悪道に堕ちる。童子は転生して王子となるが、十三歳まで無言を通した。声を発しないため、土に埋めて殺されようとするその時、王子は初めて口を開き、王位に迎えられる。長柄の橋の人柱説話の淵源はここに求められるのではないだろうか。

とし四五ばかりなる女子を負て女出きて、「かやうにかけ難き橋には、まことやらん人柱といふものを立てつればかけらるる也」と云ければ、そのはしかけし人々、「さては汝をなんとつてたてん」といひて、その女をとらへてうつほはしらの中に入て、はしらにたてたりき。（『伝為相注』）

或女、子ヲ負テ通リシガ、是ヲ見テ、「加様ニハシヅツ、ミノタマラヌニハ人柱ヲ立レハタマル物ヲ」ト云。「去ラバ彼女ヲ立ヨ」トテ、柱ニ立ケリ。（『見聞』）

シテ〽われら夫婦は是を見て、かやうの事には人柱を、立つれば成就するものをと、ただ仮初めにくちすさみしを、あたりの人は是を聞き、ツレ〽よしなき舌の囀りゆへ、か様の事は言出す者を、すなはち立つる習ひぞとて、シテ〽人々ばつと取籠て、地〽逃げんとすれどにがさばこそ、ツレ〽追つめ左右の手を取て、シテ〽さもあらけなき人心の、地〽邪見の縄をえりかけて、邪見の縄をえりかけて、先にをつ立て橋桁の、足代の板棚に、御幣をはさめる床のうへに、引きすへられて後ろより、大石を結ひ付けらるれば、五体も離るるごとくに、眼く

> らみ息つまつて、うつぶしに押しふせられ、血を吐ひてぞ臥したりける。（能「長柄の橋」後場）

能「長柄の橋」において、「仮初め」の「口すさみ」で人柱を立てることを提案した男は、[31]烏に殺生を促し、蛤を死に追いやった不破童子が悪道に堕ちた罪と同じ罪で、衆合地獄に堕ちていたのである。人柱を立てればよいものを——男の一言は、殺生を誘発する「誑詐《きやうさ》」(『仏説太子墓魄経《ぶつせつたいしぼはつきよう》』)であったために、その殺生が自分に対して向けられたものであったにも拘わらず、男は不破童子と同じく地獄に堕ち、業因の重き石を背負い続けているのである。

無言太子は転生の後、十三年もの無言の年月を送ったが、これは妄語の因果を知るが故であった。長柄の人柱説話では、この無言の要素は、目の前で親が人柱に立てられる顚末を見た娘の無言の三年間に姿を変えている。無言を通した太子は、土に埋められようとするが、その時初めて、「言へば当《まさ》に罪たるべし、言はざれば当に咎たるべし」と声を発して王座に就く。長柄の人柱説話では、やはり口を閉ざしたままのために夫に送り返そうとされるその際に、娘は「物いへば」の和歌を詠み、夫婦は復縁する。不用意な一言が誘引した人々の狂気と、その結末。舌禍によって人柱と化した因果律の一部始終を見た娘の無言の三年間。無言太子譚に照らせば、娘は悲しみに打ちひしがれて声を失ったのではなく、因果律を知ったが故に、口を重く閉ざし続けたのであった。賈氏の雉の話が加わる以前の長柄の人柱説話の形、すなわち、『伝為相注』や『見聞』の第一話(B)とは、無言太子の前世と転生後の話を、親子二世の物語に仕立て直したものと見ることができる。

行基を「沙弥」と誹謗した元興寺の僧、智光は、その「口業《くごう》」のために、地獄の責苦を受けた。この智光堕地獄説話を、景戒《きようかい》は「口は身を傷《そこな》ふ災の門」(『日本霊異記《にほんりよういき》』)と結び、無住《むじゆう》は、

> 信ト云ハ、心モ言《ことば》モ実アリテ、偽ナク、口ノ虎身ヲ害シ、舌ノ剣命ヲタツ事ヲオソレテ、ミダリニ言ヲ出サズ、三タビ思テ後ニ云フ。不妄語戒ニアタル。（『沙石集《しやせきしゆう》』巻三―七）

妄りに発する言《ことば》によって妄語戒を犯せば、口の虎、舌の剣が身を害し命を絶つと説いた。長柄の人柱に立てられた男は、妄説妄語の業因によって、衆合地獄に堕ちていたのである。

古今和歌集仮名序は、その注釈史において「長柄の橋」を日本一の巨大な橋として幻視させ、祝言の象徴としての機能を付与していく一方で、橋造営にまつわる、かくも恐ろしく悲しい物語を包摂した。能「長柄の橋」は、この光と影とを宿しているのである。

六

ものいへば唇寒し秋の風

人口に膾炙するこの芭蕉の句は、元禄九年、芭蕉の遺稿収集に努めた史邦《ふみくに》が芭蕉の一周忌を機に井筒屋庄兵衛より刊行した『芭蕉庵小《ばしようあんこ》文庫《ぶんこ》』に収められている。前書きの「座右之銘　人の短をいふ事なかれ、己が長をとく事なかれ」は、『文選《もんぜん》』所収の崔瑗《さいえん》「座右銘」の冒頭「無㆑道㆓人之短㆒、無㆑説㆓己之長㆒、施㆑人慎勿㆑念、受㆑施慎勿㆑忘」の引用であり、「物を言えば、吹く秋風が唇にしみて冷気を感ずる」という表層に、「諷誡の寓意」[32]を込め、「無用の弁を弄して、後悔臍《ほぞ》を噛む思い」[33]を秋風に託した句である。もっとも、元禄三、四年頃の揮毫と推定されているものを始め、幾枚か残されている真蹟懐紙には、「ものいはでたゞ花をみる友もがなといふは、何がし鼯亀が句なり。わが草庵の坐右にかきつけゝることをおもひいでゝ」[34]という前書きがあり、句の基底には、饒舌を嫌い、静かに風雅を感じあうことを尊ぶ心があったことが知られる。心をことばとして口から発した途端に生じる、心とことばとの隙間風は、ことばを介して他と交わる時には、自他の間に吹く風となる。この句の中七文字「唇寒し」という表現については、

「唇亡ぶれば歯寒し」という『春秋左氏伝』等に見える成句を踏まえるとされる。(35) そして、上五文字「ものいへば」こそ、これまで見てきた長柄の人柱説話の

ものいへば長柄の橋の橋柱鳴かずは雉の射られましやは

の初句五文字であろう。(36) 句作りにおいて、芭蕉は「長柄」とも「人柱」とも言ってはいない。濡れた唇を吹き過ぎる瞬間に知覚する秋風の冷たさを詠んだ、優れて感覚的な句の表面に、心重い舌禍の話は微塵も感じられまい。しかし、「もの言へば」の上五文字の奥に、古今集仮名序の「長柄の橋もつくるなり」に纏わる舌禍の悲話を潜ませることで、句は格段に厚みを増しているように思われる。上五文字に、舌禍がもたらした非情で悲しい物語を潜ませながら、あくまで表層は、晩秋に吹く風を知覚した一瞬を詠む句作りの妙、この昇華度の高さがこの句の「軽み」であろう。

(1)『日本後紀』同年六月条。

(2) 新日本古典文学大系『拾遺和歌集』四六八番歌脚注。

(3) 小沢正夫氏校注日本古典文学全集を例外として、現在は次のように「造る」を宛てるものが多い。

富士の煙も今は立たなくなり、長柄の橋も新しく造り替えたと聞く今の世の人は、煙立つ富士の山やふりぬる長柄の橋を知らずして、歌を作る時だけ、これに思いを託して我が心を慰めていたのである。(片桐洋一、全対訳日本古典新書『古今和歌集』創英社、一九八〇年)

「尽る」「造る」いずれの字を宛てるにせよ、この部分が朽ち果てた長柄の橋の喪失を述べていることに変わりはないが、「造る」を宛てるのは、『古今集』誹諧歌

なにはなる長柄の橋もつくるなり今は我が身をなにゝたとへん　伊勢

に「造る」を宛て、これを仮名序に投影させた解釈であり、後に二条流をも席捲する冷泉流の解釈がこれにあたる。

(4)『古今栄雅抄』や初雁文庫本『古今和歌集伝授鈔』にも長柄の橋の橋板で作った文台のことが見えるが、

経信卿。長柄の橋は、わたなべのはしを云。しる人なし。しらずといはんは無下の事なり。知てをくべしと。俊頼朝臣に口伝ありしと也。俊頼の子俊恵法師は、ながらのはしのけづりくずを、錦袋に入てくびにかけたるよし。定家卿筆にみえたり、又此はしの板の文台あり。宇治の関白の亭にて、橋上月の題にて慈円歌「こよひしも宇治のわたりにすむ月を長柄の橋の上に見る哉」とよめる也。此はしの板の文台にや。ちかくみたると、人のかたりし。(『古今栄雅抄』)

金子金治郎氏が『連歌総論』で紹介された、永青文庫蔵長柄橋柱文台「添書」には、次のようにある。

後土御門院、連歌師宗祇を召され、御祈禱の連歌を仰付られ千句興行。(中略)此時長柄の橋柱の板を下され、宗祇ありがたく秘蔵いたされし。其後文亀二年七月晦日宗祇末期に及びし時、下冷泉政為卿の息為孝卿へ送られぬ。夫より為豊卿松永氏永種へ譲りたまふ。此永種は下冷泉家に由緒あり。又永種の息貞徳は、父永種の連歌の道を継しより、又、貞徳へゆづれり。夫より貞徳和歌を専とし、九条玖山公細川玄旨法印より和歌奥儀を伝授し、誹諧は勢州荒木田守武文台蔵といふ書の秘事、山崎住志那弥三郎法名宗鑑に能伝受し、御傘袖日記の秘事、此書を作り、誹諧中興の祖なり。しかるに貞徳願望ありて筑紫の天神へ橋柱を文台となし、其木に虫喰有けるすなはち散梅に似たるとて、梅の発句を書て奉納慶長三戊二月廿五日　信あれば人は飛むめのめぐみかな　其已後貞徳夢想に慶長六丑二月廿五日

　梅が香やつくしも爰もおなじ事

是によりて筑紫の天神を灌頂し奉り、彼文台を申おろし、独吟之千句奉納、其発句

　むめが香は悪魔をはらふはじめかな

貞徳は元亀二年未年未日未刻出生、承応二年癸巳十一月十五日未日未刻に八十三歳にして卒す。花開の宿より未の方にあたりて、鳥羽実相寺へ葬る。則、文台も宝物におくり給ふ。其後、松永貞順、子細ありて所持なり。(天和二壬戌年二月日、陳賢印)

もとより架空の伝承であるが、ここには、後土御門院から宗祇、下冷泉為孝、為豊、松永永種、貞徳を経て鳥羽実相寺の宝物となった後、松永貞順が所持したという長柄の橋文台の所持「系譜」が記されている。

(5)『古本説話集』は「きてう(貴重)のもの」(新日本古典文学大系『宇治拾遺物語　古本説話集』)。

(6)『愚秘抄』鵜末に見える数寄話によれば、能因が「錦の袋に入れて、身をはなたず頸にかけてもちたりける」鉋屑は、その後、勅使に奪い取られ、能因は「足ずりをして悲し」んだ。
(7)片桐洋一『中世古今集注釈書解題三』。以下、同書を『解題』と略称。
(8)有吉保編『和歌文学辞典』桜楓社、一九八二年。
(9)引用は徳江元正氏「飜刻『古今序註』」(『日本文学論究』四六・四七)の明暦刊本に拠る。
(10)『解題四』。
(11)石川県立図書館李花亭文庫蔵『古今集序中秘伝切紙』延徳四年尭恵奥書。
(12)外題に「常縁」と付記するが、その書写年代から井上宗雄氏『中世歌壇史の研究』によって常縁の関与は否定されている。「中納言家」に「九条方」「行家」を対比することから、片桐氏は御子左家と離れた立場からの注釈とする。
(13)京都大学国語国文資料叢書『古今序注 曼殊院蔵』(臨川書店、一九七七年)に影印。
(14)徳田和夫「中世のことばと絵」『国文学』一九九六年三月号。なお、氏は「造る」の解釈を「一般的な二条派歌学の流れを継いだもの」とされるが、「造る」は本来冷泉家の説である。
(15)井上宗雄『中世歌壇史の研究 南北朝期』。注13前掲『古今序注 曼殊院蔵』解説。
(16)佐伯真一「翻刻・紹介 八戸市立図書館蔵『古今和歌集見聞』」『国文学研究資料館紀要』十八号、一九九二年。
(17)赤瀬知子「初期の古今集注釈と和歌の家の展開」『古今集の世界』世界思想社、一九八六年。三輪正胤『歌学秘伝の研究』風間書房、一九九四年。
(18)注16佐伯前掲論文。
(19)注17三輪前掲書。弘安年間後半の成立とされる。
(20)『三流抄』が家隆説を引き継いでいることは、家隆流が「為顕流に吸引される」(注17三輪前掲書)現象の一例として見るべきなのかもしれない。
(21)古典文庫『中世神仏説話 続』所収。曼殊院蔵『古今秘抄』、九州大学附属図書館蔵『古今灌頂巻』もほぼ同文。
(22)「長柄」「長柄人柱」とする伝本もあるが、古名は「長柄の橋」であったと思われる。「長柄の橋」の外題を持つのは観世文庫本、関西大学蔵本。「長柄」は法政大学能楽研究所蔵上杉家旧蔵本、法政大学能楽研究所鴻山文庫蔵田安家旧蔵本、田中允氏蔵樋口本、福王系諸本他。「長柄人柱」とするものには天理図書館蔵番外謡曲集一〇七冊六八六番本、下村本がある。作者付資料や名寄類にも「長柄の橋」と「長柄」の両形が見られるが、享徳元年(一四五二)と寛正六年(一四六五)の奈良における金剛の二回の上演記録がともに「長柄の橋」であり、禅竹『歌舞髄脳記』草稿本(国文学研究資料館影印叢書2『金春禅竹自筆能楽伝書』所収)や室町末期の演出資料『舞芸六輪次第』にも「ながらの橋」の名で見えている。

(23)　一九六八年十二月に金春信高氏が「長柄」の名で復曲上演。観世流による復曲は二〇〇〇年二月「長柄の橋」の名で大槻能楽堂研究公演として行われた。初演時のシテは片山九郎右衛門氏。

(24)　外題『即位法門』。内題『即位法門事　亦名治国万民法門』。同書については阿部泰郎氏「慈童説話の形成——天台即位法の成立をめぐりて　上・下」(『国語国文』五三—八・九、一九八四年)に詳しい。なお、阿部氏は、この部分が応永三十三年頃書写の春瑜『日本書紀私見聞』巻一に引用されることを指摘する。

(25)　『即位法門事』は「三男一女」の長兄を素戔烏尊、二男を天照大神とする。「イザナギ・イザナミノ御子ニ、三男一女ト云習有レ之。嫡子ヲ、ソサノヲノ御尊。二男、日神天照大神。三男、ヒルコノ明神今ノ西宮。第四、月神、女体ツキヨミノ宮伊勢サイ宮也、後見也。月宮ハ、第三ノ御子ニテ御坐セドモ、女体ニテ御坐ス間、第四ノ奉レ列レ之」。曼殊院蔵『尊円序注』「伊弉諾伊弉冉尊、みとのまぐはひして此国に豊に為主者なからむやとて一女三男を生給へり。太郎素戔烏尊、二郎天照大神、三郎月読の明神うさ八幡四郎蛭子一女摂津国西宮是なり」、『神道集』「二神(中略)一女三男ヲ産ム、其三男者、日神月神素戔烏尊是ナリ、一女者蛭児命是ナリ」も同様の所説を記す。

(26)　死後、三途の川に沈み、三途の川橋の橋柱に立てられて悪龍となった男がシテである能「船橋」には、橋柱を戴き盤石の苦患を受ける姿が描かれている。

〔語リ〕シテ＼昔、この所に住みける者、忍び妻にあこがれ、所は川を隔てたれば、この舟橋を道として夜な夜な通ひけるに、ふた親このことを深く厭ひ、橋の板を取り放す、それをば夢にも知らずして、かけて頼めし橋の上より、かつぱと落ちて空しくなる、妄執といひ因果といひ、そのまま三途に沈み果てて、紅蓮大紅蓮の氷に閉じられて、
〔歌〕地＼浮かむ世もなき苦しみの、海こそあらめ川橋や、盤石に押され苦を受くる。

（中略）

〔一セイ〕（中略）シテ〽柱を戴く盤石の苦患、これこれ見給へ、あさましや。

（中略）

〔中ノリ地〕シテ〽執心の鬼となつて、地〽執心の鬼となつて、共に三途の川橋の、橋柱に立てられて、悪龍の景色に変はり、程なく生死娑婆の妄執、邪淫の悪鬼となつて、われと身を責め苦患に沈むを、（後略）

(27)「ながらの橋の本説有」として、「物いへば父は長柄の橋柱鳴かずは雉子もいられざらまし」の歌のみを付す東山御文庫本『古今集注』（内題「古今」）も、当家説を「造る」、他家の説を「尽る」とする。

(28) 河野本では上句の中七文字は「長柄の橋の」。

(29) 東洋文庫本では夫婦が共に人柱に立てられる。

(30)『仏説無言童子経』、『大正新修大蔵経』巻十三所収。『仏説太子墓魄経』、『大正新修大蔵経』巻三所収。

(31) 能「長柄の橋」で人柱に立てられるのは男であるが、後場の懺悔物語の中に、人柱の提言をしたものを「我等夫婦」（上杉本は「ふたりの者」）とする所がある。

シテ〽いで〳〵さらば御前にて、其古へを語りつゝ、懺悔に罪を遁るべし。ツレ〽申につけて事ふりたる、長柄のはしのそのはじめ、さすがに遠き橋なれば、シテ〽渡しかねつゝ休らひて、しばしは渡さで有し程に、我等夫婦は是を見て、か様の事は人柱を、たつれば成就する物をと、唯仮初に口号《スサミ》しを、あたりの人は是をきゝ、ツレ〽よしなき舌の囀りゆへ、か様の事は云出す者を、則立るならひぞとて、シテ〽人々ばつと取こめて、

しかし、夫婦が人柱に立つと記すものは、『月刈藻集』を溯る例が管見に入らず、能が拠った古今注が夫婦の人柱となっていたとも考え難い。

人語云。逍遥院物語セラレタリケルハ、長柄橋ハ推古天王御時、スイタト渡辺ノ間ヲワタサレタルナリ。然ルニ彼橋成就シ侍ラズ。上下ノ人ヲ留メテ橋渡スベキ様ヲ尋サセ給ニ、アル河内ノ国ノ者、夫婦年六十ニ及ブカト覚タル、トヲリ侍ルニ尋サセタマヘバ、彼者申ケルハ、カヤウノコトハ龍王ノ納受ナケレバ、タヤスクカヽル事ナシ。人柱ヲ立テ御覧候得ト申。サモ侍ラントテヤガテ今ノ夫婦ノ者ヲ取テ、人柱ニタテ給ヒ、則彼橋カヽリテ煩ナシ。カノ者カタ

チヨキ娘ヲ一人モチ侍リ。或侍ノトリテ妻トサダメ給ヘリ。サレドモカノ女物ヲ云コトナシ。人申ケルハ、カ様ノ人ハ三病ノ内トテ、人ノ数ニモ侍ラズト申セバ、サラバトテコシニノセ、イヅクトモナク送ラルニ、ヤガテ、男モ馬ニ乗、人多クトモナヒ、行道ノカタハラニ雉子ト云鳥ノ鳴侍リケレバ、人々、アノ鳥イタマヘト申セバ、男、弓ヲ取テイケルトキ、コシノ内ニ声アリ。不思議ニ思テキクニ、

物イヘバ父ハナガラノ橋バシラナカズハ雉子モイラレザラマシ

トナンキコヘケレバ、男キヽテ泪ヲナガシ、モトノ宿所ヘカヘリ侍リテ、夫婦ノ契アサカラズトイヘリ。（静嘉堂文庫蔵『月刈藻集』）

(32) 中村俊定・大谷篤蔵校注、日本古典文学大系『芭蕉句集』。

(33) 今栄蔵校注、新潮日本古典集成『芭蕉句集』。

(34) 大谷篤蔵監修『芭蕉全図譜』岩波書店、一九九三年。

(35) 志田義秀『芭蕉俳句の解釈と鑑賞』至文堂、一九四六年。

(36) 延宝四年刊『俳諧類船集』雉子の項には、初句「物いはじ」の形でこの歌が引かれているが、能「長柄の橋」後場、シテの〔一セイ〕には、古今注（『見聞』第二話を除く）の形「物いへば長柄の橋の橋柱」でこの歌が使われている。なお、寛文七年刊『藤川五百首鈔』「橋辺歎冬」題の歌注には「ものいへば父はながらの橋柱なかずは雉もいられざらまし」、元禄十三年刊『続狂言記』所収「禁野」には「物言へば父は長柄の人柱鳴かずは雉も射られまじきを」と、いずれも初句「物いへば」の形で引用される。

第三章　物狂能

第一節　別離と再会――物狂能の変遷

一　物狂能における本説

この道の第一の面白づくの芸能なり。（『風姿花伝』第二物学《ものまね》条々・物狂）

世阿弥をしてかく言わしめた物狂能とは、物狂が何らかの形で登場する能全体を指すが、それは世阿弥自身によって、狂乱の原因から二つに分けられている。「神・仏、生霊・死霊」などが憑《つ》いて狂う〈憑き物故の物狂能〉と、「親に別れ、子を尋ね、夫に捨てられ、妻に後るゝ、かやうの思ひに狂乱する物狂」（『風姿花伝』第二物学条々・物狂）、すなわち〈思ひ故の物狂能〉の二つである。〈憑き物故の物狂能〉としては、「卒都婆小町」「歌占《うたうら》」「逢坂物狂《おうさかものぐるい》」「巻絹《まきぎぬ》」「太《た》刀掘《ちぼり》」「刀《かたな》」「春日御子《かすがのみこ》」「常陸帯《ひたちおび》」などが挙げられるが、概してその数は少ない。物狂能の大部分を占めるのが、今一つの〈思ひ故の物狂能〉である。そして、この〈思ひ故の物狂能〉のほとんどは、別離再会譚の構想を持っている。この種の物狂能にとって本説にあたるものは、「親に別れ、子を尋ね、夫に捨てられ、妻に後るゝ」という、別離再会譚の構想であった。この構想の下に、狂う主体を変え、人体を変え、摂取・翻案・改作を繰り返し、多くの物狂能が生まれている。

ここでは、この別離再会譚の構想を持つ物狂能(以下、本章ではこれを物狂能と略称)を考察の対象とする。そして、物狂能の構想を規定している別離再会譚の類型に注目し、その変遷を跡付け、物狂能が辿る歌舞化・遊狂化の様相を明らかにしていこうと思う。

物狂能を分類することは、既に室町末期から試みられていた。『矢野《やの》一宇《いちう》聞書《ききがき》』『風鼓書《ふうこのしょ》』『謡秘伝抄《うたいひでんしょう》』『実鑑抄《じつかんしょう》』『舞正語磨《ぶしょうごま》』等に、狂いの意味付けをした分類が見える。

一、物狂ニ、余多ノ心アリ。第一、ハカレ《(別)》ヲシタウ物クルイ。班女・蟬丸・なごしの祓。コレラノ物狂ハ、ハカレ《(別)》ナリ。
一、第二、ワレト狂、物狂。百万・角田川・桜川・橋立・かしは崎・しきち。コレラハ思ヒニ乱レ、シヤウトクトクルウナリ。
一、第三、スガタ計ニテ、心ヲメグラシテ計リゴトニ狂、物狂。三井寺・籠太こ・花がたみ・土車。コレラハイヅレモ、ハカリゴトニ狂ナリ。
一、第四、ものゝけにて狂、物狂。浮舟・うたうら・鶏・二人静。コレラハ物ノケナリ。
一、第五、執心ノ物狂。松風村雨・そとは小町。是ハ執心ノ物狂。
如レ此ソレ〴〵ニ心ヲツケベシ。(早稲田大学図書館蔵『矢野一宇聞書』)

また、『実鑑抄』『舞正語磨』に見える「遠近《をちこち》の習《ならひ》」では、シテの衣装を決める判断材料として、狂女を出身地の遠近で分けている。

これらの分類は、各時代における物狂能理解・享受資料としては有用であるが、今、成立を考える手段として物狂能を分類する場合には、このような部分的趣向ではなく、一曲の構想上の類型が問題にされなければならない。(1)

二　物狂能の二類型

別離再会譚の構想の下に作られた物狂能には、狂う(芸能を演じる)主体と別離した相手を探す主体とが一致するものと、そうでないものがある。一般的には、この二つの主体は一致している方が、狂う原因・動機が筋の展開と深く関わっているために、より古い形であると察せられよう。しかし、物狂能では、親子あるいは夫婦の双方がお互いを探している場合も多い。そこで、再会の場となる場所へ相手を尋ねて訪れる人物を、「尋ねる主体」として定義し、「狂う主体」と「尋ねる主体」との関係を見ていくと、物狂能は次の二つの群に大別することが可能である(なお、本稿では室町期の成立が明らかなものを考察の対象としたが、「雲雀山《ひばりやま》」「芦刈《あしかり》」等、特定の典拠を有する物狂能や、「富士太鼓」のように定型成立後、〈憑き物故の物狂能〉の要素も重ねられたものについては、成立の問題を考察する資料とはならないと判断して考察対象から除き、適宜参照するに留めた。また、「苅萱《かるかや》」は物狂能ではないが、その祖型的作品として考えられているため、参考のために加えた)。

(甲群)　狂う主体と尋ねる主体が同一である曲

(苅萱)・柏崎・土車《つちぐるま》・高野《こうや》物狂・タダツノサヱモン・丹後物狂

(乙群)　狂う主体と尋ねる主体が異なる曲

百万・花月《かげつ》・水無月祓《みなづきばらえ》・班女《はんじょ》・桜川・飛鳥川《あすかがわ》・木賊《とくさ》・由良物狂・住吉物狂・隠岐院《おきのいん》・松浦物狂・北野物狂

もちろん、右の甲群・乙群の類型に判別し難い作品も多く存在し、これを仮に丙群とする。丙群には、「花筐《はながたみ》」「三《み》井《い》寺《でら》」「賀茂物狂」「敷地《しきじ》物狂」「笛物狂」「蟬丸」「経書堂《きょうかくどう》」や、元雅作「弱法師《よろぼし》」「隅田川」などが含まれる。これは、後述する甲群・乙群の類型が成立した後に作られた、折衷型、あるいは派生型、応用型と言うべき曲群である。なお、大別のために乙群の中に加えた作品の中にも、厳密に言えば甲群の影響も認められ、場合によっては丙群とした方が適切な作品もあり、多くの物狂能が丙群に属していることになるが、一曲を覆う物狂能の構想類型の違いによって物狂能の変遷を考える場合には、甲群・乙群の折衷型である丙群の物狂能は、ひとまず考察の対象から除外して差し支えないと判断される。例えば、「花筐」は、再会する照日前《てるひのまえ》(シテ・物狂)と継体《けいたい》天皇の双方が旅の途中で直接行き会う形をとる。従者は御先が汚れるのを嫌って一旦物狂を排除し、改めて物狂に芸能を所望する。これは、後述する甲群・乙群の類型的構想を折衷し、新たな趣向を加えたものである。また「三井寺」は、夢占・狂言小舞・鐘撞き等、多くの趣向をふんだんに取り入れた能であるが、これも、双方共に再会の場となる講堂の庭へやってくるという設定である。そして、下掛り系では、能力《のうりき》であるアイが、女物狂を見たさに僧の戒めを破って招き入れる点、ワキの設定が甲群と乙群を組み合わせた形となっている点、ワキの制止が他曲のように入場の制止ではなく鐘撞きへの咎めとなっている点など、「花筐」同様、二類型の折衷・新趣向を見せている。「賀茂物狂」は、別れた夫への恋心を止めようと賀茂社に祈請した妻に逢瀬を頼めとの神託が下され、妻は夫の行方を尋ね、折しも東国から戻った夫と賀茂社で出会う。複数の物狂能の借用が見られる「敷地物狂」は、「丹後物狂」の後場を独立させた如き作品であり、後に述べるように、「三井寺」「賀茂物狂」「敷地物狂」の三曲は禅竹作の特徴を共有する。「笛物狂」は、『申楽談儀』の記事より「丹後物狂」の原曲であったことが知られているが、狂人夫婦の舟中への入場制止と松若(子方)への芸能(笛)の所望という、甲乙両群の要素が混在しており、現存の形と『申楽談儀』にいう曲とは別曲の可能性が強い。

つまり、再会譚の構想を持つ物狂能の基本形は、再会の場となる所へ物狂が相手を探して訪ねてくるか(甲群)、あるいは、物狂がその土地での既知の芸能者となっている所へ相手が訪ねてくるか(乙群)のいずれかであり、この二つの構想外にある曲は、これらの類型の成立後、更に複雑な趣向を加えて成立したものと思われるのである。

そして、右に見た甲群・乙群の違いは、自然、物狂の性格の別にも通じ、ひいては再会の場の設定、芸能への導入など、およそ曲全体に亘って、それぞれ特有のパターンを形成している。

まず甲群は、再会の場となる場所へ、思いの余り物狂となった者が漂泊の果てにやってくるのであるが、これらの曲では、再会の場となる場所の住人(ワキ。多くは僧)によって物狂の入場が咎められ、制止される。[2]「高野物狂」「柏崎」などは、そののちシテと僧との機知問答となり狂乱の場面へと入っていくが、甲群の曲は、曲の眼目となるシテの芸能がワキの咎めを引き金として展開していく特徴を持っている。但し、甲群の曲中「土車」と「丹後物狂」については、諸本間に重要な異同が見え、この限りではないが、この点については後に詳述する。

一方、乙群の曲は、物狂が土地の既知の芸能者となっている場所へ、再会の相手が物狂となった人物を探してやって来るのであるが、その多くは、土地の者の役であるアイが物狂を紹介し、物狂に芸能を所望することで狂イ(芸能)を引き出すという形を持つ。現行曲では、物狂を紹介し芸能を所望する役は次のようになっている。

百万　(アイ―里人　紹介のみ)
花月　(アイ―清水寺門前の男)
水無月祓　(ワキ―別れし男　紹介は里人)
班女　(ワキツレ―従者)

桜川　（観世流のみワキツレ―里人　他流はこの役を欠く）
飛鳥川　（いずれも無し）
木賊　（いずれも無し）

右による限り、物狂の紹介・芸能の所望役は必ずしもアイによってなされてはいないが、各曲の古写本を調査するに、これを乙群の一般的な特徴としてよいようである。

まず「水無月祓」。この曲が芸能の所望役をワキ（別れし男）にしているのは、明和改正本以後のことであり、それ以前においては芸能を所望する詞章

いかに申候。人々の御所望にて候。此烏帽子《えぼし》をめして面白う舞て御みせ候へ。（観世文庫蔵「なごし（水無月祓）」）

は、上掛り・下掛り諸本共にアイ（里人）の分担になっている。また、大蔵流の間狂言資料である鴻山文庫蔵『間《あい》七十八番』、田中允氏蔵『間《あい》の本』も、この詞章をアイの詞章として記している。次の「班女」も、現行では芸能を所望する詞章

いかに狂女、なにとてけふは狂はぬぞ。面白う狂ひ候へ。（天理図書館蔵百七十二冊本）

は、少将の従者であるワキツレが言うが、室町期の古写本には芸能の所望役として、現行にはない里人が登場しており、この里人の分担となっている。(3)

「桜川」のこの役は、現行では観世流にのみ登場する。他流はこの人物を欠いており、芸能はより羅列的になされている。香西精「作品研究　桜川」（『能謡新考』）は、この違いは少なくとも室町末までには確立していたとするが、下掛り系でも室町期の古写本は、物狂を紹介する詞章

〽いかに申候、なにとておそく御いで候ぞ、待申て候。

〽実々《げにげに》みな〳〵御とも申候程に、さて〳〵おそなはりて候、あらみごとや候、今を盛と見えて候。

〽中々のこと、花は今が盛にて候、又爰に面白きことの候、女物ぐるひの候が、うつくしきすくいあみをもちて、さくら川にながるゝ花をすくひ候が、けしからずおもしろふくるひ候、是にしばらく御座候て、此物くるひをおさなき人にも見せ参らせられ候へ。

〽それこそおもしろき事にて候へ、さらば急でその物くるひをこなたへめされ候へ。

〽意得《こころゑ》申候。やあ〳〵かの物ぐるひに、いつものすくいあみをもつて急てこなたへ来れと申候へ。

並びに、芸能を所望する詞章

〽なふいかに申候此物くるひはおもしろふくるふと仰せ候か。何とてくるひ候はぬぞ。

〽さん候くるはすやうが候、桜川に花のちると申候へばくるひ候程に、くるはせて御目にかけうずるにて候。

〽いそひで御くるはせ候へ。

〽あらせうしや、俄に山おろしがふきて花をちらし候よ。


（法政大学能楽研究所般若窟文庫蔵三番綴室町末期写本「桜川」）

を持っており、江戸初期の写本の中にも、京都大学文学部蔵十三冊本のように、その一部を記すものがある。一方、上掛り系諸本の中でも妙庵玄又《みょうあんげんゆう》手沢本などは、本文中にこの詞章は無く、欄外に書き入れの形で載せている。従って、「桜川」の里人の役は、本来観世流以外にも登場しており、少なくとも江戸初期まではその形態を残していたものと思われる。そして、恐らくこの詞章は、アイの役であったがゆえに謡本から欠落したのであろう。ことに「桜川」は、室町末期から江戸初期にかけて下掛り系での演能は稀であり、古写本も数少ない。そのために、いつしか実際の舞台を演じる場合でも、里人の役を省略するようになったものと思われる。むろん、能の演出史において、歌舞の要素が肥大化していったこともその一因であろう。

「飛鳥川」は、『親元日記《ちかもとにっき》』寛正六年三月九日の条に演能記録が見える作品であるが、室町期の写本はない。近世の写本間にも異同が多く古型は明らかでないが、上掛り系の写本にはアイが登場する。宝山寺蔵『世手跡能本《ぜしゅせきのうほん》三十五番』に列記された「フセヤ」と同曲の可能性がある「木賊」は、物狂の紹介・芸能の所望役の両方を欠くが、ツレとして登場する里人が、松若とその随行者である旅僧を宿に通す折に、旦過《たんか》の主人であるシテの尉について、「少し思ひの候ひて時々はうつつなき風情の候」と述べるのが、紹介役に準じた設定として注目される。なお、「木賊」のシテは所望役に勧められてではなく、誘拐された我が子の舞を回想しての「酔狂」という設定で自ら歌い舞う。これは、物狂能の定型を踏まえた上で新しく加えられた趣向であり、「詩狂(詩興)」という設定をとる「三井寺」同様、禅竹作の可能性を伺わせるものである。

この他、「由良湊《ゆらのみなと》の節曲舞《くせまい》」に前後を付して物狂能とした「由良物狂」や、宝山寺蔵『世手跡能本三十五番』にと判断される「スミヨシモノグルイ」とその名が見えるものの、再会の場面の名乗りも極めて簡略であり、後世の潤色部分が多いることができないが、その多くはアイが演じる里人によって、物狂が紹介され、芸能が所望される形を持っている。所望役に限ってはワキがこれを行う「由良物狂」や、二つの役をワキ(佐用の某)が行う「住吉物狂」、いずれの役も謡本の上では登場しないものの、物狂が既知の芸能者であることを前提として書かれている「北野物狂」などは、乙群の物狂能の定型が成立した後の作品と見なして問題はないであろう。

なお、「芦刈」は、離婚後零落して芦売りとなった夫を富裕になった妻が尋ねて復縁する『大和物語』等に見られる話を本説として、乙群の物狂能の構想を合わせた作品である。『申楽談儀』の記事によって田楽の喜阿弥《きあみ》が演じていた古曲の存在が窺われるが、現存の形は、これにクリ・サシ・クセを挿入(『五音』)した世阿弥の改作である。シテの芸能(物売り)は思い故の物狂とは直結しておらず、遊狂性が高い作品であるが、別離再会譚を骨格とし、構成を他の物狂能に倣い、「物狂」の紹介役(アイ、この辺りの者)と、芸の所望役(ワキ、妻の随行者)によって筋が展開する。

以上見てきたように、古写本を検討すると、乙群の主たる曲で、物狂の紹介と芸能の所望を行うアイの活躍が見られ、この定型は〈思ひ故の物狂能〉以外の作品にも影響を与えていることが知られる。

ところで、乙群に共通して登場するこのアイ――訪ねてきた者に物狂を紹介し、登場した物狂に狂イを所望して、シテの芸能を導き出す、土地の者の役――はいわば一曲(二場のものは後場)の進行役である。甲群とは違い乙群では、物狂は芸能を演じることに専念しており、筋の展開はこのアイが一手に引き受けているのである。

前場と後場の幕間に土地の由来、来歴などを語る「語りアイ」に対して、一曲の中でシテやワキと問答を行う狂言の役を「アシライアイ」と呼ぶ。世阿弥時代のアイは宝山寺蔵「江口」「布留《ふる》」に書かれているような簡略なものであり、現行のような整備された語りアイが成立したのは、室町末と考えられている。語りアイは内容が必ずしも固定的ではなく、様々な内容が付加される場合も少なくない。

これに対して、物狂能に登場するようなアシライアイは、曲の進行や場面展開に重要な役割を果しているため、語りアイよりは遥かに固定的であったはずである。アシライアイの詞章は、流動的・即興的なものではなく、一曲が成立した時点で既に能作者によって大枠が定められたものであろう。世阿弥自筆本にアシライアイのセリフが書き留められているが、これが即興的・流動的なものであったのならば、荒筋のみを記す天正狂言本のような記載方法をとったであろう。また、大蔵虎明《おおくらとらあきら》が網羅集成した間狂言の詞章は全て語りアイである。アシライアイは曲の進行に直接関わっているために、詞章の管理は虎明の時代にも必ずしも狂言方によってなされてはいなかったのではなかろうか。

『中楽談儀』の記事

たゞ、脇の為手も、狂言も、能の本のまゝ何事をも言ふべし。

に言う「狂言」も、主にアシライアイを指しているものと思われる。

従って、アシライアイに関しては、室町期の謡本の中にその詞章を書き留めているものがあるが、これは大筋成立当初からのものと考えてよいと思われる。また、流派によってアシライアイの詞章を除いているものについては、省略の位置、対応するシテやワキの詞章を照合することによって、江戸期の間狂言資料で補うことも可能であろう。

さて、乙群の曲で活躍するアイと同じ性格のアイが、甲群では「タダツノサヱモン」に登場する。「タダツノサヱモン」のアイは、高野山にサヱモンを尋ねてきた女二人に、サヱモンの居所を教え、二人が僧によって入山を咎められた後には、「ヲンナノユカウヤサン」を歌って登ればよいと、禁制突破の方便を教えるのであり、やはり曲の進行役を務めている。こうしたアイの役割から見ると、「タダツノサヱモン」は甲群の曲の中でも乙群に接近した曲ということができよう。『習道書《しゆどうしよ》』に次のような記事がある。

一、狂言の役人の事。是又、をかしの手立、あるひはざしきしく《(座敷秀句)》、又は、昔物語などの一興ある事を本木《もとき》に取りなして事をする、如レ此。又、信の能の道やりをなす事、笑はせんと思ふ宛てがひは、まづあるべからず。たゞその理《ことわり》を弁じて、厳重の道理を一座に云聞かするを以て道とす。

「信《しん》の能の道やりをなす事」を、日本思想大系『世阿弥 禅竹』補注一四六は、当時の簡略な語りアイとするが、

「道やり」とは

Michi

Michiga yuqu, l, mairu.（道が行く、または、参る）
仕事がはかどる。上(Cami)では、Facaga yuqu(はかが行く)と言う。

Yari
Facauo yaru.（はかを遣る）
している仕事をはかどらせる。（『邦訳日葡辞書』）

「進める」「はかどらせる」といった意味であり、『習道書』に言う「信の能の道やりをなす事」とは、先に見たような曲の進行役を果すアシライアイを指すものではないだろうか。
乙群の能はまた、「信の能の道やりをなす」アイが活躍する能でもあった。

三　甲群から乙群へ

これまで、物狂能には、再会の場の設定・物狂の性格・狂イへの導入のあり方を異とする二つの構想の類型があることを見てきた。ところで、固有の構想をもつこの二つの類型は如何なる関係にあるのだろうか。ここでは、先に甲群に属する曲としてあげた「丹後物狂」と「土車」に見える諸本間の異同に注目して、甲群と乙群の関係を考察する。

〈「丹後物狂」の場合〉

まず「丹後物狂」の梗概を示す。丹後の国白糸《しらいと》の浜に住む岩井の何某は、橋立《はしだて》の文珠への祈誓が叶い、男子花松《はなまつ》を授かる。岩井何某は、山寺に預けた花松がささら八撥を嗜むと知り、これを勘当する。傷心の花松は橋立の浦に身を投げるが、筑紫人に助けられ、彦山《ひこさん》で修行を積み、長じて僧となった。ある日、花松は父母を尋ねて丹後へ向かうが、そこに父母の姿はなく、行方知れずとなった両親の供養のために文殊堂で説法を行うこととする。そこへ、花松との離別以後物狂となって流浪していた父が訪れ、再会を果す。

この作品は、『申楽談儀』の記事

丹後物狂、夫婦出でて物に狂ふ能也し也。幕屋にて、にはかに、ふと今のやうにはせしより、名有《ある》能となれり。

によって、夫婦が登場する物狂能であった原作を、世阿弥が父親だけが登場する男物狂能に改作したことが知られている。この曲の後場、説法の場にシテが入ってきた後のシテとワキの問答が、上掛り系諸本と下掛り系諸本で異なっている。両系の詞章を対照し、次に掲げる。

〈上掛り系〉

〔説法の場へのシテの入場の場面〕

ワキ〽イカニコレナルキヤウジン、キヤウジンノ身ニテセツポウノ庭ヘハカナフマジキゾ、急デ出候ヘ。

シテ〽物グルイモ思フスヂメト申事ノ候ヘバ、御セツポウノ間ハクルイ候マジ。

ワキ〽サラバソレニテシヅカニチヤウモン申候ヘ。

〔シテの芸能を誘う場面〕

ワキ〽近比心あるきやうじんにて候、我らもこのとぶ

〈下掛り系〉

わき〽なんぢは狂人にてはなきか、くるはで聴聞申候へ。

して〽中々の事、くるひ候まじ。

わき〽近頃心有狂人にて候、導師の御所望には、おこ

らひと申すが道師の御《ヲン》み丶にあたりて候、御身《ヲンミ》のいにしへを御かたり候へ。又其後、道師の御身《ヲンミ》の上《ウヘ》をいんゑ《ネ》んぜつ法に御とき有べきよし仰せられ候、いそいで身のいにしへを申候へ。

（松井文庫蔵妙庵玄又手沢五番綴本）

とのいにしへを曲舞につくつてうたふよし聞召れて候へば、そと御前にて申候へ。其後導師も御みのうへを因縁説法に御のべあつてきかせられうずるとの事にて候。

（京都大学文学部蔵十三冊本）

上掛り系諸本は、再会の場となる説法の庭へのシテの入場を制止しており、狂イへの導入も筋の流れに沿って極めて自然である。これに対して下掛り系諸本は、シテの入場に対してかけるワキの言葉は「制止」とは言えぬ、簡略で形骸化した詞章であり、一方狂イへの導入は明白に「所望」の形をとっている。つまり、「丹後物狂」は再会の場(この場合、説明を行っている文殊堂)に物狂がやってくる甲群の曲であるが、特に下掛り系諸本には乙群の要素が色濃く見られるのである。

「丹後物狂」の詞章には、この他にも上掛り系と下掛り系で数ヵ所の異同があり、上掛り系では「夫婦」「父母」と言っている箇所を、下掛り系では「父ご」と変える等、全般に下掛り系諸本には整理の跡が窺える。従って「丹後物狂」に関しては、上掛り系諸本の方が古型を伝えていると考えられ、ここに、甲群の構想が次第に乙群の構想の侵蝕を受けていく過程を想定できよう。

〈「土車」の場合〉

「土車」も甲群に属する男物狂能で、『申楽談儀』第十六条の記事により世阿弥作の能として知られている。梗概は、出家・奔走した父を尋ねて、子とメノトが物狂となり、善光寺で再会するというもの。この曲も古写本以来、上掛り系と下掛り系で示唆深い異同をもっている。

まず、「土車」に登場するアイは、上掛り系諸本では物狂に芸能を所望する役であるが、下掛り系諸本では、善光寺内陣への入場を制止する役となっている。次に両系の詞章を対照させて掲げる。猶、「土車」の下掛り系古写本はアイの詞章を省略しているが、対応する間狂言資料[4]を照合して、古写本の省略部分である「シカ〳〵」を補うこととする。

〈上掛り系諸本〉

〔シテの登場の後〕

アイ〽いかにこれなる狂人、面白う狂ひ候へ。

シテ〽いや今は狂ひたくもなく候。

アイ〽御身はすねたることを申者かな、物狂ひなれば狂へと申、ただ狂ふて御見せ候へ。

シテ〽いや狂ひ候まじ。

アイ〽さては狂ふまじきか、近頃にくきことを申す物かな、狂ふまじきならば、この如来堂へはかなふ

〈下掛り系諸本〉


アイ〽やあ〳〵爰は内陣なる間、とう〳〵御出候へ。

して〽是は主君にて御入候か、父御を御尋候ひて諸国を御巡り候。（左様に仰せ候ふとも出で候ふことは叶ひ候ふまじ。）

アイ〽や、言語道断の事、左様に推参をつくさば天下にはかなふまじいぞ。

まじきぞ、急ぎて出候へ。

（松井文庫蔵一番綴本）(5)

（アイの詞は貞享松井本、シテの詞は安永五年喜多流版本に拠った。括弧内は現行喜多流「土車」）

このように「土車」には、下掛り系と上掛り系によって、再会の場への入場制止から狂イへと展開する形と、先ず物狂に芸能としての狂イを所望する形の二種のテキストが伝えられている。明らかに前者は甲群、後者は乙群の類型である。善光寺へやって来たシテに唐突に狂イを所望する上掛り系の形は不自然の感を免れず、「土車」のこの場面に関しては、下掛り系諸本の伝える入場制止の形が本来のものと考えて間違いないであろう。上掛り系の形は、本来の甲群の構想に乙群の要素が混入したものと判断し得る。

また、この他、「土車」には上掛り系諸本と下掛り系諸本とでワキの設定に微妙な差異が見られる。上掛り系のワキは、次の〔名ノリ〕に見るように、

〽かやうに候ふ者は、深草の少将がなれる果にて候、われ妻に後れ、憂世あぢきなくなりゆき候ふ程に、一子を捨てかやうの姿となりて候、われ世に在りし時より善光寺への望候ひて、此程は信濃の国に候、今日も又御堂へ参らばやと存候。（松井文庫蔵一番綴本「土車」）

毎日善光寺御堂へ通う住僧である。一方、下掛り系のワキは、

〽是は、深草の少将と申者にて候、我俗にて候ひしとき、相馴し妻にはなれ候しより、憂世あぢきなく候て、かやうの姿と罷成て候、年月の望にて候程に善光寺へまいらばやと思ひ候。（観世文庫蔵金春喜勝《こんぱるよしかつ》筆巻子本「土車」）

右のように、善光寺へ向かう旅僧であり、上掛り系諸本には無い〔サシ〕と、道行に相当する〔上歌《あげうた》〕を備えている。(6) シテの入場の制止から狂イへと展開する甲群の構想に照らせば、ワキの僧はその土地に在住する者である方がふさわし

く、ワキの設定に関しては上掛り系の方が甲群の類型に則っている。下掛り系のワキの設定は、本節四「物狂能の歌舞化」で詳述するが、後に「花月」が踏襲するものであり、乙群の構想への過渡的形態として捉えられようか。これらの「土車」に見る上掛り系と下掛り系の錯綜は、乙群の類型要素が混入していく過程で生じたものと一応考えておきたい。

以上、「丹後物狂」と「土車」の諸本が伝える新旧二種の形から、甲群から乙群への構想の変遷を見てきた。この二曲の例は、物狂能そのものの変遷の様相を伝えるものと考えてよいであろう。物狂能の別離再会譚の構想類型は、甲群から乙群へと変わっていったのである。この変化は何を意味するのであろうか。

乙群に属する曲の内、「桜川」「水無月祓」「班女」のような二場物では、曲の筋にあたるものは前場に集中し、後場では専らシテの芸能が繰り広げられる。乙群の物狂は周知の芸能者として狂イ(芸能)に専念し、筋の展開には拘らず、劇の進行はアイに任されている。さらに、乙群の曲の多くが、別離再会譚ならば眼目となるべき再会の場面をロンギで簡単に済ませている。ここに、甲群の構想では密接に関わっていた再会譚とシテの芸能の分化、あるいは前者の形骸化を見ることができよう。物狂能における甲群から乙群への変遷とは、歌舞性の高まりと共に、別離再会譚からの脱皮の過程であった。

物狂能が辿る次の段階は、「筋」が集約された前場を切り捨て、後場を独立させることである。乙群の中でも、「花月」のような遊狂性の高い作品は、こうして誕生したのではないだろうか。次では、この「花月」に検討を加え、物狂能の辿る歌舞化の過程を見ていくこととする。

四　物狂能の歌舞化

「花月」諸本のうち、本文が他と大きく異なるのは、明和改正謡本以外にはない。しかし、微細に検討を加えると、上掛り系と下掛り系の間には、以下の相異点が指摘できる。

（A）ワキの〔名ノリ〕において、上掛り系では、子供を失った時についての言及はないが、下掛り系は「七歳と申し春の頃」という詞章をもつ。また、ワキが都へ向かう動機を、上掛り系は「是(子を失ったことを指す)を出離の縁と思ひ、かやうの姿と成て諸国を修行仕候」と記し、下掛り系では「それより浮世あぢきなく候て、か様の姿と成て候。都は人のあつまりと申候ほどに、都に上り、かの者の行ゑをたづねばやと思ひ候」と説明する。

（B）再会の場面であるシテとワキとの問答の部分が、以下のように異なる。

〈上掛り系〉

ワキ〽あら不思議やこれなる花月をよくよく見れば、それがしが童にて失ひし子にて候ふはいかに、名のつて逢はばやと思ひ候、いかに花月に申すべきことの候。

シテ〽何事にて候ふぞ。

ワキ〽おん身はいづくの人にてわたり候。

シテ〽これは筑紫の者にて候。

〈下掛り系〉

わき〽是成果月をいかなる者ぞとおもひて候へば、某がうしなひたる子にて候、やがて名のりてよろこばせばやと思ひ候、やあ、いかに果月。是こそ父の左ゑ門よ、見忘てあるか。

ワキ〽さてなにゆゑかやうに諸国をばおん巡り候ふぞ。

シテ〽われ七つの年彦の山に登りしが、天狗に取られてかやうに諸国を巡り候。

ワキ〽さては疑ふところなし、これこそ父の左衛門の尉家次よ、見忘れてあるか。

アイ〽のうのうお僧はなにごとを仰せられ候ふぞ。

ワキ〽さん候ふ、この花月はそれがしが俗にて失ひし子にて候ふほどに、さてかやうに申し候。

アイ〽筋なきことを承り候ふ、まづまづそなたへ御退き候へ、いかに花月へ申し候、いつものやうに八《やつ》撥《ばち》をおん打ち候ひて皆人におん見せ候へ。


（元頼本）


して〽久しく別たる父に逢申事の嬉しさは候。

わき〽頓《やが》てつれて帰らふずるにてあるぞ。


（天理図書館蔵『遊音抄《ゆうおんしょう》』）

つまり、ワキの〔名ノリ〕(A)において、下掛り系は、子を失った時に言及する詞章、上洛の理由を我が子を尋ねるためとする詞を持っており、これが欠落した上掛り系に比して、別離再会譚の要素を整えている。

さらに、再会譚ならば眼目の一つとなるであろう再会の場面(B)では、上掛り系は、アイが名乗りをあげたワキを退け、花月にあくまでも芸を所望し、再会は未遂のまま花月は羯鼓を舞う。しかし〔段歌《だんうた》〕では、再会の完了を前提として二人は仏道の修行に出ることになっており、上掛り系に存するこの矛盾は、上掛り系の形が本来のものではなく、省略を経たものであることを示している。一方、下掛り系は、ワキの詞章「頓てつれて帰らふずるにてあるぞ」からも、〔段歌〕の内容へ展開するのに自然な形をとっているのがわかるが、それは謡本からは省略されているアイの詞章を見ると一層明らかである。

〽いや、そなたはりうじな事をおしやる、出家が子を持物でおりやるか。

（ワキの詞が入る）

〽何とぞくにての子じやと仰候か、げにも見ればうりを二ツにわつたごとくにさせられた、扨《さて》、是よりすぐに御供なされうずるか、それは近頃なごりおしき事にて候、いかに花月に申候、此程の御なじみに、かつこうつて御聞かせ被レ成、其後御供有、本国の御帰り候へや。

右は貞享松井本を引用したが、他には、これまでのよしみにと羯鼓を所望するもの（般若窟文庫蔵「花月」間狂言セリフ）、名残にと所望するもの（『大蔵流惣間語《そうあいがたり》』）、父を慰めるためにと所望するもの（『狂言集成』所収本）、〔段歌〕を要求する形をとるもの（『七大《しちだ》夫仕《ゆうし》舞付《まいづけ》百番』）などがある。いずれも、アイが仲介の役を果している点では一致している。[7]『狂言集成』所収の江戸後期和泉流テクストに「曲舞過ぎて「別れし父御にて候ふか」ト云ふ時、「扨に其方は聊爾《りやうじ》な事をおしやる」」と、下掛り系のみが有するシテの詞章が書き記されていることからも、下掛り系謡本が省略しているアイの詞章は、仲介役を勤めるものであることは間違いないであろう。

つまり、「花月」は本来、別離再会譚の構想をもつ物狂能として破綻のない形を整えていたが、後に、ワキである父は子を探すためではなく、一般的な僧ワキの類型に統一されて諸国修行のために都へ上ることになり、再会は不完全な形となり、共に仏道修行に出るという内容を持つ〔段歌〕との矛盾が生じたものと推測される。

「花月」のこうした変移は、芸を所望されて次々に披露する「芸尽くし」の形態を重視する結果生じたもので、これは、物狂能が依拠した構想パターンが甲群から乙群へと変遷した動きの延長上にあるものである。物狂能は、次第に再会譚の枠組みを必要とはしなくなったのである。

そもそも「花月」において、アイに請われて小歌・鶯を射る芸(弓の段)・地主権現の曲舞《くせまい》・羯鼓を演じる以外の部分は、最初のワキの〔名ノリ〕と再会の場面のみであり、乙群の二場物の曲の前場で語られる内容はワキの〔名ノリ〕に集約されている。そして、〔名ノリ〕と再会の場面は、「土車」の詞章の影響を少なからず受けている。物狂を紹介し芸能の所望を繰り返し行う形態は、乙群の二場物の後半の構成そのものである。「花月」は、この曲にとって再会譚としての「筋」の全てとも言えるワキの設定を、「土車」に求め、再会の場の設定、芸能への導入、シテの性格などを、既に成立していた乙群の類型に則って作られている。芸尽くしの遊狂能「花月」は、歌舞性を指向して変遷した物狂能の一つの究極の姿なのである。(8)

しかるに、「花月」も変移する。上掛り系諸本の「花月」は、別離再会譚の構想をもつ物狂能中、唯一、再会する双方が相手を探していないという破格の設定を採るようになる。眼目となるべき再会の場面も、父の名乗りは清水寺門前の男(アイ)によって中断され、再会は未遂のまま、花月は再びアイに請われて羯鼓舞の芸を披露する。古態である下掛り系諸本では、羯鼓舞は、再会が果された後の「祝い」の、あるいは「懐旧」「名残り」の舞としての意味を持っていた。先に指摘した、上掛り系「花月」が持つ矛盾は、「花月」が芸尽くしを主眼としながら、既にこの作品にあっては形骸化した物狂能の別離再会譚の構想を捨て得なかったことに起因するものであった。

五　放下能試論

「花月」は、『三道』にその名を見る放下《ほうか》能《のう》でもある。現在、この放下能の概念、実態は未だ十分には明らかにされていない。世阿弥の言う放下能とは、如何なるものであったのか。放下能と物狂能とはどのような関係にあったのか。この章ではこれまでの考察を基に、いささか推論を試みたい。

一、放下。是は、軍体の末風、砕動の態風なり。自然居士・花月、男物狂、若は女物狂などにてもあれ、其《その》能の風によりて、砕動の便風《びんぷう》あるべし。

開口《かいこ》人《にん》の序一段過て、打立てゝ待《まつ》所に、放下の出立に仕立を飾りて、橋がかりより、さし声たぶ〳〵と云て、古歌にても、名句などにてもあれ、耳近に、しかも面白き文句を、さし声より（中略）急には、早節・落し節など、色々に工み色どりて、風体を飾るべし。

かやうの能、あるひは、親に逢ひ、夫婦・兄弟などの尋ね逢ふ所を、結びて入《いり》はにして、入る事あり。さやうならん能ならば、破の三段目に詰め所の急風を書きて、入はの段をば、謡論義にて、親子・兄弟などの逢ひ場ならば、少し泣き能の意風の気色にて、結びて入べし。是体《てい》なる能の風体、大かた、物狂と同じ見風《けんぷう》の気色なるべし。（『三道』放下の条。傍点は私に付す）

この条は、同様の構成を持つ放下能が現存しないために、従来問題とされてきたところである。この構成はむしろ女物狂能の定型の後半に近いために、竹本幹夫氏「『親子物狂能』考」は、この条を思い故の物狂能の条と見る。しかし、女物狂能の定型は二場であることが前提である上、最終行には、「是体なる能の風体(放下の能を指す)、大かた、物狂と同じ見風の気色なるべし」とあり、何よりも放下の条と明記されていることからも、この条を物狂能の条と見なすことは無理であろう。ここは文字通り「放下の条」と見なければならない。しかし、この条の構成が女物狂能の定型の後場に近いということは、少なくとも世阿弥が、歌舞性の高い乙群の二場物の後場と放下能とを極めて近いものと考えていたことを意味するのであり、むしろこのことが、物狂能と放下能の関係を考える上で重要な点である。放下能の曲種概念を把握するのに有効な資料に、『三道』の「近来押し出して見えつる世上の風体の数々」の記事がある。老体、女体などジャンル別に人気曲を掲げている中に、

丹後物狂　自然居士　高野　逢坂　如レ此遊狂

とある一行である。この一行は放下の条と対応しており、右、「丹後物狂」「自然居士《じねんこじ》」「高野」「逢坂」の検討が世阿弥の言う放下能を知る手がかりとなるであろう。

「丹後物狂」は、井阿弥《せいあみ》作の夫婦物狂を、世阿弥が男物狂能に変えたことが知られているが、先に見たように、芸能への導入において甲群の類型から乙群のそれへと変わった作品でもある。甲群の類型に沿った形を伝える上掛り系諸本が「夫婦」「父母」としている箇所を、乙群の類型の侵蝕を受けている下掛り系諸本が「父ご」と変えていることを想起するならば、この曲の構想の甲群から乙群への移行と、男物狂への改作が世阿弥による一連のものであった可能性もある。

また、「自然居士」は、『三道』に「自然居士、古今有」と見え、『五音』には、現行曲にはない自然居士の謡が記されている。この謡は、自然居士登場の段の謡、もしくは説法の段の謡と考えられているが、竹本氏も指摘するように[9]、『三道』にいう「古今」の相違がこの謡の有無に留まるとは考え難い。その場合、人商いが自然居士をなぶって次々に芸能を所望する形が、先に考察した乙群の物狂能の成立に伴なって確立した形であることが注目される。前半の短縮は芸尽くし重視の裁量によるものであり、後の段の、所望によって芸能を引き出す形式は、世阿弥改作時点での導入ではなかろうか。

次の「高野」は、「高野物狂」の古名か、世阿弥自筆本が残る「タダツノサヱモン」(「カヤウノモノグルイ」と並記)を

指すか問題となるところである。「高野物狂」の古名と考えられているが（『世阿弥 禅竹』頭注）、おそらくは「高野物狂」との区別のために、自筆本には「タダツノサヱモン」の別名が並記された「カヤウ《（ママ）》ノモノグルイ（高野の物狂）」を指す可能性もあろう。「タダツノサヱモン」は、「苅萱《かるかや》」以来の高野物の系譜にあり、物狂が父（主君）を尋ねる甲群の構想を持つ一方で、アイによって曲舞が所望される物狂能である。この作品の中における曲舞は、男女の理りを説くことで、女人禁制の不当性を訴え、禁制の結界突破を正当化する方便としての機能を果しており、筋の展開上確固たる位置を曲舞が占めている。先に甲群から乙群へという構想の変化を述べたが、このことは甲群の構想の成立が乙群の構想の成立に先行することを示すものであって、甲群の構想を持つ物狂能の全ての成立が乙群の物狂能より溯ることを意味するものではない。甲群の構想に所望型の芸能導入が加えられた「タダツノサヱモン」の成立は、既知の芸能者に芸能を所望して物狂能が構成される乙群の構想の成立を前提としよう。

「逢坂物狂」は、人商人に誘拐された子を探して東国へ向かう男が、簓鞨鼓琵琶を持って「面白う狂ふ」盲目の男と童に、逢坂の関で出会い、二人は所望に任せて芸能を披露するが、終盤に物狂であるシテの様子が一変し、関の明神である正体を明かし、親子を引き合わせて消える物狂能である。〈憑き物故の物狂能〉であるため、本稿の考察から外しているが、明らかに、本稿で扱った〈思ひ故の物狂能〉乙群の骨格に則って作られた、遊狂性の高い物狂能である。これらの四曲は、別離再会譚の枠組みに占める芸能の独立性が進み、遊狂性を増した作品である点が共通する。世阿弥のいう放下能とは、放下の出立をした能、男体の物狂能といった限定的なものではなく、物狂能の構想が甲群から乙群へと変遷する過程で高められていった、遊狂性が主眼の物狂能を指す曲種概念ではないだろうか。

先に引用した『三道』放下の条の冒頭に、「放下、是は、軍体の末風、砕動の態風なり。自然居士・花月、男物狂、若は女物狂などにてもあれ、其能の風によりて、砕動の便風あるべし」とあり、同じく『三道』、「舞歌二曲の態《わざ》をな

さざらん人体」に関して、

たとへば、物まねの人体の品々、天女・神女・乙女、是、神楽の舞歌也。男体には、業平・黒主・源氏、如レ此遊士、女体には、伊勢・小町・祇王・祇女・静・百万、如レ此遊女、是はみな、其人体いづれも舞歌遊風の名望の人なれば、これらを能の根本体に作なしたらんは、をのづから遊楽の見風の大切あるべし。又、放下には、自然居士・花月・東岸居士・西岸居士などの遊狂、其外、無名の男女・老若の人体、ことごとく舞歌によろしき風体に作入て、是を作書すべし。如レ此大切の本風体を求め得るを、種《しゅ》と名付。

とある。右は従来、「放下には」を「遊狂」にかかると解釈されているが、業平以下の舞歌遊風の名望の人を根本体に作ることに対して、「放下」へと話題を変えているのであり、「放下には」は「是を作書すべし」にまでかかるものと思われる。先に引いた放下の条の冒頭に同じく、放下の能には、遊狂人として名の知られた人物の他、無名の男女・老若の人体をありとあらゆる趣向で舞歌にふさわしい風体に作り入れて作るのがよい――と読むべきであり、放下能の曲種概念には種々の人体が含まれていたことの証左となろう。

結語

物狂能の大半を占める別離再会型の物狂能について、その類型の変遷を考察し、物狂能における歌舞化の様相を見てきた。この変遷の推進に世阿弥が果した役割は大きい。「土車」の曲舞を移入して原曲を改作した「柏崎」を世阿弥が自らの作と断言した真意は、「土車」の曲舞の「柏崎」への移入が、原曲「柏崎」を一新させる断行であったとの自負であろう。「土車」に新たな曲舞を嵌め込んだのも世阿弥の処置であろうし、「土車」や「丹後物狂」に看取される甲群から乙群への変遷にも世阿弥が関与しているものと思われる。『三道』に挙げる放下能四曲「丹後物狂」「自然居士」「高野(高野物狂、あるいはタダツノサエモン)」「逢坂物狂」も世阿弥の関与曲である。乙群に属する曲の内、「水無月祓」「桜川」「班女」は世阿弥の作である。「百万」の現存形態は、次々に所望に応じて芸能が尽くされる遊狂性の高い作品であるが、観阿弥所演の原曲「嵯峨物狂」に、恐らく世阿弥が地獄の曲舞を挿入し、さらに自作の曲舞に差し替えており、この作品の改変の歴史は世阿弥による物狂能の変遷史に重なる。

　能も当世〳〵を心得て、昔はかく成とのみ心得べからず。(『申楽談儀』)

世阿弥が古作に手を入れたことは、物狂能に限るものではない。世阿弥は、別離再会譚の構想をもった物狂能を、譚としての一貫性をも切り捨てつつ、歌舞性・遊狂性を高めていった。こうして多くの物狂能が世阿弥の模索の過程で誕生したのである。古き物狂能の諸要素を凝縮させた「花月」は、その意味において一つの到達点に位置する。しかし、「花月」を下敷きにした近世の作「留春《るしゆん》」に、もはや別離再会譚の要素を見出すことはできない。シテ留春は、洛陽東山の住僧(ワキ)に所望されて名前の由来、簓《ささら》摺りなどの芸を尽くすのみである。辛うじて保持されていた「花月」の別離再会譚の枠組みは、こうして解体に至る。

(1)　類型による物狂能の考察には、これまでに、西野春雄氏「物狂能の系譜」(『日本文学誌要』十八号、一九六七年)や、竹本幹夫氏「『親子物狂能』考」(『能楽研究』六号、一九八一年)の論考がある。西野氏は儀理能から物狂能へ、歌舞風流能から物狂能へという流れを推定し、「高野物狂」「タダツノサエモン」の祖型に「苅萱」を位置付けられた。竹本氏は、親子物狂能を考察の対象とし、別離の原因によってこれを「追放型」「出家型」「誘拐型」と分類し、各々の諸役を完備した「笛物狂」「苅萱」「三井寺」をそれぞれの型の祖型的作品と位置付けられた。竹本氏稿は物狂能成立の考察に類型分類が有効であることを示した画期的な論考であり、以下の考察もその成果に多くを負っている。しかし、近世後期の写本しか現存せず、後世の改作が疑われる「笛物狂」を「追放型」の祖型と位置付けることには問題が多い。また、所望役、仲介役、妨害役の三役を兼備した「三井寺」を「誘拐型」の祖型と位置付けるが、「三井寺」は種々の類型を取りこんで作られた新趣向の曲であり、「花月」「百万」など、氏が「三井寺」の部分的投影と考える曲群の祖型には該当し得ない。

(2) 例外は制止をアイが行う「土車」のみであるが、後述するように、この曲もまた元は僧(ワキ)によって制止が行われたのではないかと思われる点がある。「苅萱」の制止は宿の主人(ワキ)によってなされる。但し、鴻山文庫蔵大蔵流間狂言資料『間七十八番』(貞享四年奥書)は、ワキの詞章をすべてアイのものとして載せる。

(3) 天理図書館蔵百七十二冊本はこの役をワキとする。

(4) 京都大学文学部蔵『大蔵流惣間語』、鴻山文庫蔵『間七十八番』(貞享四年奥書)、能楽研究所蔵『和泉流秘書』三冊(天保十五年奥書)、能楽研究所蔵『松井兵右衛門筆間之本(貞享松井本)』(貞享元年奥書)等が制止型の詞章をもつ。『大蔵流惣間語』は下掛り系に対応する詞章を載せ、異演出として上掛り系に対応する詞章を付記する。

(5) 上掛り系に対応する鷺流台本も所望形の詞章を持つ。

これへ物狂が参つた。急いで狂ひ候へ。狂はずは内陣へは叶ふまいぞ。(シテシカ〳〵)如何にこれなる狂女。面白う狂ふなればこそ狂へとはいへ。急いで狂ふて見せ候へ。(シテシカ〳〵)さては狂ふまじきか。近頃憎き事を申すものかな。狂はずはこの如来堂の事は申すに及ばず。天が下には叶ふまじいぞ。急いで出で候へ。△さればこそ物に狂ふ。見物致さう。(観世流謡本昭和版収載鷺流間狂言詞章)

なお、貞享松井本には無いが、「土車」のアイは、シテの[クルイ]の「独りせかせ給ふか」の後にも詞を有するものがある。右鷺流の引用では△以下がそれである。この詞章も上掛り系では所望、下掛り系では制止の内容である。

(6) 喜多流は安永刊本以来、上歌のみ。

(7) 現行では、上掛り系下掛り系共に、アイが仲介を果して再会が完結する演出となっている。

(8) 父の名「サヱモン」(上掛り系では左衛門尉家次)も、「苅萱」以来再会譚の構想をもつ物狂能の類型の一つであったと思われる。「苅萱」は父の名を「サヱモン」とする(観世文庫蔵本、妙庵玄又手沢五番綴本、京都大学文学部蔵十三冊本、天理図書館蔵一番綴本など)。この他、再会者の名を「サヱモン」とする物狂能には「タダツノサヱモン」「芦刈」「弱法師」

の例がある。ただし、「弱法師」の臨模本には無く、現行の形は類型にあわせて後に付加されたのであろう。近世の作でも再会譚の構想をもつ作品に「サヱモン」の名が使われる例は幾つか指摘できる(「天王寺物狂」「連獅子」「木幡」「隠岐」「相羽」等)。また能以外でも再会譚に「サヱモン」の名が使われている例は、御伽草子の「明石物語」「岩屋」等がある。ありふれた名前ではあるが、再会譚を持つ能に多くこの名が使われることには、定型の継承という側面が見られよう。

(9)　竹本幹夫「『三道』の改作例曲をめぐる諸問題」『実践国文学』十九号、一九八一年。

第二節　ひたぶる心と反俗——物狂能の意味

一

物狂能に現れる「物狂」が見せる狂乱とは、一体如何なる意味を持つのであろうか。物狂能の物狂が「偽りの狂気」だとする考え方は室町末には生じており、現代の解釈も基本的にはこの延長線上にある。

能の狂人たちは今日私たちの謂ふ所の精神病者では決してない。……能の狂乱は、ただ芸術に於いてのみ認めらるべき特殊の狂乱である。更に委しく云ふならば、狂乱者が自分の意志に依つて、中止することと同様に自由に開始することの出来得る狂乱である。斯の如き狂乱を私たちの実生活の中に想像することは不可能である。

（野上豊一郎「物狂考」『能 研究と発見』岩波書店、一九三〇年）

物に狂ふとか、物に狂じるとかいふ言葉が謡曲の中には数多くある。それは普通に狂乱といふ言葉で表はされる場合とはちがつて、精神の錯乱とか昏迷とかいふやうな状態ではなく、却つて一種の忘我的歓喜の心境を意味するのである。（同書「能の遊狂精神」）

「思ひ故」の物狂といっても、別に精神異常者という意味では毛頭ない。精神の健全なること常人以上で、想像力のゆたかで鋭敏なこと、霊感をうけた詩人のようである。確かに現実を超越して遊戯三昧の境にあるとはいえる。しかし、これはあくまで健全な意識のうちでの芸術的行為なのである。「物狂」「狂気」「狂乱」「狂人」「狂女」などと、自分でもいい、第三者も呼ぶが、要するに即興的大道芸人と理解すべきものである。

（香西精「作品研究「桜川」」『観世』一九六五年三月。『能謡新考』再収）

能の物狂は、一時的な興奮状態で歌舞・物まねを演じる旅芸人の場合が多く、気違いではない。

（日本思想大系『世阿弥 禅竹』「風姿花伝」二三頁頭注）

物狂能の中には、物狂に芸を乞う→物狂が芸をする、というパターンのものがある。「面白う狂へ」と言われて、「あら悲しや、狂へとな仰せありさむらひそ」（「班女《はんじょ》」）と異を唱えるならまだしも、「桜川」「水無月祓《みなづきばらえ》」の狂女は、乞うに任せて歌舞し、「花筐」に至っては、「うれしやさては及びなきみ影を拝み申すべき、いざや狂はんもろともに」と喜び舞う有様である。確かに物狂能が辿った遊狂化とは、「一種の忘我的歓喜の心境」「遊戯三昧の境」への道でもあった。しかし、物狂能の狂乱を「みせかけ」、「自分の意志に依つて、中止することと同様に自由に開始することの出来得る」「芸術に於いてのみ認めらるべき特殊の狂乱」、「あくまで健全な意識のうちでの芸術的行為」と把握して、「精神の錯乱とか昏迷とかいふやうな状態」と峻別し、登場する物狂を「即興的大道芸人」「一時的な興奮状態で歌舞・物まねを演じる旅芸人」であって「今日私たちの謂ふ所の精神病者では決してない」と理解することは十全であろうか。あるいは次のように、社会不安の乱世にあって、まず女の一人旅ということは不可能なことであったろう。もしその必要がある時には、一時的にもせよ、物狂いを装って身を守る手段としたことが考えられる。その狂態をはたで見る者は畏怖の念を抱いて近寄ろうともしなかったであろうし、逆にその習性を利用して物狂いは宗教的な雰囲気の中で狂気を売り物としていたのである。〈クルフ〉の本旨は、自意識を持たずに狂わされている状態を言ったのであろうが、後には笹の力を借りてこれを手に執ることで、狂気を自覚し、芸能を売り物とする場合にもこの形式に頼ったのだ。要するに、能に出てくる物狂いの多くは、遊行神人なのである。

（徳江元正『芸能・能芸』三弥井書店、一九七六年。傍点は私に付した）

物狂能のシテを遊行神人と見なし、「狂気を自覚し、芸能を売り物とする」、現実の「旅の女の生活」の反映、活写と見ることは妥当であろうか。

恐らくこうした見解は、柳田国男「歌舞の菩薩」（『女性と民間伝承』一九三二年）

そうして他の一方（「目に見えぬ不思議のものが、まず実在の人の姿を仮りて、現われかつ物を言う習わし」に対して……引用者）には、我が身を空家にして、神や精霊の宿を貸す者が、むかしはいくらもいて同時に歌舞の道にたずさっておりました。それが自分のほうから進んで借り手をさがしもとめる場合を、謡曲などでは特に物狂いと名づけていたのであります。つまり物狂いは一種の職業であって、かつては遊女もこれにたずさわっておりました。

などを参考に導き出されたものかと思われるが、これは、『明月記』などに散見する「狂巫子《くるひみこ》」や、能「巻絹《まきぎぬ》」などの巫女《みこ》物狂などを念頭においての発言であって、柳田は物狂能の物狂を、狂態を売り物とした偽装の物狂と把握していたわけではない。そもそも、物狂の真似をする「物狂芸」などというものは実際にあったのだろうか。無かったことの証明は困難であるが、物狂能をめぐる従来の理解には、物狂能の物狂から帰納して、当時の物狂の実態が論じられるという曖昧さがあったように思われる。物狂能の物狂とは、一体、何を表しているのだろうか。
物狂・狂者は、中世に頻繁に顔を出す。

世ノ中ノ狂ヒ者ト申テ、ミコ・カウナギ・舞・猿楽ノトモガラ。（日本古典文学大系『愚管抄』六）

一六日（中略）節会之事、（中略）次有御前召、次第如例、萬歳楽了、置櫛物云舞了、両頭坐分草合各出草ニ成、天称之、十番許訖、又自両種々雑遊西頭中将、トテウ（山イ）ノノ回光ツヽ堪能物共物狂、千壽萬歳、ヤスライハナ、師子、東頭弁、田楽、田植、王乃舞、以上イサタチメ止天退出、此間雨止、早出了、連夜物狂。

（国書刊行会刊『明月記』正治二年十一月十六日）

廿一日（中略）此間節会奏宣命、見参了、主上入御云々、小時禄了、公卿退出之後、於御前有乱舞、兼定長兼如例猶二度舞之後、辻祭、以小蔵人載日記辛櫃蓋、舁之為神輿、各物狂、経通舞獅子、高通尻舞兼定王ノ舞、清長高長秉蔵人、如此事等了退出。（『明月記』建仁元年十一月廿一日）

廿一日（中略）兼定今日参、臨時祭使闕如、不催出之由申、可催基行之由被仰了、尤以為悦、（中略）今催従下四位、頗軽々也、遊女列座、乱舞如何兼定、宗長、実信等物狂、依仰也、即出御、（『明月記』建仁二年二月廿一日）

廿八日（中略）人云、伊予国称天竺冠者狂者搦取、明日可上洛、可有御覧云々、月来於彼国称神通自在由、致種々横謀云々。（『明月記』承元元年四月廿八日）

七日（中略）此日於禁裏有昼咒師事、仍未刻着直衣参入、（中略）屏戸西辺侍、散楽等六人候之俗三人僧三人、於唱人者着蛮絵袍甲等、主于楽人者被免烏帽體(依)為狂物也。（国書刊行会刊『玉葉《ぎょくよう》』建久二年二月七日）

管見によれば、物狂・狂者は、右の例(傍点は私に付した)のように芸能そのもの、あるいは芸能を行う人をさす言葉である。そして、その芸能の内容は、右のように千寿万歳・ヤスライハナ・獅子・田楽・田植・王ノ舞・乱舞・猿楽等様々であるが、精神的な狂乱の真似をしてみせる「物狂芸」なるものの存在については確認できない。「物狂」「狂者」は、あくまで芸能、あるいはその担い手を指すことばであり、精神的な狂乱の真似をする芸などではないと考えるべきであろう。にも拘わらず、物狂能の物狂は物狂芸という先行芸能の投影として考えられてきた。それは、先に述べたような、物狂能を中世的な芸能の活写として考えてきたことに加えて、世阿弥以前の物狂能の実体が不明であることもその一因であろう。観阿弥が舞って好評を博したと伝える曲の中に、「嵯峨の大念仏の女物狂の物まね」(『風姿花伝』奥義云)がある。世阿弥によって「百万」に改作された作品であるが、ここに登場する女物狂がどのような存在であったのか、「思ひ故の物狂」(『風姿花伝』第二物学条々)か、そうではなく、先の史料に登場するような芸能者であったのかは、作品が現存しない以上、推測に頼る他はなく、判然とはしない。しかし、少なくともこれを以て狂乱した女性の物真似が売り物であった「物狂芸」の例とすることはできない。今一つ、観阿弥の作という「由良湊《ゆらのみなと》の節曲舞《くせまい》」の詞章が、『五音』に載せられている。失踪した夫を追う途中で人買いにだまされるという内容のものである。この曲舞を使った作品が世阿弥以前にあったかどうかも不明であるが、仮にあったとした場合、それが再会譚であった可能性は充分にある。しかし、このことはその作品が物狂能であったことを裏付けはしない。例えば、物狂能の祖型の一つとして想定される「苅萱《かるかや》」は別離再会譚ではあるが、物狂能ではない。

それでは、物狂能の物狂――狂乱とは、一体何であろうか。物狂に狂うことを要求し、物狂は乞われるままに歌舞をみせる――という特殊なパターンは、どういう要請から、如何なる必然から生まれてきたのであろうか。

それを考えるには、本章第一節「別離と再会」で乙群と名付けた、「桜川」「水無月祓」のような物狂能の構想類型成立以前にあった、「柏崎」「丹後物狂」「土車《つちぐるま》」のような甲群の物狂能の構想類型の存在が重要であろう。甲群、すなわち別れた相手を尋ねる主体と狂う主体が一致し、その物狂(シテ)は、悲しみのあまり狂乱の身となり、再会の場へやってくるが、入場をワキ僧によって咎められ、その制止が契機となって、シテの狂乱が惹き起こされる――というパターンをもった物狂能においては、物狂は精神的な狂乱を惹き起こす必然性を持っているからである。世阿弥自筆本の残る「柏崎」を例にとると、

〽アラムツカシノ童ベ共ヤ、何トテワラワヲバ笑ウゾ、何、物狂ナルホドニ笑ウトヤ、サレバコソ、コノ物狂ヲバ、心ガアラバ、弔イコソスベケレ、ヨク〳〵案ジテモミヨ、ツマニワ死シテノ別レトナリ、唯一人忘レ形見トモ頼マウズル、子ノユクエヲモシライトノ、乱レ心ヤ狂ウラン。

(宝山寺蔵世阿弥自筆本「カシワザキ」に適宜漢字を宛て、濁点を付した。以下同)

と、物狂を揶揄するものに憤り、物狂(狂乱)となった経緯――つまり物狂の心因性を強調している。さらに、甲群の常として、ワキ(自筆本ではホウシコトバと記す)から「狂気」故の入場の咎めを受けるが、

ホウシコトバ〽アラ笑止ヤ、女モノグルイガ内陣エ狂イ入リタルワイカニ、イデヨ〳〵、アラ笑止ヤ、コレワ内陣ニテアルゾトヨ。女〽何トテワラワヲバ情ケナク如来ノ御前ヲバ追イ出サセ給イ候ゾ。(ホウシ)〽コレワ内陣ナリ、シカモ女人ノ身ト言イ、狂気ト言イ、カタガタ叶ウマジキゾ、内陣ヲ疾《と》ク疾《と》ク出デヨトコソ。女〽シカモ女人ノ拙キ身ゾト承ルワ謂《いは》レナヤ、極重悪人《ごくぢゆうあくにん》無《む》他《た》方便《はうべん》、唯称弥陀《ゆいしようみだ》得生極楽《とくしやうごくらく》トコソ承レ。ホウシ〽言語道断。狂

女トモ思ワヌ事ヲ申モノ哉。　女ヘ又、唯心《ゆいしん》ノ浄土ナラバ、コノ善光寺ノ如来堂ノ内陣コソワ極楽ノ九品上生《くほんじやうしやう》の台《うてな》ナルニ、女人ワ参ルマジキトノ御誓願《ごせいぐわん》トワ、ソモサレバ、如来ノ仰セアリケルカ、ヨシ、人々ワ何トモ仰セアレ、声コソ導《しる》べ、南無阿弥陀仏《なむあみだぶ》、

この部分の問答においても、ホウシの名乗りによる再会の場面

母ノ姿モ現《うつつ》ナキ、狂人トイヽ衰エトイヽ、互イニアキレテアリナガラ、ヨクヨク見レバ、

においても、作品中に使われる「物狂」「狂人」に、先に見たような芸能(者)の意味は含まれていない。この「物狂」に見てとれるのは、狂女であることを理由に内陣への入場を拒否する善光寺の僧に対して、理りを述べる超俗性である。源信《げんしん》『往生要集』が易しく説いた『観無量寿経』の教えを諳《そら》んじて、極重悪人であるからこそ仏の救いを必要とし、仏に導かれるのであるから、「女人ノ身」であることと「狂気」であることを理由に入場拒否を受けるのは不当であると反駁する「物狂」の理りを前に、僧は返すことばを持たない。

なお、シテ登場の段からは、嘲笑の対象としての「物狂」が読み取れるが、これは、能に特有の表現ではなく、他にも例を見る如く、中世に於ける「物狂」への一般的な見方である。

此の二三年が先に思ひよらぬ程に、世にゆゆしげなる人の入り来るあり。童部あまた、後にたてて、「物くるひ」と笑ひののしる。その様を見れば、人にもあらず、痩せくろみたる法師、紙ぎぬの汚なげにはらはらと破れたる上に、麻の衣のここかしこ結び集めたるを僅かに肩にかけつつ、片かた破れ失せたる檜笠を着たり。

(新潮日本古典集成『発心集《ほっしんしゅう》』七―一二)

むかし、御室戸《みむろと》の法印隆明《りうめい》といふやんごとなき智者、もろこしに渡りたまはんとて(中略)播磨の明石と云所に

なん住ていまそがりけるに、浅ましくやつれたる僧の来て物を乞侍り。さながら赤裸にて、ゐのこを脇にいだき侍り。人、しりさきに立て、笑ひなぶりける。あやしの物やとおぼして見給へば、清水寺の宝日《ほうにち》聖人にていまそがりける。（中略）上人ほゝゑみて、「実に物に狂ひ侍る也」とて、走り出で給ふめるを、

（古典文庫『撰集抄』三―六）

ひめぎみの、このほど、六かくだうへまいるとて、よづめをしたまふは、一もんのおもてふせ、したまふなれ、さらば、よのつねの人にてもあらばこそ、ものぐるひとて、人わらひに、なりしものを、わがねやにひきこみ、こゝろうければ、うみへも川へも、しづめたまへと、うらみかこち給へば、

（室町時代物語大成『おちくぼのさうし』）

物狂能の物狂は、詩情にあふれる美しさをもって描かれる上に、「物狂も思ふ筋目と申す事の候へば、すなはち説法の間は狂ひ候まじ」（「丹後物狂」）、「御花筐を恐れもなさで打ち落し給ふ人々こそ我よりもなほ物狂よ」（「花筐」）と、先に見たように「狂女トモ思ワヌ事ヲ申」（世阿弥自筆本「柏崎」）ために、物狂（狂乱）に対する中世人の寛容さの現れとして引用されることも少なくない。

どのようなことばも、そのことばが吐かれるさいの情況とか口調とかによって、いつも相手を難じ排することばに転化しうるのだろうが、ごくふつうにみて、「ぶっきょう」にそのような働きはあっても「ものぐるい」にはそれがないか、もしくはいたって希薄であるように思われる。さらにいうと「ものぐるい」にはある種の価値がともなっているのに、「ぶっきょう」にはそれがなく否定的である。

（横井清『下剋上の文化』東京大学出版会、一九八〇年）

しかしそれにしても、それ（神、亡霊など）とならんで物狂いたちがこんなに出現してくるということは、（中略）世阿弥元清の時代、つまり室町時代の日本人たちが、狂気に対して持っていた一種の神秘的な畏敬の情を示してもいるのであろう。（小田晋『日本の狂気誌』思索社、一九八〇年）

しかし、先の『発心集』『撰集抄』『おちくぼのさうし』と同様、物狂は物狂能においてもやはり、まずは嘲笑、罵倒、揶揄の対象として描かれていることを見誤ってはならないであろう。こうした嘲笑、侮蔑の対象でしかない物狂が僧や貴人に理りを述べる。これが、物狂能において造型された物狂である。これに加えて注目されるのは、物狂能が狂乱を思い詰めた人間の心理状態として描いている点である。狂乱を内面の問題として捉え、精神が必然的に惹き起こす現象として描き得ているものは、能以前には見出し難い。

物狂、狂者、癲狂は説話が好んで拾う話題の一つであるが、

少しおもやせたるものから、いと清げにらうたげなる形姿、髪のこぼれかゝる様など、もと見し人とも覚えず、類ひなく見ゆるに、「何のものの狂はしにて、この人に物を思はせけん」と、日ごろの心ぐるしさを思ふにも、いとどあはれ浅からず。（『発心集』五―二）

右のように、何らかの外的な作用、不可解な力が原因とされるほかは、次の例のように、神仏や人間の霊、魂魄に憑かれたと記述されるのが常である。

こゝに無動寺法師乗圓律師がわらは、鶴丸とて、生年十八歳になるが、身心をくるしめ五躰に汗をながひて、俄かにくるひ出たり。「われに十禅師権現のりゐさせ給へり。（中略）」老僧ども四五百人、手々にもたる数珠どもを、十禅師の大床の上へぞ投げ上げたる。この物ぐるひ走り回てひろひあつめ、すこしもたがへず一々にもとの

ぬしにぞくばりける。（覚一本『平家物語』二・一行阿闍梨《あじゃり》之沙汰）

怨霊はむかしもかくおそろしきことなり。（中略）冷泉院の御もの狂はしうまし〳〵、花山の法皇の十禅万乗の帝位をすべらせ給ひしは、基方《もとかた》民部卿が霊とかや。（覚一本『平家物語』三・赦文《ゆるしぶみ》）

盛長（中略）「さて御辺はいかなるすがたにておはするぞ」。「正成も最後の悪念にひかれて、罪障深かりしかば、今千頭《せんづ》鬼王と云ふ鬼になって、七頭《づ》の牛に乗れり。不審あらば、いでその有様を見せん」とて、（中略）同音にどつと笑うて、西を指してぞ飛び去りける。その後より盛長物狂ひになつて、山を走り水を潜る事やむ事なし。（中略）僧衆を請じて、真読の大般若経を夜昼六部までぞ読ませられける。誠に般若経の力に依つて、修羅威を失ひけるにや。（中略）盛長が狂気も本復して、正成が魂魄かつて来たらず。

（『太平記』巻二十四・大森彦七事、『新校 太平記』思文閣所収）

あるいは次の例のように、「むくひ」「現報」の域を出ず、

その女房あかき袴ばかりを腰に巻て、手に錫杖をもちて、「仁俊にそらごといひ付たるむくひよ」といひて、院の御前へまいりてまひ狂ひけり。あさましとおぼしめして、北野より仁俊をめして見せられければ、神恩のあらたなるを感じて、なみだをながして、一度慈救の咒をみて結ければ、女房本心になりにけり。

（岩波文庫『十訓抄《じっきんしょう》』四―六）

そのゝち雅縁、三塔に走りめぐりて、「浄行持律の人にそらごとを申付たるむくひ」とて狂ありきけるとぞ。これもまた、物を難じて悪きたぐひなり。（『十訓抄』四―七）

さらに具体的な記述を求めるとすれば、酒、食物といった物質に行きついてしまう。

若有レ瞰ニ其花菓一発レ狂而死。（『私聚百因縁集《しじゆひやくいんねんしゆう》』父王仏問出要事）

「物怪」の跋扈する平安朝の物語は言うに及ばず、狂態を生々しく描写する擬古物語の『我が身にたどる姫君』『有明の別れ』の場合も、狂態はやはり「物怪」によるものとして説明される。

このように見てくると、甲類の物狂能のような物狂の登場は、狂気の原因を物怪、霊に求める「憑依の現象が狂気と密接し」(小田晋前掲書)た状態から進んで、狂気を純粋に人間の精神の一様相と見る視点の確立を示すものと見ることができる。たとえ一方で、呪術的で民俗的な要素を色濃く宿したものであったとしても。(1)

さて、こうした甲群の物狂能に比して、乙群の物狂能は不自然な物狂の様相を見せている。つまり、甲群の物狂能の物狂と異なって、乙群の物狂能の物狂は、再会の場所において既に知られた芸能者としての物狂であり、したがって、別離の相手を尋ねて再会の場を訪れるのは、物狂の方ではない。また、双方を引き合わせる仲介役は、物狂に芸を所望し、物狂は乞われるままに(あるいは少し逡巡の後に)芸能を見せることに終始する。乙群の構想では、甲群において密接に関わっていた再会譚とシテの「狂イ」が分化し、再会譚ならば眼目となるべき再会の場面を簡単に済ませる等、再会譚の比重が希薄になり、歌舞化・遊狂化していることを想起するならば、乙群の物狂能の物狂は、甲群の物狂能を前提にして理解し得る、ある意味で象徴化、劇化された存在と言うことができる。乙群の物狂能が「思ひ故の物狂」であるのは、その背後に甲群の物狂能で描かれた物狂――別離によって狂乱が惹き起こされ、別れた相手を尋ね歩く物狂――の原風景を宿しているためである。

二

世阿弥は『風姿花伝』第二物学条々・物狂の項において、物狂を二つに分類して説いている。一つは「憑き物」。憑き物の品々は「神・仏・生霊・死霊」。今一つが「思ひ故の物狂」である。これは演技の心得を説く上で分けられたものであるが、ここで、世阿弥が憑き物による物狂と別に「思ひ故の物狂」と記しているのは、以上のことと考え合わせる時、大変意味深い。

「思ひ故の物狂」は、具体的には「親に別れ、子を尋ね、夫に捨てられ、妻に後るゝ、かやうの思ひに狂乱する物狂」と記述されており、ここから、このような型を持ったものだけを狭義に「物狂能」と呼び慣わしている。しかし、便宜的な分類用語を離れて考えてみると、「思ひ故の物狂」が描かれるのは、右のような曲には限られない。

かつて、広く狂乱を扱う曲を狂乱の能、「くるひ物」として論じたのは野上豊一郎である。氏は、

> たとひ扮装が狂女の扮装であるとしても、また文句の上に狂乱らしき文句があるとしても、演出その物の中に若し物ぐるひ的情緒が十分に表現されないやうになつてゐる時は、私たちはそれ等を物ぐるひとして取り扱ふことは出来ない。（「物狂考」『能 研究と発見』）

という立場から「物狂能」を選び出した。「物ぐるひ的情緒」の有無という判断基準は曖昧であるが、氏の選択眼による振り分け[2]には興味深い問題が内在している。氏が「物狂能」から除外、あるいは例外とした曲（隅田川・木賊・蟬丸・梅枝《うめがえ》・富士太鼓・籠太鼓《ろうだいこ》など）は、本章第一節「別離と再会」の考察に依拠すれば、甲群から乙群への変遷の中で完成された物狂能の定型を踏まえた作品群であり、その多くは丙類として一括した群に含まれる。一方で注目されるのは、「松風」を「くるひ物」に数える点である。「松風」は再会譚とは無縁であり、通常「物狂能」には数えられない

夢幻能仕立ての能である。しかし、「松風」において狂乱は重要なモチーフであり、(3)「親に別れ、子を尋ね、夫に捨てられ、妻に後るゝ、かやうの思ひに狂乱する物狂」であることには違いない。同様の曲には、今一つ「松浦《まつら》」があげられよう。

まず、世阿弥自筆本にしたがって、「松浦」の梗概を示す。

西国修行の途上、松浦へ赴いた行脚の僧の前に釣人の女が通りかかる。女は僧に問われるままに語り始める。松浦川の流れに佐用姫が鏡を抱いて身を投げたこと。その魄霊が残って鏡の宮になったこと。松浦山を領巾山と書いて「ひれふるやま」と読む謂われは、遣唐使として船出していく狭手彦を追って、佐用姫がここで袖を振り招いたため、――そう語り終えた女は、僧に袈裟を所望すると、自らは佐用姫の霊であることを明かして姿を消す。(中入) 微睡む僧の夢の中、佐用姫が手に鏡を持って現れる。解脱して仏果を得よと説く僧の前で、佐用姫は狭手彦を失ったその時を再現する。見る〳〵小さくなっていく舟影に、佐用姫は声を上げ、袖を振り、差し招く。しかし、どうして舟を戻せようか。為す術の無いことを知った佐用姫は、狂乱し、鏡をかき抱いて千尋の海底へ身を投げる。こうして空が白む頃、僧は夢から目を覚ます。

『万葉集』『肥前国風土記』以来、『秘府本《ひふぼん》万葉集抄』『仙覚抄《せんがくしょう》』『詞林采葉抄』等の万葉集注釈をはじめ、中世まで連綿と語り継がれた佐用姫譚によって、「松浦」の能は作られている。

大伴佐提比古郎子、特被二朝命一奉二使藩国一。艤棹言帰、稍赴二蒼波一。妾也松浦佐用嬪面、嗟二此別易一、歎二彼会難一。即登二高山之嶺一、遥望二離去之船一、悵然断レ肝、黯然銷レ魂。遂脱二領巾一麾之、傍者莫レ不レ流レ涕。因号二此山一、曰二領巾麾之嶺一也。

右は、『万葉集』巻五・八七一番歌の詞書に記された「領巾《ひれ》麾之《ふりの》嶺《みね》」の地名由来譚であるが、『肥前国風土記』には栗川をめぐる次のような地名由来譚が記されている。

分別之日、取レ鏡与レ婦、々含二悲滞一、渡二栗川一、所レ与之鏡、緒絶沈レ川、因名二鏡渡一。

――いよいよ唐へ向かって船出する日、佐用姫は大伴佐提比古から鏡を手渡される。佐用姫は悲しみの涙を堪え、形見の鏡を抱いて栗川を渡る。途中、緒が切れて鏡が川へ沈み、ここは鏡渡《かがみのわたり》と呼ばれるようになった。

そして、「肥前国風土記曰」としてこれを引用する『詞林采葉抄』や『言塵集《ごんじんしゅう》』に至っては、鏡渡の地名由来譚は、佐用姫自身が形見の鏡を抱いて川へ投身する話へと転じている。

肥前国風土記曰、昔武小廣国押楯天皇世大伴狭手彦連、任那国静百済国ヲ救ンガタメニ、承レ勅此村ニ至テ、即篠原村ニテ弟日姫子ヲ娉トシツ。別去日、鏡ヲ取テ与レ婦。妾別悲玉嶋河ヲ渡ル時、彼鏡ヲ懐キテ川底ニ沈ヌ。コヽヲ鏡ノ渡リト云也。（『詞林采葉抄』）

玉嶋川と松浦の鏡の事、玉嶋河はたゞしひめのあゆつらせ給ひし川也。鏡の渡は松浦川にあり。昔、女、男の鏡を形見にえて持ながら、此川に沈けるより鏡の渡と云々。三里ばかりへだてたる所也。鏡の明神と申は、太宰少弐廣継が神と成しなり。此社は玉嶋川一所也。鏡の事にまがふ間、注所也。（京都大学文学部蔵『言塵集』）

一方、「領巾麾之嶺」の地名由来譚の方も望夫石説話と習合し、佐用姫が領巾を脱ぎ靡かせて沖行く船を差し招いたための命名とする話から、次のように、佐用姫がそのまま石と化した話へと変容していた。

松浦の鏡の宮と申事は、むかしのまつらさよひめに、左手彦大臣契をなしけるが、都より、さよ姫をつくしまでめしつれて、もろこし舟にのせざるほどに、こひじにゝしたるを、松浦の鏡の宮といわゐ申けるとはや。（中略）然間、浦にとゞまりて、舟のみゆる程は恋かなしめどもかなはず。ひれふる野べは高き山也。かの山に登りて、舟のみゆる程は、袖にて招きかへり、舟かくれて後は、其儘石となりぬ。さよ姫なく涙紅ひに流るゝ、此《この》石のかたち、女房の衣《きぬ》をかづきてふしたる躰也。石のせい五尺あまり也。（西高辻本『梵灯庵袖下集《ぼんとうあんそでしたしゅう》』）[4]

つまり、佐用姫の死をめぐっては、鏡を抱いて入水した話と、舟を見送った後に衣を被いて臥して石と化したとする話とが共存していたのである。[5]「松浦」の能は、先の梗概に示したように、明らかに入水説に依拠して作られている。

ただし、自筆本に次のようにある箇所は、

ナウ、ソノフネシバシ、ソノフネシバシトメヨ〳〵ト、シラギヌノヒレヲ、アゲテワマネキ、カザシテワマネキ、コガレタエカネテ、ヒレフス、ガタワ、ゲニモヒレフル、ヤマナルベシ。

（観世文庫蔵世阿弥自筆本「松浦」応永三十四年奥書）

佐用姫の平伏した姿を山になぞらえている点で、先に引用した『梵灯庵袖下集』の記述「此石のかたち、女房の衣をかづきてふしたる躰也」と似通っている。前場における前シテと僧との問答でも、

ソモ〳〵コノ山ヲヒレフル山ト申コトワ、ムカシ、サデヒコトイツシ人、キミノセンジニシタガヒテ、モロコシヅカイノフナデヲセシトキ、サヨヒメトキコエシユウ女、フネノアトヲシタイ、アノ山ノウエニノボテヲキユクフネヲミヲクリツヽ、キヌノヒレヲアゲ、ソデヲカザシテマネキシガ、フナカゲトヲクナルマヽ、ニ、マネキヨワリテフシマロビシヲ、ヒレフル山トワ申ケリ。

このように、佐用姫が袖を振り招いて臥転んだことが領巾山の命名説話の中で語られている。

そもそも、万葉歌八七一番歌

得保都必等《とほつひと》　麻通良佐用比米《まつらさよひめ》　都麻胡非尓《つまごひに》　比例布利之用利《ひれふりしより》　於返流夜麻能奈《おへるやまのな》

の下の句は「領巾振りしより負へる山の名」であり、もちろん詞書にも佐用姫が平伏《ひれふ》したとは書かれていない。

しかし、領巾山を領巾を振った場所であるが故の命名と釈せず、領巾を振り平伏した姿の故とする解釈は、世阿弥の独創ではない。『平家物語』俊寛足摺りの場面には、佐用姫譚が引用されるが、

　僧都たかき所に走あがり澳《ヲキ》の方をぞまねきける。彼松浦さよ姫がもろこし舟をしたひつゝひれふりけんも是には過じとぞみえし。（高野本『平家物語』）

　僧都高所ニ走上リ奥ノ方ヲゾ招ケル。彼ノ松浦狭夜姫ガ唐船ヲ慕ツヽ、⿰亻身振《ヒレフリ》ケムモ是ニハ過ジトゾ見ベシ。

（平松家本『平家物語』）

この部分は、右のように「ヒレフリ」(6) とするものの他、

　僧都渚ニ倒レ臥シ、少キ者共ノ母ヤ乳母ヲ慕フ様ニ、我乗セテ行ケ具シテ行ケト嗚叫《ヲメキサケビ》給ヘ共、漕行船ノ慣ニテ跡ハ白浪計也。僧都高所ニ打上リ、奥《ヲキ》ノ方ヲゾ招レケ。（ママ）去バ、彼松浦佐与《サヨ》姫ガ船ヲ慕ツヽ、巾《ヒレ》フシケンモ角ヤト覚テ哀也。（両足院本『平家物語』）

右、両足院本や、四部合戦状本（⿰亻身伏シ）、百二十句本（領布フシ）、文録本（ヒレ臥）のように、「ヒレフシ」と記すものがある。「領巾振りしより負へる山の名」を「平伏し」たが故の山の命名と誤読した説は、当時、存外に巾をきかせていた伝承であったのだ。慶長二年、三条西実条《さんじょうにしさねえだ》は幽斎からの聞書として次のように記している。

　ヒレフルヤノ心ハ、タヾフシテネたる心也。コレハマツラサヨヒメガ――云所ニヒレフシテ、ソノマヽ石トアリタト也。（宮内庁書陵部蔵『実条公遺稿《さねえだこういこう》』）

このように、世阿弥は中世の人々が親しんでいた形の佐用姫説話に基づいて、「松浦」の能を綴ったと見ることができる。しかし、その上で、「松浦」の能がこれまで見てきた佐用姫説話と明確に異なるのは、佐用姫が鏡を抱いて

入水するに至る心理状態を、狂乱として描く点にある。それは単に「狂乱となって」という表現に止まるものではない。後場で、佐用姫が「昔の有様見え申さん」と、別離の場面を再現する所から引用する。

女へ今宵一夜ノ、懺悔《さんげ》ヲ果タシ、昔ノアリサマ、見エ申サント、 ソウへ言ウカトミレバ、沖ニ出ヅル、モロコシブネニ、鬨《とき》ツクル、 女へ声ワ波路ニ響キ合イテ、 ソウへ松浦ノ山風 女へ灘ノ潮合《しおあい》 ソウへ千鳥 女へ鴎《かもめ》ノ ソウへ立チ立ツ 女へケシキニ 同音へ海山モ震動シテ〳〵、心モクレテヒレ伏スヤ、地ニヨテ倒レ、地ニヨテ立チ上ガリ、アトヲ見レバ、船ハ煙波ニハルカナリ、センカタナミキノ、マツラ山ノ上ニ、登リテ声ヲアゲ、 女へナウソノ船シバシ、 同音へソノ船シバシトメヨ〳〵ト、白絹ノヒレヲ、挙ゲテワ招キ、カザシテワ招キ、コガレタエカネテ、ヒレ伏ス姿ワ、ゲニモヒレフル、山ナルベシ、 女へ世ノ中ハ何ニタトエンアサボラケコギユク船ノ跡ノ白波、 女へソノマヽニ狂乱トナテ、 同音へ〳〵、レイキン山ヲ下リテ、磯辺ニサソライケルガ、形見ノ鏡ヲ、身ニソエ持チテ、塵ヲ払イ、影ヲ映シテ、見ルホドニ〳〵、思エバ恨メシ、形見コソ、今ワアダナレ、コレナクハト、思イサダメテ、海人ノ小舟ニ、コガレ〳〵出デヽ、鏡ヲバ胸ニ抱キテ、身ヲバ波間ニ、捨テ舟ノ、上ヨリカツパト、身ヲ投ゲテ、千尋ノ底ニ、沈ムト見エシガ、夜モシラ〳〵ト、明クル松浦ノ、浦風ヤ夢路ヲ覚マスラン、浦風ヤ夢ヲ覚マスラン〳〵。

吹き降ろす山風、波のさざめき、千鳥、鴎の飛び立つ羽音、これら名詞を羅列した点描によって、佐用姫の心理は描かれる。これらの「立体音響」は、狂気の心象、佐用姫の心の高ぶりを表す「内的言語」(7)である。

いみじくも『河海抄《かかいしよう》』が「甚振布也」に「ヒタフル」の読みを宛てるように、佐用姫が領巾を振るに至る心情は、ひたぶるな、極めて昂揚した心の有様であった。そのために佐用姫は、「敢死《ヒタフル》」(『河海抄』)——敢えて死ぬ、という悲痛な行為を選択した。能「松浦」において、狂乱は終始人間の内面の問題として描かれており、佐用姫の心理描写を狂乱に至る過程として描いたものは、佐用姫説話の中でも「松浦」以前に類を見ない。

野上豊一郎氏が「くるひ物」に含めた「松風」も、一場物であるが、「松浦」同様に夢幻能仕立ての曲であって、いわゆる「物狂能」ではない。作品の概略を次に示す。

諸国をめぐる僧が津の国須磨の浦に立ち寄る。磯辺に生える松が、松風村雨という名の二人の海人の旧跡であることを聞き、僧は経を読み念仏して供養する。そこに二人の海人が現れ、月光の下で汐を汲む。僧はこの二人に一夜の宿を借りることとし、夜語りに行平の名を口にすると、にわかに二人は落涙する。僧が不審に思って尋ねると、二人は自らが松風村雨の幽霊であることを明かし、行平《ゆきひら》との思い出を語り始める。語り続けるうちに、次第に行平への絶ち難い思いに狂乱した昔の心が戻ってくる。

「松風」は、世阿弥の時代には「松風村雨」と呼ばれ、田楽能「汐汲《しおくみ》」の改作であったことが、『三道』の記事

凡、近代作書する所の数々も、古風体を少うつし取りたる新風也。（中略）松風村雨、昔、汐汲也。

から知られている。また、『五音』上は、「汐汲」の〔サシ〕の一句「ワレ汐ヲ弄スル身ニアラズハ」を引いて亀阿曲と記し、別に、「松風」の〔サシ〕の一句「心ヅクシノ秋風ニ」をひいて亡父曲と示しながら、『申楽談儀』では「松風」を世子作と明言している。以上の記載から、亀阿関与の田楽能「汐汲」に観阿弥の手が加わり、さらに世阿弥が改作したのが「松風」であることまでは容易に想定されるが、どの段階でどのような改作が行われたかは、今なお明らかではない。しかし、ともかくも『五音』上の、先とは別の箇所に、

松風〈後ノ段〉　ゲニヤ思ヒ内ニアレバ

として作者名を記さぬことから、少なくも後の段を世阿弥作と考えることは首肯されよう。(8)「松風」は、『古今集』

所収の行平歌

わくらばに問ふ人あらば須磨の浦に藻塩《もしお》垂れつつ佗ぶと答へよ (九六二)

立ち別れ因幡の山の嶺に生ふる待つとし聞かば今帰りこむ (三六五)

と、『撰集抄』八―十一に見るような行平と須磨の海人との交わりを下地に、源氏寄合を多用して作られている。(9) 松風、村雨二人の名を記すものは、室町期の連歌師の手になると思われる蓬左文庫蔵『源氏一部之抜書并伊勢物語』の記述

おさめ、三川。これ二人は源氏の御ともの女房也。行平中納言は松風むら雨とこれをいふなり。いづれも一躰なり。

以外には管見に入っていないが、先にみた「松浦」の能と同様に、これらの「種」(素材)と能「松風」が異なるのは、二人の海人の思いを狂乱として描く点である。僧の弔いを請うて二人が行平への思いを語り始める場面から、詞章をたどることとする。

〽恋ひ草の、露も思ひも乱れつつ〳〵、心狂気に慣れ衣の、巳の日の祓ひや木綿《ゆふ》しでの、神の助けも波の上、あはれに消えし憂き身なり。(観世文庫蔵元広署名本「松風」)

そのうちに、かつての狂乱の心が呼び覚まされる。賤しい海人のもとへなど再び訪れるはずもない行平の姿が、松風の目に映るのだ。

〽あら嬉しや、あれに行平のお立ちあるが、松風と召されさむらふぞや。いで参らう。

今一人の海人村雨は、松風の狂気を諫める。

〽あさましや、そのおん心ゆゑにこそ、執心の罪にも沈み給へ。娑婆にての妄執をなほ忘れ給はぬぞや。あれは

松にてこそ候へ。行平はおん入りもさむらはぬものを。

しかし、もはや正常心を失った松風のことばに引き込まれるように、村雨もまた狂乱へと入って行く。そして、先に見た「松浦」に同じく「松風」においても、「松に吹き来る、風も狂じて、須磨の高波、激しき夜すがら」と、風と波の激しさが狂乱の表現ともなっている。

また、右の引用は上掛り系であるが、下掛り系諸本は[10]、村雨の諫言の内、「娑婆にての妄執」を、「娑婆にての狂乱」とする。「松風」は、上掛り諸本と下掛り諸本では数カ所の異同がある。ワキ登場の〔次第〕「須磨や明石の浦の旅〱、月もろ共に出ふよ」と、シテ登場の〔次第〕「秋に慣れたる須磨人の〱、月の夜汐を汲まふよ」を、上掛り系諸本は持っていない点。僧が須磨の浦で見留める松を、下掛り系諸本は「是成磯辺に一木の松の候に、札を打、短冊をかけられて候」(天理図書館蔵『遊音抄』)とする点が主な異同であるが、下掛り系諸本の方が古態をとどめていると考えられる[11]。上掛り系諸本がそろって「妄執」であるのも、元来「狂乱」であった詞章を早い時期に「妄執」に改めたのであろう。

以上、「松浦」と「松風」の二作品を見てきたが、これらが「本説」や「種」と大きく異なるのは、心の高ぶり、思いの高まりを狂乱として描く点である。

　如レ心振舞、又如二狂人一ナルベシ。（『聖財集《しょうざいしゅう》』中三六オ）

　作有レ義事、是惺悟心、作無レ義事、是狂乱心。狂乱ハ由二情念一。（日本古典文学大系『沙石集《しゃせきしゅう》』三―八）

狂乱は、「心ノ如ク振舞」う行為、「情念ニ由」って惹き起こされる、惺悟《せいご》することの能わぬ人間の精神状態である。能の「物狂」とは、つまりは、「松浦」「松風」で描かれた狂乱と同質であり、人間の心の高ぶり、狂乱を惹き起こすほどの「思ひ」を、別離再会譚の枠に嵌めて表現したのが世阿弥の「物狂能」なのである。

世阿弥は言う。

又、物狂なんどの事は、恥をさらし、人目を知らぬ事なれば、是を当道の賦物《ふしもの》に入べき事はなけれ共、中楽事とは是なり。女なんどは、しとやかに、人目を忍ぶものなれば、見風にさのみ見所なきに、物狂になぞらへて舞を舞い、歌を謡いて狂言すれば、もとよりみやびたる女姿に、花を散らし、色香をほどこす見風《けんぷう》、是又なによりも面白き風姿也。(『拾玉得花』)

「思ひ」が極まり、極限の状態に至る時、そして情況を変えるべき如何なる手段も見出せぬ時、様々な制約の中で圧搾されていた「情念」は、心のままに躍り出し、人は規範を破り、法を無視し、常識から逸脱する。私たちはこれを狂乱と呼ぶ。狂乱は、「恥をさらし、人目を知らぬ事」であり、「物狂」は、「物狂能」においても、世阿弥の「常識」の中にあっても、先ずは揶揄の対象であった。しかし、世阿弥においては、「物狂」が「心ノ如ク振舞」う極めて人間的な純粋な行為であるという認識があった。

「人間は普通の場合には世間の手前とか義理とかで、いくら云ひ度《たく》つても云へない事が沢山あるだらう」(中略)「もし其女が果して左右《そう》いふ種類の精神病患者だとすると、凡《すべ》て世間並の責任は其女の頭の中から消えて無くなつて仕舞ふに違なからう。消えて無くなれば、胸に浮んだ事なら何でも構はず露骨に云へるだらう。さうすると、其女の三沢に云つた言葉は、普通我々が口にする好い加減な挨拶よりも遥に誠の籠つた純粋のものぢやなからうか」。

右、漱石の『行人』の一節は、世阿弥が「思ひ故の物狂」に対して持ち得ていた認識を語っている。「ひたぶる」心を描くために、「物狂」は格好の材として選び取られたのである。それを、「悲しんでゐる女をも狂はせ、それを見て娯しまうとする一種の享楽主義的傾向」(野上豊一郎「能の遊狂精神」『能 研究と発見』)と呼ぶことはできない。

三

現代において、「物狂」は死語に等しいが、例えば

窮地に追い詰められた私は、死に物狂いで叫んだ。

のように、「死に物狂い」(12)という複合語で生き残り、「物狂」の語の特質を伝えている。「物狂」は、先に見たように憑き物が憑く現象をもいうが、憑き物が離れた時は次のように表現される。

病者、馬の助を見て、さしも狂ひつるが、しめじめとしづまりて、みづから烏帽子をとりてうちかづきて、ふかくかしこまりたり。（中略）さて馬の助いひけるは、「仰せにしたがひて諸芸どもつかうまつりぬ。この御望は、いくたびなりともやすき事なり。聞きたくおぼさん時は、はばかり給ふべからず。かやうに尋常ならぬ御気色ならで、いまよりはのどまりて仰せられよ」（中略）げにもそのくるひやう、おびたたしくおそろしかりけり。

（『古今著聞集』管絃歌舞）

信州ノ或所ノ地頭、所領ノ中ニ有徳ノ山寺法師有ケルヲ、事ヲ左右ニヨセテ、資財悉ク掠取リテケリ。鎌倉ニ上テ、上奏シケレドモ、不達シテ病死了。カノ妻ニ霊託シテ、病狂ヒロバシリテ、「我過《トガ》ナキヲ、如レ此マドハシハテ、ヲハスル、口惜ケレバ、女房モ取死《トリコロ》スベシ。次ニ殿モ子息タチモ、一人モ残ナク取リ死スベシ」ト云ケル。「（中略）心行テ助給ヘ」ト、度々タリフシ云ヒケレバ、チト、ユルク、ナリケリ。（『雑談集《ぞうたんしゆう》』六―六）

また、「物怪」が去った時も同じく次のように記されている。

格子の中よりおしあげて、女房の声にて、「このほどこれに候ふ人の物の気をわづらひ候ふが、ただいまの御こ

ゐをうけたまはりて、あくびて気色かはりて見え候ふに、いますこし候ひなんや」と勧めければ、沓をぬぎて堂の中へ入りて、（中略）これらをうたはれけるに、物の気わたりて、やうやうの事どもいひてその病やみにけり。

（『古今著聞集』管絃歌舞）

「狂ひ」は、「しめじめとしづまる」「のどまる」「あくぶ」「ゆるき」弛緩した状態とは対極にあるものであり、「おびたたしくおそろし」い、非常に激しい、追い詰められた心の有様であった。その心の激しさは、怒りの形をとることもある。

激ハ腹タツ事ゾ　物狂ワシイ事ゾ　（『蒙求抄《もうぎゅうしょう》』四）

世阿弥の伝書では、「物狂」と別に、もう一つの「狂《クルイ》」が言及されている。激しい動き、力動風と呼ばれる鬼の所作であり、これは、大和申楽の芸風の根幹であったが、世阿弥はこのような能を「狂ゐ能」、激しい鬼の振舞いを「狂」と呼んで非難している。

名を得しよりこのかたとても、狂ゐ能をばせざりしと也。（『申楽談儀』）

世阿弥が難ずる「狂」とは、「怒れる振舞」（『風姿花伝』奥義云）である。それは、

馬をいたくあふりければ、馬くるひて落ちぬ。（『宇治拾遺物語』一三―二）

驚キサハギテ走狂ケリ。（『沙石集』十末―二）

右の用例に見るような、躍動し激しく動き回る、「狂」の特質の一つであった。世阿弥は、一方で「狂ゐ能」を排除し、一方で物狂能に意を尽くした。「狂」の質的変化という視点から考えるならば、「物狂」の能は、大和申楽の芸風の根幹であった「狂ゐ能」との連続性の中で位置づけることができよう。このことは世阿弥自身自覚するところであったように思われる。

これ体なる修羅の狂ひ、やゝもすれば鬼の振舞になる也、又は舞の手にもなる也。（『風姿花伝』第二物学条々）

（1）狂女が持つ笹や烏帽子は、巫子や白拍子の生態の反映と考えられている。

（2）野上豊一郎氏は、室町後期以来の音曲伝書の記述、具体的には『音曲玉淵集』の記述を参考としたと思しい。

（3）山中玲子氏「女体能における『世阿弥風』の確立――〈松風〉の果たした役割」（『能 研究と評論』十四号、一九八六年）は、松風のシテが幽霊でありながら地獄の苦患を見せるのでもなく現在の感情の昂まりとして恋に狂ってみせる点に注目する。

（4）翻刻は島津忠夫氏『連歌の研究』に拠る。

（5）『弘安十年本古今集注』は「マネキ死タリ」。

（6）他に葉子十二行本、竹柏園本、延慶本、鎌倉本、岡山大学池田文庫蔵長門本、真字熱田本。

（7）R・バルト『テクストの快楽』。「話し言葉」についてのバルトの言は、そのままこの部分の解説に流用できよう。

ある晩、私は、バーの椅子でうつらうつらしながら、戯れに、耳に入って来る言語活動を全部数え上げようと試みた。音楽、会話、椅子の音、グラスの音、要するに立体音響のすべて。（セベロ・サルドゥイが描いた）タンジールの広場が恰好のモデルだ。私の内部でも、声が聞えていた（よくあるように）。《内的》といわれるこの言葉《パロール》は、広場の物音に、外部からやって来る小さな声の連続にとてもよく似ていた。私自身が広場であり、市場《スーク》であった。私の中を単語や小さな連辞《サンタグム》や常套句の切れ端が通り過ぎた。そして、いかなる文も形成されなかった。あたかもそれがこの言語活動の法則であるかのように。極めて文化的であると同時に、極めて野蛮なこの言葉《パロール》は、とりわけ、語彙的であり、散発的であった。それは、私の中で、一見流れているようにみえながら、完全に不連続であった。この非文は、文に到達する力のないもの、文以前にあるものではなくて、永遠に、堂々と、文の外にあるものであった。（『テクストの快楽』みすず書房、一九七七年に拠る。傍点は原文）

（8）竹本幹夫「『三道』の改作例曲をめぐる諸問題」『実践国文学』十九号、一九八一年。

（9）和田エイ子「須磨を舞台とした能」『能楽タイムズ』二九二号、一九七六年。

(10) 天理図書館蔵『遊音抄』、車屋本、京都大学文学部蔵十三冊本、現行三流など。

(11) 中村格「『松風』の変貌——室町末期諸伝本を中心に」『国文学 言語と文芸』七八号、一九七四年。

(12) 管見による用例の初出は、『神道集』「山野赤城山之本地」の「さしも名高き物共も、只よわ〱となりにけり、今を限りと死物狂ひ、敵も四方え追ちらし、立帰らんとしたりしが」(『東洋文庫本神道集』角川書店。解説によると底本は寛政頃の写本)。

第三節　孝養と恩愛――物狂能溯源

一

天竺の舎衛国に住むある女房は、子に恵まれず明け暮れ嘆き暮らしていたが、ある日、玉の如き男子を授かる。母の悦びは限りなき有様であったが、その子は僅か三歳で落命する。母は「天ニ仰ギ、地ニ伏シ、谷ニ下リ、山ニ登リ、我子我子ト歎」き、釈尊の元へ向かい、我が子の蘇生を嘆願した。すると、釈尊はこう告げる。

　コノ舎衛国ニハ九億ノ家有リ。ソノ中ニ、別レヲ知ラヌ家ガ有ラバ、ソノ家ヲ尋テ別レヲ知ラヌ家ノ火ヲ取テ来レ。ヤガテ汝ガ子ヲ生キ返シテ取ラセン。

女房は悦び、足に任せて国中を尋ね、「別レヲ知ラヌ家」を探し廻った。しかし、「別レヲ知ラヌ家」など一軒として見出すことは叶わず、女房は悄然として釈尊の元に戻り、報告する。

　結句、彼ノ国ニモ、或ハ親ニ別レ、子ニ別レ、或ハ妻ニ別レ、兄ニ別レ、弟ニ別レ、専ラ歎ク処候。

これを聞いた釈尊は、次のように説き、

　汝、夫ヲ以テ知レ。九億中ニ、別レ知ラヌト云事ハ一家モ不レ可レ有。一人モ不レ可レ有。（中略）汝、実ニ子ヲ不便ニ思ハバ、歎ヲ止テ、無常ヲ観ジテ、後生ヲ願テ成仏スベシ。

女房は、子の後生を願って発心出家し、自らも成仏する。

右は、大津坂本の西教寺《さいきょうじ》正教蔵に蔵される法華経談義書『因縁抄《いんねんしょう》六難九易《ろくなんくえき》』(1)が載せる、「母親、子ニ別ル、無常事」という話である。

世阿弥は、物狂能のシテが物狂になった原因を二分類して、一つを憑き物によるものとし、今一つを「思ひ故の物狂」と呼んだ。そして、「思ひ故の物狂」を、「親に別れ、子を尋ね、夫に捨てられ、妻に後るゝ、かやうの思ひに狂乱する物狂」と規定している。(2)『因縁抄』は無常(死別)について述べるものであるが、世阿弥のいう「親に別れ、子を尋ね、夫に捨てられ、妻に後るゝ、かやうの思ひ」とは、まさに「或ハ親ニ別レ、子ニ別レ、或ハ妻ニ別レ、兄ニ別レ、弟ニ別レ」て「天ニ仰ギ、地ニ伏シ、谷ニ下リ、山ニ登リ、我子我子ト歎」く思いである。そして、「かやうの思ひ」とは、浄土系談義本『四《し》倒八苦事《とうばつくのこと》』(3)にいう、

愛別離苦トイフハ、愛シオモフナカヲワカルヽ苦ナリ。(中略)ワカレノ、コトニカナシキハ、死ノワカレ也。老少サダメナキサカヒナレバ、ハグヽムヲヤニワカレテ、ナゲクミナシ子アリ。イトケナキ子ヲサキダテヽ、ナゲク老人アリ。アルヒハ妻ニヲクレ、オトコニワカレ、アルヒハ師ニワカレ、弟子ニワカルヽ、ミナコレ、カナシミナリ。コレヲ愛別離苦ト申也。(東京大学国語研究室蔵永正十三年写本)

「育む親に別れて嘆く孤児あり。いとけなき子を先立てて嘆く老人あり。あるひは妻に後れ、男に別れ、あるひは師に別れ、弟子に別るる悲しみ」、つまり「愛別離苦」に相当する。世阿弥がその伝書において物狂を規定した文言は、これら唱導資料に見られる「愛別離苦」の記述に拠ったものと考えてよいであろう。

「愛別離苦」とは、前半が諷誦《ふうじゅ》・表白《ひょうびゃく》の要文集である『金玉要集《きんぎょくようしゅう》』が記すように、人がこの世で受ける八苦(生老病死・怨憎会苦《おんぞうえく》・愛別離苦・求不得苦《ぐふとくく》・五盛陰苦《ごじょうおんく》)の内、最も忍び難い苦しみであり、

別離ト者、人間ノ八苦ノ中難忍、是死別路也。天上ノ悲ニモ遥ニ勝タルハ、又後先立歎也。

この「愛別離苦」の中でも殊に過酷な苦しみが、幼時に母に別れることと、年盛りの頃に我が子に別れることであった。

（内閣文庫本『金玉要集』第二・慈父孝養之事）[4]

実ハ悲ノ至悲ハ、幼時別レ母ニ之悲、思之殊ニ切ナル、盛年別レ子思也。

（『金玉要集』第三・悲母事）

ところで、〈思ひ故の物狂能〉の多くは本説を持たないとされるが、その構想には類型が認められ、別離の悲しみから物狂となったシテが再会の場となる所へ尋ねていく構想のもの(甲群)と、シテの物狂が周知の芸能者となっている場所へ離別した相手が尋ねてくる構想のもの(乙群)とがある。[5] 物狂能においては、これらの構想の類型がいわば本説の役割を果しているといえる。甲群の物狂能には「柏崎」「土車」「高野物狂」「タダツノサヱモン」「丹後物狂」などが含まれ、乙群の物狂能としては「桜川」「百万」「花月」「班女」「水無月祓」などが挙げられよう。構想の成立は甲群が先行し(甲群の構想を持つ物狂能の作品が全て誕生した後に乙群の構想を持つ作品が書かれたということではない)、乙群の構想は、甲群の構想の物狂能の成立が前提となって、その発展形として生まれたものである。そして、甲群の物狂能は、幼い子と親の別離再会譚を構想の骨格としている。これは、愛別離苦の中でも「悲ノ至悲」、「思之殊ニ切ナル」最も悲痛な姿であった。

二

甲群の物狂能の中には、「タダツノサヱモン」「土車」「柏崎」「高野物狂」等、父または子が突然出家し、残された子(メノトが同伴する場合もある)または親(メノトの場合もある)が出家遁世した相手を尋ね廻り、再会するという構想の能がある。親子物狂能を別離の原因によって分類した竹本幹夫氏[6](以下、竹本氏稿)が「出家型」と呼ぶ作品群がこれに相当し、これらの物狂能の祖型として「苅萱」が指摘されている。(7)「苅萱」は『五音』哀傷の項にいう田楽新座の喜阿弥作曲の「禿高野《かむろこうや》」に比定されてもいる古曲であり、物狂能ではないが、次のような出家遁世再会譚の筋書きをもつ。

突然出奔して高野山に入山した父を、残された母子が尋ね、学文路《かむろ》の宿に到着する。高野山に登った子は一人の沙門に父の行方を尋ねる。実はこの沙門こそが尋ねる父であったが、父は名乗ることなく、死んだと偽りを述べ、子を下山させる。下山した子が母の病死を知って嘆くところに、宿の亭主に招請された父が現れ、母の供養をする。父は亭主の勧めによって親子の名乗りをし、子は父に従って出家する。

この「苅萱」の出家遁世譚は、説経『かるかや』『高野巻《こうやのまき》』『高野物語』『為世《ためよ》の草子』等、高野物と呼ばれる話型に広く見られるものである。こうした高野山をめぐる出家遁世伝承から作られたのが、田楽能「禿高野」であり、上記の物狂能の内、「タダツノサヱモン」「高野物狂」も、高野を舞台として、出家遁世した父(夫・主君)を尋ねていく。しかし、現存する「苅萱」は物狂能ではなく、当然、「禿高野」も物狂能であったはずはない。この高野における出家遁世譚に、尋ねる人物が悲嘆のあまり物狂になったという設定を加えたのが、物狂能誕生の一つの経路であった。

その場合、高野山をめぐるこうした出家遁世譚の中核に女人禁制の伝承があるという指摘は、(8)甲群の物狂能の淵源を辿る上で重要である。本章第一節「別離と再会」で述べたように、甲群の物狂能では、再会の場《にわ》へ物狂が入場する際に、その場の住人(多くは僧)によって入場が咎められ、制止されるのであるが、この制止を契機に物狂能の見せ場が展開していく。この枠組みは、正和二年(一三一三)頼済編『後宇多院高野御幸記《ごうだのいんこうやごこうき》』に既に見える、「結界破りの聖地伝承」(9)が投影したものと考えてよいであろう。つまり、高野を中心とする女人禁制伝承を核とした出家遁世伝承は、「苅萱」に見られるような突然出家遁世した人物を追って、母子が尋ね、再会するという別離再会譚の枠組みのみならず、女人もしくは子が、結界を破って入山を試み、制止されるという女人禁制伝承も含めて、甲群の物狂能の構想に深く投影しているのである。高野山の萱堂聖《かやどうひじり》の物語は、善光寺にも伝わるものであり(10)、母が物狂となって出家した子を尋ね善光寺に向かう「柏崎」や、出家した父を尋ねて子とメノトが善光寺を訪れる「土車」も、基本的には「タダツノサヱモン」や「高野物狂」とその淵源を同じくすると考えて支障はない。結界を破ろうとする女人の行為は、例えば比叡山を越境しようとして阻止された狂女の話として『山家最要略記《さんげさいようりやつき》』にも記されており、

狂女登山繋縛禁寺家事

寺家行事記云、寛仁四年七月十四日、狂女登山シテ有二惣持院ノ門下一。於レ是群烏合鳴《コゾリナク》其《ノ》音響《キ》二山中一、則繫二狂女一下二寺家一禁二固之一、以上。（西教寺正教蔵蔵『山家最要略記』）

出家遁世した父(子)を追って禁制の場《にわ》に入り、これを制止される甲群の物狂能は、高野山に限らず結界を持つ聖域であれば、これを再会の場として設定し得た(11)。

加えて、父の死が契機となって子が出家遁世する「柏崎」や「高野物狂」、妻の死が契機となって夫(父)が出家遁世する「土車」の設定には、後述するような、近親者菩提供養のための出家という孝養譚の投影を併せ考える必要があるであろう。

三

次に、同じく甲群の物狂能の中には、寺に上げた子の不学に憤慨した親が子を勘当するが、後にこれを後悔し、物狂となって子を尋ね廻り、長じて僧となった子と再会するという構想の一群がある。追放型と呼ばれる「丹後物狂」

「笛物狂」「雲雀山」「蟬丸」「弱法師」の中では、「丹後物狂」「笛物狂」がこれに該当する。「雲雀山」「蟬丸」「弱法師」の三曲は乙群の要素をも含む、明らかに後出の作品である。また、出家型と呼ばれる作品の内、「敷地物狂」は、「丹後物狂」の前場に当たる部分が省略されているものの、その構想の骨格は「丹後物狂」に同じであり、両曲は同一の淵源を持つと考えられる[12]。

右「丹後物狂」「笛物狂」「敷地物狂」の内、「笛物狂」は、『三道』に「丹後物狂、昔、笛物狂也」と記述されていることから、「丹後物狂」の原型と目される作品であり、こうしたことから竹本氏稿は、追放型として括った物狂能の祖型に「笛物狂」を位置付けている。竹本氏稿は、現存する両曲の現存本が『三道』記述時点での形を必ずしも伝えていないことを考慮した上で、その構成が互いに密接な関係にあることを指摘した精緻な論であるが、現存する「笛物狂」には本章第一節で乙群の物狂能の特徴として指摘した、物狂への芸の「所望」が見られ、明らかに元雅の物狂能「隅田川」など後出の作品の影響が見られることから、現存本の「笛物狂」を「丹後物狂」の祖型として位置付けることは躊躇される。加えて「敷地物狂」は世阿弥の物狂能を自家薬籠中のものとして趣向を凝らし、物狂能に新しい解釈を加えた秀作であり、随所に先行曲の影響が指摘できることからも、構想を同じくする曲群の祖型的作品ではあり得ない。

従って、右三曲の内では、『申楽談儀』[13]によって井阿弥《せいあみ》原作世阿弥改作と知りうる「丹後物狂」が、確実に世阿弥以前の成立を確認できる作品となる。先ず、「丹後物狂」の梗概を記しておく。

丹後国の岩井某(シテ)は、橋立の文殊に祈請して授かった花松を学問のために成相寺に上らせるが、下山の折に簓八撥《ささらやつばち》を弄ぶと聞き、激怒して花松を勘当する。橋立に身投げをしたところを僧(ワキ)に助けられた花松は、彦山で学問の奥義を究めた後、父母を尋ねて僧と共に丹後へ向かうが、不在を知り、供養のために文殊堂で十七日説法を行う。そこに、物狂となった父が聴聞に訪れる。僧は説法の場への狂人の入場を咎めるが、物狂は説法の間は狂わぬことを誓い、花松の説法が始まる。説法の途中で物狂が口にした「われらも子の弔ひ」ということばが、導師花松の耳に留まり、花松は物狂に身の上を尋ね、自らもまた因縁説法に、行方知れずの父母のための十七日説法であることを語る。互いに名乗り、再会し、橋立の文殊の利生《りしょう》を悦ぶ。

この「丹後物狂」の典拠は従来未詳とされてきたが、次に引用する『直談因縁集《じきだんいんねんしゅう》』[14]巻七妙音品四一話、十五代天台座主延昌（諡号慈念）の因縁は、「丹後物狂」と構想の骨格を同じくするものとして注目される。

本朝於《ニテ》、天歴（暦）帝王、仁王六十代目《ナリ》。此御代（ニ）洲河松武《スカワノマツム》云者、有レ之。清貧《ニシテ》非二濁貧一。而《ニ》、松武、一子《ヲ》不レ持。サレバ歎レ之、祈二仏神一。儲《ニ》、美《クシテ》如レ玉《ノ》。誠《ニ》泥中《ノ》如レ蓮、砂《ノ》中《ノ》如レ金《ノ》也。一子《ナレバ》不便無レ限。所詮《ハ》、此子《ヲ》俗《ニ》成《トモ》可レ然所領財宝等《ヲ》持《ニモ》非《ズ》。サレバ、出家成《ニテ》、後生菩提《ヲ》弔《ントテ》云、有《ル》山寺《ニ》登《ル》也。（中略）十五年《ノ》、里《ヘ》被レ下也。時、父《ハ》薪取入《リケリ》。母一人、家《ニ》居《ス》。（中略）（父…稿者）聽《テ》見レ之、気色代《リ》、是《ハ》何方《ヨリ》通《ノ》児《ゾ》乎。カヽル草《ノ》庵《ニ》宿《ヲ》借《玉フ》、口惜事《ト云云》。時、母《モ》迷惑《ス》。児《ハ》無レ情事哉、遥々トテ来《ルニ》不便《トハ》不レ云如レ此也云《トテ》、涙《ヲ》流《セリ》。時、言語道断云《テ》、児《ヲ》セツカンス。取合《ニ》弓《ヲ》取打《ニ》、此弓《ヲ》三《ニ》打折《ル》也。時、児《ノ》云《ク》。我《ハ》ハヤ如レ形経教《ヲモ》学《シ》候。又《ハ》手習《ヲモ》仕《レバ》、一筆書見申《セ》存《ント》、被レ下候《ト云云》。時、此児、坊《ヘモ》二度不レ可レ帰思、其《ノ》任、手足《ニ》任《セ》都方《ヘ》上《ント云云》。（中略）山門上《リ》、師匠宗心法印御坊《ヘ》参《リ》、（中略）時、十七年出家《シテ》、二十斗《ノ》比《ハ》、ハヤ三塔第一学匠《ノ》名《ヲ》得《タリ》。朱雀院ノ帝《ノ》時代也。時、是《ヲバ》号二慈仁僧正一[15]《ト》。其時《ノ》、座主成《ニリ玉フ》也。仍、此父、年《ハ》ハヤ八十余成《ニ》、世渡《ヲ》謀《ンモ》ハヤ其便《ノリ》無レ之。サレバ、我若《トク》シテ子《ヲ》アマリ深《ニ》セツカンス。今有《ラバ》我孚《ヲモン》ナドト、後悔心《ノ》節々起也。去程《ニ》、何方《ニモ》命《モ》存《テ》生世《ニモ》有歟。親子《ノ》契《ン》不レ浅者、二度廻値《リント》思、本国賀州《ヲ》出《テ》、足任《セ》往《ニ》、有時、夢《ニ》見《ル》事《ハ》、我子《ハ》出家《シテ》登《ル》二高座《ニ》一。三千《ノ》衆《ニ》被二囲遶一、説法《スル》化儀《ヲ》見《ル》也。サレバ、不思議《トシテ》、山門・高野ナド《ノ》座主歟、験者《ニモ》成歟思《ト》也。（中略）サテハ夢《ニ》任尋《ン》、云《テ》往《ニ》、コモヲ三枚アミテユイ、是負《テ》上《ル》也。時、山門《ヘ》上《リ》、坊々《ニ》至《テ》、此薦《ヲ》万穀《ニ》メシ候ヘト《云云》。時、人々見《テ》是《ハ》狂人也《ト》云《テ》、或《ハ》笑、或《ハ》追出《ス》処《モ》有レ之。或又《ハ》、本心《ニテ》如レ此云人《モ》有レ之。遊行《スル》任、折節、慈仁僧正、縁行道《シテ》立《玉フ》時、至《リ》見《ルニ》、（中略）門外《ニテ》笑声トヨミ聞《ル》也。時、僧正、何事《ト》御尋有《リ》。如此云云。時、老翁《ト》云ヘバ、ナツカシキ也。吾父存生《ナラバ》、年老《テ》コソ有《ラント》思召、近召尋《玉フニ》、加賀国《ノ》者《ト》云云。時、尚々ナツカシク思召《ス》也。而《ルニ》、委尋《ルニ》、如レ此。云云時、サテハ無レ疑吾父也云《トテ》、其《ノ》証拠《ヲ》問《玉フニ》、其《ノ》証拠《ハ》是《ニ》候《ト》云《テ》、其《ノ》時打奉弓《ガ》三《ニ》折《テ》候云《テ》、三枚《ノ》コモ《ノ》中《ヨリ》是《ヲ》取出《シ》、見《セ》奉《ル》也。サレバ、カタジケナクモ、座主、白洲《ヘ》下《リ》、老翁礼《ヲシ玉ヘバ》、同宿等、不思儀《ノ》事也云《トテ》、或《ハ》袖《ヲ》シホルモ有レ之。（中略）時、老翁《ヲバ》、坂本《ニ》草《ノ》庵《ヲ》結《ビ》置《キ》、孚《タリ》。三年居《セリ》。聽テ往生。云云

一読して、「丹後物狂」との構想の共通性が看取されるものであるが、以下、共通する筋を箇条書きに記す（「丹後物狂」は「丹」と略称）。①一子に恵まれなかった者が仏神に祈請して男子を授かる。②後生菩提のために（「丹」は学問のために）一子を山寺に上らせる。③山寺から一時下山した一子の不行徳を見て、父は立腹し勘当する。④一子は僧侶に拾われ利根が認められて、山門（「丹」は彦山）の学匠となる。⑤父は一子を勘当したことを後悔し、さまよい出る。⑥座主となった一子が山門で縁行道する（「丹」は父の在所を尋ね、不在を知って説法を行う）時、狂乱の体の父が入場し、咎められ、その時の問答が一子の耳に留まり、これがきっかけとなって親子は再会を果す。

細部においては、『直談因縁集』③では修行半ばでの下山そのものを父は拒絶するが「丹」では鞨八撥を弄び学問が疎かであることに激怒する点、「丹」④では、一子は橋立の海に入水自殺を図った後、筑紫舟に引き上げられて彦山の学僧となる点などの相違点もあるが、両者は構想を同じくする別離再会の物語である。「丹後物狂」において、説法の場を冷ます物狂の言動を耳に留めた導師が、我身の上を「因縁説法」に述べるという設定は、この別離再会譚そのものが因縁の唱導であったことを如実に物語っていよう。

右はいわゆる弓継説話として流布していたもので、類話に『三国伝記』巻七第十八話「天台座主延昌僧正事」、名

古屋大学小林文庫蔵『内外因縁集《ないげのいんねんしゅう》』「延昌父打」、また奈良絵本や古浄瑠璃正本として残る「ゆみつぎ」、「弓継物狂」等が知られている。(16) 日光天海蔵『直談因縁集』は天正十三年(一五八五)の書写本であるが、同話を載せる『三国伝記』は応永十四年(一四〇七)の玄棟の序文を有する。『三国伝記』の延昌譚は、児の下山が師匠の意思に拠るものではなく、父母恋しさの余り、児が秘かに取った行動である点などが若干異なるが、大筋において『直談因縁集』と変わるところはない。この『三国伝記』の延昌譚にも唱導の口調は色濃く認められ、同書もまた、因縁説法として語られていた説経の種本に基づいて書かれたものであることは疑いなく、(17) 上記の因縁集や『三国伝記』が、井阿弥原作世阿弥改作の「丹後物狂」、あるいは永享四年(一四三二)の上演記録が初見である「薦物狂」(「敷地物狂」)の影響下にある可能性は、考える必要がないであろう。上記資料に「丹後物狂」や「敷地物狂」の詞章の影響も認められない。

延昌の因縁譚の話型が出家型の物狂能以前に存在したことを裏付ける資料に、かつて岡見正雄氏が紹介された(18)「多田満中」(京都大学文学部蔵)と題する説草(説経のための手控え本)がある。「法会で『法華経』を読誦でもしてその比喩に因縁譚として語る用意(19)」としてあった、この「小さな説話本」も、学問のために寺に上らせた一子美女丸の不学に親が立腹し、家来に処分を命じるところから話は始まる。能「満仲《まんじゅう》」の原話となったこの説草は、家来が我が子幸寿丸を美女丸に引き替えて討つという身代わり譚の要素が加わっているが、幸寿丸の死を契機として、美女丸は叡山で修学し円覚《えんがく》と名乗り、(20) 後に悲嘆のあまりに盲目となっていた母と再会するというものである。南北朝期を溯る写本である説草「多田満中」の存在によっても、先の延昌譚の如き出家因縁譚の成立が追放型の物狂能の成立を溯ることが確かめられよう。

なお、時代は下るが、延昌譚と構想を同じくし、我が子が導師を勧める説法の場で再会が果される高僧伝に、三千院円融蔵の宝徳二年(一四五〇)奥書『慈覚大師縁起』(21) がある。延昌譚に比して筋が少し複雑になっているが、申し子を追善のために寺へ出し、一時帰宅した児を山杖で追い出し、子が高僧となった後に再会するという基本的な構想は同じである。このように、申し子を自らの後世《ごせ》のために出家登山させ、不学を咎め「慈悲ノ杖」（『内外因縁集』延昌父打）や弓で打擲し、児はその後、高僧となり、放擲したことを後悔して子を探し彷徨《さまよ》う親に再会し、父は往生を遂げるという高僧伝の一類型(22)が、「丹後物狂」「敷地物狂」などの出家型の物狂能の淵源に関わっていることは疑いないものと思われる。

　ところで、先に引用した『直談因縁集』巻七妙音品四一話において、子の形見である弓の折れを薦に包んで薦を売り歩く父の姿を、人々は「狂人」と笑い、排斥した。

　時、人々見《テハ》是狂人也云《トテ》、或笑《ハ》、或追出《ハ》処有《スモ》㆑之。或又《ハ》、本心《ニテ》如㆑此云人有《モ》㆑之。

そして、この物狂を排斥する笑い声が延昌の耳に留まり、これが契機となって再会が導かれるという展開になっている。同話を収録する『三国伝記』巻七第十八話「天台座主延昌僧正事」でも、弓の折れを首に掛けて路頭に徘徊するその姿は「狂人乞匃ノ姿トゾ見ヘシ」と形容される。そして、座主の坊への闖入は「何物ナレバ其ノ姿ニテ無左右爰ニ来」と阻止され、これを御簾越しに見た延昌が「若シ我父モ今迄存命シ給ハバ、彼ガ年ノ齢ヒ程ナルベシ。縦ヒ加様ノ乞食物狂也トモ、我父ニ奉《バ》㆑会喜シカラマシト思召」、再会が導かれていく。先の、高野の女人禁制伝承を核とする出家遁世譚と同様、この打擲追放出世再会型とでもいうべき高僧伝もまた、再会の場への闖入、制止というパターンをも含め、物狂能甲群の構想の淵源となっているのである。

四

『三国伝記』や『直談因縁集』『内外因縁集』に見られた、父が延昌を勘当する話は、元亨二年（一三二二）成立の『元亨釈書《げんこうしゃくしょ》』所収の延昌伝にはなく、ここでは、延昌は九歳で叡山に登り、古郷の父母のことも忘れ、一心に仏道修行に励んだと記される。慈覚大師伝についても、尊経閣文庫蔵建長二年（一二五〇）写の『慈覚大師伝』の段階では恩《おん》愛《ない》の葛藤の場面はない。そもそも、先の因縁譚のきっかけでもある「親の菩提を弔うための出家登山」という要素は、釈迦の伝記においても、『過去現在因果経』の記述を大きく変容して、中世に付加されていく要素である。『過去現在因果経』において、太子の出家は衆生済度のために迷うことなく断行されるものであり、別離の場面にも愁嘆の要素はない。しかし、『塵添壒嚢鈔《じんてんあいのうしょう》』「釈尊出家の作法の事」や、刊本『釈迦の本地』に先行する天理図書館蔵天正九年（一五八一）書写の『釈迦出世本懐伝記』では、太子の発菩提心の因は亡母の菩提を弔うことと記され、父母に対する孝養《きょうよう》、恩愛の絆の強さが強調されている。その源流、萌芽は敦煌出土の変文や『法華百座聞書抄《ほっけひゃくざききがきしょう》』に既に見られるものの、きわめて中世的な特徴として指摘されるものである。[23]

『直談因縁集』には、次の増賀《ぞうが》上人伝のように、子が未来永劫の父母供養のために俗世における恩愛を切って出家する場面や、

時、俗家《ノ》有《ニテ》、設《イ》其《ノ》跡《ヲ》続《ギ》、栄花栄祐誇《ニトモ》、五十六十《ハ》如レ夢。家出《ヲテハ》未来永劫《ノ》父母、生死闇夜《ニハ》成レ灯《ト》。多劫養育《ナル》ベシト思《イ》、母御《ノ》命《ヲ》背《トモト》思、暁方忍出。（巻四・五百品九話）

逆に、次の恵心僧都伝のように、親が恩愛を断って子の出家を促す場面が多く見られ、

時、山上《ヘリ玉フ》時、母、門送出《ニテ》、母持思《トナ》。汝別《ニル、ハ》事、泪袖催《ヲ》、意関成云《ノトト》ヘドモ、是即《ガ》、限也。二度不レ可レ下。云云

（巻八普門品十四話）

これらは唱導における定型の語り口としてあった。

そして、こうした出家をめぐる恩愛の葛藤は、隆寛《りゅうかん》の『法然上人秘伝《ほうねんしょうにんひでん》』(24)に言うように、

> 孝養ニ世間出世ノ二アリ。世間ノ孝養ト云ハ、俗家ニ云所ノ孝経等ニ説是也。(中略)次ニ出世ノ孝養ト申スハ、流二伝三界中一恩愛不レ能レ断棄レ恩入二無為一真実報恩者ト申シテ、父ノ道ヲモツガズ、母ノ心ニモ随ハズ、水萩ノ志ヲモハコバズ、顔色ノオモムキヲモマモラズ、或ハ山林ニ交リ、或ハ阿蘭若ニ住シテ仏道ヲ修行スルハ、当時ノ思ヒハ恩ヲ知ラズ徳ヲ忘レタルニ似タレドモ、シバラクハ有漏ノ恩徳ヲステ、当ニ無為ノ報謝ヲ求ル、是ヲ真実ノ孝養ト申スナリ。故ニ心地観経ノ文ニ、若シ人、父母ノ恩ヲ報ゼント思ハバ、父母ニ替リテ誓願ヲ発シ、菩提場ニシテ昼夜ニ常ニ妙道ヲ修セヨト云ヘリ。

孝養に関わって説かれるのが常であった。孝養を世俗的な意味における親孝行に当たる「世間ノ孝養」と父母の意を背いても出家して報謝する「出世ノ孝養」に二分し、後者を「真実ノ孝養」と説くのである。『法然上人秘伝』の最後に『心地観経《しんじかんきょう》』が引用されているが、『心地観経』は、夙に岡見正雄氏が、鎌倉時代に溯る因縁説草『院源僧正《いんげんそうじょう》事《のこと》』(25)(金沢文庫蔵)の見返しにこれを引くことに着目された経典である。説草『院源僧正事』は、母の恩愛が報われて、子が出世して高僧となる話であるが、表題の脇には「母子思事」という副題が記されており、岡見氏は「まずこの心地観経の如き経の詞句が説き語られて、その譬喩因縁譚として院源僧正の親子恩愛の説話が語られたのであろう」と推測された。(26)牧野和夫氏によれば、『心地観経』の引用は仁和寺蔵建保五年(一二一七)写『釈門秘鑰《しゃくもんひやく》』「親族」一帖の「母恩勝父恩釈」項や、東大寺図書館蔵鎌倉前期書写の説草「母徳事」、『言泉集《ごんせんしゅう》』にも見られ、金沢文庫蔵の因縁類に「母思子(事)」の小題を有する薄型の桝型本が複数存することによっても示されるように、「母思レ子」という命題は安居院《あぐい》流の唱導を特徴付ける一つの「新風」としてあったという。(27)

「丹後物狂」の原形は夫婦の物狂能であるが、同じく唱導における譬喩因縁譚を淵源に持つ女物狂能「敷地物狂」

も、夫婦の物狂能であった形跡が認められる。(28)「母恩勝二父恩一」という母の恩愛の強調が安居院流の唱導を特徴付ける「新風」であったことと、甲群の物狂能には男物狂能が少なくないのに対して、乙群の物狂能の大半が女物狂能であることには、何らかの関係も予測されるが、これらは今後の課題となろう。

五

叙上のように、甲群の物狂能に見られる二つの類型は、いずれも出家をめぐる親子恩愛の物語と捉えることができるが、同様に、親への孝養・恩愛の物語として唱導資料にその淵源を求め得る物狂能に「桜川」がある。「桜川」は、常陸国磯部寺近くにある桜川という花の名所の名物となっている「女物狂」に「面白う狂ふ」芸を所望する、乙群の物狂能に属する曲であるが、前場の別離の場面によって、これが親の孝養のために人買に我身を売る孝養の物語であることが知られる。既に『私聚百因縁集』「堅陀羅国貧女事」(29)、大分市専想寺蔵貞和二年(一三四六)写の談義本「釈尊出家発心事並堅陀羅国貧女事」、静嘉堂文庫蔵慶長四年(一五九九)写『孝行集《こうこうしゅう》』二五話(30)との類似が指摘されているが、これに『直談因縁集』巻三薬草喩品三話を加えることができる。

天竺、ケン陀羅国女《ニアリ》。老母一人、子一人《ヲ》持、孚レ之也。子《ハ》十才《ニ》成《ル》也。而《ニ》、母《ノ》世送カネ候《ヲ》見《テ》、身《ヲ》売《テモ》親《ヲ》安全《ニ》成《ント》思《ニ》、誰人、吾《ヲ》買玉ヘ《ト》云ヘドモ、買人無レ之。而、道辺《ニ》立《テ》見《ニ》、商人通《ル》。吾《ヲ》買候《テ》仕玉《ヘト云云》。何《ノ》故《ニ》身《ヲ》売《ト》問《ニ》、貧《ナル》親《ヲ》孚《ン》為《ト云云》。時、サラバト云《テ》、金千両《ニ》取カヘタリ。折《シモ》母《ハ》留主也。祖母《ニ》此金《ヲ》アヅクル。何金《ナルト云云》。時、如レ此《云云》。時、此祖母、汝他国《ニ》行《カバ》、吾、恋《サヲ》何《トセン》。即、命《モ》難レ存。母《ノ》世《ヲ》イトナムモ偏《ニ》汝《ガ》為也。千両金《ノ》無《モ》レ益《ト》、頻《ニ》ユワルヽ也。サレドモ、不レ用レ之、商人《ト》ツレテ行也。

老祖母と自らを養うために困窮する母を見兼ねた孝子が、母の留守中に身売りし大蛇の生贄となるが、大蛇は兜率天に転生し、孝子は王の姫宮と結婚し王位に就くという孝子譚である。

この他にも、『直談因縁集』には、孝養のために我身を人買に売る孝子の話を多く拾うことができる。「唐土《ニ》君栄《ト》云者」は親の年忌のために「吾身《ヲ》売、弔《ント》」し(巻七属累品十八話)、母を養うために物乞いをして世間に疎まれ「婆婆女」と呼ばれた女人は、ついには「一身《ヲ》売孚《テたすけン》」と代金の半分を母に残し「半分《ヲバ》寺々《ヘ》送《リ》父《ノ》菩提《ヲ》弔」い(巻七薬王品三三話)、洛中白河の貧女は父の十三忌に「ウンコ寺《ニ》説法《アリ》」と聞き「一身《ヲ》売」って身代を供える(巻六分別功徳品十五話)。無住が「至孝ノ志マメヤカニ、昔ニモ恥ズ、有難ク覚テ、返々モ哀レニ侍ル」と付言する『沙石集』巻九第九話も、「身ヲ売テ母ヲ助ケント思」い、「母ハ制シケレドモ身ヲ売テ」人商人と東国へ下る孝子譚である。いずれも、身売りをして孝養を尽くした父母と再会する話ではなく、上記のような孝子譚そのものが物狂能の骨格である別離再会譚に影響を与えたわけではない。

しかし、例えば「堅陀羅国貧女事」では、我が子が孝養のために一身を売ったことを知った貧女は、「千両ノ金為何。我子ニ一日モ副ハズシテ命モ在テコソ財用ケメ」と悲嘆に暮れる。孝養のための行動が惹き起こした恩愛の悲劇は、「身売り」を「出家」に置き換えてみるならば、「世間ノ孝養」を捨て、「出世ノ孝養」を選ぶことが「真実ノ孝養」であると説く、叙上の唱導の話型と同じであることに気付く。「桜川」に見られる「身売り型」と呼ぶべき物狂能の淵源にも、父母孝養のために我身を売る孝子と母との恩愛の葛藤という唱導の定型を想定できるのではないだろうか。「桜川」の設定も、当時巷間に多くあった事件の活写とは見なし難いのである。

この他、これまで見てきた話型に属していない古作の物狂能としては、「百万」の祖型となった観阿弥得意の曲「嵯峨物狂」(『風姿花伝』奥義云「嵯峨の大念仏の女物狂の物まね」)がある。現存しないため、具体的な内容は不明であるが、少なくも現存本「百万」は、出家や身売りをめぐる孝養・恩愛譚ではない。しかし、「嵯峨の大念仏」とは、正和三年(一三一四)成立の『融通念仏縁起《ゆずうねんぶつえんぎ》』に記すように、嵯峨清凉寺釈迦堂で円覚上人が弘安二年(一二七九)に始めた融通大念仏会のことであり、律宗研究の細川涼一氏は、叡尊《えいそん》門下の律僧円覚上人導御(一二二三—一三一一)の伝記研究成果を基に、導御自身の母との別離、嵯峨大念仏会開催に至る因縁譚によって作られたのが「嵯峨物狂」ではないかと推測する。[31]時代は下るが、大覚寺蔵享禄二年(一五二九)写『嵯峨清凉寺地蔵院縁起』、法金剛院蔵『法金剛院古今伝記《ほうこんごういんここんでんき》』によれば、導御は、父の死後、困窮の末にやむなく母が手放した捨て子であり、律僧となった後に、離別した母との再会を祈願したところ、聖徳太子の夢告を受け、清凉寺や壬生寺、法金剛院で融通大念仏会の興行を始めたという。そして、清凉寺の融通大念仏会の結縁者《けちえん》が十万人に達する度に大斎を設け、石幢を建てて供養を執り行ったために、十万上人の名で呼ばれ、ついには、播磨国印南野《いなみの》で母と再会する。『融通念仏縁起』は明徳年間(一三九〇—一三九四)に当麻《たいま》の勧進僧良鎮《りょうちん》によって開板され、続いて応永版が刷られているが、細川氏は、こうした開始者導御自身の再会譚、あるいは導御に仮託された母子再会譚を、清凉寺の子院である成法身院を中心とする寺僧たちが宣伝することによって、南北朝期の嵯峨大念仏会の盛行は支えられていたと見る。

この導御の祈願と再会の因縁譚に拠って作られたものが「嵯峨物狂」であったとするならば、それは、勘当された子が、後に僧となって親の追善のために法会を行い親子再会する「丹後物狂」のように、導御を導師とする法会に、子を探して狂乱した体の母が結縁に訪れるという、甲群の一類型を成す構想の物狂能であったのではないだろうか。捨てられて僧となった導御の物語は、打擲、勘当の末に学匠となる高僧伝の変型として把握することができるのである。[32]

六

以上、構想類型をもとに、物狂能の淵源を辿ってみた。結句、物狂能は、出家(身売り)をめぐる孝養と恩愛の葛藤と大団円の結末を持つ、因縁譚の類型から生まれたといってよいであろう。一つは、突然出家して姿を消した父や子と、残された子や母との恩愛の物語である。この因縁譚の類型から生まれた物狂能のうち、子が出家する「柏崎」や「高野物狂」では、出家の理由は親の追善孝養のためと説かれている。今一つは、菩提孝養のために敢えて出家させた子と親との恩愛の物語である。孝養のために自ら身売りした子と残された親との恩愛の物語、あるいはやむなく捨てられ出家した子と、離別した親との恩愛の物語も、これらの類型のバリエーションと捉えることが可能である。

四位の少将は、根本、山とに唱導の有しが書きて、金春権の守《かみ》多武峰にてせしを、後、書き直されしと也。

右の『申楽談儀』第十六条の「山と《さん》」とは、

比叡山ノ山徒。山徒ト云ハ、タトヘバ奈良ノ衆徒ト同ジ事也。

右、名古屋大学神宮皇学館文庫蔵『かさぬ草子』にいう叡山の山徒であり、『申楽談儀』の記述は、「通小町《かよいこまち》」の原形であった「四位《しい》の少将」が叡山の山徒の唱導の作であることを伝えるものである。『直談因縁集』などの法華経談義本や『三国伝記』が叡山周辺の談義所を母胎として生まれたものであることは言を俟たない。変文や唱導が経典の譬喩因縁をさらに和らげ示すものであったように、その出所が法会と共にあった能もまた、譬喩因縁の教化にその淵源が求められることは、極めて有り得べき見取り図である。少なくも物狂能に関しては、ここでは触れることのなかった名乗りの場面における定型の問題も含め、その淵源を唱導資料に求めることが可能である。

しかし、物狂能は、次第にこれらの枠組みを破り、物狂能の中で物狂は完全に既知の芸能者として位置付けられ、所望されてこの物狂が繰り広げる芸能は、再会譚の制約を受けないものへと変化していく。本章第一節において乙群に分類した曲群の構想がこれである。〈思ひ故の物狂能〉を別離の原因によって分類した場合に誘拐型と呼ばれる「花月」「三井寺」「木賊《とくさ》」といった曲は、別離の説明を簡略に誘拐されたと触れるだけであり、「失踪が一曲の筋立てに関わるのではなく、それを前提として一曲が構成されるという意味で、類型化が進んだ曲」[33]群といえる。誘拐とは、第三者が突然強制する別離であり、ここにはこれまで見てきたような、別離に纏わる孝養と恩愛の葛藤は見られない。法華経、あるいは心地観経といった経文の譬喩因縁を淵源とする物狂能は、こうして、次第に能独自の美意識と感性を備えた表現様式を形作っていったのである。

(1)　古典文庫四九五『因縁抄』所収。
(2)　『風姿花伝』第二物学条々「物狂」項。
(3)　本書については黒田彰「宝物集と『四倒八苦事』」『中世説話の文学史的環境　続』和泉書院、一九九五年に詳しい。
(4)　引用は『磯馴帖　村雨篇』和泉書院、二〇〇二年。
(5)　本章第一節「別離と再会」に拠る分類。
(6)　竹本幹夫「『親子物狂能』考」『能楽研究』六号、一九八一年。
(7)　西野春雄「物狂能の系譜」『日本文学誌要』十八号、一九六七年。西野氏稿は「タダツノサヱモン」と「高野物狂」両曲の祖型に「苅萱」を想定するものであるが、「苅萱」は注6竹本氏前掲稿が指摘するように、出家型の物狂能の祖型と見ることができる。
(8)　日野西眞定「高野山の女人禁制　上下」『説話文学研究』下、二七号。阿部泰郎「女人と仏教」『図説日本の仏教』三・浄土教、新潮社、一九八九年。同「山に行う聖と女人――『信貴山縁起絵巻』と東大寺・善光寺」『大系日本歴史と芸能』三巻・西方の春、一九九一年。『後宇多院高野御幸記』は「近里女性等、其数巨多。各為御幸拝見仮男子姿、擬入結界地。

長峯辺迄攀登タル故ナルベシ。仍預并堂衆等数十人計、各持手杖。行向大門横峯掃去之了」として、都藍比丘尼の例を引く。

(9) 注8阿部前掲稿。

(10) 筑土鈴寛「かるかや考」『中世・宗教芸文の研究(一)』。美濃部重克「説話・物語形成の基盤——御伽草子、古浄瑠璃、説経「こあつもり」、謡曲「生田敦盛」の原話の成立」『中世伝承文学の諸相』和泉書院、一九八八年。

(11) 女人禁制の霊場の麓には、結界への入場を排除されていた女性の信仰拠点があるが、高野山麓慈尊院、比叡山麓花摘堂、大峰山麓母公堂、根来寺大日堂などが開山の母を祀っていることは興味深い。日野西眞定「『信州苅萱山西光寺本尊地蔵菩薩縁起』について」『説話論集第十一集 説話と宗教』清文堂、二〇〇二年。

(12) 同曲が「丹後物狂」と淵源を同じくすることは、後に引用する『直談因縁集』との比較においても明らかである。詳細は本章第四節「向去と却来」参照。

(13) 『申楽談儀』第十六条に「静、通盛、丹後物狂、以上、井阿作」、第十四条に「丹後物狂、夫婦出でて物に狂ふ能なりし也。幕屋にて、にはかに、ふと今のやうにはせしより、名有能となれり」とあり、『五音』に作者名なしでクリの引用がある。

(14) 引用は『日光天海蔵直談因縁集 翻刻と索引』和泉書院、一九九八年。

(15) 『三国伝記』「天台座主延昌僧正事」では「慈念」。

(16) 原田行造「延昌僧正をめぐる加賀国関係の伝承——その生い立ちと補陀落寺縁起・弓継説話の考察」『日本海域研究所報告』十号、一九七八年。注14前掲書阿部泰郎解題。

(17) 宮崎円遵「中世に於ける唱導と談義本」『宗学院論輯』二七、一九三八年(『真宗書誌学の研究』永田文昌堂、一九四九年再収)。

(18) 「説経と説話——多田満仲・鹿野苑物語・有信卿女事」『仏教芸術』五四号、一九六四年。

(19) 岡見正雄「小さな説話本——寺庵の文学・桃華因縁」『国語と国文学』一九七七年五月号(『室町文学の世界 面白の花の都や』岩波書店、一九九六年再収)。

(20)　小林健二氏の「満仲譚の展開――説経台本「多田満中」から幸若舞曲「満仲」へ」(『中世劇文学の研究――能と幸若舞曲』三弥井書店、二〇〇一年)は、説経台本「多田満仲」で美女丸が恵心僧都のもとで大悟して円覚と名乗ったことに注目し、本話を恵心流の本覚思想の比喩譚として位置付ける。
(21)　『続天台宗全書』史伝2所収。類話に『直談因縁集』巻八普門品二十話。
(22)　『直談因縁集』巻七薬王品二七話は、鷲にさらわれた子が、遠く離れた山里の木の枝に落ち、山人に養育されて後、僧正となり父母に再会する、親子別離再会譚である。これは、『宝物集』『沙石集』(再会の要素はない)『七大寺巡礼私記』『元亨釈書』『法華経鷲林拾葉鈔』『法華経直談鈔』慶応義塾図書館蔵天和元年写本『大佛之縁起』の「東大寺造立勧進僧正之事」等に類話が見られる東大寺開山良弁僧正の高僧伝であるが、同じく鷲にさらわれた子が後に父「タケノ大夫」と再会する『直談因縁集』巻七薬王品二七話が、金沢文庫蔵『阿弥陀因縁現受無法楽事　武大夫事親子昵不浅事』と一部が重なることから、鎌倉期に溯る唱導の話型であったことが知られる(近本謙介「話型を同じくする物語の再編――直談の因縁をめぐる」『仏教文学とその周辺』和泉書院、一九九八年)。
(23)　黒部通善「室町時代物語『釈迦出世本懐伝記』考――日本的な仏伝文学の成立」『愛知医科大学基礎科学科紀要』八号、一九八一年(『日本仏伝文学の研究』和泉書院、一八八九年再収)。なお、注17宮崎前掲稿は夙に本書を談義本として紹介する。
(24)　隆寛は『捨子問答』『後世物語』等の著作が知られる平安末〜鎌倉期の浄土僧。『法然上人秘伝』の引用は『浄土宗全書』十七「伝記系譜」の享保十七年刊本に拠る。
(25)　「金沢文庫蔵『院源僧正事』」『仏教文学研究』第一集。
(26)　注18岡見前掲稿。同「唱導師と説話」『日本古典文学大系　第二期月報』9、一九六四年。
(27)　「安居院流唱導と「母恩勝父恩事」――附、「因縁」、「止観談義」周辺資料の二、三について」『実践国文学』四十号、一九九一年。
(28)　本章第四節参照。
(29)　新潮日本古典集成『謡曲集』「桜川」解題。なお、専想寺蔵の談義書「釈尊出家発心事並堅陀羅国貧女事」は、夙に注

17宮崎氏前掲稿によって『私聚百因縁集』「堅陀羅国貧女事」の素材として指摘されている。

（30） 黒田彰「唱導、注釈、説話集――静嘉堂文庫蔵孝行集について（続）」『国学院雑誌』一九九一年一月号。

（31） 「法金剛院導御の宗教活動」『仏教史学研究』二六巻二号、一九八四年（『中世の律宗寺院と民衆』再収）。「導御・嵯峨清涼寺融通大念仏会・「百万」」『文学』一九八六年三月。

（32） 『鷲林拾葉鈔』巻二三薬王品第二三尊弁僧正の話も、捨て子であった尊弁が嵯峨釈迦堂で説法をする場に、比丘尼となって「捨ニシ子」の後世を弔い諸国を廻る母が訪れ、再会するというものである。本話と「百万」の近似に触れたものに、永井義憲氏「『鷲林拾葉鈔』――その撰者と文学」（『大妻国文』二五号、一九九四年）がある。

（33） 注29前掲「桜川」解題。

第四節　向去と却来――禅竹作「敷地物狂」考

一

叡山の法師（ワキ）に連れられた若法師が、かつて菅生殿の子息松若として過ごした加賀の国、菅生《すごう》の里を訪れる。しかし、故郷には既に両親の姿はない。折しも二月十五日の今日は、その昔、松若が出家を志して出奔した日であり、この日を親の忌日と定めて供養に十七日説法を始める。そこに、故郷を後に松若を探し廻っていた母（シテ、狂女）が、薦を纏い乞食同然の体で訪れる。法師が導師（子方、若法師松若）の敷物にするべく狂女に薦を所望すると、ここは天神の御敷地なのだから、粗末な敷物は無用だと、狂女はこれを強く拒む。説法が終わり、狂女が諷誦物として捧げた薦の中には古い文が包まれており、これを読み始めた導師は驚くべき因縁に絶句する。この文こそは、出家を志した日に両親へ書き置いた導師自筆の文であった。導師の絶句したあとを狂女が読み終えると、狂女の前には、高座より下りて跪き深く頭を垂れて礼をなす導師の姿があった。

別離と再会。繰り返し語られる物狂能の命題である。物狂能の新作の評価は、この決められた命題に沿って、どのように趣向を凝らすかにかかっていた。はたして、廃曲[1]「敷地《しきじ》物狂《ものぐるい》」という作品の面目はどこにあったのだろうか。「敷地物狂」は一読して気付くように、多くの先行する謡曲、ことに物狂能を下敷きにしている。出奔して学問を究め故郷に戻るが、両親は自分を探しに出たまま行方知れずと知り、供養のために行った十七日説法の場面で肉親に再会するという骨格は、「丹後物狂」と同じい。諷誦文を読み上げる場面、法会が終わり聴衆が帰っていく中でシテだけが残る場面、導師が狂女の前に跪いて礼をなす場面には、それぞれ「自然居士《じねんこじ》」「実盛」「卒都婆小町」の投影が窺える他、「タダツノサヱモン」「高野物狂」「百万」「柏崎」「花筐《はながたみ》」等々、部分的な影響関係を随所に指摘することができる。もちろん、これらの作品との前後関係は慎重でなければならないが、結論を先にいうならば、「敷地物狂」は、先行する物狂能を自家薬籠中のものとし、これに新しい解釈を加えた意欲的な作といえる。

この作品の作者を確定できる資料はないが、『自家伝抄《じかでんしょう》』（永正十三年常門《じょうと》孫四郎吉次、大永四年大蔵四郎三郎所持本書写奥書）の「近来作之能之注文」に宝生所望として「敷地物狂」の名が見えることから、伊藤正義氏「作者付からみた禅竹の能」（『金春禅竹之研究』赤尾照文堂、一九七〇年）はこれを「禅竹作の可能性のあるもの」に挙げる。『自家伝抄』の記述は、十六世紀前半において禅竹作という伝承が存在したことを示す以上の資料ではなく、西野春雄氏「ドラマの中の文――能「敷地物狂」を中心に」（『日本文学誌要』五七号、一九九八年）は、元雅説を提起する。

元雅作の物狂能には「弱法師《よろぼし》」「隅田川」「歌占《うたうら》」があるが、一方、禅竹の作と確定し得る物狂能はなく、上記「禅竹作の可能性のあるもの」に、「敷地物狂」の他、「賀茂物狂」「富士太鼓」が挙げられているに過ぎない。物狂能は、世阿弥が「面白づくの能」と呼び、先行作品に手を入れ、パターンを確立して多くの作品を残したジャンルである。世阿弥の影響を強く受けた二人にとって、これをいかに継承し、自らの物狂能を創生するかは、主要な課題であったに違いない。禅竹はどのような物狂能を生んだのか。「敷地物狂」の作者考定は、禅竹論にとっても看過できぬ問題である。先ずは、物狂能における「敷地物狂」の位置を明らめることから始めたい。

二

「敷地物狂」では、親子離別の場面は省略されており、長じて学問の奥義を究めた松若が古郷の父母を訪ねる場面から始まる。十二歳の松若が自ら望んで出家遁世した経緯[2]は、十七日説法の場面において、導師が文を読み上げるに従って、次第に明らかになる構成となっている。先に、構想を同じくする作品として挙げた「丹後物狂」が、別離の場面を丹念に描き、時間の流れに沿った場面展開となっているのに対して、「敷地物狂」の形はこれを省略、再構成したものといえる。

本章第三節で述べたように、「丹後物狂」は、『三国伝記』巻七第十八話「天台座主延昌僧正事」や名古屋大学小林文庫蔵『内外因縁集』「延昌父打」、日光天海蔵『直談因縁集』巻七妙音品四一話などに見られる十五代天台座主慈念伝(以下、延昌譚と略称)、あるいは、三千院円融蔵『慈覚大師縁起』(宝徳二年奥書)や『直談因縁集』巻八普門品二十話に見られる天台座主慈覚伝(以下、円仁《えんにん》譚と略称)の如き、出家をめぐる恩愛と孝養の葛藤と大団円の結末を持つ、高僧の出家因縁譚の類型を基に作られた物狂能である。

「丹後物狂」において、父の岩井某は一子花松を「学問のために」成相寺に上らせるが、同じく『内外因縁集』「延昌父打」に見える「為㆓学文㆒登㆓山門㆒」という表現が、『三国伝記』「天台座主延昌僧正事」では「我、汝ヲ寺ニ登セ置事ハ、学文ノ功ヲモ累ネ、我一身ノ得脱ヲ修シ、復雙親ノ菩提ヲモ資ン為ナルニ」と記され、『直談因縁集』の延昌譚に至っては、「所詮ハ此子ヲ俗ニ成トモ可㆑然所領財宝等ヲ持ニモ非ズ。サレバ、出家ニ成テ、後生菩提ヲ弔ント云テ、有ル山寺ニ登ル也」と詳述されるように、また、円仁譚の場合も「出家ニ成シテ、後世ノ燈ニ成サン」と明記されているように、花松を寺に上らせた真意は、依拠した因縁譚の通念に照らして、親の後生菩提のためと見られる。

また、「丹後物狂」の岩井某は、花松が彦八撥を弄んでいるというアイの讒言によって、一時的な感情に任せて花松を勘当しているが、これは、『内外因縁集』「延昌父打」において、天台座主延昌となった一子に再会した父が、「御下向ノ時、無レ情振舞候シハ、加様ニ目出タクナシ奉ルノ料也」と語り、かつて子の下山を叱って打擲した杖を「慈悲之杖」と呼ぶように、本来は恩愛の絆を断ち切り、仏道に精進させるための方便としての打擲、勘当が変形したものである。[3]

さらに、「丹後物狂」の岩井某は、勘当を誘引することとなった彦八撥を花松の形見として持ち、諸国を廻り、花松が導師を勤める十七日説法の場に聴聞に訪れる。[4]入場を咎められたにも拘わらず、説法の座敷で「阿弥陀なまみだ、阿弥陀なまみだぶと狂ひながら申」し、物狂の「理り」を展開していくが、おそらくこの辺りでシテが形見の彦八撥にうち興じるという演出がなされたものと思われ、これが再会の導線となる。一方、延昌譚は、奈良絵本や古浄瑠璃正本の形では「ゆみつぎ」の名で伝えられているように、やはり、親は我が子を打擲した当の弓(『内外因縁集』では杖)を持って子を尋ね廻り、再会の場面では、これが親子の「証拠」(『直談因縁集』)として機能する。つまり、この部分についても、親が子の形見(この場合は勘当の場面の象徴となるもの)を持ち歩き、再会の機縁となるという、因縁譚が既に持っていたモチーフを物狂能のパターンに変換した結果と把握されるのである。

このように、直談、唱導の場において語られていた高僧の出家因縁譚の類型を骨格とし、子を尋ね廻る親に、別離に悲嘆する「思ひのあまりに、心そらにあくがれて、狂人とな」(クセ)った物狂としての造型が加わって、物狂能「丹後物狂」が誕生する。「敷地物狂」は、この「丹後物狂」に同じく高僧の出家因縁譚の類型を構想の淵源とするが、「丹後物狂」では前場にあたる離別の場面を省略し、再構成したものである。

ところで、この二曲は、別離の原因が必ずしも同じではない。「丹後物狂」における花松の出家は、親の打擲、勘当によって惹き起こされた偶発的なものであるのに対し、「敷地物狂」の松若の出家は内発的なものであるという違いは存する。しかし、前述のように「丹後物狂」が依拠した因縁譚における親の打擲・勘当は無分別な突発的行動ではなく、後生菩提を願う父が敢えて恩愛の絆を断ち、子の出家精進を促す方便であった。一方、「敷地物狂」は別離の場面である前場を持っておらず、松若が出家するに至る経緯は不明であるが、同じく子供が書き置きの文を残して突然出奔する「柏崎」や「高野物狂」では、文の中に亡親菩提追善のための出家である旨が綴られている。「敷地物狂」は両親を残しての出家という点で、この二曲とは異なっているが、出家をめぐる恩愛の葛藤を在世の親へ宛てた文に綴って突然出家するという設定については、直接には先行する「柏崎」などの形を摂取したものと考えられる。従って、出家が内発的なものであるか否かという違い、つまり出家型か勘当追放型かという違いは、「丹後物狂」「敷地物狂」両曲が同じく高僧の出家因縁譚の類型を構想の淵源とすることの反証にはならない。

二曲の共通点として最も重視されるのは、学問の奥義を究めて郷里の父母を尋ねた法師が、両親の不在を知って追善(逆修《ぎゃくしゅ》)の説法を行い、そこへ物狂となった親が聴聞に訪れて再会するという設定である。円仁譚をはじめ、因縁集の類には法会で親子が再会する話型が少なからず見られるが、『三国伝記』や『直談因縁集』の延昌譚にも、夢告に、我が子が高座に登って「三千ノ衆ニ被㆓囲繞㆒説法スル化儀ヲ見」て、山門へと向かう場面があることが注意されよう。

さらに、「敷地物狂」が「丹後物狂」とその淵源を同じくすると確信されるのは、「丹後物狂」に構想の投影が見られる円仁や延昌の出家因縁譚に、「敷地物狂」にとって大事な小道具である「薦」が使われている点である。

サテハ、夢ニ任尋ン、云テ往ニ、コモヲ三枚アミテユイ、是負テ上ル也。時、山門ヘ上リ、坊々ニ至テ、此薦ヲ万穀ニメシ候ヘト云云。時、人々見テ是ハ狂人也ト云テ、或ハ笑、或ハ追出ス処モ有之。或ハ又、本心ニテ如此云人モ有之。遊行スル任、折節、慈仁僧正、縁行道シテ立玉フ時、至リ見ルニ、(中略)門外ニテ笑声トヨミ聞ル也。時、僧正、何事ト御尋有リ。如此云云。

時、老翁ト云ヘバ、ナツカシキ也。吾父存生ナラバ、年老テコソ有ラント思召、近召尋玉フニ、加賀国ノ者ト云云。時、尚々ナツカシク思召ス也。而ルニ、委尋ルニ、如此云云。時、サテハ、無疑吾父也、ト云テ、其ノ証拠ヲ問玉フニ、其ノ証拠ハ是ニ候ト云テ、其ノ時打奉弓ガ三ニ折テ候云テ、三枚ノコモノ中ヨリ是ヲ取出シ、見セ奉ル也。サレバ、カタジケナクモ座主、白洲ヘ下リ、老翁ヲ礼シ玉ヘバ、同宿等、不思儀ノ事也ト云テ、或ハ袖ヲシホルモ有之。

時、僧正、我偏ニ法花ヲ読ミ、三宝ニ祈ル故ニ、父ニ二度対面スト云テ、尚々信ゼリ。時、老翁ヲバ、坂本ニ草ノ庵ヲ結ビ置キ、孚タリ。三年居セリ。軈テ往生云云。三ノ弓ノヲレヲバ、良ニ是ガ善知識也ト尊タリト云云。此故ニ座主トモ云云。(日光天海蔵『直談因縁集』巻七妙音品四一話(5))

右、『直談因縁集』の延昌譚によれば、我が子が高座に上り、三千の衆を前に説法をするという夢告を受けた父は、薦を編み、これを背負って叡山の坊を廻り、高額な値で売り歩く。その奇怪な行動に対して、人々は狂人の戯れだといって笑い、追い出し、あるいは狂人を装っているのだと口にするが、そこへ座主が通りかかり、老翁に在所を尋ねる内、父であることに気付く。「証拠」を問うと、父は薦より弓を取出して見せたため、座主は白洲へ下りて老翁に礼をなす。

「敷地物狂」は、『看聞御記』永享四年三月十五日条(6)に見える、伏見宮御所での丹波矢田猿楽所演六番の内の一つ「薦物狂」に比定されている作品である。「敷地物狂」では、狂女が松若の書き置きの文を薦に包んで持ち歩き、これによって親子再会が導かれるのであるから、「薦」は、現存する「敷地物狂」にとっても重要な小道具であり、「薦物狂」が則ち「敷地物狂」であると考えることに矛盾はない。もっとも、二つの作品名の関係は、「薦物狂」が「敷地物狂」の原題、もしくは別名に過ぎない場合と、「薦物狂」から「敷地物狂」への改名には改作が伴っている場合とを想定しなければならない。しかし、『直談因縁集』の延昌譚からは、改作が介在していた場合でも、この作品は「薦物狂」と呼ばれていた段階において既に、「薦」に包んで親が持ち運んだ子の形見が証拠となって、高僧となった子との再会が果されるという構想を持っていたことが類推されるのである。『直談因縁集』の延昌譚は、この他、父親を洲河の人とする点や、狂人風情の老翁が父であることに気付いた延昌が、白洲へ下りて老翁に礼をなす点においても、「敷地物狂」と合致することが注目されるのであるが、これらはいずれも「丹後物狂」には見られない要素である。

『直談因縁集』に見られる「薦」の記述は、同じく延昌譚を記す『内外因縁集』「延昌父打」や『三国伝記』「天台座主延昌僧正事」にはないが、延昌譚と同じく、申し子を寺に預け、下山してきた折に杖で追い出し、座主となった後に親子が再会する円仁譚には、「敷地物狂」にさらに近い形での薦の役割を見ることができる。円仁譚は延昌譚に比して、後半が少し複雑であり、打擲して寺に戻した我が子が学問の器量に秀でることを知った父タケ歳は、今度は自ら子を連れて叡山へ登り、国を出た日と今日をそれぞれ母と父の忌日と思えと言い含めて在所へ戻る。この間、母は二人との別れを悲しみ、行方知れずとなり、その後、父もまた悲嘆のあまりに盲目となる。その後、若僧となった児は、父母追善のために奥州へ下り、盲目の父に会うが、「心ツョクモ」名乗らず、夜の衾にと小袖を手渡し、「此世ニ相ン事、今ヲ限リノ別レ」と心に定めて父の家を去る。盲目の父は、旅僧が残した小袖を我が子に着せてやりたいと、これを薦に包んで都へ上るが、探すことは叶わず説法の場を訪れる。結願の日、父は我が子の回向の布施にと、実は我が子である導師へ薦に包んだ小袖を差し上げ、父子の再会が果される。以下、父が都へ向かう場面から引用する。

其後、タケ歳、小袖ヲ持チカネテ思ケルハ、昔ヨリ下賤貧ダウノ身ナレバ、蓑コモナラデハ身ニハ付ケズ。是ヲ身ニ陰スベキニモアラズ。又売リナンドセバ、人ノ志シ空ク成ベシ。何トカセント案ジケルガ、思出ス様ハ、我ガ子七歳マデ養イシニ、思デニナダラカナルキル物ヲ一直(「一モ着」歟—稿者)ズ候。縦法師ニ成タルトモ、貧ダウニテコソ有ラメ。命ノ限リマデ只、子ヲ思心ヲ前キトシテ、小袖ヲコモニ裹ミテ頸ニ懸テ、都ヘトテゾ登リケル心ノ内ノ哀ナル。(中略)若モ京ニモ有ルヤトテ、シガノ山路ヲワケ過、都ノアタリ九重ノ内ニ入。アナタ此方ヲ伺ニ、人更ニ明ス事モナシ。若老少不定ノ習ナレバ、先立事モ有ランニ、尋ヌル事ノハカナサヨ。此小袖ハ子ノ為ニ持チテ登ル事ナレバ、是ハ何ナル仏事ノ所ヲモ尋テ、形ノ如ノ供養ニモマイラセ候バヤト思フ心ニ、西京ニ此間山ヨリ貴キ僧ノ下ラセ給テ、百日御説法候ケルガ、今日結願ト承給ル。皮ノクワイリンニ望ミテ、志ヲモ挙テ、廻向ノ御利益ニモ預ント思イ、タケ歳、急西ノ京ヘゾ参リケル。御説法ハ既ニ廻向有リテ、施行ノ庭ニ参リ付ケル。導師ハ香染ノ御衣ノ袖ヲ結ビテ肩ニカケ、同宿引具テ乞ツガイ人ノ中ヲ廻リ、施行ヲ引カセ給時、盲目ノアマタ并居タル其中ニ、シラカブキナル物ヲ、コモニ物ヲ裹ミテ頸ニ懸テ、打向タルヲ御覧ズレバ、奥州ノ父ニ似ル貌ナリ。能能立ヨリ見給ヘバ、疑モナキ父ノタケ歳ナリ。導師ノ給イケルハ、「是ハイヅクヨリ来ル人ゾ」ト仰セケレバ、「奥州シノ部ノ者」ト答フ。「某ハ何ントテ登リタルゾ」ト仰ラレケレバ、「子ヲ尋テ」ト申。「カク問セ給ハ、何ナル御事ニテイラセ給候ゾ。サテハ喜入マイラセ候。我子ハ此世ニ候ハヌト思テ候程ニ、親ナラデ誰カ後生ヲ訪ヒ候ベキ。生テ候ハバ子ニトラセントテ、持チテ候白小袖ヲ一重ネ取出シ、御布施ニマイラセ候ハン。御仏事ニ添ヘ、供養ニ預リ申度候」トテ、導師ニ奉ル。其時、僧、小袖ヲ取リテ御覧ジテ、肩ニ打懸テ、父タケ歳ノ手ヲ取リテ、「御尋ニ預リ候ハバ、ナノリ申候ハン。此小袖ヲバ、此僧ガマイラセテ候シゾ。

奥州ヘ罷リ下リテ七日付添申シモ、此僧ニテ候。今生ニテ又二度ビヨモ相マイラセ候ワジト思テ候シニ、今相申候事、喜ノ中ノ喜ナリ。」トテ、貴御衣ノ袖ヲヌラサセ給ヘバ、諸人各各哀ヲ催シケリ。聽テ具足シテ還リ給テ、後ニハ、西坂本松戸ト云処ニ置奉テ、誠ニ志ヲ尽シテ、往生安楽ト云物ヲ作リテ念仏ヲ勧進シテ、遂ニ臨終正念ニシテ修正ノ往生ヲ遂ゲ給ヌ。（三千院円融蔵『慈覚大師縁起』、『続天台宗全書 史伝』所収）

右、三千院円融蔵『慈覚大師縁起』は、宝徳二年（一四五〇）の写本であるが、この話は尊経閣文庫蔵建長二年（一二五〇）写の『慈覚大師伝』にはなく、延昌の場合に同じく、南北朝以後に新たに作られた円仁の出家因縁譚である[7]。類話に『直談因縁集』の円仁譚が知られている[8]。「敷地物狂」との関わりにおいて、先の延昌譚に加えて、右の円仁譚が注目されるのは、説法の場で結願の日に親子再会となる点、親が親子の証拠となる物を薦に包んで説法の場に現れ、供養の布施、諷誦物としてこれを導師に捧げたことで再会が導かれる点に留まらない。

次は、父タケ歳が我が子を叡山の宿老に預けて立ち去る場面である。

（タケ歳）何トカ思ケン。見置テ候トモ、命ノ程有マジク候。中中御暇申候ハントテ、立還ル時申ケルハ、児、相構相構、本国ヘ又下ラント思給ベカラズト。心ザシ有バ、後ノ世ヲ訪テ給ベシト。国ヲ出シ日ヲ母ノ明日《めいにち》ト憑メ、又、今日ヲ父ノ明日《めいにち》ト思給ベシト云含メテ立還ル時、児ハ同宿ノ肩ニ乗リナガラ、父ノ後ロ貌ヲ見送テ、又何ノ世ニカ相見奉ンノ思ニ、ソゾロニ涙ヲ流シテ行別レケレバ、余所ノ哀モ知ラレケリ。又、父モ心ツヨクハ思切リテ下レドモ、子ヲツレテ此宿此道ニテ有ル者ヲ、又カウ有シ者ヲナンドト思ツヅケテ、道スガラノ涙カワク間モナカリケル。（三千院円融蔵『慈覚大師縁起』）

右、『慈覚大師縁起』で、父タケ歳は親との別れの日をその忌日とせよと告げる[9]。「敷地物狂」の松若は、かつて自分が出奔した日を両親の忌日と定めて供養の説法を行うのであり、この点においても両者は興味深い符合を示している。『慈覚大師縁起』において、父タケ歳が別離の日を両親の忌日とせよと説いたのは、俗世の縁を絶てとの戒めであるが、これには、円仁が申し子であったことも関わっている。

仏神ニ祈リ申ス心ニハ、今生ニ哀レミ、身ニ添ントニハアラズ。後生ヲ助ケラレンガ為ナリ。サレバ、急ギ尊キ僧ニモ参ラセ置キ、経ヲモ読セ、法師ニモ成サン事、本意ナリ。

そもそもタケ歳は、「後生ヲ助ケラレンガ為」に子を願い、法師とし、両親との別離の日を親の忌日として後生菩提を弔うことを託したのである。「丹後物狂」の前場でも、花松が文殊堂に祈請して授かった申し子であることが語られる。前場を持っていない「敷地物狂」は、出家以前の経緯について触れることはないが、両親の不在を知らされた松若が自らの出家の日を両親の忌日と定めるについては、やはり、右のような出家因縁譚の投影を見るべきであろう。(10)

以上、「敷地物狂」が「丹後物狂」に同じく、円仁、延昌などの出家因縁譚を構想の淵源として持つことを述べてきたが、「敷地物狂」とこれらの因縁譚には、大きく異なる点が一つ存在する。それは、これらの因縁譚が主として父との別離再会を描くのに対して、「敷地物狂」のシテは母であるという点である。次にはこの点をめぐって考察を加えることとする。

三

「丹後物狂」は、『申楽談儀』第十四条の記述

丹後物狂、夫婦出でて物に狂ふ能也し也。幕屋にて、にはかに、ふと今のやうにはせしより、名有能《ある》となれり。

によって、井阿弥原作(『中楽談儀』)の時点では夫婦が揃って子を尋ねる能であったものが、恐らくは世阿弥によって、父一人をシテとする男物狂能へと改作されたことが知られている。現存する「丹後物狂」の、「夫婦ともに家を出で」「せめてわが子の沈みし、ひとつ所に身をなげて、浄土の縁となりなんと、思ひ切りたるわれらなり。導師も憐れみてわが跡弔ひて賜び給へ」(クセ)などの詞章は、「丹後物狂」がかつて夫婦の物狂能であった痕跡を残したものと見られる。

同様に、「敷地物狂」も、現存の謡本では母をシテとする女物狂能として伝えられているが、最古写本である観世文庫蔵天文廿年服部《はっとり》甚六《じんろく》秀政《ひでまさ》奥書本「シキ地」には、以下示すような別筆の訂正個所があり、その原形は、「丹後物狂」に同じく夫婦が登場する物狂能であった可能性が高い。

①第三段の、子とワキ僧との〔問答〕部分で、他本にはある二カ所の「母ごに」の語句が、本来服部甚六本にはなく、別筆で書き入れられている。

子〽母ごに別れまゐらせし、頃は二月中の五日、思ひ出だしたることの候。いかに申し候。母ごに別れまゐらせし、頃は二月中の五日、その日をおん命日と定め七日の説法を始めばやと思ひ候。ワキ〽もつとものおん事にて候。父母この世にましまさば逆修の法事ともなるべし。

②第六段の、シテとワキ僧との〔問答〕部分にある三カ所の「狂女」の語の内、服部甚六本では、最初の二カ所(「いかにこれなる狂女」「いかに狂女」)が本来は「狂人」であり、これを別筆で「狂女」と訂正している。

「敷地物狂」において、シテが女物狂であることを明確に示す箇所は、右①②の二カ所に集中している。「狂女」の語は、この他二カ所に使われているが、いずれも「敷地物狂」が夫婦の物狂能であったことと矛盾しない。一つは第六段の三カ所目、薦をワキ僧に所望されて断る場面である。直前のワキのことばにあった二カ所の「狂女」が、訂正前は「狂人」であることから、この箇所も元来は「狂人」であった可能性もあるが、「狂女」であったにせよ、肩身の狭さを自嘲している内容から、夫婦の物狂の内のツレ(母)の感慨と考えて差支えない。二つ目は、第七段、法会の場面で、シテが声を上げて舎利講式の文句を継いだ時に、「これなる狂女がただ今の御句を引いて声を立つるは、そも何と思ひよりてかやうには申すぞ」と、ワキ僧が不審を述べる場面である。奈良絵本「ゆみつぎ」にも、諷誦文を聞いた母が父の制止にも拘わらず思わず声を立ててしまう場面があり、ツレとしての狂女(母)の役割が想定できる箇所である。

このように、補筆訂正前の服部甚六本では、「敷地物狂」が母親のみが登場する女物狂能である必然性は消える。逆に、「敷地物狂」の詞章を子細に見ていくと、元来は夫婦の物狂能であったことの傍証を拾うことができる。

①第一段、ワキと子方の登場の段において、二人は「菅生殿の御事を尋ねて」須河の里に下る旨をいう。

②第二段のアイとワキとの問答で、恐らくは親の不在を聞き(この部分、服部甚六本をはじめ諸本「シカシカ」とあるのみ)、第三段では父母孝行の説法(逆修の法事)を始めることとする。

③第六段〔クルイ〕や、第七段〔サシ〕など、〔問答〕のように詞章が流動的ではない部分には、「狂女」ではなく、「物狂ひ」の語が使われている。

④第五段、道行き部分の「白髭のわれら」(〔上歌《あげうた》〕)、第十段、再会の場面の「おん姿も、白雪の、年ふりまさるおん気色」(〔掛ケ合〕)など、男物狂によりふさわしい表現(11)が見受けられる。

右、①と②に示したように、第一段・第二段においては、松若は菅生殿を尋ね、父母の不在を悼んでいるのであり、第三段で「母御」の語が補入されることによって、唐突に母との別れのみが強調されることになる。この展開の不自然さは、夫婦が登場する物狂能であったものを母のみが登場する女物狂能に改変した際に生じた結果ではないだろうか。また、③の「物狂ひ」は、男女共に使い得る表現であるが、節のある部分には「狂女」の語は使われていない。前述のように、問答部分に見られる四カ所の「狂女」の内、二カ所の原形が「狂人」であり、これ以外の二カ所もツレとしての狂女を指すと考えて差し支えないことを鑑みても、③④の事象は、「敷地物狂」もまた、「丹後物狂」のように、その原形が父をシテとする夫婦の物狂能であった痕跡と考えられるのである。

つまり、同じく出家因縁譚を淵源とする「丹後物狂」と「敷地物狂」は、いずれももとは夫婦物狂として作られながら、「丹後物狂」の方は、母役のツレが削除されて男物狂に焦点が絞られ、一方、「敷地物狂」は、母親をシテとする女物狂能へと改変されたことになる。

ところで、『三国伝記』や『内外因縁集』『直談因縁集』の延昌譚、あるいは『直談因縁集』の円仁譚において、子を尋ねて再会するのは父のみである。三千院円融蔵の円仁譚（『慈覚大師縁起』）には、父の死後、円仁は別途、行方知れずとなっていた母を尋ね、再会して往生を導くという後日談を僅かに記すが、父母が揃って子を尋ねる形ではない。[12]依拠した延昌譚、円仁譚などの高僧の出家因縁譚では、父が子を勘当し、父が子を尋ねて行く話であったものが、井阿弥原作の「丹後物狂」では、夫婦が物狂となって子を尋ねる形に変えられ、再び、世阿弥によって、父だけが登場する形に戻されたことになる。

これに対し、女物狂となった「敷地物狂」は、依拠した出家因縁譚から大きく乖離し、因縁譚の中心にあった父の存在自体を消してしまったものである。そもそも、「敷地物狂」は、出家因縁譚の要にあった父の勘当の場面を省略しているのであり、既にその時点において、出家をめぐる恩愛の葛藤の主人公を母へと移行させる素地は整っていたといえる。服部甚六本の補筆訂正から窺い見る夫婦物狂能の段階が、「薦物狂」という「敷地物狂」の初出名と対応するのか否かについては、判断する資料はない。しかし、「敷地物狂」は、出家因縁譚を淵源としながらも、その母胎からの乖離が進んだ作品であることは確かである。前述のように、「薦」が出家因縁譚以来のモチーフであるのに対して、再会の場が天神の御「敷地」であることは、大事の薦を渡すまいと狂女が述べる理りの根幹である。この部分は、次項で述べるような仕掛けと共に、「敷地物狂」を支える重要な趣向の一つであり、「敷地(物狂)」の名は、この趣向を前面に出したものといえる。夫婦物狂の段階の全容を復元することは不可能であるが、「薦物狂」とは、依拠した出家因縁譚により近い夫婦物狂あるいは男物狂の段階における名であった可能性もあろう。

四

以上、依拠した出家因縁譚に沿って筋が運ばれている「丹後物狂」に比して、「敷地物狂」は、これを組み替え、シテの人体を置換していることを述べてきたが、「敷地物狂」には、これ以外にも様々な趣向が仕組まれている。その一つが、物狂能が必ず持っている別離と再会という枠組みを、「向去却来《こうきょきゃらい》」という禅語の概念で把握し直したことにある。禅語としての向去は、「本来具有している仏性を信じ、これに向かって発心向上すること」。却来は、「絶対平等の世界から却って相対差別の世界に来ること」(『新版禅学大辞典』)。二者は求道と教化《きょうけ》に還元されて説かれる。

「敷地物狂」の松若は、出家する時に書き置いた文の中で、釈迦の出家を譬えに引き、「これぞまさしく真実報恩者の、道に出で入る修行の別れ」、「向去却来の道に出でば、ふたたびおん目にかからんこと、疑はで待たせ給ふべし」と記していた。そして、予告の通り、松若は学問の奥義を究めた後に再び古郷を尋ねる。一方、松若を探して物狂となった母も、求め彷徨った末に古郷に立ち戻る。「昔のあとに帰り来る」(ワキ道行)、「我も越路に帰る雁」(一セイ)、「行きてやみまし旧里の道」(サシ)、「古きすみかにかへりみれば」(サシ)、「旧里に帰り今はまた」(上歌)と、双方の古郷への回帰は繰り返し強調され、求め、立ち戻るという向去却来の具体相が示されていく。

「文」の中で、自らの出家を正当化する「真実報恩者」の語は、

棄レ恩入ニ無為一、真実報恩者《ノ》ト申ハ、如来ノ誠言也。（『金玉要集』第三・同悲母事、『磯馴帖　村雨篇』和泉書院所収）

凡仏自云、流転三界中、真実報恩者ト説給キ。（同書第四・夫妻事）

のように、釈迦出家の本懐を説いた偈としてよく使われるものであり、『三国伝記』の延昌譚では、

我、昔、公ヲ心強ク此ノ弓ニテ奉《ルコト》打、更ニ私ノ非ニ意趣《ニ》一。棄レ恩入ニ無為一ノ志深シテ学道ニ無《ンバ》懈《リ》、曠劫ノ恩浪尽レ底《ヲ》乾《ン》歟。爾者、真実報恩者可《シ》レ為ト、偏ニ御身ヲ奉《ル》レ思故也。（国立国会図書館蔵『三国伝記』）(13)

子を打擲して勘当した親が、再会後に、子の出家を導いた深謀遠慮を述べるくだりに引かれている。恩愛の絆を断って（あるいは断たれて）出家し、悟りを開いた者が、再び郷里の親を尋ね、親の菩提を導く。向去却来とは、実は、「敷地物狂」の依拠する出家因縁譚が示していた回路に重なっている。

ところで、向去却来は世阿弥伝書に一例、禅竹伝書に五例の用例があり(14)、いずれも芸の高位を究めた後に、初心に立ち戻ることによって、さらに深い芸境を得る意味に使われている。「敷地物狂」には、眼前の狂女が実母であることを知った松若が高座を下りて狂女に礼をなす場面がある。これは、本章第三節において引用した『直談因縁集』の延昌譚に、「カタジケナクモ座主、白洲ヘ下リ、老翁ヲ礼シ玉ヘバ、同宿等、不思儀ノ事也ト云テ、或ハ袖ヲシホルモ有之」とあるように、出家因縁譚において再会の場面の類型としてあったものを踏まえたものと考えられるが、伝書における向去却来の理解を援用するならば、「敷地物狂」における母との再会は、松若を叡山での修行で到達した悟りの境地よりも、さらに高い次元へと導くものとの解釈が可能となる。

世阿弥において飽くことなく踏襲された、別離と再会という物狂能の枠組みに、「敷地物狂」の作者は「向去却来」

という意味を付した。しかし、この新たな試みは、物狂能の淵源の一つである出家因縁譚の根幹にある、「棄レ恩入ニ無為一、真実報恩ノ者」という出家の本懐に立ち戻ることでもあった。「丹後物狂」では、再会後、「わが古里に立ち帰り、元のごとくに栄へけり」と家の繁栄を寿ぎ、大聖文殊の利生を讃えて終曲となるが、「敷地物狂」の終曲は、「旧里に帰り今はまた、もとの親子に逢ふことも、一世に限る道とかや、一世に限る道とかや」で結ばれる。これまで見てきたように、依拠した因縁譚では、一子に恵まれぬ親が子を祈請するのは後生を願うがゆえであり、授かった申し子は、「家ヲ次セント存ズルガ、俗ニシテモ幾。所詮、出家ニ成シ、菩提ヲ弔セント云テ、出家成玉ヘリ。又ハ、吾即、臨終ノ時ノ善知識ニセント」出家させる。高僧となった我が子を善知識として往生を遂げることこそが親の本懐であり、これをはたして、出家因縁譚は大団円となる。再会を以て大団円であり得た物狂能は、再び、「敷地物狂」において、親子の再会が一世の縁に過ぎぬことを付け加えることになるのである。

作者が仕掛けた今一つの趣向は、再会の日の設定である。松若が郷里を尋ね、両親の不在を知ったのは、奇しくも、出家を志した二月十五日から幾年かが経巡った(15)同日であり、この日を両親の忌日として供養（逆修）の説法を始めた法会の場で親子は再会する。二月十五日を両親の忌日としたことには、涅槃会を重ねる意図を読むべきであろう。

「丹後物狂」の〔クリ〕〔サシ〕〔クセ〕の内容は、シテ岩井某の身の上話（「狂人の身のいにしへ」）であるが、「敷地物狂」では、先ず〔クリ〕に、伝貞慶《じょうけい》作『舎利講式《しゃりこうしき》』の第四段が引用される。(16)

　それ昔在霊山の秋の月、わづかに微月にのぞんで魂を消す。泥洹《ないをん》双樹の苔の庭、ただ遺跡を聞いて腸を断つ。

涅槃会は遺教経の講義と転読に始まり、舎利講式の読誦に終わる。「敷地物狂」が舎利講式を引用するのは、松若の説法の場を涅槃会の描写と重ねるためである。『舎利講式』は生身の釈迦と変わらぬ利益を施す遺骨の舎利を礼讃し、その供養によって仏道成就が叶うことを述べたものであるが、その第四段は「事理の供養」を述べる段であり、先の引用部分は、釈迦を失って孤児のように寄る辺ない状態となった衆生の悲しみを綴った箇所である。明恵《みょうえ》が建仁三年（一二〇三）に草した『十無尽院舎利講式《じゅうむじんいんしゃりこうしき》』（京都大学附属図書館蔵）では、第二段が「恋慕如来涅槃門」にあたるが、明恵は翌年二月十五日に紀州湯浅宗景《ゆあさむねかげ》宅での涅槃会でこの舎利講式を読んだ折、涅槃の場面で悲泣嗚咽して中絶してしまい、弟子の喜海《きかい》が後を継いだという。(17) 涅槃会は、「釈尊円寂の日に相ひ当て、道俗、男女、貴賤、老少、哀悲の心を催して、各々低頭挙手の儀を整へて、面々に恋慕渇仰の思を凝し、西天悲嘆の時節を迎へ」（金沢文庫蔵『涅槃会志趣《ねはんえししゅ》并《ならびに》回向《えこう》』）(18)、釈迦の死を悼む法会であり、ことに涅槃を語るくだりは、満場が涙に暮れる場面であった。安居院澄憲《あぐいちょうけん》編の唱導文集である仁和寺蔵『釈門秘鑰』(19)の「父母遠忌釈」が、

彼釈迦入滅御後、何歳不㆑悲、何日不㆑憂、主親師三徳、無㆓忌日㆒、慈悲心一子、無不悲節、無不怨歳、サレドモ二月十五朝ゴトニ、菩提樹葉一時散落、如一樹忽枯、次日反如本、是、示仏御入滅之悲、表仏御忌日之傷也、是、共哀心如喪時。

二月十五日の朝がめぐってくる度に、入滅のその日に同じく菩提樹の葉が散り、枯れたようになることを挙げて、父母の忌日に遠忌法要を営むことの大切さを説くように、遠忌において釈迦入滅の悲しみを譬えることは、説法の常套であったと思われるが、「敷地物狂」は、父母追善の説法を、まさに涅槃会に重ねることによって、釈迦入滅によって衆生が受けた悲嘆に、父母を失った松若の悲しさが重ねられ、さらにその上に、眼前の如き追善を期すべき孝子を失った狂女の慟哭とが重ね合わせられている。

次に、［クセ］の冒頭に引かれる

孤山の松の間には、よそよそ白毫の秋の月を礼し、蒼海の波の上には、わづかに紫台の暁の雲を引かん。

は、『舎利講式』第五「廻向発願」中、父母往昔の重恩を報ぜんために仏道成就を発願し、菩薩聖衆が来迎する描写

である。これに続く〔クセ〕の「人は栴檀の種よりも生を得ず。ただ赤白の二躰を受けし故とかや」は、『舎利講式』の中では仏道発願に至る三界穢土離脱の文脈の中で使われている語句であるが[20]、「敷地物狂」では、これが〔クセ〕の後半で親子の恩愛の深さを肯定的に綴る内容への転換点として用いられている。〔クリ〕において涅槃会の描写が重ねられた法会の場は、その愁嘆の焦点が〔クセ〕の途中からシテの心情へと移されているのである。

釈迦の死を悼む舎利講式の文句を聞いて思わず声を上げるのは、本節三で見たように、夫婦物狂能の段階においても狂女の役としてあった。依拠した出家因縁譚において、恩愛の絆は父自らが断ち切るものであったが、クセ後半で語られる恩愛の強調は、出家因縁譚の中でも後半の子を尋ねていく場面

命ノ限リマデ只子ヲ思心ヲ前キトシテ、小袖ヲコモニ裏ミテ頸ニ懸テ、都ヘトテゾ登リケル。（『慈覚大師縁起』）

を増幅させたものである。父親をシテとして夫婦が登場する物狂能であった「敷地物狂」から女物狂能への改変は、こうした恩愛の強調、愛別離苦の強調の中で選択されたものであったと思しい。

「敷地物狂」に仕掛けられた叙上のような趣向は、依拠した出家因縁譚の筋書きに沿って作られた「丹後物狂」に比して、格段に手の込んだものである。他の禅竹作の可能性がある物狂能との比較を述べる余裕が今はないが、物狂能の命題である別離と再会を「向去却来」の語で捉え、古作「丹後物狂」以来、物狂能が依拠してきた出家因縁譚を恩愛の強調の下に組み直した構想力は、様々な趣向と共に禅竹作を窺わせるに充分である。「敷地物狂」は、世阿弥が確立した物狂能に、より深い解釈を加えて生み出された作品であり、その作者には禅竹が想定できるとの見通しを述べて、筆を擱く。

（1）「敷地物狂」の室町期における上演記録は、後述する永享四年の「薦物狂」の名での上演が知られているのみであり、

近世における上演記録も、正徳年間に鳥取池田藩江戸屋敷における三回の上演記録を拾うに過ぎない。正徳年間の上演は、綱吉・家宣の稀曲好みの影響を受けた一時的な復曲であったと思われる。なお、「敷地物狂」は、一九九七年二月に大槻能楽堂研究公演において復曲上演された。共同研究を行った天野文雄氏と大谷は、パンフレットに、各々「「敷地物狂」の作者——〝向去却来〟をめぐって」「敷地物狂の趣向」を掲載し、禅竹作の可能性に触れている。

（2）江戸後期の間狂言資料である法政大学能楽研究所蔵『大蔵八右衛門流能間』は、松若の同伴者である比叡山の僧(ワキ)が菅生の里の者(アイ)に菅生殿の住居を問う問答部分の中で、「遁世」とのみ記す。アイとの問答は服部本には省略されているが、仮に離別の原因について触れていたとしても、これ以上詳しい説明があったとは考え難い。

（3）『三国伝記』天台座主延昌僧正事では、父は我が子への対応に後悔することはなく、夢告によって、「ヤガテ不孝ヲ許サント思テ」弓の折れを首にかけて叡山に向かう。『内外因縁集』にも、父が杖で我が子を打擲したことに対する後悔の念は認められないが、『直談因縁集』では、父が「子ヲアマリニ深セツカン」したことに「後悔ノ心節々起」す。この点において、『直談因縁集』の記述はより「丹後物狂」に近付いた形といえる。なお、『内外因縁集』には夢告の場面はない。

（4）日本古典文学大系『謡曲集』上「丹後物狂」。演出資料は皆無であり想像の域を出ないが、七段「その時は恨めしかりし鞨八撥も、今はわが子の形見と思へば、懐かしうこそ候へとよ、あらわが子恋しや、あらわが子恋しや」の後に、物狂の父が花松を偲んで鞨八撥に興じるという演出も想定し得る。なお、「丹後物狂」は、井阿弥の作を世阿弥が改作したものであり、現存の詞章にも乙類の物狂能への移行の痕跡が認められる(本章第一節)。

（5）『日光天海蔵直談因縁集　翻刻と索引』和泉書院、一九九八年に拠る。

（6）一番さかほこ、二番通盛卿小宰相事、三番佐野船橋、四番薦物狂、五番続桜事、六番よろほし。

（7）延昌譚は『三国伝記』に見え、成立が応永期に溯り得るが、円仁譚は円融蔵本を溯るものを知らない。しかし、別稿でも述べたように、親が不学の子を勘当する話は、既に鎌倉南北朝期の説草「多田満中」にあり、これらの出家因縁譚が能の影響を受けているとは考え難い。

（8）注5前掲書、阿部泰郎解題。『直談因縁集』の円仁譚は特に薦とは記さないが、やはり父は、僧が置いて去った金三両と絹一疋を「裏ミ持テ、カセ杖ニスガリ」叡山へ向かい、慈覚大師となった我が子が導師を勤める天王寺の説法の場で、父子は再会する。

(9)『直談因縁集』にこの記述はない。

(10)円融蔵『慈覚大師縁起』には、父が、我が子とは知らぬ旅僧のために柴木の枝を折って敷物として差し出す記述もあり、僧が狂女の薦を導師の敷物として所望する「敷地物狂」の一場面を髣髴させる。

(11)白髭はもちろん地名を懸けたものであるが、狂女の形容には不適切であろう。後者はシテが老女であれば問題はない。

(12)「ゆみつぎ」の名で伝えられる奈良絵本や古浄瑠璃正本の延昌譚では、三つに折れた弓の破片を父母と妹と延昌(諸本によっては、父と母と延昌)とが持ち、父母は夫婦の物狂となって漂泊する。「ゆみつぎ」は、身売りされた妹が施主となって営む、父母三十三年を弔う説法の導師に延昌が迎えられ、この説法の場に父母が尋ねてきて、諷誦文が読み上げられ、親子四人が再会するというものである。親を「物狂」と称する点や、妹を人買いに誘拐されたとする設定や、須河の里人が父母の不在を教えてくれる夢を見て、古里への帰還を思い立つという部分などには、「丹後物狂」「敷地物狂」などの物狂能の影響も認められ、「ゆみつぎ」が夫婦の物狂とするについても能の影響を考えるべきであろう。「ゆみつぎ」は、説法の場で再会する点でも、「丹後物狂」や「敷地物狂」と共通するが、前章で述べたように、『三国伝記』他の延昌譚には、説法の場で父子が再会するものはない。なお、能「弓継物狂」は、「ゆみつぎ」に溯るものではない。

(13)江戸初期写本。巻三・四・五・十一の四冊を欠く端本。引用は古典資料『三国伝記』(すみや書房、一九六九年)の影印に拠る。

(14)注1天野前掲稿。

(15)〔クセ〕では「三年」と語られるが、〔名ノリ〕では、学問の奥義を究めたとあり、出家因縁譚の類型に照らしても、「三年」は実際の歳月を指すものではないかもしれない。

(16)天野文雄氏「作品研究「舎利」」(『観世』一九八二年十二月号)に、落合博志氏示教として、「敷地物狂」における貞慶『舎利講式』の引用を指摘する。『舎利講式』冒頭は「常在霊山の秋の空」。西大寺本との詳しい校合は天野氏稿を参照されたい。『舎利講式』諸本については山田昭全氏・清水宥聖氏編大正大学綜合佛教研究所研究叢書第二巻『貞慶講式集』に詳しい。貞慶は建仁三年(一二〇三)九月唐招提寺において、鑑真招来の舎利を奉じて釈迦念仏会を行っており、『舎利講式』はこの時に作成された願文に近似していることから、貞慶同時期の作とも言われる。なお、現在も唐招提寺では十月下旬の釈迦念仏会に金亀舎利塔を拝して舎利講式が読誦される（奈良国立博物館編『講式――ほとけへの讃嘆』一九八五年）。

(17) 注16前掲『講式――ほとけへの讃嘆』。

(18) 正中二年（一三二五）奥書。引用は高橋秀栄氏「中世の盂蘭盆会資料」『金沢文庫研究』三〇四号、一九九八年に拠る。

(19) 阿部泰郎「仁和寺蔵『釈門秘鑰』翻刻と解題」国文学研究資料館文献調査部『調査研究報告』十七号「安居院唱導資料纂輯（六）」一九九六年。

(20) 注16天野前掲稿。『舎利講式』の文句は「就中人、不生栴檀之種、必有父母有親族」。

第四章　脇の能

第一節　祝言の位相――「脇の能」の変遷

一

世阿弥の伝書中に「脇の能」「脇の申楽」、あるいは単に「脇」と呼ばれる曲種がある。現在、「脇能」と言い約《つづ》められた形で用いられている用語はこれに由来する。(1)「脇の能」として作られた多くの作品は、神体をシテとする「神《かみ》能《のう》」であったために、

一番に祝言をする事、神能に定まりたり。祝言にてあらば、何能にてもあれ、是有べき儀なれ共、神能に定め候こと、子細有。日本は神国なり。神代より伝はる国なれば、今、仁《人》王の御代に至るまで、我朝の守護神たり。かるが故に、其日の祈禱として、神を勧請するといふ心によつて、一番に神能也。

（古活字本『八帖花伝書《はちじょうかでんしょ》』、日本思想大系『古代中世芸術論』所収）

右のように、「脇の能」は「神能」と同一視されるようになる。「神・男・女・狂(雑)・鬼」という言い方に顕著なように、後世、「脇能」の語は「神能」と同義に理解されるようになるが、世阿弥が用いる「脇の能」の概念は、あく

まで「初番の能」の範疇を出ることはない。

応永二十五年の奥書を持つ『花習内抜書《かしゅううちぬきがき》』に、演能の順番について次のような記述が見えている。

序トイツパ、初メナレバ、本《ホン》ノ義ナリ。サルホドニ、正シク、面《表》ナル姿ナリ。中楽モ、脇ノ能、序ナリ。直《スグ》ナル能ノ、サノミニ細カニナク、祝言ナルガ、正シク下《クダ》リタルカヽリナルベシ　態《ワザ》ハタヾ歌舞バカリナルベシ。歌舞ワコノ道ノ本体ナルベシ。サレバ、歌舞ヲ以テ、序ノ能トスベシ。

仮に一日五、六番の能を出す場合に何番目にどのような能を演じたらよいかを述べた箇所であるが、ここで、世阿弥が「脇の能」に関して、明確な曲種概念を持っていたことを知ることができる。『花習内抜書』は、続く二番目以下の曲についても、

二番目ノ能ワ、脇ノ申楽ニ変リタル風情ノ、本説正シクテ、強々《ツヨ〴〵》トシタランカ、シトヤカナランヲスベシ。（中略）三番目ノ能ヲバ、細カニ手ノ入リテ、物マネノアラン風体ナルベシ。ソノ日ノ肝要ノ能ナルベシ。四番目ワ、義理能ナンドノ、問答・言葉詰メニテ事ヲナス能ノ風体、マタワ泣キ申楽ナンド、コトニ〳〵ヨカルベシ。四五番目マデモ、イマダ破《ハ》ノ内ナルベシ。

急ト申ハ、挙句ノ義ナリ。コレワ、ソノ日ノ名残ナレバ、限リノ風体ナリ。（中略）急ワ、揉ミ寄セテ、乱舞マタワハタラキノ風体、目ヲ驚カス気色ナルベシ。揉ムト申ハ、コノ時分ノ体ナリ。

右のように、順次ふさわしい曲柄を示しているが、先に引用した「脇の能」に関する記述が「祝言」という理念的な性格付を打ち出したものであるのに比して、これらは単に曲柄の例示の域を出ていない。実際の演能記録をたどってみても、初番には「脇の能」がほぼ演じられているのに対して、二番目以下は曲順の意識がほとんど認められないのである。(2) これは、同書の次の部分が記すように、

ヲヨソ、昔ワ、能数《カズ》、四五番ニワ過ギズ。サルホドニ、五番目ワカナラズ急ナリシカドモ、当時ワ、ケシカラズ能数多ケレバ、早ク急ニナリテワ、急ガ久シクテ、能悪カルベシ。能ワ、破ニテ久シカルベシ。破ニテ色々ヲ尽クシテ、急ワ、イカニモタヾ一キリナルベシ。

「破」は結句「色々ヲ尽ク」せばよいのであり、実際には曲順に拘束されることはなかったためと思われる。番数の増加が理論の実践を阻害した側面も考え得るが、永享二年、一座に宛てた『習道書』においても、

能の序破急の事、脇能は序也。二番・三番・四番は破にて、事を尽くして、五番目は急にて果てて、序破急おさまりて、遊楽成就《いうがくじやうじゆ》の一会《いちゑ》なるに、思はざるに番数重なれば、序破急又あらたまりて、曲道も前後する風体なり。返々《かへすがへす》、芸人のため一大事也。しかれども、貴命《めい》なれば、力なき次第也。

「二番・三番・四番は破にて、事を尽くして」と、「破」の中での具体的な指示はない。

このように、世阿弥において「脇の能」は、初番の能を意味し、これを規定するものは第一に祝言性であった。その多くは神体をシテとする神能であるが、「難波梅《なにわのうめ》」が神能ではないように、世阿弥にとって「脇の能」は必ずしも神能である必要はなかった。逆に「阿古屋松《あこやのまつ》」や「蟻通《ありどおし》」「葛城《かづらき》」のように、世阿弥は神能を必ずしも「脇の能」として作ってはいない。神能ではないために「難波梅」を脇能ではないとする見解は[3]、世阿弥の言に照らして首肯し難い。「難波梅」は、『五音』の祝言の項に添えられた古今集仮名序古注(いわゆる公任注)の和歌「春日野に若菜摘みつつ万代を祝ふ心は神ぞ知るらん」を曲中用いていることに象徴されるように、全編祝言で一貫した作品であり(本章第二節参照)、『八帖花伝書』の時点でも、

祝言の能、「相生」「難波の梅」也。これを以て、祝言の能、此能、分別有べし。祝言の第一と申は、声をいらりと祝言を含み、競ふて掛くべし。いかにも花やかに、沢山に打べし。

と、祝言の能の代表に掲げられる「脇の能」である。

初番の能を指す「脇の能」という語が「神能」に置き換えられるのは、「脇の能」のもつ祝言の意味が失われて行く過程と無縁ではない。世阿弥が「脇の能」という概念をもった段階では、それは祝言の能であり、歌舞を本とするものであり、序破急の「急」にあたる演目にこそふさわしい「ハタラキ」の能とは明確に区別されていた。ところが、「脇の能――態は歌舞ばかりなるべし」という世阿弥の言に反して、後には、「竹生島《ちくぶしま》」「賀茂」「寝覚《ねざめ》」等、龍神や鬼神などが「ハタラキ(働)」を見せる能が作られるようになる。そのような中にあっては、世阿弥が「脇の能」にふさわしく歌舞の能に作った曲を、ハタラキの形に改変して演じられることさえあったようである。下間少進《しもつましょうじん》の伝書『童舞抄《とうぶしょう》』は、世阿弥作の「老松《おいまつ》」をハタラキとし、同じく「鵜羽《うのは》」についても、「後は舞働にする事あり」と、ハタラキの異演出の存在を伝えている。また、由良家蔵笛の伝書『花笛集《かてきしゅう》』では、「難波梅」を「白はたらき有。一段と心得べし。太鼓打て急の舞也」と記している。しかし、これらはいずれも本来の形とは考え難い。室町後期には、最終演目を祝言能とする慣習が生まれるが、これも、「脇の能」の原義である初番の能の意味が、歌舞を本とする属性と共に重要視されなくなったことと表裏の関係にある現象であろう。

では、世阿弥は何故初番の能、「脇の能」に、ことさら祝言を強調したのであろうか。先ずは、世阿弥作の「脇の能」がどのように祝言を表現しているのか、素材の面から見ていくこととする。

二

世阿弥の作品には『三流抄』などの古今和歌集序注の影響が見られることは既に周知の事柄に属する。世阿弥頃の能で、部分的な典拠としてではなく、本説を古今序注とする作品には、「金札《きんさつ》」「伏見」「相生《あいおい》(高砂)」「白楽天」「志賀」「淡路」「難波梅」「采女《うねめ》」「女郎花《おみなめし》」「松虫」「富士山」「蛙《かわず》」「長柄《ながら》の橋」などが知られている。(4) このうち、『申楽談儀』によって田楽能の改作であることが知られる「女郎花」、禅竹作と言われる「松虫」「富士山」「蛙」、金剛座による演能記録のみが知られる「長柄の橋」を除外すると、「金札」「伏見」「難波梅」「高砂」「白楽天」「志賀」「淡路」「采女」(5) と、その大半が世阿弥、またはその周辺の作であり、「脇の能」であることが注目される。世阿弥は「脇の能」を作る際にその祝言性を表現する一つの手段として、『三流抄』を初めとする古今和歌集の序注を意識的に用いたということができるであろう。

さて、今ひとつの特徴として、世阿弥の「脇の能」には、次に掲げるように、終曲の部分に舞楽名をあげるものが多くある。

同〽さらば四きのわかをあげ、其しなかへてまひたまへ、シテ〽春は霞のわかをあげて、きしゆんらくをまはうよ、同〽さて又夏にかゝりては、いかなる舞をまひたまふ、シテ〽かたへすゞしき河水に、うかみて見ゆるさかづきの、けいばいらくをまはうよ、同〽はじめてながき夜もふくる、風の音におどろくは、たがふむまひのひやうしぞ、シテ〽秋きぬと、めにはさやかに見えずともしうぶうらくをまはうよ、同〽日かずもつもる雪の夜は、シテ〽くわいせつの袖をひるがへし、同〽さてもゝしきのまひには、シテ〽大宮人のかざすなる、同〽さくら シテ〽たち花 同〽もろともに、花のかぶりをかたむけて、やうこくよりもたちまはり、ほくていらくをまふとかや、さのみは何とかたるべき、こと葉の花も時をえて、其ふうなおもさかんにて、鬼も神もなうじゆする、和歌の道こそめでたけれ、〳〵。

(松井文庫蔵妙庵玄又手沢本「放生川」)

〽げに万代の春の花〳〵、さかえ久しき難波津の、昔語りぞ面白き、〽げに名にし負ふ難波津の、鳥の一声をりしもに、鳴く鶯の春の曲、春鶯囀を奏でん、〽不思議や御身誰なれば、かく心ある花の曲、舞楽をはじめ給ふべき、〽我はしらずやこの梅の、春とし〴〵の花の精、〽いま一人の老人は、〽今ぞあらわす難波津に、〽さくやこの花と詠じつゝ、位をすゝめ申し、はくさいこくのわうにんなりや、いまもこの花にたわむれ、もゝさえづりのこえたて、春の鶯の舞の曲、夜もすがら慰め申べしや、下ぶしゝて待ち給へ、花の下ぶしに待ち給へ、(中略) 〽あら面白の音楽や、時の調子にかたどりて、春鶯囀の楽をば、〽春風ともろともに、花を散らしてどうと打つ、〽秋風楽はいかにや、〽秋の風もろともに、波をひゞかしどうと打つ、〽万歳楽は、〽よろづ打つ、〽青海波とは青海の、〽波たて打つは採桑老、〽抜頭の曲は、〽返り打ち、〽入日を招き返す手に、〳〵、今の太鼓も波なれば、寄りては打ち返りては打ち、この音楽の時を得て、〳〵、せいじん国にまたいでゝ、天下をまもりをさむる、〳〵、万歳楽ぞめでたき、〳〵。

(観世文庫蔵世阿弥自筆能本「難波梅」。但し、私に適宜表記を改めた)

〽住よし現じたまへば、〳〵、伊勢石清水かも春日、かしま三嶋諏訪あつた、あきのいつく嶋の明神は、しやかつら龍王の第三の姫宮にて、海上にうかんで、かいせいらくを舞給へば、八大龍王ははちりんの曲をそふし、くかいにかけりつゝ、まひあそぶをみ衣の、手かぜ神風に吹きもどされて、たう船はここよりかん土にかへりけり、げに有難や神ときみ、げにありがたや、神と君が代の、うごかぬ国ぞめでたき、うごかぬ国ぞめでたき。

(松井文庫蔵妙庵玄又手沢本「白楽天」)

シテ〽げにさま〴〵のまひ姫の、こゑもすむなり住の江の、まつかげもうつるなる、せいがいはとは是やらん、
地〽神ときみとの道すぐに、都の春にゆくべくは、シテ〽それぞげんじやうらくのまひ、地〽さて万歳の　シテ
〽おみごろも、地〽さすかいなにはあくまをはらひ、おさむる手にはじゆふくをいだき、千秋楽は民をなで、
まんざいらくには命をのぶ、あひおひの松風、さつ〳〵のこゑぞたのしむ、〳〵。
（松井文庫蔵妙庵玄又手沢本「高砂」）

〽あら有がたや、有がたや、天下太平楽とは、いかなるまひのことやらん、〽おんできのなんをのがれて、
〳〵、上下万民舞あそぶ、〽扨万寿楽と申すは、〽都率天のがくにて、見仏菩薩舞給ふ、〽春立空の舞には、
〽春鶯囀をまふべし、〽秋来る空の舞には、〽秋風楽を舞ふとかや。
（京都大学国語学国文学研究室蔵江戸初期写十三冊本「鼓滝《つづみのたき》」）

これらのうち、「放生川《ほうじょうがわ》」の喜春楽《きしゅんらく》・「難波梅」の春鶯囀《しゅんのうでん》・「白楽天」の海青楽《かいせいらく》は、『教訓抄』や、これを増補した『続教訓鈔』などの楽書に見える舞楽説話を背景に、その名が挙げられたものと考えられる。

最初に掲げた「放生川」の梗概を示す。南祭の日、石清水八幡に参詣した鹿島の神職は、生きた魚をもつ翁（前シテ）に出会う。不審を糺すと、翁は、放生会の神事のいわれ、続いて八幡の縁起を語り、自ら武内の神であることを明かして山上へ上っていく。後半は武内宿禰が出現し舞を舞う。先の引用は終曲の部分である。この作品では喜春楽が初めに出てくるが、喜春楽は『教訓抄』三に、

古記云、清和天皇ノ御時、行教法師、八幡大菩薩ヲオヒタテマツリテ、男山石清水ノ宮ヘ奉㆑遷間、依㆓夢想ノツゲニ㆒、『寿心楽』ノ曲ヲ作云々。是今ノ『喜春楽』也。（日本思想大系『古代中世芸術論』）

と見え、クリ・サシ・クセで行教が八幡神を石清水に勧請したことを説く「放生川」の内容に合致した楽であることがわかる。続く傾盃楽《けいばいらく》・秋風楽《しゅうふうらく》・北庭楽《ほくていらく》は、「放生川」とは関係のない楽であるが、『教訓抄』七に

楽者随二季節一。春『春庭楽』、夏『応天楽』、秋『万歳楽』、冬『万秋楽』。如レ此雖レ充二四季一不定也。

とあるように、楽を四季にあてることが楽書にみえており、ここは喜春楽の春を初めとして、以下適当な曲を充てたものと見られる。

「難波梅」においては春鶯囀が曲中重要な意味をもっているが、春鶯囀は『教訓抄』二に或書云として、

大国之法ニテ、春宮《とうぐう》ノ立給日ハ、春宮殿大楽官ニ、此曲奏スレバ、必ズ鶯ト云鳥来アツマリテ、百囀ヲス。

という説話を載せている。「難波梅」は、古今集仮名序の「難波津に咲くやこの花」の歌をめぐっての和歌説話を「種《しゅ》」として、前場の問答で宇治の御子との位譲りの末、難波の御子が王位についた話が語られる曲であるが、古今集仮名序注の中には「難波津に」の歌を立太子の折の歌と説くものもあり、(6) 楽書が伝える春鶯囀の舞楽説話を照合すると、ここでも曲にふさわしいものが取り込まれているといえる。中入前のロンギに「不思議や御身誰なればかく心ある花の曲舞楽を奏し給ふべき」と、「心ある」曲と記すのも、いわれのある曲、換言すれば本説のある曲ということであり、世阿弥が春鶯囀に纏わる舞楽伝承を意識的に取り入れていることの証左となろう。なお、「放生川」同様、春鶯囀に続けて列挙される楽名には曲との関連は認められない。

「白楽天」では海青楽の名が挙げられているが、『続教訓鈔』海青楽の項には、

博雅三位譜ニ云ク、此曲南池院ノ行幸ニ、船楽ヲシテアリケルニ、退出セムトスル時、始タル楽ヲ作テ、奏シテ退出スベキヨシ宣下セラレタリケレバ、笛吹大戸清上是ヲ作テ、加二三度拍子ヲ一退出シケリト云々。

(日本古典全集『続教訓鈔』)

と見える。「白楽天」は、唐の太子より日本の智恵を計れとの宣旨を受けて渡来した白楽天に住吉明神が対峙し、楽天の詠む漢詩を和歌に翻訳してみせ、和歌の徳を讃え、楽天を唐土へ追い返すという内容である。後場、後シテの住吉明神が「海青楽」(実際には真の序の舞が舞われる)を舞い、これに続く詞章には、「住吉現じ給へば、〱、伊勢石清水賀茂春日、鹿島三島諏訪熱田、安芸の厳島の明神は、娑竭羅《しやかつら》龍王の第三の姫宮にて、海上に浮かんで海青楽を舞ひ給へば」と、日本の諸神が名を連ねている。ここは、神々が揃って白楽天の退出を奏して楽を舞うことが、「君が代の動かぬ国ぞめでたき」という最後の部分と呼応する祝言の表現になっていると見られる。

この他、作品全体に関わるものではないが、世阿弥作の可能性のある「鼓滝」に見える「天下太平楽とはいかなる舞のことやらん」「怨敵の難をのがれて上下万民舞あそぶ」は『続教訓鈔』奏王破陣楽の「暴逆ヲ誅シテ天下ノ太平ヲ致ス故ニ其武力ノ功ヲ歌舞ス」に、「万秋楽と申すは都率天の楽にて見仏菩薩舞給ふ」は『教訓抄』二・万秋楽の「破ハ日蔵上人渡唐ノ時、唱歌ニテワタシ給ヘリト申処ニ、実忠和尚、都率ノ内院ヘ参詣之時、菩薩聖衆ノ曲ヲ聞給テ、ウツシ給ヘリト申伝タリ」に通う表現であり、世阿弥は、楽書が収録する舞楽説話を意識的に取り込み、舞楽名を挙げていると思しい。

終曲部に舞楽名を挙げる作品としては、この他にも作者不明の曲「代主《しろぬし》」「源太《げんだ》夫《ゆう》」「道明寺《どうみようじ》」などを挙げる必要があるが、「代主」は「鼓滝」の同文流用であり、「道明寺」は「高砂」の一部借用である。「源太夫」においても、「都に帰るは勅の使、さてこそ名残の還城楽《げんじやうらく》」と、「高砂」と同じ文飾に使われているに過ぎない。楽書に見える舞楽説話を曲の内容に関わる形で意識的に使ったのは、世阿弥に特徴的な傾向とみなすことができよう(7)。

三

「脇の能」の終曲部に楽名が列ねられるのは、『教訓抄』三に「経信《つねのぶ》卿ノ説ニハ」として、「楽ノアハレナルヲバ亡国ノ音ト云、楽ノオモシロキヲバ国治音ト云ベシ」と見える『毛詩大序《もうしたいじょ》』を本とする理解が背景にあると思われる。世阿弥はその音曲伝書『五音曲条々《ごおんぎょくじょうじょう》』の中で、

詩序云、
治《オサマレル》世之音《コエハ》、安以楽。其政 和《ヤハラゲバナリ》。
乱《ミダレナントスル》 世之音、怨以怒。其政 乖《ソムケバナリ》。
亡《ホロビナントスル》 国之音、哀《カナシミヲ》 以思《ヘリ》。其民 困《クルシメバナリ》。
故《カルガユエニ》 正《シ》㆓得失《ヲ》㆒、動《カシ》㆓天地《ヲ》㆒、感《ゼシム》㆓ 鬼神《ヲ》㆒。

と、『毛詩大序』を引き、また、次にみるように、

祝言ト者、安楽音也。直ニ云タルガ、ヤスヤストクダリテ、治声ナルカヽリ也。此ヤスク云流シタルカヽリヲ、大事ニ思ウ宛テガイ、又大事也。念ロウスベシ。

祝言の音曲を「安楽音」と呼び、「治声ナルカヽリ」と説く。「治声ナルカヽリ」とは、『毛詩大序』の「治世之音」、「経信卿ノ説」にいう「国治音」に他ならない。

同じく『毛詩大序』に依拠する古今和歌集仮名序は、和歌の繁栄と治世の安泰を言祝ぎ、その継承を願い、後代には和歌の聖典となり、その注釈は和歌の繁栄と治世の安泰との一体化を強調し、和歌を「我国の法」(『玉伝深秘巻《ぎょくでんじんぴかん》』)と説くに至る。(8) 世阿弥が「脇の能」を構想するにあたって古今序注を多くその題材として用いたのは、古今序注に示さ

れる叙上の解釈の引用を以て祝言を表現する明確な意図があってのことと考えられる。同様に、世阿弥は、楽書が記す舞楽説話の理解を下に舞楽名を引くことで、「脇の能」を祝言の音曲、すなわち「治世之音」と位置付ける意図があったと思われるのである。

では、何故「脇の能」に祝言を強調する必要があったのだろうか。祝言の最たるものが「翁」であるが、「翁」では翁の舞の後、終曲で「一舞まはう万歳楽、万歳楽、万歳楽……」と万歳楽《まんざいらく》が繰り返される。万歳楽は、『続教訓鈔』第二冊万歳楽の項に

又云、此曲ハ公私ニ付テ祝所ニハ、必ズ舞トイヒ、楽トイヒ、先奏レ之、後ニコソ、何ノ曲ヲモ用キラレ侍レ、サレバ誠ニ目出キ曲ニテ侍ナリ。（中略）又云、天台座主教圓、毎日唯識論一部ヲ暗誦シテ、必春日大明神ニ回向シ奉ラレケリ。而或夕ニ、又回向シ奉ラレケルトキ、住房ノ松樹ノ下ニ、老翁一人現ジテ、万歳楽ヲ舞給フ。即春日大明神ノ舞セ給ケルナリ。

とあるように、祝言の場において他の楽に先駆けて奏される、祝言に最もふさわしい楽であり、春日明神が老翁の姿を借りて松樹の下で舞う舞であった。そして、『教訓抄』一によれば、

唐国《から》ニハ、賢王ノ世ヲヲサメサセ給時ニ、鳳凰ト云鳥カナラズ出来テ、賢王万歳々々(ト)囀ナルヲ、囀詞ヲ楽ニ作リ、振舞姿(ヲ)舞ニツクラセ給テ侍也。

そもそも万歳楽とは、賢王の治世を寿ぐ鳳凰の囀りをかたどって作られた舞楽であったと伝える。

「翁」の「とうとうたらり……」という詞章は、陀羅尼に神道の言葉をもって作ったという『八帖花伝書』『猿楽伝記』の解釈に対する『神道猿楽伝《しんとうさるがくでん》』の説「トウ〳〵タラリハ哥ノフシナリ」を継承した荻生《おぎゆう》徂徠《そらい》の唱和説「とう〳〵たらりやらりろうといふは楽の譜なるべし」（『南留別志《なるべし》』）が、明治以後の吉田東伍氏、高野辰之氏、能勢朝次氏に引き

継がれた。これに対して、表章氏は「翁猿楽異説」(9)において、現行観世流の「とうとうたらり」も元来は観世流以外の「どうどうたらり」であることをもって楽の唱歌説を批判し、囃子の擬音説を提唱した。後藤淑氏は民俗芸能の「翁」がトウトウタラリの謡の代わりに太鼓や笛の伴奏が代行していることを根拠に、同じく囃子の擬音説を提唱している。(10)

春浦院《しゅんぽいん》本『福富草子《ふくとみそうし》』には、福富が踊る傍らで女が扇拍子で囃している場面に、「たりやらちりやら」という擬音語が書かれている。また、狂言「楽阿弥《らくあみ》」で、楽阿弥がふく尺八の音は「とうろうろらり、とらろらろらゝろ」（虎《とら》明《あきら》本）と表される。あるいは、次に引用する『東山往来《ひがしやまおうらい》』第三七条往で、

謹言。一夜御琵琶之調、有不得意之條。就中攪合之第三句、多利羅羅利音、須押三絃之下、可被由也。而放四絃被鳴之條、為誰之傳哉。若是失錯歟。承之、欲貽後代。如何。（『日本教科書大系』往来編・第一巻・古往来(一)）

琵琶の調べもまた、「多利羅羅利」と記されている。「翁」の「どうどうたらり」も、その原義は別途、探索の必要があると考えるが、(11)囃し文句にも転用される楽器の擬音、つまり唱歌としての機能を持っていることは否定できないであろう。では、これらの音が何の擬音であるかと考えるならば、つまりは翁の舞を囃す音の譜に他ならない。

冒頭の文句「どうどうたらり」から既に、

百々有多良理千理弥多良理と申す十二の文字は、天竺のれいもん、唐土の詩賦、吾朝の風俗と申、三朝の秘事・風流、一つを四つ宛《づつ》に分れたり。天が下にあらゆる祝の詞をたくはへる文字也。是をもらして、十二調子、十二の舞楽、十二の節をばそだてたる事なり。（『宗筠袖下《そういんそでした》』）

「天が下にあらゆる祝の詞をたくはへる文字」と意味付けされる「翁」は、治世安泰の讃美、言祝ぎに満ちた祝禱芸である。「翁」は「一舞まはう万歳楽、万歳楽……」という詞章で終曲となるが、これは、「どうどうたらり」と囃さ

れる翁の舞自体を「賢王万歳々々」と治世を言祝ぐ万歳楽の舞に見立てた設定と見ることができるのではないだろうか。(12)

「脇の能」の終曲部に舞楽名が掲げられるのを、「翁」における万歳楽の設定の踏襲という観点から考えてみると、先に引用した『花習内抜書』が、最後に演じる能について次のように記しているのが興味深く思い起こされる。

急ト申ハ、挙句ノ義ナリ。コレワ、ソノ日ノ名残ナレバ、限リノ風体ナリ。

挙句、名残は、もとより連歌の用語であり、これと対するかたちでの「脇ノ能、序ナリ」という記述は、「脇ノ能」も連歌でいう「脇」、つまり「発句」に対する「脇」の意味で使われていると考えるべきであろう。連歌の第二句を指すことば「脇」を初番の能に使ったところに、「脇の能」の性格は如実に示されている。「脇」は発句の主意を補い読むものである。世阿弥は、この発句に相当する「翁」の主意を神性ではなく祝言と把握し、これを補い表すべく配置した能が「脇の能」であった。

次の『申楽談儀』の記事から、

大和申楽、是(翁)を本とす。当世、京中、御前《ごぜん》などにては、式三番、ことごとくは無し。今は、神事の外《ほか》はことごとく無し。

「翁」は、既に応安年中には省略されることもあり、『申楽談儀』がまとめられた応永末年、永享ごろには番組の冒頭には稀にしか演じられない状況であったことが知られている。このような中で世阿弥は、「翁」の属性であった祝言の機能を「脇の能」に込めたのであろう。(13)「脇の能」は「翁」の代替として祝言であらねばならなかったのである。

なお、『神道猿楽伝』が記す次の説話は、牽強付会ながら「脇能は翁である」という秘説が存在していたことを伝えている。

脇能ト云ハ天磐戸ニ天照太神籠ラセ玉ヒ磐戸ヲ細目ニアケテ鈿女ノ命ノ舞ヲ見時、戸脇ニ居タマフ手力雄ノ命、御手ヲ取テ引出シ玉フヨリ、天ノ下明カニナリタリ。コレニヨリテ脇ハ手力雄ノ命也。先ヘ出テ謡フヨリ脇能ト云。翁ナレト云習モ是ヨリ起レリ。開口ト云モ磐戸ノ口ヲ開クト云イワレナリ。

（京都大学附属図書館蔵『神道猿楽伝』[14]）

四

世阿弥は番組の曲の配当に理論付けを試みたが、その中で、初番の能――「脇の能」だけが、祝言の能として明確に規定された。初番の能を祝言としたのは、「当世何事モ祝言ヲ以本トスル」（『五音曲条々』）時代の要請でもあったのであろうが、世阿弥の「脇の能」における祝言重視の姿勢は、『風姿花伝』第三問答条々・序破急の段の一条では次のように表されている。[15]

先、脇の申楽には、いかにも本説正しき事の、しとやかなるが、さのみに細かになく、音曲・はたらきも大かたの風体にて、する〳〵と、安くすべし。第一、祝言なるべし。いかによき脇の申楽なりとも、祝言欠けてはかなふべからず。たとひ能は少し次なりとも、祝言ならば苦しかるまじ。これ、序なるがゆへなり。二番・三番になりては、得たる風体の、よき能をすべし。ことさら、挙句急なれば、揉み寄せて、手数を入れてすべし。

「脇の能」を、「態ハタヾ歌舞バカリナルベシ。歌舞ワコノ道ノ本体ナルベシ。サレバ、歌舞ヲ以テ、序ノ能トスベシ」（『花習内抜書』）と、一方で最も基本たるものとして説きながら、右引用中の「たとひ能は少し次なりとも、祝言ならば苦しかるまじ」という表現からは、世阿弥が、彼の志向する能――「得たる風体の、よき能」「その日の肝要の能」とは違った価値を、「脇の能」に対して与えている感を受ける。

先《まづ》、祝言の、かゝり直成道《すぐなる》より書き習ふべし。直成体《てい》は弓八幡也。曲もなく、真直成能也。当御代の初めのために書きたる能なれば、秘事もなし。放生会《はうじやうゑ》の能、魚放つ所曲《きよく》なれば、私《わたくし》有。相生も、なをし鰭《ひれ》が有也。

右、『中楽談儀』に、「秘事もなし」という「弓八幡」を「脇の能」の筆頭に挙げ、「高砂」や「放生川」のように他の曲種の能ならば「手の入りたる能」として評価されるはずの趣向が、「鰭がある」と、負の評価を与えられているのも、他の能と異なり、「脇の能」に対しては特別に祝言という尺度で評価を下していたことの具体的な現れであろう。

左は、世阿弥・禅竹における音曲としての祝言観であるが、

祝言は、直《すぐ》に正しくて、面白き曲《ふし》は有べからず。九位にとらば、正花風成《なる》べし。（『中楽談儀』）

此曲はまことに骨味を可ㇾ存性根なり。年始の祝言に、人の御まへに参て、今年の御慶《ぎよけい》ともいひ、又、千秋万歳目出《めでたし》といはんがごとし。（『五音三曲集』）

脇能を詠ふ様は、何たる風情もなく、只ゆう〳〵ほけ〳〵と、如何様《いかやう》の曲もなく、目出度《めでたく》、祝の心を持て唄ひ候。（『宗筠袖下』）

「直なる体」を理想とする祝言は、「面白」という、能の最上級の賛辞にそぐわぬ側面を持っていた。世阿弥は、ちょうど連歌の詠み様がそうであるように、[16]「翁」の本意をそのまま受け継ぐ形で祝言性を「脇の能」の重要な要件としたのである。「本ノ義ナリ。サルホドニ、正シク、面ナル姿」である「脇の能」の存在は、世阿弥が「面白」を究極

にして意を注いだ能の、脱祝言性を、一方では物語っている。

(1) 世阿弥の伝書中に「脇能」と記される箇所は二カ所、『三道』と『習道書』に一例ずつあり、『三道』は「老体。是、大方脇能の懸也」という注の箇所である。世阿弥自筆本がある『花習内抜書』に「ワキノウ」の例はなく、全て「脇ノ能」「脇ノ中楽」「脇」であり、『三道』と『習道書』の例も、仮にこの表記が世阿弥以来のものであったにせよ、「脇の能」と訓んだ可能性が高い。禅竹の用例においても、「脇」、あるいは『円満井座壁書』の「原本の体裁にほぼ一致するかと考えられる」(『金春古伝書集成』所収伝書解題)氏網の抜書に例がある「ワキノノウ」に限られる。『禅鳳雑談』に下ると、「脇能」「脇の能」が並存する。本稿では、世阿弥・禅竹の頃には「脇能」という熟した用語は成立していなかったという見解のもとに、「脇の能」という呼称を用いることとする。

(2) 室町後期には演目の最後に祝言能を演じることが慣習化する。これがさらに形式化したものが、「高砂」や「猩々」等のキリのみを謡う付祝言の形態である。

(3) 金井清光「神能から脇能へ」『能の研究』桜楓社、一九六九年。

(4) 伊藤正義「謡曲『富士山』考——世阿弥と古今注」(『言語と文芸』六四号、一九六九年)、同「古今注の世界——その反映としての中世文学と謡曲」(『観世』一九七〇年六月号)、同「謡曲高砂雑考」(『文林』六号、一九七二年)、三輪正胤「鎌倉時代後期成立の古今和歌集序註について」(『文庫』十七・十八号、一九六八年)、熊沢れい子「古今集と謡曲」(『国語国文』一九七〇年十月号)、片桐洋一『中世古今集注釈書解題』(赤尾照文堂、一九七一年)等、本書第二章参照。

(5) 「采女」は、現在「鬘物」と呼ばれる作品であるが、詞章には「げにや古に奈良の都の代々を経て神と君との道すぐに国家を守る誓とかや」「風も治まり雲静かに安全をなすとかや」「天地穏やかに国土安穏に四海波静なり」と、入水した女性の霊をシテとする曲種とは異質と思われる祝言性が横溢している。これは、古曲「飛火」(音曲伝書『五音』に「飛火」として、「采女」の前場の語リ・サシ・下歌・上歌に相当する部分が引用され、その存在が知られる)が転用された成立の経緯にも関わる問題であるが、「采女」は「難波梅」と共に古今集仮名序にいう歌の父母を題材にした作品であり、本来、世阿弥には、「脇の能」制作の意図があったものと考えられる。

（6）本章第二節「治世の象徴」参照。

（7）楽書は一方で、世阿弥の能楽論への影響も考えられるようである。『風姿花伝』第二物学条々では、女・老人・直面・物狂・法師・修羅・神・鬼・唐事というように、種々の人体の個別の論であったのが、次第に歌舞の二曲と老体女体軍体の三体の論に集約されていくが、『続教訓鈔』では、舞と管絃をさして二道・両道と呼んでおり、また、舞曲を童舞、女舞、武舞、そして走物にわける。「童舞」の呼称は世阿弥の『至花道』『二曲三体人形図』にみえ、「楽人の舞にも、陵王・納蘇利など、みなその舞名までにて、童舞は直面の児姿なるがごとし」(『至花道』)と舞楽を例証に使っている。二曲三体の論は全く独創的に生み出されたのではなく、このような楽書の影響を考える必要があろう。

（8）拙稿「合身する人丸――和歌秘説と王権」今谷明編『王権と人丸』思文閣出版、二〇〇二年参照。

（9）『国語』一九五八年三月号(『能楽史新考(一)』わんや書店、一九七九年再収)。

（10）「翁のとうとうたらり」『演劇研究』六号、一九七三年(『能楽の起源』再収)。

（11）牧野和夫「叡山における諸領域の交点・酒呑童子譚――中世聖徳太子伝の裾野」『国語と国文学』六七巻十一号、一九九〇年。同「「雑々」の世界Ⅰ」『実践国文学』四一号、一九九四年他参照。

（12）市川寛氏の「翁の成立」(『京都帝国大学国文学会廿五周年記念論文集』一九三四年)は、この万歳楽を囃子詞化したものと見る。

（13）脇能が「翁」の脇であるということは、かつて民俗学の方から「もどき」として説明されたことがある。
脇能と言うのは神事能というもので、(中略)脇能が「翁」にすぐ接して出てくるということは、普通の能における「あひ」の仕事と同じことなのである。(中略)つまり、翻訳芸なのである。(折口信夫「脇能の発生」『折口信夫全集ノート編』第五巻)
「脇能」の脇とは、翁に対しての脇であって、即ち、脇能の種目は、翁の復演出にすぎない。脇能の発足は、翁をもう一度もどく処にある。脇能のシテである「神」は「翁」の中の翁が、一段と具体的な人物となって出て来たものである。翁はどこの誰とも訳らない、ただ一人の老翁である。それを、どこの誰で何者であるか具体化して、もう一度、登場せしめようと言う要求が生み出したものが、脇能であると言えるだろう。(池田弥三郎「能と先行芸能と」『文学』一九五七年九月号)

(14) 享保八年松本胤明書写本の、宝暦八年荒原光貞による転写本。同書は末尾に「右神道者後普光園院摂政太政大臣良基世阿弥依恋慕《スルニ》道得ニ尊意一吉田社主兼煕卿摂政故為《ル》ニ執筆家司《ト》一之条旁々神道之極秘秘伝云々」と記し、兼右以下相伝の末、正徳四年、垂加神道の跡部光海が「以神道唯一改之補之」旨の識語を有する。井浦芳信氏に翻刻と解説(「神道猿楽観の展開と秘伝の継承――静嘉堂文庫蔵杉立矗本『神道猿楽伝』の成立まで」『東京大学教養部人文科学科紀要 国文学漢文学』一九七〇年)があるが、京都大学本は小異。

(15) 竹本幹夫氏は「風体形成試論」(『能 研究と評論』十三号、一九八五年)において、この部分と同様の説を記す『花修』第一条では、「序破急の段」の援用であることを明記しつつも祝言性に言及しないことから、本来「序破急の段」には祝言性への言及はなく、『花修』執筆後、「序破急の段」改訂以前に神能に祝言性が最重視されるようになったのではないかと推測する。この増補説に従えば、脇の能の祝言性の重視は『風姿花伝』改訂の際に意識的に付加されたものということになる。

(16) 能楽論の祝言に関する記述には、和歌や連歌における祝言観が反映していることが、左の記事などからも予想し得るが、世阿弥以前のものを未だ見出せずにいる。

山高み雲ゐにみゆるさくら花心のゆきておらぬ日ぞなき

是はゆう〳〵と長閑なるが祝言也 (京都大学平松文庫蔵『古今集抄』巻七・賀歌・三五八歌注)

祝。賀といふもおなじ。凡祝言の哥には禁忌の詞をさくべし。いくたびも千代よろず代をいはふ心を肝心にして、たとへ心に思ひ得たるふしありとも、格別にもてはなれたる事を心にまかせてもよむべからず。さのみめづらしき風情なくとも、たゞ躰よろしく物にさはりなきやうに心づかひすべし。よつて祝の哥にはよき哥はまれなるもの也。(有賀長伯『初学和歌式』)

一、発句を被レ遊候に、自然としてあいさつなど可レ被レ遊事、以外に覚え候。祝言の連哥も発句も、取立てそれと仕らんには、結句あやまち可レ有レ之候。祝言も挨拶も、たゞ何となく常に有事を直やかに耳に立ず仕候こそ、祝言の義

にて候へ。（宗養『三好長慶宛書状』、古典文庫『連歌論新集』三所収）

なお、連歌における脇句の詠み様として、二条良基に以下の言がある。

一、脇の句、又以大事也。物浅きやうにする〳〵としたるも一つの体也。何れも発句によるべし。（『連理秘抄』）

一、脇句ハ何ト仕候ベキヤラン。答云、脇句ハ発句ヲ請テ軽〳〵トスベシ。心ナド立入タル事ハナシ。其モチト珍シキ様ナランハ面白カルベシ。但風情ナド求メテハセヌ事也。脇句ノ名句ナドハ、イタク無事也。注スニ及バズ。但シ発句ニカケ合ヒタル吉也。ノキタルハ悪シ。当座ノ可レ依二風景一候。（『九州問答』）

第二節　治世の象徴――「難波梅」考

一

いの字よりはの字むつかし梅の花　（岩波文庫『漱石俳句集』明治三十年）
手習や天地玄黄梅の花　（同、明治二十九年）

右の漱石の句に、千字文の第一句「天地玄黄」と並べて詠み込まれる「梅の花」は、古来手習いの歌とされてきた[1]次の和歌(以下、「難波津に」と略称)に拠っている。

難波津にさくやこの花冬ごもり今をはるべとさくやこの花

右の「この花」が「梅の花」となるのは、古今和歌集仮名序の

難波津の歌は、帝の御初め也。安積山の言葉は、采女の、戯れより詠みて、この二歌は、歌の父母の様にてぞ、手習ふ人の、初めにもしける。

「難波津の歌は、帝の御初め也」に、次のような古注(いわゆる公任注)が付されたことに由来するが、

大鷦鷯帝《おおさざきのみかど》の、難波津にて、親王《みこ》と聞えける時、東宮を、互ひに譲りて、位に即き給はで、三年《みとせ》に成りにければ、王仁と言ふ人の、訝り思て、詠みて、奉りける歌なり。この花は、梅の花を言ふなるべし。

これは、「歌の父」である「難波津の歌」を、歌の様六種の一体「そへ歌」の例歌「難波津に」のこととする解釈に基づいている。(2)

「難波津の歌は、帝の御初め也」という、簡素で、幾通りにも解釈可能な仮名序の一文は、まずは古注によって和歌「難波津に」に結び付けられ、「難波津に」の歌は天皇即位の歌として読まれていくこととなる。能「関寺小町《せきでらこまち》」において、七夕の日、和歌初学の稚児たちを前に老女の小町が語る仮名序の物語は、古注を本文に取り込んでこの部分を「めでたかりし世継を詠み納めし詠歌」と言い換えており、この方向性をよく表している。

ワキ〽まづまづあまねく人の翫び候ふは、難波津の歌をもつて手習ふ人の始めにもすべきよし聞こえ候ふよのう。

シテ〽それ歌は神代より始まれども、文字の数定まらずして事の心分き難かりけらし、今、人の代となりて、めでたかりし世継を詠み納めし詠歌なればとて、難波津の歌を翫び候。（光悦本「関寺小町」）

しかし、古注の「王仁と言ふ人の、訝り思て、詠みて、奉りける歌なり」という記述もまた、対象や目的や状況設定が曖昧な一文であり、古注をも含めた仮名序に対して行われた古今集の注釈は、この一文をめぐって、さらに解を付していくことになる。

三年まで位につきたまはぬをいぶかり思ふに、つひに正月に位につき給へる時に、新羅の王仁が奉る歌也。

その中には、右『奥義抄』や『竹園抄《ちくえんしょう》』東山文庫本『六巻抄』のように、古注をなぞるだけのものもあるが、仮名序本文にある

六種《むくさ》の一つには、そへ歌。大鷦鷯の帝を、そへ奉れる歌。

と関連させて、王仁が「難波津に」の歌に意を込めて献歌し、難波の皇子に即位を促したとする解釈が生まれてくる。

是は仁徳天皇の位をゆづりえずして、なにはの宮におはしますを、王仁がそへよめるなり。早可レ有二践祚一とい

へる心なり。（『八雲御抄《やくもみしよう》』日本歌学大系別巻三）

（宇治稚子）今はいかにも思ひとどまり難し。とく〳〵御位にとばかりにて、又うちはへてかくれ給ひぬ。今はせんかたなかりければ、宇治のいたゞきに陵たかく築て送り奉りぬ。そのゝち兄の尊いよ〳〵世をあぢきなき事におぼして、猶御位にもつかせ給はざりしを、百済国より漢書の博士にとてわたされたりける王仁と云ふ人、いぶかり思ひて、御門の御位をすゝめたてまつりし歌也。さればこれも祝におこ（マヽ）はる歌なるべし。さて此歌によりて御門御位につき給ひぬ。（『和歌無底抄《わかむていしよう》』八、日本歌学大系四）

このなには津の歌は御門の御位につき給はぬを、つき給へとすゝめ奉りたる歌なるべし。その心は御門の太子にておはしまししかば、なにとなしとても、御位につかせ給ひたらんに、たれかかたぶき難じそしり奉るべき。まして御弟の春宮とあらそひて今まで位にものぼり給はざりつるに、御弟の春宮はやかくれ給ひぬ。君ならで誰かは位にも居させ給ふべき。はやく位につかせ給へ。をりをえたる御事ぞとよみたる歌也。されどもおもてには其心更になし。唯梅の花をよめり。（『和歌無底抄』九）

（兎道自殺し給）其後も第二皇子猶位つき給はで程を経にけるに、王仁といふ人、今は争給ふべき所なし。いたづらに天位をむなしふし給ふ事もよしなしと思て、其時の事をそへて、此歌をよみて第二皇子をすゝめ申ける。

（続群書類従『親房卿古今集序註』）

この解釈は、頓阿《とんあ》、宗祇《そうぎ》が採用し、

諸侯百官さしあつまりて、「天下のぬしましまさぬ故に民のなげきふかし。いそぎ御即位あるべし」と様々に申させ給へども、きこしめさず。その時、王仁と云て、皇子に仕へ奉る人の、

なにはづに咲やこの花冬ごもり今は春べと咲くやこの花

と読たりければ、此歌の理にめでて、御くらゐにつかせ給ふ也。仁徳天皇、是也。（中略）この歌の心は、此三年の間は宇治のみこ御座せば、御位をゆづりあひ給ふ事もことわり也。今はかね給ふべき方もましまさず。いそぎ御位につき可ㇾ給と也。（中世古今集注釈書解題二『古今和歌集頓阿序注』）

梅のしばし冬ごもりて花のさかぬごとくにしばしこもりましますとも、いまははや、なみ風をもおさめやはらげて万姓のうれへをやめ、もえいづる春になして国をたもち給へといふ心也。宇治のみこをば冬にたとへたり。これをはりの心也。なにはのみこをば春にたとへて冬のはつれば春かならず主となる心をしめして、はや位につき給へといさめたる心也。（中世古今集注釈書解題三『古今和歌集両度聞書』）

末端の古今序注にも引き継がれていく。

王仁、はや位につかせ給へと云事を難波津の歌によそへて読。（大阪市立大学森文庫蔵『秘密抄』）

猶、位につき給はず、其時、王仁と云は百済より渡たる聖なるが、此人この歌をよみてすすめ申ける也。（島原松平文庫蔵無書名古今序注）

このように、即位を躊躇したまま三年の月日を過している難波の皇子の行為を不審に思った王仁が、即座に帝位につくべく諫言したものが「難波津に」の歌であるとする明快な解が施されるまでには、いくつかの試行錯誤があった。

サテ難波津宮力オヨバズ御位ニ即給ケリ。此時王仁ノ大臣、御位ノ実否ヲシラム為ニ、ナニハヅノ哥ヲ読リ。其歌ニナニハヅト云ハ難波津ノ宮ヲ云ナリ。サクヤコノ花冬ゴモリト云者、梅ハ冬ヨリサキタレドモ時ノ花ニハアラズ。サレバ位ニ即ベキト云ハ、花ハサキタリシニ今コソ位ニ即給タレバ時ノ花ヨト云ナリ。

(『毘沙門堂本古今集注』八木書店刊)

遂ニ難波津論ジ負テ位ニ付玉フ。此時、王仁ト云大臣、実ニ位ニ即キ給ヘルカト知ラン為ニ、難波津ノ歌ヲ読テ奉ル。

難波津ニサクヤ此花冬ゴモリ今ハハルベトサクヤ此花

難波津ノ御子受禅アレバ、位ノ花ハ開タレドモ、未ダ時ノ王ニアラズ。サレバ、冬開タル梅ノ如シトヨメリ。今ハ春ベト開ヤ此花トハ、今コソ御即位アレバ時ノ花ヨトヨメル也。イブカリ思テトハ、真ニ位ニ即キ給ヘルカ、即キ給ハヌカヲ知ラントテ、此歌ヲ読テ奉リケル也。

(中世古今集注釈書解題二『古今和歌集序聞書』。以下『三流抄』と略称)

右『毘沙門堂本古今集注』のいう「御位ノ実否ヲシラム為ニ、ナニハヅノ哥ヲ読リ」とは、『三流抄』の「実ニ位ニ即キ給ヘルカト知ラン為ニ、難波津ノ歌ヲ読テ奉ル」という記述に対応しよう。これらは古注の一文が持つ曖昧さを保持したものとも見なし得るが、『三流抄』が続けて「今ハ春ベト開ヤ此花トハ、今コソ御即位アレバ時ノ花ヨトヨメル也」と説いていることからも、これらは「難波津に」を即位前の予見、予祝の歌と解釈したものと思われる。次に引用する了誉の注も、「此時」を難波の皇子が、帝位ではなく、春宮の位に就いた時とする点が異なっているものの、「御位ノチカヅク由ヲ」王仁が予見したとする解釈である。

（宇治の皇子）カクレサセ給ケレバ、兄ノ難波ノ王子、サテハトテ春宮ノ位ニ付キ給ヒケレバ、帝ノ御始也トハ云ヘル也。是人皇第十七第仁徳天皇ト申ケル。スデニ東宮ニ立給ヒケレバ、御位ノチカヅク由ヲ、新羅ノ王仁ト云者ノ読テ奉リケリ。（大阪府立中之島図書館蔵『古今序注』了誉《りようよ》注）

予見者としての王仁。これは、論語十巻、千字文一巻を日本に伝えて菟道稚郎子《うじのわきのいらつこ》の師《みふみよみ》となり、「勝れる博士《ふみよみひと》」「書首《ふみのおひと》等の始祖」（『日本書紀』応神天皇紀）、「賢人」（『古事記』）、「我朝の文道の師」（『古今和歌集両度聞書』）と形容される王仁が、中世に持った属性の一つであった。

中世において「博士」は、次のように、

大王あやしみたまひて博士《はかせ》をめして、うらなはしむるに、かんがへて奏聞す。（日本古典文学大系『曾我物語』二）

くわうてい、せんかたなくおほしめして、はかせをめしてうらなわせたまひければ、（東洋文庫本『てんじん』）

「呪術師、または占い師」（『邦訳日葡辞書』）をも意味する語となる。先に引用した島原松平文庫蔵の無書名古今序注が、「博士」の語を「聖」に置き換え、「王仁と云は百済より渡たる聖なるが、此人この歌をよみてすすめ申ける也」としたのも、「博士」を「相人《そうにん》」と置き換えた、次の飛鳥井栄雅《あすかいえいが》の講説と同じ意識であろう。

こんだの天皇、応神也。宇治の王子は愛子にて御位をゆづり給ふ。仁徳は兄にてまします間、宇治王子は仁徳にとあり。仁徳は宇治の御子にとあり。如レ此三年さだまり給はず。そのとき、王仁、百済国より来相人也。いぶさ《（ママ）》かり思てとは、御位につき給へ、あらをそやと云て、難波津の歌を詠ず。

（中世古今集注釈書解題四『蓮心院殿説古今集註』）

仮名序の古注が「難波津に」の歌の作者とした王仁は、このように、注釈史の中で予言者、相人としての顔を持つに至ったのである。

こうした王仁像は、仁徳天皇の父、応神天皇を媒介に八幡宮の縁起とも関わっていく。

難波津ニ咲ヤコノ花冬ゴモリ今ハ春ベトサクヤコノ花。此哥ハ王仁大臣ノ哥ト云ハ常義也。難波津ノ宮位ニ即給テ三年シテ、惟道（ママ）ノ王子イキテアラバコソトテ宇治山ニテ失給フ。又、今離宮ノ明神是也。サテ其後、ナニハヅノ宮位ニ即シキ（ママ）給ハントシケル時、応神天王ノ王仁大臣ノ夢ニ見ヘ玉ヒケルニ、此哥遊シケル也。是ヲ王仁世ニヒロメケル故ニ、王仁ガ哥ト云也。此事、石清水縁起ニ委ク有リ。秘也。又、是ヲ哥ノ父ト云事、如ㇾ此常ノ義ニ其理リキコエズ、如何。答テ云、是由緒アリ。真言ヨリ事興レリ。ナニハヅニサクヤ此花冬ゴモリイマハ春ベトサクヤコノ花。此意ハ、ツボメル蓮花也。金剛界大日ノ故也。然バ、ナニハヅニサクヤ木ノ花トハ梅花也。冬ゴモリハ未《ダ》ㇾ開《ヒラケ》花ナレバ云也。今ハ春ベトサクヤコノ花トハ、仏果円満シテ諸仏ト成玉フト云リ。哥ノ父ト云、是ヲ御門位ニ付玉ヒテ毘盧遮那法身ノ国王ニタトヘリ。（曼殊院蔵『古今秘抄』(3) 古今和哥秘伝曲文父母謂ノ大事）

右の書では、王仁は応神天皇の詠歌を夢に見て世に広めたと説かれている。夢想を得て人々に伝えるという王仁の行為は、予見者、相人の行為に通じるであろう。「石清水ノ縁起」の一書『八幡愚童訓』が引用する「難波津に」の歌をめぐる話には、

我朝ニ応神天皇御子、難波ノ皇子ト宇治ノ東宮トハ、天皇崩御ノ後、難波皇子ハ宇治ノ東宮ニ譲リ、宇治ノ東宮ハ難波ノ皇子ニ譲テ、三ケ年ノ間、民ノ御調物ヲ被ㇾ納ザリシカバ、人民ノ煩我ニ寄トテ、宇治ノ東宮ハ于死給シカバ、難波皇子、無ㇾ力御即位在リ。

　難波津ニ開ヤコノ花冬籠今ハ春ベトサクヤコノ花

トハ其時ノ歌也。難波皇子ト申ハ仁徳天皇御事也。今ハ平野大明神ト被ㇾ顕、当社ニハ南楼ノ上ニ御坐ト御託宣

アリ。（菊大路本『八幡愚童訓』下、日本思想大系『寺社縁起』所収）

右のように王仁の名は見えず、他の八幡宮の縁起類にも『古今秘抄（古今灌頂巻《こきんかんちょうのまき》）』と同様の話を載せるものを見出せないが、『和漢朗詠集』帝王の部に収録される「難波津に」の歌に付した永済注は、その大部分が八幡宮縁起の引用であるように、これらの錯綜した引用の繰り返しの中で、いずれにも典拠を持たぬ説がある典拠の名を語って浮上してくるのであろう。「難波津に」の歌に付された注が八幡宮縁起を経由して、再度古今序注に取り込まれた時、既に王仁は相人としての顔を持っていたのである。

能「難波梅」(4)は、こうした古今序をめぐる注釈の営為の中で次第に造形されていった王仁像をシテとする。(5)

〽イマ一人ノラウ人ワ　ゼフ〽イマゾアラワスナニワヅニ　同〽サクヤコノハナトエイジツヽ　クライヲスヽメ申シ　ハクサイコクノワウニンナリヤ　（中入前〔ロンギ〕）

〽ワレワ　ハクサイコクヨリ　アキツスニワタテ　キミヲマモリ　コクドヲカヾミ　バンネンヲマモル　ワウニントイエル　サウニンナリ　（後場〔名ノリグリ〕）

（観世文庫蔵応永二十年写世阿弥自筆本「難波梅」に適宜濁点を施した）

古今注と能「難波梅」との関連は、「謡曲「富士山」考——世阿弥と古今注」（『言語と文芸』一九六九年五月）における伊藤正義氏の指摘以来、その直接の典拠が何であるかがしばしば問題にされてきた。八嶌正治氏が、(6)「難波津に」の歌で王仁が位を勧めたとする解釈が「難波梅」と一致する点と、仁徳天皇詠の「高き屋に」の歌をも記している点を主たる根拠に、本説を『和歌無底抄』とした見解への批判として、大場滋氏(7)と伊藤氏は、(8)『三流抄』との近似性を強調し、これを直接の典拠とした。その後、藤原たまき氏(9)は曲中に使われる「栄花」の語について次のように述べ、「和歌無底抄」における「栄花」は和歌の力による治国と御代の栄えといった意味で用いられている点で〈難波梅〉と共通性が見られるが、他の歌論書では、このような意味で「栄花」の語を用いていない。

「難波梅」は『三流抄』のみでは成立し得ないとして、改めて『和歌無底抄』の影響を重視する見解が示された。はたして、現存する古今集注釈書の中から、「難波梅」の作者が参考にした卓上の一書を特定することは、可能であろうか。先行論文が指摘するように、「難波津に」の歌を王仁が詠んだ状況と歌の意義付けにおいては、『和歌無底抄』以上に「難波梅」の表現と近いものはない。しかし一方で、〔掛ケ合〕で即位前を「冬咲ク梅ノ花ノ如シ」、即位後を「時ノ花」とする表現には、『三流抄』の記述が最も対応しているのである。それでは、「難波梅」の作者は、『和歌無底抄』と『三流抄』の両書を適宜、参照したのであろうか。

「難波津に」の歌に即位を促す王仁の意図を読み取ることは、既に『八雲御抄』に見られた解釈であり、頓阿以下多くの注釈書がこれを引き継いでいるように、『和歌無底抄』に特有の説ではない。また、「位をすすめる」という表現を採っていなくとも、先に述べたように、『三流抄』の「真ニ位ニ即キ給ヘルカ、即キ給ハヌカヲ知ラントテ」という記述は、「難波津に」の歌を予見、予言の歌とする解釈を示しており、極論すればこの点においては、『八雲御抄』も『和歌無底抄』も『三流抄』も『毘沙門堂本古今集注』も『了誉序注』も、その解釈は同一線上にある。さらに、〔クセ〕の冒頭に引かれる「高き屋に」の歌についての記述を併せ持つ点についても、『古来風体抄《こらいふうていしょう》』、顕昭『古今集序注』、『伝為相《ためすけ》注』、『頓阿序注』、『親房卿古今集序註』『神皇正統記《じんのうしょうとうき》』や天理図書館蔵の日本書紀注『秘神抄《ひじんしょう》』など、この歌を仁徳天皇の詠とする理解は広範に見られ、併記されていなくとも、「高き屋に」の歌は容易に結び付くであろう。一方、『三流抄』についても、即位後の宮を「時の花」とする記述は『竹園抄』や『毘沙門堂本古今集注』にも見え、これも独自の解釈ではない。このような場合、現存の古今序注の中からより近似する一書、もしくは二書を詮索することは有益ではなかろう。

能「難波梅」と古今序注との関わりにおいて何より注目されるのは、「難波津に」の歌をめぐって、即位を予見し、これを促す相人としての王仁像が形成されていたことである。こうした古今序注の解釈を体現した存在が、「王仁といへる相人」と名乗る後ジテである。

二

来ぬ春を来てふに似たり梅の花　（『竹林抄《ちくりんしょう》』巻十・発句・専順）

右の発句は、万葉歌「我宿の梅咲たりと告やらばこてふに似たりちりぬ共よし」（巻六・一〇一一）を取り込みながらも、基本的には「難波津に」の和歌に拠って仕立てられている。前述のように「この花」を「梅の花」とするのは仮名序の古注以来のことであるが、「難波津に」の歌には「この花」が二回使われており、これが何を指すかは歌論書での論点の一つとなっていく。公任や俊頼などが同字病を問題にし、二つ目の「この花」に「木の花」を宛て万の花と解釈するのを批判して、俊成は二つの「この花」に異なった意味を与える必要のないことを説く。

昔の歌に同じ事二度返して詠めることを、公任の卿、俊頼の朝臣などさへいかに思ひ申たる事にか、「難波津の歌をさへ「「この花」は梅の花なり。「今を春べと咲くや木の花」といふは、よろづの花なれば、病にあらず」といひ、「浅香山」の歌も、「初の山の名は濁りていふべし。「浅くは」といへるは、山の井の浅き心なり」、又、「深山には松の雪だに消えなくに」といへる歌も、「初は奥山をいふ。「都は野辺」といふは、宮なり。されば、これらは病ならぬ由」に申たるこそ、いかにさは侍るにか。たゞ、昔の歌はわざと二度いへるなり。病といふなる事は、時代の改まり隔たりて、物知り立てける人どもの、式を作りなどしけるほどに、病どもを立てていひ悩ましてけるぞとてこそあらまほしけれ。古き歌どもをさへあらぬ様にいひなせる事、あやしく見え侍る事也。先達の事を申はよしなけれども、又、今少し上りての人の世見けん心に違ひていひなす事は、今少しはゞかりあるべき事なれば、申侍なり。（『古来風体抄』、中世の文学『歌論集一』所収）

しかし、「木の花」と宛てる場合も、多くはこれを梅花とし、

この花とはむかしより異説あり。一には梅花と云々。今の注の義是也。此注は貫之が注とも、または公任の注ともいへり。又の説には大根の花とも云。是は孫姫式といふ物に見たり。両様の間定説を難レ知。然而古来の人、梅の花の心に読来り。此何様にも此花には非ず、木の花なり。此歌を奉りし後、皇子位に即、都を難波に立。是を云二高津宮一。（『親房卿古今集序註』）

この解として、梅が万木に魁けて咲く花であることを注する。

木花者梅花也。衆木之前先華、故号。（顕昭『古今集序注』引用の公任注、日本歌学大系別巻四）

二つ目の「この花」に敢えて「木の花」の字を宛てるのは、梅が「花の兄」という異名を持ち、花によそえて兄である難波の皇子の即位を寿ぐのによりふさわしいと考えられたからであった。

花の兄と申は、梅の異名也。初春也。発句に花の兄とすべし。たとへば、梅を花のあにと申事は、よろづの草木のさきに花さき候故と申也。（西高辻本『梵灯庵袖下集《ぼんとうあんそでしたしゅう》』、島津忠夫『連歌の研究』所収）

能「難波梅」の前ツレは、現行は男体であるが、自筆本によれば稚児の体の「ムメノセイ」である。自筆本の前ツレを稚児二人とする見解もあるが(10)、自筆本では前シテと前ツレの出の場面における〔一セイ〕の役名指示を「ゼウチゴ二人」と表記しているのであり、同書の中入前には、シテとツレがワキと交互に謡う〔掛ケ合〕の役名指示を、尉を含

む二人の意味で「ゼフ二人」と書いている箇所があることからも、「ゼウチゴ二人」は児を含む二人という指示だと考えるのが適当であろう。また、後半のツレは

〽ワレワコレ　ナニワノウラニトシヲヘテ　ヒラクルヨ、ノ　エイクワヲマブル　コノハナサクヤヒメノ　シンレイナリ

と、「木華開耶姫の神霊」であることを名乗るが、その役名表記は「梅」であり、登場の指示には「ムメノセイ　ワウ人　イヅベシ」とあるので、前ツレが中入前に名乗る「コノムメノ　ハルトシドシノ　ハナノセイ」とは同体と考えてよい。前ツレの「ムメノセイ」(梅花の精)は、後ツレの木華開耶姫の化身という設定なのである。能「難波梅」は、「難波津に」の歌の「さくやこの花」から、この語を内包する名の木華開耶姫を連想し、木華開耶姫を梅花の神霊として後ツレに配しているのである。

中世では、花といえば桜を指す通念に加えて、散るを惜しまれる桜花が命のはかなさを象徴するに最もふさわしいものであったために、木華開耶姫を桜の神とする理解が一般的である。

国津神の女也。皇御孫の尊の后也。兼ての御約束ハ姉ノトイハ長姫なりしを、其形見にくしとて、約を変じてさくや姫を后とし給ふ。於二来世一衆生の短命なるハ、此恨故也。依レ之、下宮の御殿の前に神木に桜を植る也。

(天理図書館蔵天文十一年写『神道聞書《しんとうききがき》』此花さくや姫)

桜ニテ有也。七八尺ノ木ニテ有也。一重桜也。秘事也。能々可レ尋也。　(持明院本『神代巻私《じんだいかんし》見聞《けんもん》』木花開耶姫事)

〽(桜は)木華開耶姫の御神木の花なれば　(能「桜川」)

しかし、記紀の中では木華開耶姫は万の花の名を冠した神であり、大山祇神が「木の花の栄ゆるが如く栄え坐さむとうけひて」(『古事記』上巻)天津日高日子番能邇邇芸命《あまつひこひこほのににぎのみこと》に遣した娘であった。天津日高日子番能邇邇芸命は「麗美人」であった妹の木華開耶姫一人を身辺に留め、「雪零《ふ》り風吹くとも、恒に石《いは》の如くに常《とき》はに堅《かき》はに動かず坐《ま》さむ」とうけいて遣わされた姉の方は返してしまったために、天皇命等《すめらみことたち》は短命なのだと『古事記』は結んでいる。

注目されるのは、古今序注における「さくやこの花」の解釈に、元来は万の花を冠して栄花を象徴する存在であった木華開耶姫が結びついていく点である。

スデニ東宮ニソナハリ給ヘバ、東宮ヲ春宮ト書ク。ハルノ宮ト云ヘバ、今ハ春ベトサクヤトハ云ヘル也。コノ花トハ木ノハナ也。此花ニハアラズ。山祇《カミ》姫ノ御子ニ木花開耶《コノハナサクヤ》姫ト云ハ、萬花ノ神也。今、其ノ詞ヲトル故ニ、ナニ花トバ云ハザレドモ、木《コ》ノ花ト云ヘバ、梅花也。是ハ、御子ノ事ヲ云ズシテ読メル風歌也。(『了誉序注』)

つまり、「この花」に「木の花」を宛てる解釈を媒介に、梅花と繁栄の象徴としての木華開耶姫が結びついている。能「難波梅」における前ツレ(梅の精)と後ツレ(木華開耶姫の神霊)の設定は、こうした理解に基づいて二者を一体化させることによって、兄宮であった難波の皇子の即位とその栄花への寿ぎとしたのである。

後ツレ木華開耶姫登場の〔名ノリ〕は、室町末期以降現行まで

〽これは難波の浦に年を経て、開くる代々の恵みを受くる、木華開耶姫の神霊なり。

であるが、自筆本では、先にも引いたように、「恵みを受くる」が「栄花を守る」となっている。

「開くる代々の栄花を守る木華開耶姫の神霊」とは、記紀以来、木華開耶姫の属性である繁栄に加えて、王仁が「難波津に」の歌で難波の皇子を諷した梅の開花を重ねた表現である。能「難波梅」において「栄花」は「和歌の力による治国と御代の栄え」を表す語であるが、世阿弥はさらに、〔クセ〕の最後に「一花《いつけ》開クレバ天下《てんが》皆春ナリヤ、万代ノ

ナホ安全ゾメデタキ」と記し、梅の開花を治世讃美の象徴としている。

ところで、「難波梅」のワキは、自筆本以外の現存諸本では「当今に仕える臣下」であるが、自筆本では〔次第〕の前に〔名ノリ〕があり、冒頭が次のように欠損しているため、その設定が不明である。

〽□□□□モナレハ　イソキミヤコエノホラ□□《（バヤカ）》ト□□□《（存ジ候カ）》　（自筆本）

〽抑是は都のにし、梅津《タウギンニツカヘタテマツル臣下ナリ》のなにがしとは我事なり、われ御熊野をしんじ年ごもりし、たちかへる春にもなり候程に、都にのぼら《下向仕候》ばやと存候。（妙庵本「難波」）

妙庵本「難波」は「都の西、梅津のなにがし」と名乗る詞章を見せ消ちしているが、これは「老松」のワキを流用した可能性もあり、これを元来の形と考えるのは疑問である。

『申楽談儀』に、

脇の能、大臣には、先は上下《かみしも》水干成《なる》べし。つれ大臣は大口《おおくち》也。

とある箇所は、ある時点における世阿弥の「脇の能」の基本形が、大臣ワキであったことを示しており、自筆本「難波梅」のワキも元来、当今に仕える臣下であった可能性は高い。「カンコゴケムシテ、ナニワノトリモ、ヲドロカヌミヨナリ、アリガタヤ」（シテの舞直前の〔ノリ地〕）「セイジン国ニマタイデ、、天下ヲマモリヲサムル、バンゼイラクゾ、メデタキ、〱」（結末の〔ロンギ〕）と、当代を寿ぐ内容には大臣ワキの方がより適った設定となろう。前シテの尉との問答に「御スガタワ、ミヤコ人ニテ御入候ゴザメレ」とあるので、ワキが都住まいの者であることは動かないが、自筆本以外の現存諸本の〔名ノリ〕では、熊野での「年籠り」を終えて「たちかへる春」「年かへる春」になっての上洛の由が語られている。これは、シテ登場の〔一セイ〕

〽キミガヨノ　ナガラノハシモツクルナリ　ナニワノハルモ　ユクヒサシ　ユキニモムメノ　フユゴモリ　イマワハルベノ　サカリカナ

の「梅の冬籠り」「今は春べの盛り」に対応した設定である。恐らくは欠損している自筆本の〔名ノリ〕においても、同様の設定がなされていたものと推測される。

この都人が、南紀から北上して都へ戻る途上に立ち寄った難波の寺（後述）で、梅の木の蔭を清める老人の姿に不審を覚え、

〽モシコノムメハ、メイボクニテバシ候カ。

と尋ねる。老人は、この愚問に耳を疑い、都人を揶揄、非難する。

〽ナニコノムメヲモシメイボクカト候ヤ。（中略）御スガタワミヤコ人ニテ御入候ゴザメレ。シカラバサダメテ心マシマスベキカ。コノナニワヅエ御イリアリナガラ、コノムメヲメイボクカト御タヅネ候コトハ、イマメカシキ御コトバカナ。

そして、前ツレの梅の精と共に「難波津に」の歌をめぐる叙上の解釈、「歌の心」を開陳していく。このように、名所旧跡の「歌の心」をわきまえない訪問者に対して、「心なし」と非難し、その本説を解き明かしていくのは世阿弥の手法の一つである（第一章「逆転の構図」参照）。

「難波梅」において世阿弥は、「難波津に」の「歌の心」を表すものとして「難波の梅」を選び、「栄花」という抽象概念に、その字義である花の咲き溢れる語感を響かせて梅の開花を暗示し、この語に「難波津に」の「歌の心」を集約させ、能「難波梅」に散らしているのである。

「難波梅」はこのように幾重にも仕組まれ計算されて作られているが、先に叙べた作者の作能意図は後代充分に理

解されることはなく、先にも触れたように自筆本以外の現存諸本では「栄花」の語は「恵み」に置換され、前ツレの梅の精は、尉の連れという以外に役割のない、いわば無格の男体に姿を変えている。

応永二十八年七月奥書の『二曲三体人形図』の童舞の項に、「一華開天下春也」（永観《ようかん》『往生講式《おうじようこうしき》』他）の一句が「難波津に」の歌と共に引用されているが、

　「一華開天下春也」云々。亦、「難波津に咲くや木の花冬ごもり今は春べと咲くや木の花」云り。以二梅花一式年之為二初花一。然者、二曲者児姿遊風之初花成故、梅花幽曲之風見為。二曲より、三体、足踏生曲に至まで、連華風色を露也。能々可レ為二見得一。

ここは明らかに「難波梅」を念頭に置いて書かれたと思われ、「以二梅花一式年之為二初花一」は、「ハナノナカニモハジメナレバ、バイクワヲハナノアニトモイエリ」（問答）に対応する。ここで、児の舞歌二曲から生じる幽玄の美しさを、「よろづの草木のさきに花さき候」（『梵灯庵袖下集』）梅の花に喩えているが、これもまた世阿弥が仕組んだ「作」の一つであったのだろう。世阿弥にとって「難波梅」のツレは、初花にふさわしい児姿でなければならなかったのである。

三

暮れ渡る難波の寺の静まりてねよとの鐘は近くなりけり

（島原松平文庫蔵『詞《か》道《どう》之《の》大事《だいじ》本歌《ほんか》』、島津忠夫『連歌の研究』所収）

都人のワキが立ち寄った難波の寺とは、天王寺である。後半、〔ノリ地〕の部分に「難波の鐘」が出てくるが、『連《れん》歌《が》寄合《よりあい》』鐘の項には、

難波天王寺　志賀三井寺　はつせ　野寺　この他いづくにも鐘有り

（祐徳博物館蔵中川文庫本『連歌寄合』未刊国文資料）

とあり、天王寺は難波に名高い鐘の寺であった。楽人を抱えた舞楽の寺でもあるこの寺で、王仁は、

〽ナニシヲウナニワヅノ、トリノヒトコエヲリシモニ、ナクウグヒスノハルノキョク、シュンナウデンヲカナデン。（中略）イマモコノ花ニタワブレ、モ、サエヅリノコエタテ、ハルノウグヒスノ、マイノキョク、ヨモスガラ、ナグサメ申ベシヤ。（中入前〔ロンギ〕）

と、春鶯囀の舞楽を舞うことを予告する。これに対して都人のワキは、

〽フシギヤ御ミタレナレバ、カク心アルハナノキョク、ブガクヲハジメ給ベキ。

と驚く。何故、春鶯囀なのだろうか。「難波津に」の「歌の心」を示された後に聞く春鶯囀の名を、都人は何故「かく心ある花の曲」と形容したのか。

此曲モモロコシ舞也。作者未㆓勘出㆒所ニ、或書云、合管青云人造㆑之。大国之法ニテ、春宮ノ立給日ハ、春宮殿大楽官ニ此曲ヲ奏スレバ、必ズ鶯ト云鳥来アツマリテ百囀ヲス。コノ朝ニモサルタメシ侍ル。

（『教訓抄』二、日本思想大系『古代中世芸術論』所収）

それは、立太子の日に春鶯囀を奏すれば鶯が百囀《ももさえず》りをするという右の舞楽説話に基づいている。

〽ムカシ、ニントクノセイダイニワ、ミヨノカヾミノカゲヲイサメ、サカウルミヨノ、エイグワヲナシ、モ、コノハナノニヲイ、マタワヒラクル、コトノハノミドリ（後場〔ノリ地〕）

難波の寺、天王寺で、「難波津に」の歌を詠み梅に難波の皇子をよそえてその即位を勧めた王仁が、鶯の百囀りを誘う春鶯囀[11]の舞楽を舞い、栄花を寿ぎ治世を讃美する。これは、世阿弥が本説で固め創り上げた仮構の世界である。

四

世阿弥自筆能本が伝える十曲の内、「難波梅」は最も早い応永二十年の奥書を有している。世阿弥の「脇の能」の末尾には舞楽名を列挙するものがあるが、「高砂」のように作品の内容にまでは拘わらず、舞楽名のみを挙げる形骸化したものより早い成立であることは疑いないであろう。「難波梅」は、古今集仮名序とその注における解釈を材に、和歌と舞楽の繁栄は御代の繁栄と一体であるという当時の和歌観、舞楽観[12]を反映させることで「脇の能」の祝言性を表現した最初の能であった可能性もあろう。「難波梅」は王仁をシテとする唐物の能でもある。「脇の能」が「直なる能」を指向する中にあって、唐物でもある「難波梅」は世阿弥の「脇の能」の主流となることはなかったが、この点においても「難波梅」は「脇の能」の初花の風情を残している。

（1）東野治之「平城京出土資料よりみた難波津の歌」『万葉』九八号、一九七八年九月。
（2）新日本古典文学大系『古今和歌集』脚注は、「難波津の歌は、帝の御初め也」を、天皇の作った最初の三十一字の歌と解釈して、「難波津の歌」を『日本書紀』仁徳紀に見える難波高津宮での次の詠歌とする。
　うま人の立つる言立てうさゆづる絶え間継がむに並べてもがも
（3）汲古書院刊『曼殊院蔵古今伝授資料』第二巻所収。田村緑氏の解題に拠れば『古今灌頂巻』第二類。第一類の大東急記念文庫蔵『古今集灌頂』(古典文庫『中世神仏説話 続』所収)は、和歌の第三句を「日ひらきや」、「諸仏」を「諸仏ノ頂」

とする等、小異。

（4）「難波梅」には観世文庫蔵に世阿弥自筆本が伝存する。これは冒頭が破損しており、曲名を逸している。現行曲は各流「難波」であるが、室町期、江戸初期までの記録類には「難波梅」で見えること、また「難波津に」の歌を表すに適格なことから、「難波梅」が本来の曲名と考えられ、本稿もこれに統一する。大場滋「能本「難波」雑考」（『能 研究と評論』一九七六年六月）は、「難波梅」から「難波」への移行時期を記録の表記から天文末年と推定する。

（5）新潮日本古典集成『謡曲集』「難波」解題は、王仁が相人と考えられる背景に『源氏物語』桐壺巻に登場する高麗人の相人の投影を指摘する。

（6）「作品研究 難波」『観世』一九七三年一月号（『世阿弥の能と芸論』三弥井書店、一九八五年再収）。

（7）注4大場前掲稿。

（8）注5前掲解題。

（9）藤原たまき「世阿弥の作詞法に関する一考察――世阿弥自筆本「難波梅」と「和歌無底抄」」『古典遺産』四十号、一九八九年。

（10）注5前掲解題。

（11）『教訓抄』五には、「皇仁」の楽に次のような説話を載せる。

春宮御元服ニ奏二此曲一ヲ、『喜春楽』ニ対シタリ。此舞ノユヘヲ、可レ然人ニタヅネマイラセ侍シカバ、皆文字ニツキタルナリトゾヲホセラレ候キ。マコトニ、イハレタル事ニテ侍ナリ。又『皇仁庭』ト云。コノ庭ノ字、尤不審也。

新潮日本古典集成『古今著聞集』巻六「前所衆延章、太鼓を打ち拍子を過つ事」の皇仁の頭注に「仁徳天皇の即位時に王仁が庭上で舞った様を表した曲とされる（『教訓抄』）」との指摘がある。『教訓抄』には右の記述を見出せないが、舞楽「皇仁」の王仁との関わりは看過し難い。

（12）惣倭漢ノ業、只此道ヲ翫給ヲ聖代トス。サレバ賢王ノ御代ニハ、先伶楽ヲ奏シテ、政和世理ノ響ヲ聞テ、御政ヲホメモシ、ソシリモシタテマツル也。仍禁中ニ楽所ヲ定置レテ、伶人陣直ヲツトムル也。（『教訓抄』七）

第三節　歌道と治道――「高砂」考

一

さらえ（熊手）を持った尉（前シテ）と杉帚を持った姥（ツレ）とが並び立つ姿は、結納や長寿の祝いの品としておなじみの図像であり、「高砂《たかさご》」の語も、結婚式場や和風割烹の個室名の定番であるが、これらが「めでたさ」の記号となるのは、世阿弥作の脇の能「高砂」（古名「相生《あいおい》」）に由来する。

能「相生」（以下、「高砂」と記す）のワキは、阿蘇の神主友成《ともなり》。上洛の途上に友成が立ち寄った高砂の浦に、松の下蔭の落葉を掃き清める、秘やかで神々しい老夫婦が現れる。友成が「相生の松」の名を不審に思い尋ねると、老夫婦は、古今集仮名序に「高砂住の江の松も相生のやうに覚え」とあるのは、高砂と住吉に住む我らが遠く海を隔てて住みながらも互いに心を通わせているのと同じ事だと答える。返答の面白さに心惹かれた友成がさらに尋ねると、尉は、高砂とは万葉集が編まれた古えの義、住吉とは今の延喜の世を指し、和歌の道の繁栄が古今変わらぬことを以て聖代を尊ぶ喩えであると説く。そして、自らは住吉の神、姥は高砂の神であることを明かし、姿を消す。後半、尉の残したことばに従って住吉へ向かった友成の前に、住吉の神が御神体で出現し、神遊びのさまを見せる。

『三道』「近来押し出だし見えつる世上の風体の数々」に、老体の例として、「八幡」に続いて「相生」の名で挙げられるこの作品は、伊藤正義氏「謡曲高砂雑考」（『文林』六号、一九七二年）の指摘によって、「白楽天」「富士山」「松けられた『古今和歌集序聞書』の所説に基づいていることが知られている。

相生とは、ならびて生たると云様の義也。

右、顕昭《けんしょう》の『古今集序注』が語釈するように、「相生」は並び生える様をいう。古今集仮名序の一文「高砂住の江の松も相生のやうに覚え」は、和歌の表現の多様性を例歌を挙げて述べた箇所であり、「高砂住の江の松」とは、『古今集』雑部所収の藤原興風《おきかぜ》の歌「誰をかも知る人にせむ高砂の松も昔の友ならなくに」(九〇九)や、同じく雑部所収の読人知らずの歌「我見ても久しくなりぬ住の江の岸の姫松いく世経ぬらむ」(九〇五)など、松を詠み込んだ和歌やその詠様を指している。しかし、中世の古今集注釈書では、歌自体の内容や表現が問題にされることはなく、「相生の様に」と譬喩される、播磨と摂津という国を隔てて生えた二本の松が何であるのか、その解き明かしが深められていく。『三流抄』の解は明快である。

高砂住吉ノ松モ相生ノ様ニ覚ヘテト云事ニ二義アリ。一ニハ高砂モ松ノ名所也。住江モ松ノ名所也。カレ、是ノ松ノ一ツニ生合《オヒアヒ》タルガ如クニ、今此道ノ栄ヘタル事有ト云ヘリ。

問、高砂ハ播磨、住吉ハ摂津国、其間三日路也。彼松何ゾ生合《オヒアフ》事有ラン、不審。

答云、実《マコト》ニハ、是実義ニ非ズ。序ノ作リモノトテ、家ニ習フコトアリ。高砂トハ、上古ノ桓武・平城等ノ万葉ヲ撰ジ玉ヒテ、歌ノ道ヲ盛ンニセシメ玉フ事ヲ云。住ノ江トハ、今世ニ御座ス延喜ノ御門、躬恒・貫之等ヲ召テ、古今ヲ撰ジ、歌道ヲ盛ニシ玉フ事ヲ云也。松トハ、松ノ葉ノ久シキガ如ニ和歌ノ久シキヲ云。相生ノヤウニ覚ユトハ、彼上代ノ御時ト今ノ延喜ノ御門ノ御時ト此道ヲ賞スル事相同ジクオボユルト云義也。

(中世古今集注釈書解題二『古今和歌集序聞書』)

能「高砂」前場における、シテとワキとの〔掛ケ合〕の部分は、右、『三流抄』の理解に一致し、かくして「高砂」一曲の眼目は、「古今仮名序をめぐって形成されている中世的理解――古今集の深義を、高砂の松の木蔭に実証し、その奥義を、舞台上、立体的に示」（伊藤前掲稿）した点とされる。能「高砂」において「舞台上、立体的に示」された古今集の「深義」「奥義」とは、何であろうか。『三流抄』によれば、それは「高砂」に万葉集、「住吉」に古今集が編纂された聖代を宛て、「相生」を和歌が変わらず盛んである治世を讃えることばとして解することとなろう。

そもそも、万葉集と古今集とを並び称して和歌の繁栄を謳うことは、古今和歌集の題号「古今」に込められた、いわば古今和歌集の根本であり、仮名序の真髄でもある。『万葉集』と『古今和歌集』とは、秘説の世界においては、互いに補完する両輪の如き、国家鎮護の守り宝として説かれていく(1)。

> 此古今集ハ、種々ノ奇特アリ。延喜ノ聖主有テ、撰ジ給ヒテ後、我朝ノ守リ宝タルベキ間、万葉集ヲ左トシテ上十五日此ヲ賞シ、古今集ヲ右トシテ下十五日翫ブ也。国王以テ重宝トス。輒《タヤス》ク外土ニ不レ可ニ流布一ス。穴賢々々。此集ヲカロシメン輩ハ、人丸赤人ノ意ヲ破ノミニアラズ。国王ノ御意ヲカロシムル也。努々カロシメ玉フベカラズ。
> （永禄八年奥書、京都大学附属図書館中院文庫蔵『古今秘密抄《こきんひみつしょう》』神頭風伝集）(2)

従って、原名の通り「相生」でなければ、世阿弥の本来の意図を表現し尽くせないのであるが、『万葉集』と『古今集』、それが成った聖代を高砂・住吉の神として現出させた能「高砂」は、中世の古今集注釈における理解を舞台化した能の、代表的な作品と言える。

世阿弥は、祝言の要素を「脇の能」を作るにあたって、祝言性を表現する一つの手段として、古今和歌集の序注を意識的に用いている（本章第一節「祝言の位相」参照）が、「脇の能」に祝言性を最重視するようになったのは、「花修」執筆以後である可能性が竹本幹夫氏によって指摘されている(3)。「花修」の推定成立年代は応永十年代であり、成立下限の確実な「脇の能」に、応永二十年の年記を持つ世阿弥自筆本が現存する「難波梅」(現行「難波」)がある。これも古今集仮名序の「難波津の歌は、帝の御初め也」をめぐる中世の注釈書解釈を基に作った作品であり、古今序注を題材にした世阿弥の「脇の能」の早い例と思しい(本章第二節「治世の象徴」参照)。つまり、世阿弥が祝言性を「脇の能」の根本として最重視するようになったことと、古今序注を題材に「脇の能」を作り始めたこととは、一体の現象であったのだと思われる。世阿弥が古今序注を用いて「脇の能」を構想した意図は何であったのか、「高砂」を例に考えてみたい。

二

能「高砂」の後場、住吉に向かった友成の前に、住吉の神が御神体を現す。ここでシテが発することばは、『伊勢物語』百十七段、帝と住吉明神との著名な贈答歌である。

むかし、帝、住吉に行幸したまひけり。

我見ても久しくなりぬ住吉の岸の姫松いく代経ぬらん

御神、現形《げぎやう》し給て、

むつましと君は白浪瑞垣の久しき世よりいはひそめてき

この段は、『伊勢物語』古注においては、「凡、古今・伊勢物語の肝心、此段に有。伊勢物語の三ノ秘事の随一也」(『冷泉家流伊勢物語抄』)とされ、帝ではなく業平と住吉の神との歌の贈答として説かれている。古今集には、本節一でも触れたように、「我見ても」の歌だけが「読人知らず」として雑の部に所収されており、『毘沙門堂本古今集注』は、伊勢の古注同様、業平の詠とした上で、「此段ニ秘事アリ。「阿古根口伝」ト云。蜜可伝也」と付し、『玉伝深秘巻《ぎょくでんじんぴかん》』「阿古根浦口伝」にも、『伊勢物語』百十七段を業平と住吉明神の詠とする秘伝が記されている。(4)

天安元年正月廿八日、文徳天皇住吉に行幸ありしに、業平供奉侍き。于時中将恵風冷くして神魂天にかけり。人みなあやしみて社壇をまぶる。業平玉壇にひざまづいて、いはく、

我見ても久しくなりぬ住吉の岸の姫松いくよへぬらむ

すなはち大地動揺して松風そよめきてたゞならず。その時、業平社壇に近づき御戸をおしひらきて見たてまつれば、赤衣の童子一人出現して御返歌あり。

むつましと君はしらなみ瑞籬のひさしき世よりいはひそめてき

汝は我なり。何ぞ本地を忘るるや。此松陰に垂跡して多年をおくる。そのあひだの利生いくそばくぞや。衆生利益のためにしばらく凡身をうるにあらずやとて明神御歌あり。（中略）伊勢物語のおこり、これなり。この時、明神、中将に玉伝をも阿古根浦の口伝をも、さづけたまへり。されば、此秘事をつくり出さんとの因縁なり。

（中世古今集注釈書解題五『玉伝深秘巻』）

住吉明神は赤衣の童子の姿で出現し、業平に対して自らの化身であることを告げ、玉伝と阿古根浦口伝を授けたとし、これを「伊勢物語のおこり」と説くのである。

ところが、この『伊勢物語』百十七段は、中世古今注において、やはり業平と住吉明神との贈答として古今集成立の契機を語る秘歌としても語られるものである。

神ノ歌ニ愛《メツ》ルト云事、其証拠多シトイヘドモ、今爰ニシルス所ハ、伊勢物語ヲ思ヒ出タリ。文徳天皇、天安元年正月廿八日ニ住吉行幸アリ。此時、業平御伴ニ参ル時、玉壇ニ跪テ社頭ヲ礼シ奉リシニ、魂、天ニカケリ、恵風

心ニ涼シ。此時、一首ヲヨミテ大明神ニ奉ル。

　吾ミテモ久シク成ヌ住吉ノ岸ノ姫松イク世経ヌラン

此時、業平廿五歳也。此時、明神玉ノトボソヲ押開キ、赤衣ノ童子ト現ジテ、御返歌、

　ムツマシト君ハ白波ミヅガキノヒサシキ代ヨリ頌《イハヒ》ソメテキ

此時、二巻ノ書ヲ業平ニタマフ。此書ヲ業平ガ二男在少将滋春ニ伝フ。（中略）抑、滋春、両巻ノ内一巻ヲ伝へ、一巻ヲバ不レ伝。其一巻トハ、阿（古根浦）ヲバ伝ヘテ玉（伝）ヲバ不レ伝也。業平、天照太神ニ玉（伝）ヲ奉ル。（中略）延喜ノ御宇ニ栗田中納言藤原兼隆卿ヲ伊勢太神宮ノ勅使ニ奉リ給フ。此時ニ兼隆ガ夢想ニ太神宮ヨリ巻物ヲ賜フト見ル。驚キテ見レバ錦ニテツツミタル物アリ。是ヲ帝ニ奉ル。今ノ玉（伝）也。（中略）此時、帝彼ノ書ヲ御覧ジテ、和歌ノ深義ヲ知玉フ。始テ此道ヲ貴ミ玉イテ、古今ヲ撰ミ給フ。サレバ、「吾ミテモ」ノ歌ハ代集ノ起リ也。

（『古今和歌集序聞書』）

すなわち、業平が詠んだ「我見ても」の歌を愛でて住吉明神が「むつましと」と返歌した交感の折に、やはり住吉明神から業平に「阿古根伝」と「玉伝」の二巻が相伝されるのであるが、この内、業平が天照大神に奉納した「玉伝」が、後に勅使を通じて延喜帝に授けられ、これを読んだ延喜帝が「和歌の深義」を感得したことが、古今集の、つまりは勅撰和歌集の起源として説かれているのである。そして、『玉伝深秘巻』は、その「玉伝」について、次のように記している。

そも〳〵、この玉伝、業平を御使として天安元年正月廿八日、住吉大明神より伊勢大神宮に進じたてまつりたまへり。世道のまつりごとは、和歌の善悪によるべし。深義を知りて性をよみて諸仏菩薩ならびに三十一神等に法楽せしめ、歓喜納受をたれたまふ。世豊饒にして民姓たのしみ、治世美々天下直に衆生快楽なるべし。録して玉

伝と号して大神宮へ進じたてまつる。（『玉伝深秘巻』）

つまり、住吉明神から業平を経由して延喜帝に伝えられた「和歌の深義」とは、治世と和歌の繁栄を一体のものと見なす、和歌政道一体の理念であった。能「高砂」の後シテ住吉明神の登場場面は、業平を通じて和歌政教の理念を延喜帝に伝え、古今和歌集の編纂を促した住吉明神示現の場面の再現として構想されていると読むべきであろう。(5) 前場でシテとツレが松の落葉を掻き集めるのも、高砂の松が万葉集、住吉の松が古今集であれば、すなわち、古今撰集作業の譬喩である。

人麿、亡くなりにたれど、歌の事留まれるかな。たとひ時移り事去り、楽しび、悲しび行き交ふとも、この歌の文字あるをや。青柳の糸、絶えず、松の葉の、散り失せずして、真栄《まさき》の葛《かづら》、永く伝はり、鳥の跡、久しく留まれらば、歌の様《さま》を知り、事の心を得たらむ人は、大空の月を見るがごとくに、古《いにしへ》を仰ぎて、今を恋ひざらめかも。

（『古今和歌集』仮名序）

散り失せぬ松葉を掻く営みの永続性は、読み継がれる和歌の永遠性、その和歌を拾い集める勅撰集編纂事業の永遠性、ひいては治世の永遠性への寿ぎを象徴している。

三

住吉明神が影向《ようごう》する能「高砂」後場の終曲部〔ロンギ〕には、「青海波《せいがいは》」「還城楽《げんじょうらく》」「千秋楽《せんしゅうらく》」「万歳楽《まんざいらく》」といった雅楽名、舞楽名が並べられる。

へげにさまざまの舞姫の、声も澄むなり住吉《すみのえ》の、松影も映るなる、青海波とはこれやらん。神と君との道直《す》ぐに、都の春に行くべくは、それぞ還城楽の舞。さて万歳の、小忌衣《をみごろも》。さす腕《かひな》には、悪魔を払ひ、納むる手には、寿福を抱き、千秋楽には民を撫で、万歳楽には命を延ぶ、相生の松風、颯々の声ぞ楽しむ、〳〵。

終曲部に舞楽名を挙げるのも、世阿弥の「脇の能」における祝言の表現方法の一つであり（本章第一節「祝言の位相」参照）、世阿弥は、『毛詩大序』の「治世之音、安以楽。其政和」に基づいて、祝言の音曲を

祝言ト者、安楽音也。直《スグ》ニ云タルガ、ヤス〳〵トクダリテ、治声ナルカヽリ也。（『五音曲条々《ごおんぎょくじょうじょう》』）

と規定している。古今集仮名序が、『毛詩大序』を踏まえ、礼楽思想によって「和歌による文化的統治理念」を論理化していることは自明のことであり、[6] 世阿弥が「脇の能」の終曲部の多くに舞楽名を挙げるのも、『教訓抄』や『古今集仮名序』に示される礼楽思想をなぞったものと考えられる。

ここで問題にしたいのは、「還城楽」を形容している「神と君との道直ぐに」という表現である。

神徳も君の政治もともに正しく（日本古典文学大系『謡曲集』上、頭注）

神道と君道は一体にして正直（新潮日本古典集成『謡曲集』中、頭注）

現代の注釈は、神の道を「神道」や「神徳」と解釈している。もちろん「道すぐに」は、「行く」「還る」を引き出すための序詞になっているが、一筋で正直であるのは、住吉の神の道、すなわち和歌の道と、君の道（まつりごと）と解釈するのがふさわしいのではなかろうか。「神と君」とは、まさしく『伊勢物語』百十七段の「御神と帝」であり、ここもまた、古今集撰述の秘義を暗示し、和歌政道一体の理念を言揚げしている部分と思われるのである。なお、「古今」の二文字に「正直」を読む理解も、後のものではあるが、常縁《つねより》・宗祇《そうぎ》の『古今和歌集両度聞書《りょうどききがき》』に見ることができる。

此集の題号種々儀在之。（中略）又、一の義に、正直の二字を古今にあてゝいへり。正は自性の心也。自性は言

語のをよぶ所にあらず。されば正直の二字の尺に中ならずして中なるを正といふ。枉而不《マガツテ》レ枉を直といふ。中は無極の称也といへり。はかられぬ境也。即、正ハ天照太神の御心也。直は其御心をうつす所の義也。天下は正直の二字にておさまる者也。然ば此集は正直を姿とせり。（中世古今集注釈書解題三『古今和歌集両度聞書』）

四

「高砂」には、「一抹の悲哀感」(7)や、「老いの嘆き」「老いの孤独」(8)が読み取られることがある。これは、前シテの尉が古今集の興風の述懐歌

誰をかも知る人にせむ高砂の松も昔の友ならなくに

を詠じるためであろうが、この部分は、新潮日本古典集成『謡曲集』頭注の「生き残りの嘆きを、長寿の詠嘆に転じた」という指摘に従いたい。もちろん興風の歌は、老いの述懐歌であり、中世の古注釈にもこのような長寿を誇る解釈は見られない。しかし、世阿弥は老いの嘆きと孤独を詠んだ興風の著名な和歌を、敢えて、「長寿で名高い高砂の松でさえ、私には及ばない」と意味を反転させて用いている。そのゆえに、この部分は、前シテの尉が実は住吉明神であることの暗示になり得ているのである。

「高砂」は、祝言第一の「脇の能」として構想された作品である。祝言とは、つまりは、共同体の永遠性への希求、寿ぎであり、一片の翳りもあってはならない。世阿弥は中世の古今集注釈書における「相生」の解釈を基に、高砂・住吉を万葉と古今の聖代に宛てた上で、夫婦という最小単位の共同体を「相生」の姿として示し、「相生」に「共に生き共に老いる」という意味を込め、夫婦の仲睦まじさという具体相を添えた。こうして、能「高砂」は最も親しま

れる脇の能となっている。

口伝・秘説には、それを伝える相手に応じていくつかの段階がある。中世古今注と総称されているものの中にも、秘説の度合いによって、一見異なる解釈が存在する。一書の中でも、「実《マコト》ニハ、是実義ニ非ズ」として、一旦示した意味を否定し、裏の意味を提示して、さらに深い意味、真の意味を求めて、新たな説が説かれていく。それは、徒らな戯れなのではなく、古今集という、中世からは遠く隔たった古えに編まれた聖典に、少しでも近付こうとする試みである。意味が一つであるとする前提に立つ限り、説の多様さは荒唐無稽としか映らないが、深義が幾重にも包まれているものを解くためには、中核を求めて仮相を剝ぎ続ける作業が必要となる。

本説正しく来歴を述べる、世阿弥の能の構造もまた、口伝・秘説開陳のあり方と相似形をなすものである。仮の姿で現れた前シテは、ワキの問いに対して、まずは表の意味を答える。ワキがさらに説明を求めると、シテは次に深い意味を説く。そして、後には、自らの仮相を脱いで正体を告げ、真実の姿を現す。

古今伝受では、後世、「相生の松」を三木の一つとするものがあり(初雁文庫蔵『古今和歌集相伝之記《そうでんのき》』、同『古今秘奥三《こきんひおうさん》木三草之伝《ぼくさんそうのでん》』、彰考館文庫蔵『古今集相伝之次第《そうでんのしだい》』など)、切紙伝受「古今相生之大事」(永青文庫蔵『古今切紙《こきんきりがみ》 秘《ひ》』「超大極秘古今伝授切紙口決条々」)では、相生の松を二股に分かれ、一本に雌雄を具した松とし、文武人丸君臣合体、延喜貫之君臣合体の姿になぞらえる。高松宮本『切紙集《きりがみしゅう》』では、能「高砂」に同じく古今二文字に陰陽に宛てながら、逆に古を陽、今を陰とする。

世阿弥は、中世古今注の説に依拠しつつも、時に、原典からも、当時の注釈からも離れた解釈を敢行し、自らの作品世界を構築している。これもまた、多くの注釈と同様、離反するように見えながら、古今集に近付こうとする営みの一つなのであり、能「高砂」自体が、一つの古今注の姿と見ることもまた可能であろう。

（1）拙稿「合身する人丸――和歌秘説と王権」今谷明編『王権と神祇』思文閣出版、二〇〇二年。
（2）拙稿「京都大学中院文庫蔵『古今秘密抄』翻刻・解題」伊藤正義編『磯馴帖 村雨編』和泉書院、二〇〇二年。
（3）「風体形成試論」『能・研究と評論』十三号、一九八五年（『観阿弥・世阿弥時代の能楽』明治書院、一九九九年再収）。
（4）片桐洋一「中世古今集注釈書と説話――『毘沙門堂本古今集注』を中心に」『説話論集第三集 和歌・古注釈と説話』清文堂出版、一九九三年。
（5）『伊勢物語』百十七段の帝と住吉明神との贈答は、『古今和歌集灌頂口伝』「相生の松の事」では、平城天皇、もしくは聖武天皇と住吉明神との贈答となっており、万葉集成立時の話として語られる。
（6）近年のこの点についての詳細な論考に、渡辺秀夫氏「和漢比較のなかの古今集両序――和歌勅撰の思想」（『国語国文』六九巻十一号、二〇〇〇年）がある。
（7）高橋義孝「能の美学」『能のすがた』一九八四年。
（8）吉村均「『高砂』のめでたさ――老い・歌・神」『季刊 日本思想史』三九号、一九九二年。

第四節　代始めの神事――「弓八幡」考

一

おのれは憎い奴の。無い、せぬ事を言ふて、師匠に恥をかかする。此上は弓矢八幡逃すことではないぞ
（狂言「骨皮《ほねかわ》」）

「南無三宝」と同様に、中世には日常茶飯に叫ばれていたこの祈請のことば弓矢《ゆみや》八幡《はちまん》は、いうまでもなく軍神となった応神天皇、八幡大菩薩の号に由来する。

八幡大菩薩ト名付ケ奉ル事ハ、彼ノ戒定恵ノ箱ヲ埋ミ給ヒシシルシノ松ノ本ニ、空ヨリ八ノ幡フリタリキ。赤幡四、白幡四。松本ニ社ヲ造テ、赤幡ノ宮、（「白幡ノ宮」の語欠落ヵ）ト云二所、其幡崇メ奉ル。本地釈迦多宝也。而ニ八幡ト顕レ給ウ事ハ、此八ノ幡ノフリタリシニヨテ、八幡大菩薩ト現ジテ、百王守護ノ神ト成リ給ハムト御託宣アリキ。（サンフランシスコ・アジア美術館蔵『八幡縁起』康応元年絵巻一軸）[1]

筑前箱崎のしるしの松の下に、空から八つの幡が降ったことに因んで名付けられたとする右の説以外にも、八正道を示したという託宣から、八という数字にかけて様々な意味付けがなされることもあるが（『神道集』巻一第二「宇佐八幡宮事」他）、八幡大菩薩は、次のように「弓矢八幡」とも呼ばれたらしく、

応神此書ヲ秘而吾身ニシメ、九万八千軍神之長ト成給故、弓矢八幡ト号ス。（古典文庫『塵荊鈔《じんけいしょう》』）

この「弓矢八幡」をつづめて、弓矢と八幡《やはた》とを掛詞に仕立てたものが「弓八幡《ゆみやわた》」であり、「弓八幡」は作品名自体が、一曲の眼目を表す「規模のことば」(第二章第五節「規模のことば」参照)となっている。

弓と八幡の関わりを辿れば、

今ノ皇后ハ、弓箭ヲ執リ異国ヲ討給事、漢家本朝ニ様《ためし》ナク、女人凡夫ノ態ナラズ。皇后若《もし》女人也ト思食シ、弓箭ヲ取ル御事ナカリセバ、天下早ク異賊ニ被レ取、日本忽《たちまち》滅亡シナマシ。我国ノ我国タルハ、皇后ノ皇恩也。御自身被レ着甲冑ハ、摂津国難波浦西ノ宮ニ止リ、御旗弓箭ハ南都大安寺ニアリ、御裳ハ宇佐弥勒寺ニ納レリ。

(菊大路本『八幡愚童訓』上、日本思想大系『寺社縁起』所収)

右、『八幡愚童訓』で本朝の「滅亡」の危機を救ったと語られる神功皇后の弓矢は、天稚彦の天鹿児《あまのかこ》弓《ゆみ》、神武天皇の東征の弓と並び説かれ、

弓ハ天竺ヨリ始レリ。(中略)我朝ニハ神代ヨリ弓箭アリ。天稚彦ニ天ノカコ弓ヲ授テ芦原中国ニ降玉フト云々。神武天皇東征ノ時ノ御弓ハ長一丈一尺ト云々。神功皇后異国退治ノ時ノ御弓ハ八尺一寸ト云々。

(『纂題和《さんだいわ》歌集《かしゅう》』八・弓)

八幡大菩薩が放つ弓矢は、戒定慧《かいじょうえ》の表徴とされる。

養由《やういう》弓ヲ取リシカバ猿悲テ木ヨリ落チ、更贏《かうえい》弓ヲ引シカバ雁連テ地ニ羽搔《はがく》。其道ニ達シヌレバ人倫猶如レ此。況此合戦、大菩薩定ノ弓、恵ノ箭ヲ放給ハンニ、凡夫愚悪ノ異国人前後ヲ失ヒ、東西ニ迷シ事ヲ計リ知ヌベシ。御託宣ニ、「定恵ノ力ヲモテ自然ニ降伏スベシ」トアル、誠違ハザリキ。定ノ徳ノ故、火生三昧ニ入リ、恵ノ力ノ故、反逆ヲ砕坐セリ。(菊大路本『八幡愚童訓』下)

そして、弓は、軍神八幡大菩薩そのものを体現するものとなるのである。

吾朝ニテハ、神功皇后、息長足姫尊御宇、四十八年戊辰四月一日ニ、百済国ヨリ模弓ヲ貢、次年高麗国ヨリ梓弓ヲ献ジ、又次年新羅国ヨリ槻弓来ル。故ニ弓ニ三年ト云事在リ。総ジテ弓躰者、愛染明王、摩利支天、八幡大菩薩也。（『塵荊鈔』刀剣、甲冑并弓矢等之事）

二

「弓八幡」の前場は、石清水八幡の如月初卯の神事に参詣した院使の前に翁が現れ、錦に包んだ桑の弓を捧げるというものである。「桑の弓蓬の矢」とは、『礼記《らいき》』射儀第四六に見える

男子生、桑弧蓬矢六、以射二天地四方一。天地四方者、男子之所レ有事也。

「桑弧蓬矢」を訓読したものであるが、『礼記』の内則第十二には、

国君世子生、告二于君一、接以二大牢一。宰掌レ具。三日、卜レ士負レ之。吉者宿斉、朝服、寝門外詩負レ之、射人以二桑弧蓬矢六一、射二天地四方一。

国君に世子（世継ぎ）が誕生した際の儀式として、天地四方に桑弧蓬矢を放つと記されている。『初学記』以下、『明文《めいぶん》抄《しょう》』『節用集』においても、「桑の弓蓬の矢」を説明するにあたっては出典注記に『礼記』射儀を引いており、桑弧蓬矢は国君世子に限らず男子出生の際の儀式として一般化していたわけであるが、『平家物語』の安徳天皇誕生の描写に見られるように、

小松殿、中宮の御方にまいらせ給ひて、金銭九十九文、皇子の御枕にをき、「天をもて父とし、地をもて母とさだめ給へ。御命は方士東方朔が齢《よはい》をたもち、御心には天照大神入かはらせ給へ」とて、桑の弓、蓬の矢にて、天

地四方を射させらる。（覚一本『平家物語』巻三）

天子誕生を祝う儀礼の一つとしての理解も健在であった。

ところで、中世の日本書紀注釈では、「桑の弓蓬の矢」が神代の四弓を指すという解釈がなされている。

座陣、発向、護持、治世、是ヲ神代ノ四弓ト云ゾ。蓬萊ト云ヒ扶桑ト云ニヨッテ桑ノ弓蓬ノ矢ト云ハ是也ト、神書ニハ云也。儒家ノ説ニハ此義デハナシ。（仏教大学蔵天文五年清原宣賢講義『日本書紀抄』清文堂出版）

つまり、日本の異名である扶桑と仙境蓬萊とにかけて、「桑の弓蓬の矢」の嚆矢を本朝神代に求めるのである。

神代有㆓四弓㆒。此弓ヲバ座陣ト云ゾ。第一番ノ弓也。座陣弓・発向弓・護持弓・治世弓、謂㆓之四弓㆒也。震旦ニ桑弓、蓬矢ト云ハ、日本ヲ学ゾ。桑弓ハ、日本ノ扶桑ニ象也。蓬矢ハ、日本ノ蓬萊ニ象也。

（天理図書館蔵兼倶《かねとも》本『日本書紀神代巻抄《じんだいかんしょう》』第一）

神代有㆓四弓㆒。日神所持之弓ハ、座陣弓也。不㆑動㆓干戈㆒致㆓太平㆒也。又、地神三代神降臨ノ時ニ諸神所持之弓ハ、護持ノ弓也。又、下界ヘノ使者天若彦所㆑賜之弓ハ、伐向ノ弓也。此段ノ弓ハ、治世弓也。弓ト鉤トハ、其功用同ゾ。弓モ虚空ニ放㆑箭、則其末ニテ物ニアタルゾ。又、鉤ヲモ大海ヘ投ズレバ、自然ニ得㆑魚ホドニ、二ノモノハ其徳同ゾ。サルホドニ、弓ノツルト云ハ、鉤ノ出葉ゾ。弓ヲ張ト云ハ、針ノ出葉ゾ。ラリルレロ相通スルゾ。為㆓人君㆒者以㆓一張弓㆒可㆑治㆓天下㆒也。四臂為㆓一弓㆒也。八萬由旬ノ須弥山ヲモ、一弓ニテ分量スルゾ。サルホドニ、弓ノ徳ハ大也。舎弟持弓矢ハ、天下ノ主トナラン瑞相ゾ。（同書第二）

桑弓蓬矢と同一視される神代の四弓とは、干戈を動かさずして太平を致す「座陣弓」、「護持弓」「伐向（発向）弓」「治世弓」の四弓であり、先に見たように、神功皇后の「異国退治」の弓は、天若彦の「天ノカコ弓」、「神武天皇東征」

の弓と並び説かれる「伐向弓」の一相である。神代の四弓をめぐっては、天理図書館吉田文庫蔵宣賢本『日本書紀神代巻抄』末尾に次のような書付があり、

上弦月座陣ノ弓、望月ハ発向ノ弓、下弦月ハ護持ノ弓、
晦日ノ月ハ治世ノ弓治世ノ弓トハ、弓矢ヲフクロニヲサメタル体ナリ、故晦日ノ月ハミエズ。
（『兼倶本宣賢本日本書紀神代巻抄』続群書類従完成会）

各々の姿は月の満ち欠けの諸相として表され、「伐向弓」は望月に、「治世弓」は姿の見えぬ晦日の月に喩えられている。「治世弓」の例として掲げる、彦火々出見尊が龍宮より持ち帰った鉤《つりばり》（「弦《つる》」と「張《は》る」の五音相通を媒介に弓に相通するものとされる）が、「天下ノ主トナラン瑞相」（兼倶本『日本書紀神代巻抄』第二）として説かれるように、神代四弓の諸相を以て語られる桑弓蓬矢は、「剣」や「玉（干珠満珠）」同様、武具を超えた治世の象徴としての機能を持っていたのである。

宣賢本『日本書紀神代巻抄』に「治世弓」の解として付される「弓矢を袋に収めたる体」なる注記は、次章に述べるように『詩経』に拠ったものであるが、中世の日本書紀注釈において、桑弓蓬矢の一相として説かれる「治世弓」が、袋に収めた弓の姿として具象化されているのはきわめて興味深い。

三

ワキの〔名ノリ〕に
〽抑是は後宇多ノ院に仕へ奉る臣下也。扨も比は二月初卯八幡の御神事なり。ゑいきよく(2)の道なれば、べいじゅ

うの参詣仕れとの宣旨を蒙り、唯今八幡に下向仕候。（天理図書館蔵『遊音抄』「弓八幡」）

とあるように、後宇多院に仕える臣下であるワキは、院命によって石清水八幡の如月初卯の神事に参詣する。

初卯《ハツウ》　八幡ノ御哥ニ曰、
衣着也　初卯神楽面白也　今人モキヌ　モアケン迄セヨ　　放生記　（元亀二年京大本『運歩色葉集《うんぽいろはしゅう》』）(3)

石清水八幡宮の如月初卯の神事は「初卯の神楽」として著名であり、「弓八幡」の後場は、まさしく、この初卯の神楽の場面である。

二人〽有難き、千代のみ声を松かぜの、ふけ行月の夜かぐらを、奏して君を祈らん。（中入前〔ロンギ〕）
同音〽二月の、初卯のかぐらおもしろや、して〽うたへや〳〵、日影さすまで。（後場〔一セイ〕）

しかし、如月初卯の神事において、錦で包まれた桑弓が「君へ捧げ物」として献上されたことは、諸縁起を初め、『宮寺縁事抄《ぐうじえんじしょう》』、天理図書館蔵『八幡宮寺年中讃記《はちまんぐうじねんちゅうさんき》』、京都大学文学部蔵『八幡宮神事記《はちまんぐうしんじき》』などにも見えない。この点に関して『謡曲大観』は、出典の項に「当時行はれてゐた御神事を題材としたもので、典故といふべきほどのものはない」と記しているが、恐らくは実際の神事に基づいた描写ではなく、『詩経』周頌・時邁の「明昭なる有周、式《も》つて在位を序《つい》で、載《すなはち》干戈を戢《をさ》め、載《すなはち》弓矢を櫜《つつ》めり」から着想された、作者世阿弥の作と思しい。

大乱の後は弓矢を包みて干戈袋《かんくわふくろ》にす。（『太平記』巻十二・兵部卿親王流刑の事・付驪姫《りき》が事）

右のように、「弓矢を包む」「弓を袋にす」といったかたちで人口に膾炙していた『詩経』を出典とする語句と、先に述べた「桑弧」を組み合わせ、錦の袋に包んだ桑弓の作り物を案出し、その心を解くという仕立てである。

〔問答〕して〽これは当社に年久しく仕へ申、君安全と祈り申者也。又是に持ちたるは桑の弓なり。身のをよびなければ直奏仕る事かなはず。今日の御参詣を待え申、是を君にさゝげものと申上候。わき〽有難し〳〵先々《まづまづ》めでたき題目也。さて〳〵君に奏せよとは、私に思ひよりけるか。若又当社の御神託か。〽わきていはれを申べし。して〽今ン日当社御参詣にさう弓をささげ申事、是こそ則神慮なれ。つれ〽其うへ聞ば千はやふる　二人〽神の御代には桑の弓、よもぎの矢にて世をおさめしは、すぐなる御代のためしなり。能々奏し給へとよ。〔掛ケ合〕わき〽実々是は太平の、御代のしるしは顕たり。〽先此ゆみをとり出し、〽神前にて拝見申さばや。して〽いや〳〵弓を取いだしては、なにの御用のあるべきぞ。つれ〽むかしもろこし周のよを、治めし国のはじめには、（して）〽弓箭をつゝみ、かんくはをおさめしためしをもつて、（つれ）〽弓を袋にいれ、（して）〽剣をはこに治むるこそ、（つれ）〽太平の御代のしるしなれ、（二人）〽それは周のよ是は本朝、名にもふさうの国を引ば、〔上歌〕同音〽桑の弓、とるや蓬の八幡山〳〵、ちかひのうみはゆたかにて、君はふね、臣はみづほの国々も、のこりなくなびく草木の、めぐみも色もあらたなる、御神託ぞめでたき、しんたくぞめでたかりける。

右〔問答〕の「神の御代には桑の弓、蓬の矢にて世を治めしは、直なる御代のためしなり」とは、前章で示した、桑弓蓬矢を神代の四弓とし、その一つを治世弓とする理解にも通ずる表現である。そして、〔掛ケ合〕においては、前場の趣向の典拠である『詩経』本文を引用しつつ、弓を収めることが則ち国土を治めることと同義であると説いていく。

「弓を収める」と「国土を治める」との掛詞は、

　弓矢ぞ国のをさめとはなる
かかしたつ秋の山田を刈り上げて　周阿《しゆうあ》（『ささめごと』）

弓
もののふのたけき心もやはらぐや弓を袋にをさめしる代は　中院通村《なかのいんみちむら》
（元和八年六月二十五日曼殊院宮聖廟法楽『後十輪院内府集《ごじゆうりんいんないふしゆう》』一三七五）

右のように、祝意を表す常套の修辞である。その上で、錦の袋に包み収めた弓を桑弓とすることで、この弓は「治世弓」の具象となり、つまりは天下泰平国土安穏の象徴となった。このように、錦の袋に包んだ桑弓の心(趣意)を解き明かし開陳する趣向は、ことごとく「脇の能」の本意、つまり祝言の本意に適っている。

四

翁から錦の袋に包み収められた桑弓を授かった院使は、この行為が翁個人の発案であるのか、あるいは八幡の神託であるのかを問う。

わき〽さて〳〵君に奏せよとは、私に思ひよりけるか、若又当社の御神託か。わきていはれを申べし。して〽今ン日当社御参詣に、さう弓をささげ申事、是こそ則ち神慮なれ。

翁は、八幡の神慮に他ならぬ由を答える。すれば、君への神託として錦の袋に収められた桑弓が献上されたことは、八幡神による天下泰平国土安穏の約諾を意味し、この神託は院使によって都に奏上されることとなる。

〽都に帰神勅を〳〵、こと〴〵く奏しあぐべしと、いへばお山も音楽の、聞えて異香くんずなる、実あらたなる奇特かな〳〵。(後場ワキの〔上歌〕)

石清水八幡宮は、中世、伊勢大神宮とともに二所宗廟とならび称され、国家的神祇大系の頂点に立つ神社である。石清水は藤原良房が清和天皇を擁立して以来、皇位継承を認証する神、天皇擁護の神、王城鎮護の神としての位置を確立し、同じく王城鎮護の神である賀茂社を凌ぐ位置を占めていた[4]。

能「弓八幡」前場では、この石清水八幡神からの神託の後に、「神功皇后の異国退治」が「弓箭を以て世を治めし始め」(〈クセ〉)として語られ、八幡三所の神徳が礼讃され、シテの翁は、「此御代を守らんと」出現した高良の神であることを明かして姿を消す。

〽有難き、千代のみ声を松かぜの、ふけ行月の夜かぐらを、奏して君を祈らん。

そして、後場の夜神楽(初卯の神楽)は、「君」への祈禱として挙行され、「絶ず君守る」高良の神が当代守護を誓い、八幡の神徳を讃えて終曲となる。

つまり、「弓八幡」とは、君を守護し天下泰平国土安穏を約諾する八幡神の神託が、化現した高良の神によって院使に伝えられ、院使は八幡の神徳を納受し、これを君に奏上するという構想の能である。

これは、天皇の「御願」祭祀である石清水八幡宮臨時祭の祭儀形式(5)の雛形と見ることができるのではないだろうか。臨時祭のさらに丁重な形式が神社行幸であるが(6)、この場合も天皇が直接神前に対面することはなく、天皇は極楽寺に予め造作された御在所にとどまる。天皇に代わって御幣・神宝を捧げ、舞人・陪従《べいじゅう》を従えて神前に向かうのは上卿(勅使)であり、ここで勅使は宣命を奏して両段再拝の作法を勤め、祝詞が奏され、続いて東遊・御神楽・舞曲が奏納される。こうして宝前の儀を終えた勅使は、下山して天皇の御在所へ赴き、御願平安の由を奏上する。臨時祭の場合は、御願平安の由が内裏の天皇に奏上され、還立御神楽が奏される。

この時、神から奏上される神託の具体的な内容は、石清水と同じく王城鎮護の社である賀茂社の「返祝詞(7)」の記録、彰考館蔵『鴨御《かもみ》祖皇大神宮《おやこうたいじんぐう》 正祝《しょうのはふり》 光高《みつたか》 県主《あがたぬし》祝詞《のりと》(8)』(貞和三年奥書)によって知られている。

行幸の時、申す返祝詞

皇太神の広前に奉りおはします、金銀の御幣色々の神宝・神馬・走馬・東遊・御神楽・左右舞楽・御らくやうけいをば、照しをさめおはします。天皇のみあてにおのづから参りよるべからむ悪事をば、他方に払へしりぞけ奉りおはします。御宣命にまふさしめおはしますまゝ、一事もあやまたず、みてかなへおはします。宮中には夜のおどろき、昼のさはぎなく、安穏平和に守りはぐくみ奉りおはします。天下おだやかに守りたすけおはしまさむ。今日の御供奉の関白殿下・大臣・公卿、殊には勅使・舞人・陪従・したべの諸官等に至るまで、事ゆゑなく守りたすけむと、皇太神の仰せを給ふ命をうけたまはりて、榊葉の御かざしにいはひこめて伝へ申す。

右に見るように、王城鎮護の神から使者を通じて天皇に奏上される神宣とは、天皇に降りかかる悪事を退散させ、宮中の安穏平和、天下国土の平穏安泰を守護する旨の神意の表明である。これこそは、「弓八幡」の前場において、八幡神からの神託として翁が伝える、君の守護と天下泰平国土安穏の約諾に相当する。

そして、「弓八幡」後場は、石清水八幡宮の初卯の夜神楽という実景に、八幡神の神意を示すものとして高良神が出現し、当代守護を誓う。神楽は天下泰平の祈願として行われる祭祀であり[9]、先に述べたように、これも臨時祭あるいはその丁重な形式としての神社行幸の行事次第に含まれている。神社行幸は、一条朝以降、大嘗会の翌年に必ず行われるようになる代始儀式として位置付けられ、以後恒例化したものであるが、院政期に入ると院(上皇)による神社御幸が盛んとなり、鎌倉期には代始の形式的儀礼と化す。そして、建武元年の後醍醐天皇による賀茂・石清水行幸を最後に文久三年まで断絶する[10]。

「弓八幡」は後宇多院の時代の初卯の神事の設定であるが、八幡神の神託(君の守護と天下泰平国土安穏の約諾)が院使を介在して内裏へと奏上され、神楽による祈願が行われるという「弓八幡」の構想は、石清水臨時祭、あるいは、代始めの儀礼としてかつて行われていた石清水行幸に顕著に看取される、神と天皇との直なる関係を確認する神事儀礼の形式を写し取ったものと見ることができる。

「弓八幡」は、『申楽談儀』能書く様の項に、先、祝言の、かゝり直成道《すぐなる》より書き習ふべし。直成体《てい》は弓八幡也。曲もなく、真直成能也。当御代の初めのために書きたる能なれば、秘事もなし。放生会の能、魚を放つ所曲《きょく》なれば、私《わたくし》有。相生も、なをし鰭《ひれ》が有也。

と記され、その「直なる体」が「脇の能」の規範として示されている。同じく世阿弥作の「脇の能」である「放生会の能」(「放生川《ほうじょうがわ》」)や「相生」(「高砂」)との比較においても、最も評価される「直なる体」とは、叙上の如き、神事儀礼に則った作能のあり方をいうのではなかろうか。

多く「脇の能」は、大臣(勅使)をワキとする。しかし、世阿弥作の「脇の能」には、勅使が宣命を受けて神事に参詣する設定になっているものはきわめて少ない(11)。雄略天皇の臣下が、濃州本巣《もとす》の郡で湧出する霊泉の様子を見に行くべく宣旨を受けるものに「養老」があるが、「弓八幡」のような宣命による神事参詣とは異なる。「高砂」は阿蘇の神主が都への途上に播州高砂社に立ち寄るのであり、「放生川」は鹿島の神職が上洛したついでに八幡へと足を延ばす。「老松」は都の西に住む梅津某が霊夢に導かれて筑紫安楽寺へと下向する。「鵜羽《うのは》」は当今に仕える臣下(『舞芸六輪次第』では恵心僧都《えしんそうず》)が君に暇を申して鵜戸の岩屋へ下向する。世阿弥の可能性も含め、その周辺の作と考えられている作品においても、当今に仕える臣下が山々の花見を命じる「鼓滝《つづみのたき》」、延喜天皇に仕える壬生忠岑《みぶのただみね》が思い立って九州箱崎八幡宮へ参詣する「箱崎」、当今に仕える臣下が志賀の山桜見物に出かける「志賀」、当今に仕える臣下が住吉玉津島に参詣したついでに淡路へと足を延ばす「淡路」、同じく当今に仕える臣下が住吉参詣のついでに西宮へと向かう「呉服《くれは》」、当今に仕える臣下が君に暇を申して松尾明神へと参詣する「松尾《まつのお》」といった具合である。

古作「金札《きんさつ》」に、勅命によって大宮建立予定地の伏見に下向した桓武天皇の臣下が、伊勢大神宮の使者天津太玉の神より、建立を勧める神意を受ける形がある。このような神託の授受によって祝意を表す形式は世阿弥以前から存在していたものであるが、世阿弥は「脇の能」を作るにあたって、実はこの形式を多く用いてはいないのである。「弓八幡」は、その意味において世阿弥の「脇の能」の中では異色である。しかし、「当御代の初めのために書きたる能(12)」として作られた「弓八幡」は、代始儀式の神事形式を写し取って構想するに、最もふさわしい能であったのである。

五

又、弓矢ノ立合、ヲカシキ立合也。「桑ノ弓、蓬ノ矢」ト謡イ出ダス。コノ声、マヅ祝言ニハヅレタリ。「様アリ、斯クナリ」ト申セド、ナマジイニ、立合節ヲ嘗メタル者ノ書キタル也。

右、『申楽談儀』別本聞書によって世阿弥在世中からの存在が確認できる立合舞「弓矢ノ立合(13)」は「弓八幡」と題材を同じくする。『幸正能口《こうまさよしく》伝書《でんしょ》』春日若宮御祭松下渡りの事に記された「弓矢の立合」の詞章を次に掲出する。

脇、「天長地久、御願円満、誠に目出度時なれば、嘉例の弓矢の祝言ヲ以テ申納めうずるにて候。いかに友やまします」ト云時に、役者の衆、立也。其間に、わき、せりふヲ云て詠をうたい出ス。

桑の弓、ゑもぎの矢の祭り事、誠目出たかり(けり)、あらありがたや。あらありがたやいざやさらば、我等も青陽が、しやじゆつとつたへきく、弓はり月のやさしくも、雲の上まで名をあぐる、弓矢の家を守らん、弓矢のいゑをまもらん。武士の、やそ宇治河のながれまで、水上清し弓はりの月。あわれめでたかりける、おさまれる御代の、時とかや。しやくそんは、しやくそんは、だいひの弓に、知恵の矢をつまよつて、三どくのねぶりを、おどろかし、あいぜん明王は、弓矢をもつて、陰陽の姿をあらはし、されば五だい、明王の文じゆは、やうゆうとげんじて、らいを取て弓をつくり、あんせんのあらはして、矢となせり、又我がちよの、じんぐうくはうぐは、せひだうのげきしんをしりぞき、民尭春のさかへたり、太神天王、八幡大菩薩、みなもと清きいわし水、ながれ

の末こそ久しけれ。　（『幸正能口伝書』能楽資料集成）

先に引用した『申楽談儀』によれば、「弓矢ノ立合」は作、節付け共に世阿弥の手になるものではなく、むしろ世阿弥は、節付けが祝言の主題に相応していない点に批判的であった。詞章について具体的に述べるところはないが、「ヲカシキ立合」と、その不具合を評する対象には、弓矢の故事来歴を並べて八幡神を仰ぎ武運長久を願う内容も当然含まれよう。共に「桑の弓蓬の矢」を材とする「弓八幡」と「弓矢ノ立合」は、世阿弥にとって、似て非なるものであったように思われる。

世阿弥の「脇の能」とは、祝言第一の能である。それは、大嘗祭の折に捧げる御嘗の和歌のように、

美濃の国関の藤河たえずして君につかへむよろづ世までに　（『古今和歌集』巻二十・一〇八四）

これは、元慶の御嘗《おほむべ》の、美濃の歌

君が世は限りもあらじ長浜の真砂《まさご》の数はよみつくすとも　（同一〇八五）

これは、仁和の御嘗の、伊勢国の歌

あるいは祝言歌のように、規矩に則って治世の長遠を願うものであった（本章第一節「祝言の位相」参照）。禅鳳はこれを新年の賀の挨拶のような、いわば習慣化、定型化した祝賀の表象と捉えているが、少なくとも、「弓矢の立合」に示される「弓矢の家を守る」が如き限定的な祝意とは異なっていたのである。

（1）　角川書店刊『日本絵巻物全集』別巻二所収。
（2）　『遊音抄』には「れいきよく」とあるが、「ゐいきよく（郢曲）」の誤写と思しく、他本により訂正。
（3）　静嘉堂文庫本は、初句が「衣更着也」、第四句が「今人モキネ」と小異。

（4）岡田荘司『平安時代の国家と祭祀』続群書類従完成会、一九九四年。以下の石清水の祭祀との関係をめぐる考察は本書に導かれるところが多い。

（5）神社行幸と神社臨時祭の詳細については、三橋正氏「賀茂・石清水・平野臨時祭について」（二十二社研究会編『平安時代の神社と祭祀』国書刊行会、一九八六年）、注4岡田氏前掲稿、嵯峨井建氏「神社行幸と天皇の儀礼空間」（今谷明編『王権と神祇』思文閣出版、二〇〇二年）参照。

（6）注4岡田氏前掲稿は、神社行幸が、天皇の「御願」祭祀として成立した臨時祭と儀式次第の内容を大方において同じくし、神社臨時祭をさらに丁重に、尊崇、敬意を払った形式であることを指摘する。

（7）天皇から神に対して発せられる宣命への応答は賀茂社では返祝詞と呼ばれる。返祝詞については、嵯峨井建氏「鴨社の祝と返祝詞」（神社史料研究会叢書第一輯『神主と神人の社会史』思文閣出版、一九九八年）参照。

（8）近藤喜博「鴨御祖皇大神宮正祝光高県主祝詞」『神道史研究』六巻二号、一九五八年。

（9）神楽についての考察は、近年ことに春日社の神楽をめぐる研究が進展している。岩田勝「神楽社における神楽祭祀とその組織」『民俗芸能研究』十三号、一九九一年。松尾恒一「中世、春日社神人の芸能」（注7前掲『神主と神人の社会史』所収）。

（10）注4岡田氏前掲稿、注5嵯峨井氏前掲稿に拠る。

（11）「難波梅」（「難波」）は自筆本では冒頭が欠損しており、ワキの設定が明白ではないが、いずれにせよ神事参詣ではなく、都への途上に難波の里に立ち寄っている。なお、世阿弥以後の「脇の能」には勅使による神社参詣の例は多い。「九世戸」「竹生島」「大社」「江野島」「嵐山」「寝覚」「鵜祭」「源太夫」「白髭」「絵馬」「内外詣」他。

（12）この「当御代の初め」をめぐっては諸説がある。能勢朝次氏『世阿弥十六部集評釈』（岩波書店、一九四四年）は後花園天皇即位、川瀬一馬氏『頭注世阿弥二十三部集』（一九四四年）は称光天皇即位を指すとする。吉田東伍氏『世阿弥十六部集』（一九〇九年）・佐成謙太郎氏『謡曲大観』（一九三一年）は、「当御代」を足利義教とし、「弓八幡」成立を永享元年頃とし、『三道』の「八幡」を「放生川」の異称と解釈する。また、西野春雄氏『日本の名著　世阿弥』（中央公論社、一九六九年）、表章氏『世阿弥　禅竹』（岩波書店、一九七四年）は義持の代初めとする。『三道』の規範曲に見える「八幡」は、『申楽談儀』で「弓八幡」を「やはた」、「放生川」を「八幡放生会の能」と呼んでいることからも、また、『申楽談儀』に「脇の能」の規範曲として「弓八幡」が挙げられていることからも、「弓八幡」を指す可能性が極めて高い。従って、「弓八幡」の成立は、まず『三道』奥書の応永三十年(一四二三)以前と限定される。すれば、『申楽談儀』の「当御代」は、『申楽談儀』が纏められた永享二年(一四三〇)当時ではあり得ず、後花園天皇(正長元年践祚、永享元年即位)や足利義教(正長元年将軍宣下)ではあり得ない。『三道』奥書以前の「当御代の初め」は、称光天皇が即位した応永十九(一四一二)年、もしくは、後小松天皇即位の永徳二年(一三八二)、あるいは幕府の代替わりを指す場合には義持が宣下を受けた応永元年(一三九四。家督相続は応永十五年以後)となる。

(13) 「弓矢ノ立合」は住吉社における永正十六年の田植神事記録では確認できるが、鎌倉末期頃に成立した社家津守家「住吉太神宮諸神事次第」には行われた形跡がなく、世阿弥時代の成立と考えられている(天野文雄「室町後期の「翁座」の動向——住吉社御田植神事の猿楽をめぐって」『翁猿楽研究』和泉書院、一九九五年)。

第五節　祝言と風流――禅鳳作「東方朔」考

一

実在の人物という東方朔《とうぼうさく》は、架空の伝承に包まれている。『史記』巻百二十六・滑稽列伝・第六十六に記されるその伝記には、一年ごとに妻を変え、武帝《ぶてい》より下賜された銭財を悉く索《つく》し、供された食事でさえ途中で残して妻に持ち帰る姿が「狂人」[1]と呼ばれた話も挟まれるが、概ね、「古の伝書を好み、経術を愛するを以て、博く外家の語を観る所多し」「先王の術を修め、聖人の義を慕ひ、詩書百家の言を諷誦する、数ふるに勝ふべからず。竹帛に著はれ、自ら以て海内双ぶ無しと為す」と、博聞弁智の人であった一生が記述されている。『漢書《かんじょ》』東方朔伝では、筮竹《ぜいちく》や八卦を操る術や当意即妙の話芸、自由奔放を極めた詼諧と直言切諫で武帝の信頼を得た話に継いで、東方朔に仮託された書の流伝を付言する。添えられた賛にも、東方朔が「詼諧、逢占、射覆(物を覆ってその品物を言い当てること)」を得意としたために、東方朔に付会される「奇言怪語」があることに触れる。東方朔に仮託された書には、『神異経《しんいきょう》』『海内《かいだい》十洲記《じっしゅうき》』『探春歴記《たんしゅんれきき》』、さらに『長秋記《ちょうしゅうき》』大治四年五月二十日条に見える『霊棊経《れいききょう》』[2]などが知られている。伝郭憲《かくけん》作の「東方朔伝」になると、その博識に加えて、幼少の頃より時間の観念が常人と著しく異なっていたことが種々語られる。東方朔在世中は歳星(木星)が姿を見せなかったという結びの記述に端的に示されているように、その一生はさらに超人的な逸話で彩られることとなる。道教経典『三天内解経《さんてんないげきょう》』では、東方朔は太上が漢の治世を輔助するために遣わした真人となっており、(3)『列仙伝《れっせんでん》』に地仙として名を列ねる東方朔は、「智者疑其歳星精也」と、やはり木星であったことがほのめかされるのである。このように東方朔は、既に中国において、幾重もの伝説の衣に纏われている。しかし、日本に飛来した後の東方朔は、更にその仮面を厚くしていくのである。

二

能「東方朔」は、能「西王母《せいおうぼ》」同様、中国の『漢武故事《かんぶこじ》』(4)『漢武帝内伝』(5)、あるいは本邦の『唐物語《からものがたり》』に見える西王《せいおう》母《ぼ》説話に基づくと説明されてきた。(6)近年、石井倫子氏はこれに藤原清輔《ふじわらのきよすけ》『奥義抄』の用例を加える。(7)その和歌「三千年になるてふ桃の今年より花咲く春にあひぞしにける」をめぐっては、西王母のこの話が引かれること多く、応永十二年近江善勝寺周辺で成立したとされる『和漢朗詠集和談鈔《わだんしょう》』にも、冒頭が欠けているが次のように記される。

大ナルコト、烏鳥ノ如シ。帝、東方朔ニ何ナル鳥ゾ、ト問ヒ玉フニ、朔曰ク、西王母将ニ来ラントスト也。我匿《カク》レント。則、屏風ノ後ニ居ル。武帝宮掖之内ヲ掃テ、座ヲ設ケ、以之ヲ待ツ。須臾アテ西王母来ル。郡仙数千、光庭ヲ耀ス。王母、黄錦ノ袷襡《カウショク》ヲ着リ。文采《サイ》明鮮タリ。腰ニ分景之剣ヲ佩シ、頭ニ晨嬰《シンエイ》ノ冠ヲ戴ケリ。歳三十計也。天姿奄藹《エンアツ》シテ、顔色世ニ絶ス。因テ帝ヲ呼テ共ニ坐ス。帝南面ス。王母ハ東ニ向フ。王母、侍女ニ命ズ。玉祥ニ盛レル桃七枚ヲ以テ、王母ニ呈ス。王母、帝ニ与フ。之ヲ取テ食スルニ、其味ヒ甘美ナリ。仍、之ヲ植ント欲ス。王母ガ曰ク、此桃ハ下土ノ物ニ非ズ。上界ノ菓也。三千年ニ一度実也。但シ此屏風ノ後ニアル童ハ、三度盗テ之ヲ食ス云々。此桃ヲ三度食タル故ニ、東方朔九千歳ト云也。ミチトセニナルテフ桃ト詠ジ侍ハ、行末久シカルベキ由ヲ賀シタル心也。（『和漢朗詠集古注釈集成』(8)三）

王母、黄錦ノ袷襡ヲ着リ。文采明鮮タリ。腰ニ分景之剣ヲ佩シ、頭ニ晨嬰ノ冠ヲ戴ケリ。歳三十計也。天姿奄藹シテ、顔色世ニ絶ス——と、西王母の容姿の記述が詳しいが、これは『漢武帝内伝』を踏襲したものである。室町後期の日蓮僧日進《にちしん》の作ともいわれる(9)『榻鴫暁筆《とうでんぎょうひつ》』にも同じ形で見えており、能「西王母」後場の「西王母の其すがた、光ていうをかがやかし、くはうきんの御衣を着し、つるぎをこしにさげ、しんゑいのかぶりを着」という描写は、こうした西王母像に拠って作られている。つまり、「西王母」に関して言えば、天女の舞の脇能として仕立てるにあたっての工夫は種々あるものの、その骨格は前掲書に限らず諸書に散見する西王母奉桃譚(長生を願った漢の武帝のもとに西王母がやってきて仙境の桃を献上する話を、以下西王母奉桃譚と仮称)の枠内に収まっているといえる。

では、「東方朔」の場合はどうであろうか。禅鳳の造形した東方朔像、これを脇能として構想した「東方朔」を論じる前に、そもそも中世の知識の中にあった東方朔像とはどのようなものであったのか、暫く辿っていくこととする。

三

誹諧歌

誹、誹謗《ヒバウ》《ソシル》也。諧、和也、合也、調也、偶也。

此はいかいの事、他流の義は、物をいかにもよくいふ人の、あらぬ事をいふが、しかもよくいひなせるよしとぞ。当流に不レ用レ之。当流の心は、非道教道非正道進正道といふ、これにかなへり。史記に滑稽段といふ、其に似たりとぞ。後漢の代始光武之時、東方朔といふ者あり。たけひきゝ人也。是は実には仙人也。世に出て政をたすくる事、数度といへり。これをもて、あはせて其心をしるといふ事もあり。(中略)これはたゞ道をたすくるはかりごとなれば、如㆑此数おほく入なり。（中略）此歌は又世界の道をなをす心なれば、不可思議の理にこそ。

（『古今和歌集両度聞書』、『中世古今集注釈書解題』三所収）

右、東常縁《とうつねより》の古今集講釈を宗祇が書き留めた『古今和歌集両度聞書』には、誹諧歌について東方朔の名が見える。東方朔のなした滑稽、誹諧がつまりは政事を助けるためであったことを、誹諧歌の語義の解釈に援用しているのである。この説は平松文庫本『古今集抄』、宗祇の講釈を肖柏《しょうはく》が記録した『古聞《こぶん》』、東京大学国語研究室蔵『古今和歌集聞書』、『十吟抄《じゅうぎんしょう》』などにも見られるが、宗祇周辺以外の他流の注釈ではあまり採用されることのない記述である。また、引用文中、北村季吟《きたむらきぎん》『教端抄《きょうたんしょう》』が「史記、漢書、列仙伝にも所見なし。漢書には長九尺三寸とこそ侍れ」といぶかっている東方朔短人説「東方朔といふ人あり。たけひきゝ人也」は、『奥義抄』『唐物語』『和漢朗詠集和談鈔』に見える西王母奉桃譚において、西王母が東方朔を称して「童」「小児」と呼んでいることとも関連があると思われるが、これらの書での盗人としての東方朔は能「東方朔」では姿を潜めている。

ところで、『古今和歌集両度聞書』に記された東方朔の箴言者としての側面は、中世、「東方朔が言」として徘徊していた形跡がある。例えば、

昨日マデ烏帽子ノ折様、衣紋《エモン》ノタメ様ヲマネテ、「此コソ執事ノ内ノ人ヨ。」トテ、世ニ重ンゼラレン事ヲ求メシニ、今日ハイツシカ引替テ貌《カタチ》ヲ窶《ヤツ》シ面ヲ側《ソバ》メテ。「スハヤ御敵方ノ者ヨ。」トテ、人ニシラレン事ヲ恐懼《キョウク》ス。用則鼠モ為㆑虎、不㆑用則虎モ為㆑鼠ト云置シ、東方朔ガ虎鼠《コソ》ノ論、誠ニ当レル一言ナリ。

（日本古典文学大系『太平記』巻三十・将軍御兄弟和睦事付天狗勢汰事）

右『太平記』中、権勢を奮った高師直《こうのもろなお》・師泰《もろやす》らが一転して処罰の対象となり、一族が沈淪した一件への評語にいう「東方朔ガ虎鼠ノ論」[10]は、その出所は未詳であるが、大蔵虎明の伝書『わらんべ草』にも引用されている。

昔人云。名人の芸を見て及ばざる事は合点ゆかぬ所と知るべし。夫をむげに思ひ下す人は一代誉《ほまれ》有まじ。我心に合はぬ事は問べし。五十歩留る者は百歩に走を笑ふが如く也。時に遇ひて人こぞつて褒むるとも、まこと丶思ふべからず。皆此類挨拶有べし。東方朔が言、用る時は鼠も虎となり、用ひざる則《とき》は虎も鼠となる。犛牛《めうご》尾を愛する類なるべし。江南の橘は江北に移されて枳《からたち》と成る。国所にて褒められ、他の国にて人の知らぬはこの類なり。

（『わらんべ草』三十九段、日本思想大系『古代中世芸術論』所収）

「東方朔が言」は、次に引く仮名本『曾我物語』にも顔を見せるが、

貞女両夫にまみえずとは、この女の事なり。（中略）われ又、かひ〴〵しくなければ、景季がまことの妻女になるべき身にてもなし、来世こそつゐのすみかなれ。（中略）まことや、「天人の婬せざる所は、禍《わざはひ》ありて、しかも禍なし」(11)と、東方朔がことば、思ひしられて、しかるべき善知識をたづね、生年十六歳と申に出家して、諸国を修行して、後には、大磯の虎がすみ家をたづね、道心に行して、いづれも八十余にして、往生の素懐をとげにけり。（十行古活字本『曾我物語』巻五・五郎が情かけし女出家の事、日本古典文学大系）

さらに下って、西鶴没後元禄七年に刊行された『西鶴織留《さいかくおりどめ》』巻一―二「品玉とる種の松茸」に見える「東方朔が伝書」は、占いによって商策を練るものの、先立つものがないために投資をあきらめる商人が見る、占いの書である。

「唐秬《とうきび》の根の南の方へ高ふはへあらはる丶年は、二百十日の風碓《いしうす》をも吹ちらす」と、東方朔が伝書にも見合、今年は俵物買どし、思ひ入はありながら、ない物は銀にて、さる程にせはしの世や。

日本古典文学大系『西鶴集』(12)頭注が指摘するように、貞享元年には『東方朔秘伝置文《とうぼうさくひでんおきぶみ》』上巻が刊行されており、干支や自然現象の吉凶を説いた書が「東方朔が伝書」として通行していたらしい。『東方朔秘伝置文』の序文にいうように、

（前略）いまだ其本拠を詳かんせずといへども、蓋是《けだし》后《のち》の人、朔が一言一句の辞あるに本づゐて深く賾《おぎろ》を探り、遠く理を尋て、和語を以て広く推あらわせる物ならし。（貞享三年刊『東方朔秘伝置文』序）

やはり典拠は不詳とされながら、東方朔の名を借りた語が一人歩きしている。貞享の版本を待つまでもなく、陰陽書の中には東方朔作として記す卜占を見出すことがある。

こうした東方朔の呪術的な側面が強調されると、東方朔自身が呪文の文句に登場するようになり、

東方朔西方朔南方朔北方朔、太平広記ニアリ。巫人ガ人ヲ祝シテ、アチムキコチムキ云アルク語也。東西南北ノ朔ドモト、人ガ句ニシタゾ。(13)（『蕉窓夜話《しょうそうやわ》』、鈴木博『室町時代語の研究』清文堂所収）

節分の厄祓の文句に東方朔が登場するのも、

あらめでたいな、めでたいな。今晩今宵の御祝儀にめでたきことにて払おうなら、まず一夜明ければ元朝の、門に松竹注連飾、床にだいだい鏡餅、蓬莱山に舞い遊ぶ、鶴は千年亀は万年、東方朔は八千歳、浦島太郎は三千年、三浦大助百六つ、この三長年が集まりて、酒盛り致す折からに、悪魔外道が飛んで出て、妨げなさんとする所、この厄払いがかいつかみ、西の海へと思えども、蓬莱山のことなれば、須弥山の方へさらりさらり。

（江戸落語「厄払い」）

右、「厄払い」で与太郎が伯父に教わる祓の文句にいうような、東方朔九千歳（右、江戸落語は日本的な吉数の八に変わっているが、本来は上方落語『米朝落語全集』に見えるような九千年の形）という長寿のめでたさばかりの故ではあるまい。(14)

さらに、東方朔は古今集秘説の中では、同じく融通無礙な存在である人丸と同一体として説かれる存在となる。

実ニハ歌ノ灌頂ト申ハ、人丸ノ御事能以レ知申也。或人云、是ハ持統天皇ノ御諱、天竺ニテ新垄翁、唐ニテハ東方朔ト云。（神宮文庫本『古今秘歌集阿古根伝《こきんひかしゅうあこねでん》』(15)）

誠ニハ哥ノ灌頂ト申ハ、人丸ノ御事ヲ知ルヲ以テ申也。或人云、人丸ハ持統天皇ノ諱也。天竺ニテハ新聖翁、唐ニテハ東方朔也ト云。如レ此佛菩薩応化権実ノ神明、何モ以此道翫給事、自上古今ニ不絶。

（陽明文庫蔵『他流切紙《たりゅうきりがみ》』）

人丸、天竺ニテハ東方朔、日本ニテハ人丸。本地、文殊化身也ト云々。

（京都大学附属図書館中院文庫本『古今序抄』(16)）

先の西王母奉桃譚の一方で、このような変幻自在な東方朔像が醸成されていたわけである。

四

『漢武帝内伝』『漢武故事』、『奥義抄』『唐物語』『和漢朗詠集和談鈔』等が記す西王母奉桃譚と能「東方朔」とが最も異なるのは、東方朔像である。諸書における東方朔は、武帝の問いに答えて、宮中を飛び回る青鳥が西王母来訪の予兆であることを告げる側近の臣下として登場する。能「東方朔」では、帝が漢の武帝であることは、諸流、冒頭の狂言口開《くちあけ》でのみ確認できる事柄であり、謡本には具体的な帝の名に触れた文辞はない。しかし、法政大学能楽研究所般若窟文庫蔵室町後期写巻子《かんす》本《ぼん》（外題簽に「禅鳳《ぜんぽう》」と記す。禅鳳自筆の確証はないが、訂正箇所が以後の謡本には訂正後の形で踏襲されていることから、禅鳳自筆本の可能性は高いと思われる。以下、「東方朔」の引用は該書による）に記される「狂言いひたてあり」は、当初から、あるいは成立後間もなくからこの形であったことを示している。次は貞享松井本の口開であるが、か様に候者は、かんのぶてゐに仕へ申官人にて候。此君けん王にてましますにより、吹風枝をならさず民戸ざしせず、誠に目出度御代にて候。しかる処に、きどく成御事の候。この程青き鳥の足の三つ候が、御殿の上を飛廻り候程に、いか様成子細により、此鳥は来りて有ぞと不思議に思召、はかせをめし寄御申候得ば、はかせうらかたに引合申様は、君のためけしからず目出度御ずいさうと申上る間、各々御よろこびかぎりなく候。又ことおゝしとは申せども、今日は七月七日七夕の節会にて候程に、せうくわでんに御行有て、御遊可レ有との御事にて候間、此官人承てふれ申、承華殿へ参内申され候へ。其分心得候へ〳〵。

（能楽資料集成『貞享年間大蔵流間狂言二種』）

現在確認できる他の間狂言資料も大異ない。仮に禅鳳腹案の「いひたて」が武帝の名を伏せていたとしても、本曲が漢の武帝の話であることは見所《けんしょ》にとって自明の事柄であったであろう。この武帝の代の七夕の夕べ、星祭を執り行う承華殿に、東方朔は、側近の一人としてでなく、「此国のかたはらにすむ者」として参内しているのである。狂言口開で語られる博士の占方では「目出たき御瑞相」としか明かされなかった青鳥の出現のいわれが、「三千年《みちとせ》に一度花さき実なる桃をもつ」西王母が「此桃を君にささげ申さむと」来臨する予兆であることを東方朔が奏聞する点は、先の西王母奉桃譚を収録する諸書の投影に他ならない。また、東方朔を仙人とする理解も、武帝の死後「乗龍飛去」ったと記す『漢武帝内伝』のように、諸書に共通の理解である。

しかし、「此国のかたはらにすむ者」という設定が、尉の面をつけて仮の姿で登場する前シテの標準的な造形に対応させたものであるにせよ、その仮の面を取り払った時に、「西方極楽無量寿仏の仮現なれば、はかりなきいのちの仙人となる」西王母に対して、「抑是は仙郷に入てとしをふる東方朔とは吾事也」と、自ら仙人を名宣り、「いかにや〳〵西王母、とく〳〵さむだひ申べし」と、西王母を命令形で呼び立て、対等に相舞《あいまい》を舞う東方朔の姿は、これまでの西王母奉桃譚にはない。能「東方朔」に表現される東方朔像は、この点においてこれまで見た東方朔像を凌駕するものである。ただし、これを直ちに禅鳳の工夫と考えるのは早計である。禅鳳の「東方朔」以前に、東方朔像にはもう一つの仮面が用意されていたのである。

五

方朔云、是ハ東方朔トテ寿域無疆《むきやう》之仙也。此君ノ徳化ヲ仰テ宝算延長之術ヲ授ケ奉ラン為、只今コヽニ来タリ。王母云、我ハ又西王母トテ三千年ニ一度花サキ実ナル桃花アリ。今此御代ニ当テ花実一枝ニ備リ給ヘリ。君ニサヽゲ奉ンガ為ニ自ラ携ヘマミヘタリ。

（天文十一年奥書多武峰延年大風流「西王母事」『続日本歌謡集成』二・中世編）

右、大風流「西王母」での東方朔と西王母の名乗りは、東方朔を「寿域無疆の仙人」とし、西王母と共に「君の徳化を仰ぎて宝算延長の術を授け奉らん為」に御代に参上を語っている点において、能「東方朔」と同形である。風流の「西王母事」が能「東方朔」の成立を溯ることは、『看聞御記《かんもんぎよき》』応永二十三年三月一日条にその名を見ることで確認できるが、この詞章自体は、おそらく禅鳳作の能「東方朔」の影響下にあるものと思われる。

そもそも、西王母と対等に位置する存在は、東王父、もしくは東王公と称される東方を司る神であった。日本において東王父と西王母を対置した形は、古く延喜式に収められる慶雲三年(七〇六)大祓の時の祓詞に見えており、(17)

謹請《きんじやう》、皇天上帝、三極《さんごく》大君、日月星辰、八方諸神、司命司籍《しさく》、左は東王父、右は西王母、五方の五帝、四時の四気、捧ぐるに禄人を以てし、禍災を除かむことを請ふ、捧ぐるに金刀を以てし、帝祚を延べむことを請ふ、呪《ず》に曰く、東は扶桑《ふさう》に至り、西は虞淵《ぐゑん》に至り、南は炎光に至り、北は弱水に至る、千の城百の闕《みや》、精治万歳、万歳万歳。（日本古典文学大系『古事記 祝詞』「東文忌寸部献横刀時呪」）

室町期を下らぬと目されている写本に書き留められた今様には、西王母と東王父が治世、寿命長遠の御代を寿ぐ象徴として、対概念に詠われているのを知る。

一、祝曲

鳳凰阿閣ニ巣ヲサダメ、酒泉砌ニイデツヽ、一人明主マシマセバ、諌鼓モ置テ何カセン、キミガヨハイハトキハヤマ、ミネノ少松ノ行末ニ、ヒカレテ久シカレヤナ、〳〵長生殿ノウチニハ、王母ガタウ花ヲモテ遊、不老門ノ前ニハ、東父菊ヲ手スサミ、トモノミヤツコ我等マデモ、アサヲク露ノミサエダヲ、打払ニモ千代ハヘヌベシヤナ〳〵。（仁和寺蔵『今様之《いまようの》書《しょ》』、日本庶民文化史料集成二所収）

ところが、この東王父と東方朔とを混同したと思われるのが、『竹林《ちくりん》抄』に宗祇自らが注を加えたとされる『竹林抄之注《しょうのちゅう》』である。能阿の付句「家の風したふ桂を折侘て」に注して、

家の風とは我道〳〵の風儀也、我家の風にいまだ至らざる間、手向をして、祈らんと也。桂を折と云事は、何にても物の高上になる儀也、其故は、遊仙崛云、

西王母夫、東望作食㆓千年妙玉㆒、上㆑天折㆓月中桂㆒、云々

此心にて、菅原朝臣、八月十五夜、務かふりけるに

久方の月のかつらも折ばかり家の風をもふかせてしがな　（貴重古典籍叢刊『竹林抄古注』角川書店）

宗祇は『遊仙窟《ゆうせんくつ》』を引くが、『遊仙窟』の該当箇所は「東王公之仙桂。西王母之神桃。」[18]とあり、『竹林集聞書』が記すように、「西王母が夫東江王（東王公）」とあるべきところであろう。

小南一郎氏[19]に拠れば、本来西王母が唯一神として一元的に有していた陰陽、日月、西方東方の守護などの諸要素が、西王母と東王父(東王公)とに二分化した後は、二者の定期的な結合に依って宇宙的な規模での生命力が再生され、世界の存続が保たれる。この神話的観念が恋物語のかたちに表されて、牽牛と織女の話が織りなされたように、西王母と東王父を夫婦とするのは中国における通念である。しかし、この東王父が東方朔に置換されるのは、これまでの東方朔像にはなかった一面である。そしてこれは、一人宗祇の誤写や誤解の問題ではないように思われる。

中巻の識語に文禄三年二月二十一日の日付を持つ、彦根市立図書館琴堂文庫蔵『三教指帰《さんごうしいき》私注《しちゅう》』には、西王母奉桃譚では通常東方朔が果す役割を東王父が勤めており、

武帝為レ求二長生術《ノヲ》一、東王父云《ト》童問曰《テク》、以《テ》二何術《ヲ》一得レ仙。千童云、掘レ池《ヲリ》造レ殿《ヲ》、諸座《ヲ》於《テ》二松宮内《ノニ》一焼二百和合《ヲ》一、燃二九焼一、調《ヘバ》二笙楽一、七月七日《ニ》西王母来《ン》。求習、爰乗二紫雲《ニ》一、駕《シテ》二九色斑龍《ニ》一、空《ヨリ》五十天仙倶《トニ》下《ナリ》。

さらに、「東王父ハ東方朔也、池ハ昆明池也、殿ハ照涼殿也」という。この記述は真言宗全書所収の高野山宝寿院蔵敦光《あつみつ》『三教指帰注抄』、勧智院蔵『三教指帰注』、高野山正智院蔵『三教指帰註抄』、覚明《かくめい》注、中山法華経寺蔵『三教指帰注』にはなく、東王父と東方朔がいつ頃から混同するようになったのかは、なお精査が必要であるが、先の宗祇の『竹林抄』注の例を鑑みて、既に禅鳳の時代の東方朔像には、東王父と互換して西王母と伍する格の仙人とする理解があったと考えてよいであろう。

ところで、「西王母」が桃の花の咲く春の設定であるのに対して、能「東方朔」は七夕の星祭の日が選ばれているのは実に意味深いことである。東方朔と東王父との置換が可能なのであれば、能「東方朔」は東王父と西王母が結合し一体化する七夕の物語を仮借していると読むべきではないだろうか。能「東方朔」における東方朔には、西王母の桃を三つ盗んだために、西王母の来臨の折に屛風の後ろ(『奥義抄』)や床のもと(『唐物語』)に身を隠さねばならない罪人

の影はなく、先にみた占いに長けた武帝の臣下としての伝承に加えて、桃を三度食して「寿命長遠」を体現した陽神として描かれているのである。[20]

さらに、能「東方朔」の中で、西王母は「西方極楽無量寿仏の化現」と説かれるが、これは能「西王母」にはない独自の西王母像である。ところが、『塵荊鈔』第十両儀三才両曜星宿等事には、

星宿之事、七曜トハ密日大陽星也、本地観音。莫月大陰星也、本地勢至。火曜熒惑《ケイコク》星也。嘀嗢《シヤウヲツ》南ヲ司ル、本地釈迦。水曜辰星也、没斯《ホツシ》北ヲ司、本地観音。木曜歳星那頡《キツ》東ヲ司ル、本地地蔵也。金曜太白星也、鶏緩西ヲ司ル、本地阿弥陀。土曜鎮星也、中央ヲ司ル、本地大日也。已上七曜ナリ。（古典文庫『塵荊鈔』下）

と見え、西を司る西王母が阿弥陀、すなわち無量寿仏に宛てられる素地をみることができる。対する東方朔が木星であったという理解（『漢武故事』、伝郭憲作「東方朔伝」、『唐鏡』など）に照らせば、東方朔の本地は地蔵菩薩ということになるが、ここまでの寓意が禅鳳にあったかどうかは、確証はない。

六

能「東方朔」の「三千年に一度花咲き実なる桃」という表現は、能「西王母」にも見えるが、これは既述の西王母奉桃譚での「三千年に一度なる桃」という伝統的な表現を超えて、花実が時を同じくする瑞祥を強調したものになっている。両曲の表現は間狂言になると、「片枝には花咲、かた枝には実のなるもゝ」（貞享松井本「東方朔」。なお、虎明本「西王母の風流」は同文、大風流「西王母事」も小異）と、より具体化され、西王母が捧げる桃実盤の作り物には、桃花と桃実とが盛られている。[21] 同様の表現は、[22]

昔、大国ニハ、西王母ト申ケル人ハ、此桃花ヲ愛シ、家ノ廻リニ、四季ヲ同時ニ顕シ、其中ニ、三千年ニ一度花開キ実成ル桃花ヲ植、三度マデ相見テ、得通ノ仙人ト成リ、一万歳ノ長命ヲ持テ侍キ。茲ニ因テ、震旦ノ国王、大臣、下モ万民ニ至テ、同ク三月三日ヲ相迎テ、桃花ノ宴ヲ行ハレ、桃花ヲ翫ブ日ニテ侍リ。(中略) 吾朝ニモ、三月三日ニハ、此桃花ヲ祝ノ物ト翫ブ日ニテ、昔ヨリ今ニ至ルマデ、国ノ政ト成リ侍リキ。之ニ依テ、用明天皇、聖徳太子ノ儲君ノ為ト、千秋万歳マデモ、玉躰安穏、寿福長遠ト、祝ヒ思食シケル故ニ、宮ノ後園ニ御行シテ、桃花ヲ太子ニ見奉リ給ケル也。

右、太子伝の一本、東大寺本『正法輪蔵《しょうほうりんぞう》』(23)に見られ、ここでは「三千年ニ一度花開キ実成ル桃花」は四季を同時に現出する異空間故に可能な奇瑞として語られている。能「西王母」の祝意は、こうした三千年に一度の僥倖が「君の威徳」によって起きたことを寿ぐことに重点があり、これは曲中にも引かれる『拾遺和歌集』賀の巻に入る躬恒の歌、「みちとせになるてふ桃の今年より花咲く春にあひにけるかな」(二八八)の意に尽きる。一方、能「東方朔」の祝意は、この桃を献上することにより、「寿命長遠」を「契約」することに主眼がある。能「東方朔」は能「西王母」に比して、賀の本意をより明確に示した脇の能であるといえる。

秦皇漢武ハ命ヲ宝ト思故ニ、不死ノ薬有ト聞テ方士ヲモツテ年々ニ遣ス也。(中略) 漢家本朝ノ人誰カ寿ヲ宝ト思ハザルヤ。都テ娑婆世界ニ有ル有情ノ類ノ寿ヲ惜マヌハナシ。(中略) 万葉集ヨリ已来、家々ノ集所々ノ打聞ニモ、祝歌ト申タルハ皆君ガ代ノ久シカルベキ事ヲノミ読メリ。実ニ誰モ命ヲ惜ミケレバ、命コソ宝ト聞居タル。

(片仮名古活字三巻本『宝物集』上)

(1)『唐鏡』(古典文庫)は、この逸話を省筆して「世ノ人、是ヲ狂人ト云ケリ」とのみ記す。

(2) 村山修一『日本修験道史総説』塙書房、一九八一年。
(3) 小南一郎『中国の神話と物語り』岩波書店、一九八四年。
(4) 同話を載せる『博物志』とほぼ同代、三国時代以後の成立とされる。注3小南前掲書参照。
(5) 六朝半ばには成立か。『日本国見在書目録』に見える。注3小南前掲書参照。
(6) 『謡曲大観』他。
(7) 「禅鳳の神能——素材・構想面における特徴について」『国語と国文学』一九九三年三月。
(8) 書陵部本『朗詠抄』と広大本『和漢朗詠集仮名抄』(『和漢朗詠集古注釈集成』二所収)にも同話は見えるが、引用した西王母の描写はない。
(9) 中世の文学『榻鴫暁筆』解題、三弥井書店。
(10) 天文元年成立『塵添壒嚢抄』には、この「虎鼠ノ論」が書名として理解されている節がある。
(11) 太山寺本は「さひかゐなし」、南葵本「さいわひなし」。
(12) 但し、同書補注で述べられているように、貞享元年刊『東方朔秘伝置文』には『西鶴織留』のこの一句は見えない。
(13) 『朝野僉載』に「唐崇仁坊阿来婆弾琵琶卜一将軍下一匹綱綾請一局卜来婆鳴絃柱焼香合眼而唱東告東方朔西告西方朔南告南方朔北告北方朔上告上方朔下告下方朔将軍頂礼既告請甚多必望細看以決疑惑遂即随意支配」と見える。
(14) 拙稿「合身する人丸——和歌秘説と王権」今谷明編『王権と神祇』思文閣出版、二〇〇二年。
(15) 岡見正雄博士還暦記念刊行会編『室町ごころ　中世文学資料集』角川書店、一九七八年所収。
(16) 東山御文庫本『古今集聞書』も同文。なお、久松国男氏蔵『古今和歌集序秘註千金莫伝』は「阿弥陀文殊の化身也」とする(国文学研究資料館蔵紙焼き写真に拠る)。
(17) 村山修一『日本陰陽道史話』大阪書籍、一九八七年。
(18) 蔵中進編『江戸初期無刊記本遊仙窟本文と索引』和泉書院、一九七九年。
(19) 注3小南前掲書。同『西王母と七夕伝承』平凡社、一九九一年。
(20) 狩野常信(正徳三年七十八歳没)の六曲屏風一双『国華』五六七号、一九三八年)は西王母図と東方朔図である。各々侍者に傳かれた画像からは、両者が対概念として浸透しているのを見ることができる。

(21) 九州大学附属図書館蔵文化三年書写『喜多流能作物』など。現在もこの形で演じられることが多い。

(22) 同様の例にスペンサー本「張良」絵巻がある。同書には秦の始皇帝が泰山に詣でた折に蓬莱を見つける話が付されており、「花咲き実なる」西王母の桃はここに登場する。

じよふくといふ道士、はるかのばつざに候ひしが、御まへにすゝみ出て、あれこそ、ほうらいはうちやうえんしうと申て、仙人のすみ候なる三の嶋にて候なり。三千年に一度はな咲みなるせいわうぼのそのゝもゝ、ふらうふしのくすりも、この嶋にこそ候なれと申。

(23) 引用は阿部泰郎氏「『正法輪蔵』東大寺図書館本」(『芸能史研究』八二号)の翻刻に拠る。

初出一覧

序　章　世阿弥の中世
　書き下ろし

第一章　逆転の構図――「心」と「理り」
　「能における「心」と「理」」『國文學』(學燈社)四七巻十一号、二〇〇二年九月。

第二章　本説と方法

第一節　求道と芸能――世阿弥と禅
　「世阿弥と禅覚書――夢窓疎石『夢中問答』を中心に」『文学』(岩波書店)一巻六号、二〇〇〇年十一月。

第二節　又寝の夢と秘説伝授――古注釈と能1
　「世阿弥自筆本「雲林院」と中世伊勢物語秘説――又寝の夢が語るもの」『伊勢物語と芦屋』芦屋市立美術博物館、二〇〇〇年十月。

第三節　幽玄の形象――古注釈と能2
　「作品研究〈井筒〉上・下」『観世』(檜書店)六六巻十・十一号、二〇〇一年十月・十一月。

第四節　中楽の本木――和歌と能
　「和歌と能――「綾の大鼓」から「恋重荷」へ」『国文学　解釈と鑑賞』(至文堂)七六二号、一九九四年十一月。

第五節　規模のことば――連歌と能
　「規模のことば――謡曲の修辞、その連歌との関わり」『国語国文』(京都大学文学部国語学国文学研究室)五七巻六号、一九八八年六月。
第六節　恋の奴の系譜――説話と能1
「作品研究〈恋重荷〉」『観世』六七巻七号、二〇〇〇年七月。
第七節　長柄の橋の在処――説話と能2
「この世で一番長い橋――能「長柄の橋」考」『説話論集』第十五集「芸能と説話」清文堂出版、二〇〇六年一月。

第三章　物狂能
第一節　別離と再会――物狂能の変遷
「物狂能の変遷――放下能の誕生過程」『国語国文』五二巻十号、一九八三年十月。
第二節　ひたぶる心と反俗――物狂能の意味
「物狂能の意味」『国語国文』五六巻二号、一九八七年二月。
第三節　孝養と恩愛――物狂能淵源
「物狂能淵源」『能と狂言』(能楽学会)一号、二〇〇三年三月。
第四節　向去と却来――禅竹作「敷地物狂」考
「「敷地物狂」考」『国語国文』七二巻二号、二〇〇三年二月。

第四章　脇の能
第一節　祝言の位相――「脇の能」の変遷
「世阿弥の「脇の能」」『国語国文』五七巻十号、一九八八年十月。
第二節　治世の象徴――「難波梅」考
「謡曲「難波梅」考――古今集仮名序と「脇の能」」『国語国文』六五巻五号、一九九六年五月。

第三節　歌道と治道――「高砂」考
「中世古今注と能――相生の秘義」『文学』六巻三号、二〇〇五年五月。
第四節　代始めの神事――「弓八幡」考
「「弓八幡」考――当御代の初めのために書きたる能」『金剛』(檜書店)五一巻一号、一九九六年一月。
第五節　祝言と風流――禅鳳作「東方朔」考
「作品研究「東方朔」」『観世』六十巻七号、一九九三年七月。

一書をまとめるにあたっては重複部分を削り、章ごとの関連性を明示するために筆を加えた。初出の論旨を変えたものはないが、第四章第四節に関しては、国際日本文化研究センターにおける共同研究「王権と神祇」(二〇〇〇年度、研究代表 今谷明氏)の成果を踏まえ、若干の改訂を行った。

本書における和歌の引用、ならびに和歌番号は新編国歌大観に拠る。万葉集の引用は新日本古典文学大系、世阿弥伝書の引用は日本思想大系『世阿弥 禅竹』、謡曲の引用は、特に所蔵を明記していないものは、日本古典文学大系『謡曲集』に拠っている。

あとがき

生まれてこのかた、音楽というものを聴いたことのなかった鼠のジェラルディンは、初めて、その音、に出会った時、これが「音楽」なのだと直感する(レオ＝レオニ作『おんがくねずみ ジェラルディン――はじめて おんがくを きいた ねずみの はなし』谷川俊太郎訳、好学社)。能と初めて出会った時の私も、鼠のジェラルディンのようであった。それまで能を全く知らなかった私にも、それは、他の何ものでもない、「能」と呼ばれるものだということが、はっきりとわかった。そして、能の全てに惹かれ、その全てを知りたい、そのために自分の全ての時間を費やすべきだと考えた。

京都に住み、こうして能と出会った後に、私は佐竹学に出会い、伊藤学に出会う。学部に上がって初めて受けた国文学の講義が、佐竹昭廣先生の中世文学論であった。中世の時代区分に始まり、中世とは何かを説かれた第一回目の講義を聴き終えた時には、私は大学へ入った当初の目的などすっかり忘れ、中世文学を研究することに決めていた。したい、とか、できるとかではなく、こうして、私は能を中心とする中世文学研究を志すこととなる。そして、学部の二年間、非常勤講師としてお越しになった伊藤正義先生の謡曲の演習を受講する。このような僥倖を思い返してみると、不信心な私も、自分の意志だと信じている研究対象の選択が、神による戯れの差配ではなかったかと、思ったりもする。

両先生は、各々違うことを、お示しになった。伊藤先生は、能の作品研究を一つ一つ積み重ねよと教えられた。佐竹先生は、能の作品研究なんぞを一つずつやっていたのでは、一生かかっても間に合わないとおっしゃられた。伊藤先生は資料に語らせよとおっしゃられ、佐竹先生は決して資料に埋没してはならぬと釘を刺された。また、中世国語学の安田章先生は職人たれと訓示され、佐竹先生は、職人になってはならぬと、一喝された。若き日の私は、そのいずれをも成し遂げられぬ我身の無能を、幾度、託ったことであろう。ようやく今になって、能の研究が国文学研究の中で市民権を得るためには、そのいずれをも会得しなければならないのだと、先生方は異口同音にお示しであったことに気付いた。なんと鈍なことであろう。

能に出会って、およそ三十年、知り尽くしたいと願った対象は、こちらがようやく一歩近付いたかと思うと、一歩退く。世阿弥の手の内が読めたと思って狂喜した翌朝には、まるで、花の下臥しから目覚めたワキ僧のように、その「解」の実体のなさに呆然と立ちつくすことになる。私の時間は有限であるのに、能は空のように彼方へと広がり、果てることがない。なんとかしなければ、間に合わない。こうした茫漠とした風景の中で研究を続けていく困難が、時に楽しみでもあり得たのは、さらに多くの方々の導きがあったためである。芸能史研究会の関屋俊彦氏、稲田秀雄氏、西瀬英紀氏、山村規子氏に誘われて、関西の寺社の祭礼を廻った時間は、今も愉快で懐かしい。伊藤先生を囲んで開かれていた中世文学研究会では、寺院所蔵の新資料を毎回のように競って紹介される、当時新進気鋭の阿部泰郎氏、黒田彰氏に触発を受け、やはり伊藤先生に随行して夏ごとに参加した西教寺調査では、牧野和夫氏、落合博志氏の蓄積と炯眼に多くを学び、夜ごとの酒量に息を飲んだ。関西の能・狂言の研究者が神戸に集う六麓会は、私にとって日常的な研鑽の場であり、とりわけ、芸能史、幸若舞曲、御伽草子と、各々広範な専門領域をお持ちの天野文雄氏、小林健二氏の両氏からは、大槻能楽堂主催の復曲活動の場においても、能を立体的に捉える作業を通して多くの啓発を受けている。また、能楽資料の宝庫、法政大学能楽研究所では、遠路の来訪者であることを理由に、表章先生は深夜に及ぶまで書庫の本の出し入れをおいといにならなかった。二十代の若輩への身に余る厚遇に、どれほど支えていただいたことであろう。今はまた、同研究所の山中玲子氏の厚意に与ることしばしである。

本書は、二〇〇二年暮に京都大学文学部に提出した博士論文「世阿弥の構想論」を基にしている。主査をしていただいた日野龍夫先生には、試問の席で、この本の出版予定をご報告しておきながら、私の怠慢により刊行は著しく遅れ、その間に先生はお逝きになった。第三章物狂能の第一節「別離と再会――物狂能の変遷」は卒業論文を核とし、第二節「ひたぶる心と反俗――物狂能の意味」は博士後期課程在籍中に提出した研究報告書を基とする。そして、第三節と並行して書いた第四節「向去と却来――禅竹作「敷地物狂」考」は、先生の御退官記念号に寄せた論考であった。つまり第三章は、拙ない私を終始お見守り下さった先生に導かれて形を成したといえる。「覚悟」と「懈怠なき精進」と共に、「Festina lente.（ゆっくり、急げ）」（ソフォクレス『アンティゴネー』）というアウグストゥスの座右銘を教えて下さったのは佐竹先生であったが、走ることを怠ることがこれほど悔やむ結果をもたらすことを、日野先生は最後に諭して逝かれたのだ。

その後、一向に筆を入れない私を、辛抱強く待ち続けられた岩波書店の吉田裕氏には、感謝のことばも見つからない。手元においているうちに無用の長物に思えてならなくなった博士論文であるが、そろそろ黴も生えて捨てるしかないかと思い始めた頃、『文学』の古今和歌集の特集号に「高砂」についての論を書く機会を与えられ、その夏、二〇〇〇年二月の復曲以来の宿題であった「長柄の橋」についての論文をまとめる。この二考を加え、一、二、三の作品研究を削って、章立てを組み替え、本書が成った。「世阿弥の中世」の名の下に、新たな序文を付し、各章各節に小題を付けたのは、吉田氏に促されての処置である。二十三年間に亘って断続的に発表した論文を集めた本書に、もし一冊の本としての生命が宿っているとしたら、それは吉田氏の功績である。

本書刊行の手引きをして下さったのは、早稲田大学演劇博物館館長竹本幹夫氏である。数年前の能楽学会設立時より、いや、さらに溯って、最初の論文である「物狂能の変遷」以来、氏より忝なくした学恩に感謝申し上げたい。索引作りには、宮本圭造氏の手を煩わせ、校正では神戸女子大学古典芸能研究センター研究員大山範子氏、同センター元研究員中嶋謙昌氏の助力を得た。一書が成るについては、他にもお礼を申し上げるべき方々は少なくないが、次の謡道歌にいうもまた真実。既にお名前を上げた方々も含め、非礼をお許しいただきたい。

その人の弟子といひたるばかりにて習はぬことを言ふぞをかしき

大谷節子

二〇〇七年二月

■岩波オンデマンドブックス■

世阿弥の中世

2007年3月23日　第1刷発行
2015年12月10日　オンデマンド版発行

著　者　大谷節子《おおたにせつこ》

発行者　岡本　厚

発行所　株式会社　岩波書店
〒101-8002 東京都千代田区一ツ橋2-5-5
電話案内 03-5210-4000
http://www.iwanami.co.jp/

印刷／製本・法令印刷

ISBN 978-4-00-730329-6　　Printed in Japan

主要人名索引

あ 行

か 行

さ　行

や　行

ら　行

主要書名・曲名索引

あ　行

か　行

た　行

な　行

は　行

ま 行

や 行

ら 行

わ 行